Jean G. Goodhind
Mord zur besten Sendezeit

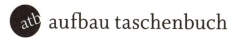
aufbau taschenbuch

JEAN G. GOODHIND wurde in Bristol geboren. Sie hat bei der Bewährungshilfe gearbeitet und Hotels in Bath und den Welsh Borders geleitet. Ihr Haus im Wye Valley in Wales hat sie verkauft und segelt nun mit ihrer Yacht durchs Mittelmeer, solange es das Wetter zulässt. Die übrige Zeit des Jahres lebt sie in Bath.

Im Aufbau Verlag erschienen bisher »Mord ist schlecht fürs Geschäft« (2009), »Dinner für eine Leiche« (2009), »Mord zur Geisterstunde« (2010), »Mord nach Drehbuch« (2011), »Mord ist auch eine Lösung« (2011), »In Schönheit sterben« (2012), »Der Tod ist kein Gourmet« (2012) und »Mord zur Bescherung« (2012).

Eigentlich wollte Honey Driver, Hotelbesitzerin aus Bath, das vornehme Landhaus Cobden Manor kaufen und zu einem Hotel umbauen lassen. Aber nachdem sie die Leiche der Fernsehmoderatorin Arabella Neville im Kamin des schönen Anwesens gefunden hat, verzichtet sie gern darauf. Sie muss jetzt auch erst mal den Mörder von Arabella finden. Und da ist nicht nur der Ehemann des Fernsehstars verdächtig. Die launische Arabella hatte unzählige Neider und Feinde. Natürlich steht Honey wie immer das charmante Raubein Detective Chief Inspector Steve Doherty tatkräftig zur Seite.

Jean G. Goodhind

Mord
zur besten Sendezeit

Honey Driver ermittelt

Kriminalroman

Aus dem Englischen
von Ulrike Seeberger

aufbau taschenbuch

Die Originalausgabe unter dem Titel
Honey Driver and The Death of a Diva
erschien bei Accent Presss, Bedlinog 2013.

ISBN 978-3-7466-2952-0

Aufbau Taschenbuch ist eine Marke
der Aufbau Verlag GmbH & Co. KG

1. Auflage 2013
© Aufbau Verlag GmbH & Co. KG, Berlin 2013
Copyright © Jean Goodhind 2012
Umschlaggestaltung Mediabureau Di Stefano, Berlin
unter Verwendung mehrerer Motive von iStockphoto:
© ShutterWorx, © Brandi Powell, © Elena Genova
Satz LVD GmbH, Berlin
Druck und Binden CPI – Clausen & Bosse, Leck
Printed in Germany

www.aufbau-verlag.de

Eins

Honey Driver, Hotelbesitzerin in Bath und Verbindungsperson zwischen dem Hotelfachverband und der Kriminalpolizei, war nur in ein Laken gehüllt, als Detective Chief Inspector Steve Doherty, der Mann mit dem Dreitagebart und den stahlharten Muskelpaketen, ihr eine wichtige Frage stellte.

»Kommst du jetzt mit und schaust mir beim Training zu, oder was? Da kriegst du was Tolles zu sehen. Ich trage nämlich Shorts.«

Der Gedanke an Steve Doherty in kurzen Hosen war natürlich ziemlich reizvoll, aber für Rugby konnte sich Honey ungefähr so sehr erwärmen wie für Rosenkohl, Kräutertee und Joggen in aller Herrgottsfrühe.

Sie schlang ihre Arme noch ein wenig fester um das Laken. Es war Dohertys Laken. In Dohertys Bett.

»Ah! Das könnte schwierig werden.« Sie zermarterte sich das Hirn, welches Problem sie vorschieben könnte.

Doherty warf ihr einen seiner durchdringenden Blicke zu, die weder von Laken noch von Kleidung aufzuhalten waren. Dieser Röntgenblick sah einfach alles, auch die verborgensten Gedanken.

»Hattest du nicht gesagt, dass es im Augenblick im Green River Hotel ziemlich ruhig zugeht?«

»Ah, ja, aber wenn nicht viel los ist, kann ich ein bisschen Inventur machen – Bettwäsche zählen, Vorräte überprüfen und so.«

»Klingt nicht wirklich interessant.«

»Nein, aber sag mal, warum treffen wir uns nicht hinterher im Zodiac?«

Das Zodiac war ihre Lieblingsbar. Es lag in einem alten Kellergewölbe unterhalb von North Parade. Es war schummrig, hatte eine tolle Atmosphäre und duftete immer verlockend nach brutzelnden Steaks. Na gut, man lief Gefahr, hinterher selbst nach gebratenen Zwiebeln und Steak zu riechen, aber das war das Ambiente allemal wert. Außerdem bekam man so das Gefühl, man hätte wirklich was gegessen; das sparte einen Haufen Kalorien.

»Ich hab dir doch gerade gesagt, dass ich für die Rugbymannschaft der Polizei trainiere.«

»Für die zweite Mannschaft.«

»Na gut, für die zweite Mannschaft. Aber wir sind mit Feuer und Flamme dabei«, erwiderte er und stupste sanft einen Finger in die Kuhle zwischen ihren Brüsten.

Großer Gott, dachte sie, und ihre Augen wurden zärtlich, als sie den Enthusiasmus in seinem Gesicht wahrnahm. Was hatten die Mannschaftssportarten diesen großen Jungs bloß zu bieten? Die sollten es doch eigentlich besser wissen.

»Ich muss ja zugeben, dass der Gedanke an all die nackten, muskulösen Oberschenkel ziemlich verlockend ist. Hmm … trotzdem: ich mag Ballspiele nicht.«

Er grinste, und sie wusste, dass er gerade an ganz andere Spiele dachte, die nichts mit Rugby zu tun hatten.

»Auf einen Drink könnte ich mich vielleicht hinterher mit dir treffen.«

»Wenn du noch die Kraft dazu hast.«

»Honey, das weißt du doch besser. Ich bin der Typ Mann, der vor Energie nur so strotzt.«

Da fiel ihr endlich eine hervorragende Entschuldigung ein. Sie klatschte sich mit der flachen Hand auf die Stirn.

»Hatte ich total vergessen. Ich habe eine Einladung ins Römische Bad – Cocktails im Fackelschein. Die habe ich dem Immobilienfritzen zu verdanken, mit dem ich mich kürzlich mal unterhalten habe.«

»Wegen dieser Idee mit dem Landhaushotel? Der muss ja denken, dass du nur so im Geld schwimmst.«

»Schön wär's. Falls ich das Green River zu einem guten Preis loswerden kann, habe ich genug Kapital, um mir was anderes zu kaufen. Ich finde, das ist eine gute Idee, du etwa nicht?«

Eigentlich hatte sich bisher ihre Begeisterung für diese Immobilienveranstaltung sehr in Grenzen gehalten. Honey tröstete sich mit dem Gedanken, dass es kostenlose Drinks geben würde und sie sich nicht das Hinterteil abfrieren musste, während sie erwachsenen Männern dabei zusah, wie sie sich gegenseitig verprügelten.

Der Gedanke, mit dem Hotel aufs Land zu ziehen, spukte ihr schon eine ganze Weile im Kopf herum. Sie hatte bei den Maklern vor Ort nachgefragt, hatte sich Hochglanzbroschüren schicken lassen, hatte mit Architekten, Bauunternehmern, ihrem Bankmenschen und ihrer Tochter Lindsey gesprochen und sie um ihre Meinung gebeten. Lindsey hatte sie mit ausdrucksloser Miene angestarrt, wahrscheinlich, weil sie gerade damit beschäftigt war, einen Römerhelm zu polieren. Der gehörte Emmett, ihrem neuesten Freund. Emmett war Mitglied in einem Klub von jungen Kerlen, die sich an den Wochenenden als römische Soldaten verkleideten und bei Landwirtschaftsausstellungen antike Schlachten nachspielten. Gelegentlich betätigte er sich auch als Fremdenführer im Römischen Bad.

»Ist das wirklich dein Ernst, diese Idee mit dem Landhaushotel?«, fragte Doherty.

»Ich glaube schon.«

»Na, so sicher bist du wohl doch nicht.«

»Ja und nein.«

»Das klingt ziemlich unentschlossen.«

»Ich habe einiges von Mary Jane gelernt. Ich warte auf ein Zeichen.«

»Aha!« Er nickte weise, aber sein Mund verzog sich unmerklich zu einem schrägen Lächeln. »Tu, was du nicht lassen kannst«, sagte er und küsste sie auf die Stirn. »Wie wäre es aber in der Zwischenzeit mit ein wenig Aufmunterung für den Prop Forward?«

Sein lüsterner Blick ließ sie beinahe wieder schwach werden. Sollte sie hier bei ihm bleiben? Sollte sie gehen? Sie wog die Alternativen ab. Das Green River Hotel gehörte ihr schon eine ganze Weile. Das Personal war loyal, sie stand auf freundschaftlichem Fuß mit ihren Leuten, und die nahmen sich nie etwas, das ihnen ihrer Meinung nach nicht zustand. Heute war Montag, da würde der Mann von der Reinigung kommen, die saubere Wäsche liefern und die schmutzige Bett- und Tischwäsche abholen. Außerdem würden die Müllmänner die Tonnen mit dem sorgfältig getrennten Müll leeren und mächtig Krach dabei machen, und Smudger, der Chefkoch, hatte seinen freien Tag. In den Gästezimmern und im Restaurant würde es ziemlich ruhig zugehen. Anna saß am Empfang, und Lindsey war Chefin vom Dienst. Was konnte da schon schieflaufen?

»Ich nehme an, der Prop Forward hat jetzt lange genug auf der Ersatzbank gesessen und ist wieder bereit, sich ins Gewühl zu stürzen?«, fragte sie und legte den Kopf ein wenig schief.

Lächelnd hakte Doherty seinen Finger unter das Laken. Es glitt in eleganten Falten zu Boden.

»Korrekt.«

Zwei

Cocktails beim Fackelschein, das hatte etwas wunderbar Dekadentes, umso mehr, wenn der Veranstaltungsort das Römische Bad war.

Die lodernden Fackeln und der leicht schwefelige Geruch passten zum Anlass. Heute Abend fand hier eine Party statt, wo einst die obersten Zehntausend der Römer gebadet hatten, wo sie massiert und eingeölt wurden (und sonst noch einiges getan hatten, was ein braves Mädchen seiner Mutter niemals erzählen würde). Die besten Makler von Bath zahlten die Zeche. Keine gewöhnlichen Immobilienfritzen, sondern die Topmakler, allererste Sahne.

Diese Herren, die Verkäufe von Gebäuden und Ländereien in der berühmten Stadt Bath vermittelten, die immerhin zum Weltkulturerbe gehörte, waren natürlich selbst auch aus der obersten Schublade. Nur selten ließen sie sich so weit herab, eine Liegenschaft anzubieten, die weniger als ein halbe Million Pfund wert war, und das auch nur, wenn der Verkäufer ein weit prächtigeres Anwesen erwerben wollte oder eins für einen Sohn oder eine Tochter gekauft hatte, die inzwischen die Universität verlassen und einen Job als Börsenmakler in London angetreten hatten.

Top-Adressen, darum ging es hier. Ganz oben auf der Liste standen Herrenhäuser mit allem Komfort: mit Hubschrauberlandeplatz, Tennisplatz und Stallungen. Ebenso Anwesen, bei denen der Besitzer von Bord seiner Yacht im Mittelmeer mit einem einzigen Knopfdruck bequem die Klimaanlage und die Heizung steuern konnte.

Für solche großartigen Objekte interessierte sich Honey nicht. Erstens konnte sie sich die nicht leisten, und zweitens hatte sie gerade mit Müh und Not gelernt, wie die Fernbedienung für den Fernseher funktionierte, und machte lieber einen großen Bogen um jede Art von satellitengesteuerten Gerätschaften.

Nein. Sie war auf der Suche nach einem leicht verfallenen Herrenhaus, das man zu einem Landhaushotel umbauen konnte. Wenn sie an ihre sehr bescheidenen Finanzen dachte, musste es ziemlich renovierungsbedürftig sein. Ein bereits vollständig hergerichtetes Hotel würde zu viel kosten.

Im Grunde liebäugelte sie schon lange mit dem Gedanken an eine Veränderung. Mehr als ein bisschen Liebäugeln verband sie allerdings inzwischen mit Detective Chief Inspector Steve Doherty, dem unermüdlichen Liebhaber mit dem lässigen Kleidungsstil. Oh, und manchmal flirtete sie auch ein bisschen mit John Rees, der einmal in Los Angeles gelebt hatte und im Moment Besitzer eines Buchantiquariats in Bath war.

Zu dieser Party war sie jedoch ohne männliche Begleitung gekommen. Doherty war ja beim Rugbytraining. Beim bloßen Gedanken daran musste sie lächeln, denn sie fragte sich, ob er nach den Stunden mit ihr überhaupt noch die Energie hatte, sich mit den Jungs auf dem Spielfeld zu prügeln.

»Wer kommt denn alles zu dieser Party?«, hatte ihre Mutter gefragt, sobald sie gehört hatte, wohin Honey sich aufmachte.

»Ein Haufen Leute, die Champagner schlürfen.«

»Irgendwelche bekannten Namen?«

Ihre Mutter war ganz Ohr, die Adleraugen so blau wie das kleine Schneiderkostüm, das sie trug. Seit sie einen Laptop gekauft hatte, trug Honeys Mutter Gloria Cross diese Business-Kostümchen. Der Computer steckte natürlich in einer passenden Tasche von Louis Vuitton, und sie schleppte ihn überall mit hin.

Seit Gloria Cross ihre Online-Partnerbörse für die Generation sechzig plus gestartet hatte, hatte sich ihre Meinung zur modernen Technologie schlagartig geändert. Das Unternehmen hieß *Schnee auf dem Dach*, und Gloria Cross hatte ihre Absicht verkündet, ein paar alte Öfen wieder zum Lodern zu bringen, als sie sich mit dem *Bath Chronicle* in Verbindung gesetzt und darauf bestanden hatte, dass die Zeitung einen langen Artikel über ihr Unternehmen veröffentlichte.

»Die Leute brauchen doch was zu tun, wenn sie im Ruhestand sind«, hatte sie dem Milchgesicht von Reporter erklärt, der mit einem Diktiergerät und einer vorgefassten Meinung über die Generation sechzig plus bei ihr aufgetaucht war. Honeys Mutter war herumstolziert, als wäre sie ein Medienstar – bis sie die Schlagzeile las:

AUS ALT MACH NEU

Das Milchgesicht hatte die Sache als Bericht über ein neues Betätigungsfeld für alte Damen aufgezogen. Sonderlich beeindruckt war Gloria Cross nicht gewesen, nein, eher ziemlich wütend. Sie war sofort zur Zeitung marschiert, hatte dem Chefredakteur die Meinung gesagt und keinen Zweifel daran gelassen, dass sie von ihm erwartete, dass er dem Reporter eins auf den Deckel geben würde. Der war nirgends zu finden, sondern hielt sich bedeckt, bis die Luft wieder rein war.

»Nimm bloß dein Handy mit und mache ein Foto von allen, die berühmt sind. Aber nur von den Allerberühmtesten, hörst du. Keine von der zweiten Garnitur, den Leuten vom Lokalradio oder so.«

»Ich glaube nicht, dass ich …«

»Ach je!«, rief ihre Mutter, und ihre Augen glitzerten vor Aufregung wie Diamanten. »Ich wüsste zu gern, wer alles kommt. Bist du sicher, dass du mir nicht auch eine Einladung besorgen kannst?«

Nein, erwiderte ihr Honey, das würde nicht gehen. Ehrlich gesagt, sie wusste es nicht genau, aber sie würde bestimmt keinen ernsthaften Versuch unternehmen.

»Mutter, du weißt doch, dass ich nichts für diesen VIP-Kult übrighabe. Ich werde keine Fotos machen. Ich MÖCHTE keine Fotos machen.«

Da war sie nun. Sie machte keine Fotos, aber sie schaute sich um und suchte nach berühmten Gesichtern. Das Ergebnis war ziemlich überraschend. Alle, die in Bath irgendwer waren, hatten sich eingefunden, dazu noch ein paar ungeladene Gäste, die jemanden kannten, der ihnen Zutritt verschaffen konnte. Sie bemerkte, dass sie Leute anlächelte, die sie nur mal auf Fotos in Klatschzeitschriften, im Film oder im Fernsehen gesehen hatte oder – was für ein Wunder! – als entfernte Mitglieder der königlichen Familie identifizierte.

Ein berühmter Hollywood-Schauspieler nickte ihr freundlich lächelnd zu, als ginge er davon aus, sie zu kennen. Sobald ihm sein Irrtum klar geworden war, schaute er betreten weg.

Sie versuchte sich daran zu erinnern, wo sie ihn schon einmal gesehen hatte. Hatte er nicht in *Corellis Mandoline* mitgespielt? Wenn sie es recht bedachte, hatte sie ihn vielleicht im Zodiac Club bemerkt, wo die Leute aus dem Gastgewerbe sich in den späteren Abendstunden trafen, um sich zu entspannen und ihre Meinung über die Kundschaft kundzutun. Die schummrigen Ecken im Zodiac besaßen einen großen Reiz für eine ganze Menge Leute, wenn man bedachte, wie viele Einlass wollten und wie viele abgewiesen wurden.

Ja, auch ein Hollywood-Star würde dort gern hingehen, überlegte sie und schaute woanders hin.

Ein weiterer amerikanischer Schauspieler kam vorbeigeschlendert, der gleichfalls freundlich lächelte und bedeutend weniger blondes Haar hatte als in seiner Jugend. Er war die blonde Hälfte des Detektivduos Starsky & Hutch aus der Polizeiserie der siebziger Jahre, fiel Honey ein.

»Hi«, sagte er und hob grüßend die Hand.

Honey reagierte mit einem kleinen Winken. »Selber hi.«

Er ging weiter und sagte »Hi« zu jedermann, und alle Leute lächelten. Die berühmten Damen, die vorüberspazierten, schienen in weniger leutseliger Stimmung zu sein. Manche stammten aus alten Familien, besaßen ein noch älteres Vermögen und schauten mit ausdrucksloser Miene auf die Menge, als wären sie nicht ganz sicher, was sie hier unter all den Leuten aus dem Showbusiness verloren hatten.

Honey erkannte eine oder zwei Personen, die einmal zum Essen ins Hotel gekommen waren; sie wusste um ihre Lebensumstände. Das war eben Bath: Klatsch und Tratsch. Eins war gewiss: Dank der Erbschaftssteuer und anderer finanzieller Verpflichtungen für die liebe Familie standen heutzutage Anwesen zum Verkauf, die seit den Jugendtagen Heinrichs VIII. stets vom Vater auf den Sohn übergegangen waren, zusammen mit der gesamten Familiengeschichte, den feuchten Mauern und dem Hausschwamm.

Der andere Typ Frau, der heute zur Party gekommen war, war völlig anders. Das waren die Neureichen, die sich unverfrorener gaben. Diese Frauen hatten ein starres Lächeln auf den mit Botox aufgespritzten Lippen, ihre dank Silikonimplantaten und neuester Technologie verdächtig prallen Brüste quollen beinahe aus dem tiefen Ausschnitt ihrer Abendkleider, alles hatte seinen Preis. Diamanten waren einfach out, heute ging es um pralle Brüste. Am besten heiratete man einen Schönheitschirurgen. Wer das nicht schaffte, musste eben das Sparschwein schlachten.

Honey überlegte, wie viel wohl die Designerklamotten dieser Damen gekostet haben mochten, und dachte, dass sie sich für das Geld sicherlich lieber eine neue Badezimmerausstattung für das Kutscherhäuschen leisten würde. Falls sie das Hotel nicht verkaufen konnte. Denn den Traum vom Landhaushotel konnte sie nur wahr machen, wenn sie vorher das Green River versilberte. Aber es war ja noch viel Zeit. Außerdem hatte ihr ein gewisser Makler versichert, er hätte genau das richtige Anwesen für sie.

»Das richtige Haus zum richtigen Preis, wenn auch hier und da ein bisschen reparaturbedürftig.«

Sie hatte einen begrenzten Etat, und wenn das Haus, das er anbot, vier Wände und ein Dach hatte, musste sie es sich einfach ansehen.

»Die Zeit ist auf unserer Seite«, hatte sie ihrer Tochter Lindsey versichert. Lindsey hatte sich zurückgehalten. »Es ist dein Leben. Deine Entscheidung.«

»Hallo. Ich bin Clarissa Crump. Und wer sind Sie?«

Die Frau, die sich da plötzlich auf sie stürzte, war berühmt dafür, dass sie einmal mit einem sehr reichen Mann verheiratet war, von dem sie bei der Scheidung eine überaus großzügige Abfindung erhalten hatte. Es war ihr dritter Gatte, wenn sich Honey recht erinnerte, und davor hatte es bereits zwei weitere sehr großzügige Abfindungen gegeben. Alle drei Herren hatten in Bath gelebt und sie dort kennengelernt. Was Beziehungen anging, so ähnelte Bath einem dieser altmodischen Tänze mit einem inneren und einem äußeren Kreis. Der eine Kreis bewegt sich in die eine Richtung, der zweite entgegengesetzt, und wenn die Musik aufhört – Bingo! –, schon hat man einen neuen Partner.

Honey beäugte die spindeldürre Frau, ihre mit Juwelen geschmückten Finger und kugelrunden Brüste. Nichts essen, und dann unters Messer des Chirurgen.

Das wäre nichts für mich, dachte Honey. Es schauderte sie beim bloßen Gedanken. Ich liebe Essen, und vor Messern habe ich eine Heidenangst.

Die Züge der Frau wurden straffer, während sie auf Honeys Antwort wartete. Noch straffer, und die Nähte würden platzen.

»Ich glaube nicht, dass ich Ihnen meinen Namen nennen darf. Der ist streng geheim. Sagen wir einfach, ich stehe mit der königlichen Familie auf vertrautem Fuß«, antwortete Honey und senkte die Stimme.

Das war eine glatte Lüge, aber sie fand es lustig. Wenn sie sich hier nicht ein bisschen amüsierte, hätte sie genauso gut am Rand des Rugbyfeldes stehen und Doherty beim Rumlaufen zusehen können.

»Ach, wirklich? Sagen Sie mir eines, meine Liebe, stimmt es, dass die Royals die Muskulatur ihrer Leibwächter begutachten, ehe sie sie einstellen?«

»Höchstpersönlich. Und in Unterwäsche.«

»Oje!« Das Gesicht der knochigen Frau mit den großen Brüsten leuchtete auf wie ein Weihnachtsbaum. »Also ernsthaft, Schätzchen, ich überlege gerade … ich gebe in Kürze ein kleines Dinner … für wohltätige Zwecke … ich wüsste gern, ob Sie mich einer Ihrer Bekannten aus der königlichen Familie vorstellen könnten? Ich wäre Ihnen ja so dankbar«, sprudelte Clarissa hervor.

Genau das hatte Honey erwartet, und sie fühlte sich ganz wunderbar ungezogen. Egal wie weit oben auf der gesellschaftlichen Leiter die Leute standen, wie sehr sie im Geld schwammen, bei der bloßen Erwähnung der königlichen Familie änderte sich ihre Haltung sofort. Zu Reichtum und Berühmtheit konnte man irgendwie kommen; in die königliche Familie wurde man hineingeboren.

Honey schüttelte den Kopf. »Ich denke, das geht nicht. Ich glaube nicht, dass sie dafür Zeit hätten.«

Wenn sie der Frau einen nassen Fisch ins Gesicht geklatscht hätte, hätte deren Miene kaum mehr Überraschung, beinahe unverhohlene Verzweiflung zeigen können, hätte nicht so trostlos ausgesehen wie jetzt.

»Aber, meine Liebe! Wenn Sie ein bisschen Überredungskunst aufbringen, wäre ich Ihnen ewig dankbar.«

Honey schüttelte noch einmal den Kopf. »Nein, das geht nicht.«

»Oh!« Die Frau wirkte völlig niedergeschlagen. Ein rotlackierter Fingernagel wurde an die Lippen gelegt.

»Sagen Sie, haben Sie ab und zu mal in der Stadt zu tun? Vielleicht könnten wir mal zu Mittag essen«, sagte die Dame, und die Haut um ihre Augen straffte sich noch mehr.

Das Letzte, was sie jetzt brauchte, überlegte Honey, wäre eine Verabredung zum Mittagessen mit einer Frau, die aussah, als äße sie höchstens eine Tomate am Tag. Schlimmer noch, wahrscheinlich schnitt Clarissa diese Tomate auch noch in Achtel.

Honey schaute sie an und grinste. »Ich mache doch nur Witze.«

»Wie bitte?«

»Ich habe Sie auf den Arm genommen, ich kenne niemanden aus der königlichen Familie. Meine engste Verbindung zum Königshaus waren wohl die Leute, die das Royal Hotel führten, ehe sie ihr Sparschwein geschlachtet haben und nach Malaga entflohen sind.«

Die Wirkung war so, als hätte sie gestanden, dass sie Beulenpest hatte. Der Frau fiel das Kinn auf die Brust, ehe sie auf dem Absatz kehrtmachte und verschwand. Ihr straffer kleiner Hintern wackelte in dem engen Rock, den man sicherlich für eine Frau entworfen hatte, die höchstens halb so alt war wie sie.

Honey hatte kein Problem damit, dass man sie so hatte stehen lassen. Der Veranstaltungsort war großartig, die Cocktails waren hervorragend und die Knabbereien köstlich. Sie entdeckte Casper St. John Gervais, den Vorsitzenden des Hotelfachverbands. Er sah sie und nickte ihr kurz zu, ehe er sich wieder überschwänglich dem Schauspieler zuwandte, der in enger schwarzer Lederhose und reinseidenem Hemd neben ihm stand.

»Oft hier?«

Diese Stimme war ihr sehr vertraut. John Rees war einen Kopf größer als sie, sein Schatten schlank und elegant. Sie hatte schon manchmal Phantasien gehabt, in denen er vorkam. Doch bisher war ihre Beziehung kaum über einen freundlichen Flirt hinausgegangen. Honeys ernste Absichten galten allein Detective Chief Inspector Doherty.

Honey lächelte und wandte sich zu John Rees um.

»Die Anmache ist aber uralt.«

»Es ist die Einzige, die ich kenne, aber ich habe mir gedacht, da mir ohnehin nur eine Einzige auf der Welt gefällt, reicht auch die eine Zeile. Hab ich überhaupt 'ne Chance?«

Honey schaute sich um, als wäre nicht sie gemeint. »Hier im Raum sind viele ziemlich gutaussehende Typen. Am besten stellst du dich ordentlich hinten an.«

John schaute über ihren Kopf hinweg. »Keine Spur von deinem Polizeifreund. Weiß er, dass du unterwegs bist und dich umschaust, was an Muskelpaketen sonst noch geboten wird?«

Honey grinste. »Steve hat Dienst, und nur weil ich gerade auf Diät bin, werde ich mir doch mal die Speisekarte anschauen dürfen?«

»Freut mich zu hören. Wenn ich lange genug hier rumhänge, erliegst du vielleicht der Versuchung und schlägst über die Stränge.«

»Vielleicht.« Manche Vorstellungen regten ihre Phantasie sehr an, wenn sie auch bisher der Versuchung widerstanden hatte. Im Augenblick waren sie und John Freunde, schlicht und einfach, mehr nicht. Ab und zu ging sie in seinem Buchladen vorbei, gelegentlich winkte sie ihm nur im Vorübergehen zu. Das Schaufenster wölbte sich elegant glänzend vor. Hin und wieder konnte sie John Rees mit seinen Kunden sehen, wie sie sich vor der Kulisse der Regale voller Bücher und der alten Landkarten in Ebenholzrahmen bewegten.

Der Laden lag in einem schmalen Gässchen, dass die Upper Borough Walls mit der Milsom Street verband. Diese Gasse hatte eine geheimnisvolle Atmosphäre – und auch um John lag ein Hauch von Geheimnis. Es ging das Gerücht um, dass John Rees einmal beim Militär gewesen war. Jedenfalls wirkte er so, als könnte er gut auf sich – und die Seinen – aufpassen. Er sah gut aus, und er roch gut – nach frischen Tannen, ohne jeden Anflug von muffigen Büchern.

Es hatte mal eine Zeit gegeben, in der sich John Rees durchaus Chancen bei ihr ausrechnen konnte. Stattdessen war Honey mit Haut und Haaren dem kantigeren Sex-Appeal von Detective Chief Inspector Doherty verfallen. Und all das war nur gekommen, weil sie als Verbindungsfrau vom Hotelverband zur Kripo von Bath fungierte.

Von Anfang an war Steve ihr Ansprechpartner bei der Kripo gewesen.

»Kann ich dir was zu trinken besorgen?«

Honey versteckte ihr halbvolles Glas hinter dem Rücken. »Aber sicher.«

Mit großem Geschick gelang es ihr, das verborgene Weinglas auf einen günstig stehenden Tisch zu manövrieren, während John Rees einen bläulichen Cocktail aussuchte, der mit Sicherheit Curaçao enthielt und garantiert auch Wodka.

»Oh, ein Blue Lagoon«, sagte sie begeistert und umfasste das Glas mit beiden Händen. »Mein Lieblingscocktail. Wenn es die hier immer gäbe, würde ich wirklich öfter kommen.«

Sie nippte daran. Der Cocktail schmeckte frisch auf der Zunge und lullte beinahe sofort ihr Gehirn mit einem netten, verschwommenen Kribbeln ein.

Auf der Checkliste für begehrenswerte Eigenschaften bei Männern erfüllte John Rees alle Kriterien. Er war groß und eher athletisch gebaut als muskelbepackt. Er hatte ein schmales Gesicht, das recht lang wirkte, obwohl das vielleicht auch an seinem Vollbart liegen konnte. Und seine Augen schienen immer zu blitzen und zu leuchten.

»Och, und da hatte ich gehofft, du würdest sagen, wenn ich öfter hier wäre, kämst du öfter«, erwiderte er.

»Das wäre ein zusätzlicher Grund«, gestand sie ihm zu.

»Nett.«

»Hab dich in letzter Zeit nicht oft gesehen.«

Er schüttelte den Kopf. Er trank Wein.

»Ich war viel unterwegs, habe seltene Bücher, Landkarten und sogar Gemälde eingekauft.«

»Du erweiterst dein Sortiment?«

Er zuckte die Achseln. »Man interessiert sich einfach.«

John wirkte unabhängig, er war ein Mann, der gern in eigener Regie arbeitete. Selbst heute Abend, als die anwesenden Männer Smoking oder Abendanzug trugen, war es John gelungen, in dunkelblauen Cordhosen und Jeanshemd eingelassen zu werden. Beide Kleidungsstücke waren alt, ein wenig wie seine Bücher, und genau wie seine Bücher hatten sie Charakter. Eigentlich passte er überhaupt nicht hierher.

Honey preschte vor und fragte ihn: »Wie kommt es denn, dass man jemanden wie dich überhaupt eingeladen hat? Ich hätte nicht gedacht, dass das hier deine Sache ist.«

»Eine der Eingeladenen schon.«

Irgendwas an seinem Tonfall und daran, dass er sofort wegschaute, ließ sie vermuten, dass mehr dahintersteckte.

»Noch einen Drink?«, fragte er.

Sie blickte auf ihr leeres Glas hinunter. »Großer Gott, langweile ich mich so sehr? Doch mit dir nicht, John«, sagte sie rasch, als sie sah, dass er eine Augenbraue hochzog. Gott behüte! »Wenn die Leute hier mit mir reden und rausfinden, dass ich nicht berühmt bin, ziehen sie gleich weiter zum nächsten Opfer.«

»Die wissen gar nicht, was sie verpassen.«

Er hatte eine tiefe Stimme. Sanft strich er ihr mit einem Finger eine verirrte Haarsträhne wieder hinter das Ohr. Das war ein schönes Gefühl, und Honey wurde ganz anders zumute, als sie ihm hinterhersah, wie er sich mit Leichtigkeit durch die Menge bewegte, um ihr einen neuen Drink zu holen. Aus dem Augenwinkel beobachtete sie, dass ihm auch eine andere Frau hinterherschaute, eine Blondine, die ihr irgendwie sehr vertraut vorkam. Als sie bemerkte, dass jemand sie ansah, funkelte die Frau Honey mit blitzenden Augen an und wandte den Blick ab.

John kam zurück und drückte ihr ein weiteres Glas Blue Lagoon in die Hand.

Honey dankte ihm, lächelte und riskierte eine zweite Frage. »Und wie kommst du hierher?«

Er deutete mit dem Kopf in die Richtung, wo die Blondine, die ihm nachgeschaut hatte, Hof hielt.

»Ich bin ein Freund ihres Mannes. Er hat sich mal mit Immobilienentwicklung beschäftigt.«

Das schien ein seltsamer Grund für eine Einladung zu sein. Diese Veranstaltung hatte doch mit Leuten zu tun, die sich riesige alte Kästen leisten konnten und das nötige Kleingeld dafür hatten, sie prächtig auszustatten. Wenn sie es sich recht überlegte, passte schon ihr Profil nicht hierher, Johns ganz bestimmt nicht.

»Und du? Wieso bist du hier?«, fragte er.

Sie erklärte ihm, dass sie vielleicht einen alten Kasten irgendwo auf dem Land kaufen wollte.

»Die Stadtmaus überlegt, ob sie eine Landmaus werden soll. Ich denke darüber nach, aus der Stadt zu fliehen und ein altes Herrenhaus in ein Landhaushotel umzuwandeln – weit weg von allem Trubel, mitten in der Landschaft.«

»Ah, am grünen Rand der Welt, wenn du Thomas Hardy zitieren möchtest.«

»Ja, aber Hardy hatte nie mit Einbahnstraßen und Meuten von Kaufwilligen zu tun, die unbedingt ihre Plastikkarten benutzen wollen. Die Dame sieht ziemlich kostspielig aus«, fuhr sie fort und deutete mit dem Kopf auf die Frau in Rosa und Weiß. »Eindeutig eine Designer-Diva.«

Die besagte Dame trug ein weich fließendes weißes Kleid mit Knöpfen am Ärmel bis zum Ellbogen hinauf. Darüber hatte der Ärmel einen Schlitz und gewährte einen Einblick auf sonnengebräunte Oberarme. Die großen Creolen an den Ohren der Diva sahen aus, als seien sie mindestens aus 585er Gold. Der beigeblonde Bob wurde mit einem rosa Haarband aus dem Gesicht gehalten; und das Rosa passte natürlich perfekt zu den rosa Pantoletten mit den atemberaubend hohen Absätzen. Honey überlegte, dass es eigentlich ein bisschen zu warm für den rosa Seidenschal war, den die Frau sich um den Hals gewunden hatte, aber über Geschmack lässt sich ja bekanntlich nicht streiten.

Die Frau kam ihr bekannt vor. Im Geiste überflog sie die Liste der vielen Leute, die sie in ihrem Leben kennengelernt hatte – wenn auch einige nur sehr flüchtig. Im Green River Hotel war ja ein ständiges Kommen und Gehen – Gäste im Hotel und im Restaurant, Personal.

»Ist es möglich, dass ich die Frau von irgendwoher kenne?«

»Ich denke schon. Sie heißt Arabella Rolfe. Vielleicht erinnerst du dich an sie unter dem Namen Arabella Neville. Sie hat mal als Moderatorin beim Fernsehen gearbeitet.«

»Oh! Die ist das!«

Lachfältchen erschienen um Johns Augen, als er grinste.

»So reagieren die meisten Frauen, wenn ihr Name erwähnt wird.«

»Nur die meisten Frauen? Und was ist mit den Männern? Es gab eine Zeit, da dachte ich, dass sie in meinem Fernseher wohnte. Sie hat ja so ungefähr jede Sendung moderiert.«

»Bis ...«

Ihre Blicke trafen sich. Jetzt wusste Honey es wieder. »Bis sie sich zwischen einen Mann und seine Frau und Familie drängte. Es war eine sehr öffentliche Affäre, wenn ich mich recht erinnere.«

»Volle Punktzahl fürs Gedächtnis«, meinte John und stieß mit Honey an. »Sie hatte eine sehr öffentliche Affäre mit einem verheirateten Mann. Seine Exfrau hat die Kinder und sein schäbiges Verhalten durch alle Medien gezerrt. Das hat die Fernsehzuschauer nicht sonderlich erfreut. Die Einschaltquoten für ihre Sendung sackten schneller in die Tiefe als ein Expresslift.«

»Wo ist also ihr Mann?«, fragte Honey.

»Adam Rolfe? Oh, lass es mich mal so sagen, sie machen im Moment eine etwas schwierige Zeit durch. Und es ist nicht die erste.« Er seufzte. »So wie ich den armen Adam kenne, geht er ihr aus dem Weg.«

»Gibt es dafür einen besonderen Grund?«

»Sie sind gerade aus einem Riesenhaus in eine kleinere Wohnung umgezogen, und sie ist keineswegs erfreut darüber. Klein und unauffällig, das ist nicht ihr Stil.«

»So was ist immer ein Riesenstress – ein Umzug.«

Honey seufzte. Der köstliche Duft des Essens, das Klirren der Weingläser und die flammenden Fackeln vor dem uralten Gemäuer, die Statuen und das Rechteck Himmel oben, dazu noch John Rees – was konnte sie sich mehr wünschen? Sie versuchte sich einzureden, dass die Cocktails der Grund waren, warum Johns und ihre Hände sich immer wieder berührten, aber tief im Innern wusste sie, dass das nicht ganz stimmte.

Ein wirklich wunderbarer Abend, eigentlich konnte es kaum so weitergehen – und richtig: ihr Telefon klingelte.

»Das Hotel«, erklärte sie entschuldigend, als sie ihr Handy aufklappte.

Wenn es Probleme gibt, ruft mich sofort an.

Diese Anweisung hatte sie gegeben, obwohl sie betont hatte, dass es nur im äußersten Notfall sein sollte. Hoffentlich war das Hotel nicht in Flammen aufgegangen und der Chefkoch hatte keinen Speisegast ermordet, der um Ketchup zum Essen gebeten hatte.

Weil sie so erpicht darauf war, John Rees nicht aus den Augen zu verlieren, nahm sie das Gespräch an, ohne vorher zu schauen, wer anrief – und bereute das sofort.

»Hannah. Ich habe festgestellt, dass ich dich nicht mehr besuchen kann, wenn du aufs Land ziehst. Du weißt doch, wie sehr ich unter Heuschnupfen leide. Und ich hasse den Gestank von Kuhmist. Wie das Zeug in der Sommerhitze dampft! Und wie viele Fliegen so was anzieht! Und ich hasse Wespen. Du weißt doch, dass ich allergisch gegen Wespenstiche bin, nicht wahr? Und was soll denn Lindsey auf dem Land tun? Die haben da nicht mal Starbucks. Und erst recht keine Clubs.«

Honey verdrehte die Augen. »Mutter, es ist ja noch nichts entschieden. Ich rufe dich zurück.«

»Ich finde, wir sollten *jetzt* miteinander reden. Wie wäre es, wenn ich vorbeikomme und mich selbst zu dieser kleinen Party einlade? Ich könnte doch sagen, dass ich mit dir zusammen eingeladen bin und du meine Karte hast?«

Der Gedanke, dass ihre Mutter auftauchen und hier im Weg herumstehen würde, war Honey gar nicht recht.

»Ich bin in Begleitung hier.«

»Etwa mit dem Polizisten?«

»Nein.«

»Na, das ist ja ausnahmsweise eine gute Nachricht. Mit wem denn? Sag's mir, und dann sehen wir mal, ob ich einverstanden bin. Ich könnte sogar noch mehr für dich tun. Mavis ist seit neuestem ganz begeistert von Tarot-Karten. Mary Jane hat ihr gezeigt, wie das geht. Sie kann dir die Karten legen und vorhersagen, was passieren könnte.«

»Das weiß ich selbst.« Natürlich wusste sie das. Ein netter kleiner Flirt. Mehr nicht. Na ja, vielleicht nicht ganz klein. »Ich rufe dich zurück.«

Sie beendete das Gespräch rasch, indem sie vorgab, dringend auf die Toilette gehen zu müssen, und noch dazu flunkerte, dass ihr Handy aufgeladen werden müsse.

»Der Akku ist beinahe leer.«

Auf hohen Absätzen über beinahe zweitausend Jahre alte Pflastersteine zu stöckeln, das war gar nicht so einfach. Zu Honeys großer Erleichterung waren wenigstens die Toiletten modern und hatten einen ebenen Boden. Dankbar verriegelte sie die Kabine und saß mit geschlossenen Augen da, den Kopf in die Hände gestützt.

Beinahe wäre sie eingeschlafen, hätte da nicht plötzlich jemand die Eingangstür zum Toilettenbereich knallend zugeschlagen. Dann waren laute Frauenstimmen zu hören.

»Arabella Rolfe, geborene Neville! Schätzchen, wie geht es denn unserer Zuckerfee? Versuchst du immer noch, deine Karriere wieder in Gang zu bringen. Jetzt musst du wohl feststellen, dass du einiges über dein Verfallsdatum raus bist?«

Die Gehässigkeit in der Stimme war nicht zu überhören. Honey zwinkerte. Die Dame mit dem rosa Haarband musste wohl draußen vor der Kabine stehen.

»Meine Liebe, Qualität und professionelle Arbeit setzen sich immer durch. Leute ohne jegliches Talent halten allerdings nie lange durch.«

Die Antwort war mit mindestens genauso gehässiger Stimme gesprochen worden. Honey konnte sich gut vorstellen, dass

sich hier Finger mit lackierten Nägeln wie Klauen verkrampften.

»Nun, inzwischen sind ein paar frische Gesichter auf der
Bühne erschienen, Baby. Ich hab dir gründlich die Schau gestohlen. Du bist weg vom Fenster, deine Karriere pfeift auf
dem letzten Loch, genau wie du!«

»Bilde dir bloß keine Schwachheiten ein!«

»Und du mach dir nichts vor. Du bist erledigt, Arabella. Wie
sagt man so schön: was vorbei ist, ist vorbei. Und du bist so was
von vorbei. Ein Gespenst von gestern. Wenn du mich fragst,
ich würde einen Exorzisten holen.«

Die Frau, die Arabella hieß, reagierte rasch. »Wenn ich ein
Gespenst bin, dann bist du ein lebender Alptraum, eine män-
nergeile Schlampe.«

»Und das aus deinem Mund, Schätzchen? Zahlst du eigentlich dem Mann von der Galerie immer noch Unsummen, damit er deine grauenhaften Gemälde ausstellt? Man munkelt,
dass du ihm im Gegenzug sein Ego ein bisschen massierst –
und nicht nur sein Ego, hört man. Weiß eigentlich Adam davon? Oder sollte ich mal bei ihm anrufen, Schätzchen? Ich
könnte ihm eine Schulter bieten, an der er sich ausweinen
kann – und mehr, wenn er will.«

Ein Handy wurde eingeschaltet und meldete sich piepsend,
dann hörte man ein Klappern.

Honey vermutete, dass eine der Damen der anderen das
Mobiltelefon aus der Hand gerissen und auf den gekachelten
Boden geschleudert hatte, wo es klirrend über die Fliesen
schlitterte. Honey war ganz Ohr. So ein Drama im wirklichen
Leben war ja wesentlich spannender als jede Seifenoper.

»Ich bring dich um, Arabella Rolfe!« Die Stimme war sehr
schrill geworden.

»Dazu hast du ja gar nicht den Mumm.« Die Antwort war
eher ein Knurren.

»Aber ich habe genug Geld und kann jemanden damit be-
auftragen. Ich kann zahlen. Das weißt du ganz genau!« Die

Stimme klang nun eine ganze Oktave tiefer, war bedrohlich geworden.

Honey überlegte, dass jetzt der Augenblick gekommen war, sich einzuschalten. »Heute Abend wird hier niemand umgebracht«, erklärte sie laut aus ihrer Kabine heraus.

Sobald sie die Spülung betätigt hatte, war alles da draußen vorbei.

Die Tür, die von den Toiletten auf den steingepflasterten Gang und zur Party zurück führte, fiel krachend hinter den beiden zu. Keine der beiden Frauen wollte erkannt werden. Die eine Dame war eindeutig Arabella Rolfe gewesen. Von der anderen wusste Honey nur, dass sie Arabella am liebsten umbringen würde.

Drei

Adam Rolfe schaute von seiner unberührten Tasse Kaffee zu seinem ältesten Sohn Dominic hinüber und spürte nichts als großes Bedauern.

»Es tut mir wirklich leid, dass ich nicht für dich da war …«

»Ach, was du nicht sagst.«

Dominics Stimme war voller Sarkasmus. Sein Haar war zu lang. Selbst nachdem er das Haar aus dem Gesicht geschüttelt hatte, konnte sein langer seidenglatter Pony, der an den Enden nach oben gebogen war, die Verachtung in seinen Augen nicht verbergen.

Adam war völlig entnervt. Er starrte in seinen inzwischen kalt gewordenen Kaffee und auf sein Essen, das er nicht einmal angerührt hatte. Ringsum war der Lärm des Café Rouge in der Milsom Street. Leute plauderten bei einem Glas Wein, beim Essen oder beim Kaffee. Kellner flitzten zwischen den Tischen hin und her, kritzelten Bestellungen auf kleine Blocks, lächelten freundlich.

Obwohl Adam Rolfe von all dieser Geschäftigkeit, all diesen Menschen und all diesem Lärm umgeben war, fühlte er sich schrecklich einsam und hatte ein furchtbar schlechtes Gewissen.

Sein ältester Sohn war achtzehn Jahre alt. Ihn hatte es wahrscheinlich am härtesten getroffen, als sein Vater seine Mutter wegen der schicken, glamourösen Arabella verlassen hatte.

Adams schlechtes Gewissen war in letzter Zeit noch schlechter geworden, wahrscheinlich weil die Flammen der Leidenschaft zwischen ihm und seiner zweiten Frau nicht mehr ganz so heiß loderten wie einst. Denn im Grunde war sie eine egoistische Zicke.

Adam liebte seinen Sohn von ganzem Herzen und wollte

unbedingt noch einmal versuchen, ihn wieder für sich zu gewinnen.

Er rang sich ein strahlendes Lächeln ab. »Aber ich kann dich an der Uni besuchen, wenn du das möchtest.«

Selbst in seinen Ohren klang dieses Angebot jämmerlich und so, als hinge es davon ab, wie sehr Arabella ihm Druck machte, sobald sie Wind von Adams Plänen bekam. Arabella mochte es gar nicht, dass er irgendwo ohne sie hinging – besonders wenn es Familientreffen waren. Die versuchte sie ihm gewöhnlich auszureden. Wenn sie irgendwo nicht hingehen konnte oder wollte, dann durfte er das auch nicht. Dominic schaute seinen Vater mit dunklen Augen an, in denen mehr Vorwurf und Reife lagen, als Adam je bemerkt hatte.

»Wenn *sie* es erlaubt. Gib's zu, Dad, sie hat bei euch die Hosen an. Sie kann es nicht leiden, wenn wir zu Besuch sind. Wenn ›Ihre Majestät‹ uns, selten genug, gnädigst erlaubt, euch zu besuchen, dann nur, wenn wir Wochen im Voraus einen Termin ausgemacht haben. Kannst du dich überhaupt noch erinnern, wann wir zum letzten Mal zusammen Weihnachten gefeiert haben?«

Adam zuckte zusammen. Die dunklen Augen in dem bleichen Gesicht erinnerten ihn daran, wie Susan ihn angeschaut hatte, als er ihr mitgeteilt hatte, er würde sie und die Kinder wegen der Glamour-Frau aus dem Fernsehen verlassen.

Man hatte Arabella gewarnt, ihre Karriere könnte unter dieser Affäre leiden, ihr Image vom zuckersüßen netten Mädchen von nebenan wäre dann für immer angekratzt. Arabella hörte nicht einmal hin. Sie war überzeugt, dass sie alles haben konnte – alles, was sie wollte, und dazu gehörte eben auch er. Damals hatte er sich geschmeichelt gefühlt, dass sie für ihre Liebe – und für ihn – alles aufs Spiel setzte.

Als die Nachricht über ihre Affäre an die Öffentlichkeit drang, verlangte der Fernsehsender, dass Arabella sie beendete, und zwar pronto. Doch Arabella war sich ihrer eigenen Bedeutung so sicher gewesen, dass sie sich wieder geweigert hatte, auf gute Ratschläge zu hören, und nur auf ihre Einschaltquoten und die wöchentlich eintreffenden Säcke voller Fanpost verwiesen hatte.

Adam war ihr völlig verfallen, hatte Frau und Kinder im Stich gelassen und sich scheiden lassen. Die Hochzeitsfotos von Adam und Arabella hatten zwei ganze Seiten einer Klatschzeitung eingenommen. Die beiden hatten eine stattliche Summe dafür eingestrichen, zum einen von der Zeitschrift selbst, zum anderen von den Herstellern einer Gourmet-Eiskrem.

Die Doppelseite in dem Klatschblatt war der Höhepunkt ihrer Beziehung gewesen. Das hatte damals allerdings keiner der beiden begriffen. Dabei hätten sie die Warnsignale sehen können: die bitterbösen Briefe entrüsteter Fernsehzuschauer, die Arabella bezichtigten, sie hätte eine Familie zerstört, sie als herzloses Luder und skrupellose Schlampe bezeichneten.

Das Paar, »das alles hatte«, hatte die großartige Hochzeit erlebt, die Riesenpublicity genossen und einen entsprechend saftigen Scheck eingestrichen. Danach ging es unaufhaltsam bergab. Der Sender ließ Arabella fallen. Ihre Karriere bekam einen gewaltigen Knick, und darunter litt ihre Beziehung. Arabella bestand darauf, dass die Kinder für alle Besuche Termine ausmachen müssten. »Denn ihre Anwesenheit könnte meiner Karriere und unseren persönlichen Plänen im Weg stehen.«

Selbst jetzt stellte Adam fest, dass er versuchte, ihr Verhalten zu entschuldigen.

»Weißt du, sie ist immer sehr nervös, wenn Kinder im Haus sind ...«

Dominics Kiefer verkrampfte sich. »Dad, du hast es vielleicht nicht bemerkt, aber ich bin inzwischen beinahe 10 Zentimeter größer als du und wirklich kein Kind mehr. Arabella will uns einfach von dir fernhalten. Dieses egoistische Aas will, dass du vergisst, dass es uns je gegeben hat.«

»Wenn wir uns erst einmal in der neuen Wohnung eingelebt haben …«

»Träum weiter!«

Dominic hatte so laut gesprochen, dass eine Frau am Nebentisch den Kopf zu ihnen wandte.

Adam sackte auf seinem Stuhl zusammen und fühlte sich, als hätte man ihm all seine Energie geraubt. Ihm war inzwischen der letzte hartnäckige Rest von Überzeugung abhandengekommen, dass Arabella die Liebe seines Lebens war.

Er war mit federnden Schritten hierhergegangen, war zwar ein wenig nervös gewesen, hatte sich aber darauf gefreut, an Dominics Begeisterung über seinen Studienbeginn in Leicester teilzuhaben.

Stattdessen hatte ihn sein Sohn auf etwas hingewiesen, was er im tiefsten Herzen bereits wusste. Er hatte ihm die Wahrheit über seine Ehe gesagt. Dominic hatte dafür gesorgt, dass sein Vater sich schwach und hilflos fühlte, und er war noch längst nicht fertig mit ihm.

Dominic erhob sich halb von seinem Stuhl und lehnte sich zu ihm herüber.

»Und halte mir jetzt bloß keine Reden darüber, dass ich das Saufen und die Mädels nicht wichtiger nehmen soll als das Studieren. Eins ist ja wohl klar, Dad: du hast keinerlei Recht, mir was zu predigen. Außerdem bin ich sehr viel verantwortungsbewusster, als du meinst.« Sprach's und ging ohne ein weiteres Wort.

Adam schaute seinem Sohn hinterher, der rasch auf der Milsom Street verschwand. Er war merkwürdig dankbar, dass er zumindest die Rechnung bezahlen durfte. Es tat ihm gut, dass er seinem Sohn überhaupt ein bisschen was geben konnte, wenn es auch sehr wenig war. Zu wenig und zu spät.

Als Adam nach Hause kam, schloss er die Haustür hinter sich und hatte Dominics Wutausbruch noch im Ohr.

Seine Schritte hallten lauter als sonst auf dem Marmorboden des Herrenhauses aus dem 18. Jahrhundert wider. Man hatte

29

die meisten Möbelstücke bereits abgeholt. Nun waren nur noch die Kartons übrig, die darauf warteten, dass die Umzugsleute kamen und sie in die neue Wohnung im zweiten Stock eines Hauses am Royal Crescent brachten. Das verlassene Haus wirkte öd und leer. So ähnlich fühlte er sich auch.

Der Unterhalt für das Herrenhaus war sehr kostspielig. Er hatte daher beschlossen, die Ausgaben zu verringern und in eine kleinere Wohnung umzuziehen.

»Wir brauchen eigentlich nur eine Wohnung«, hatte er zu Arabella gesagt. Vorher hatte er ihr noch gebeichtet, dass seine Immobilienentwicklungsfirma pleite war. Das Haus war in den Besitz der Bank übergegangen, sie mussten also ausziehen. Arabella erklärte das offiziell so, dass sie in die Stadt und näher an all die Kultur wollten. Die Wahrheit war allerdings ein offenes Geheimnis. In Bath, jener kleinen, überaus eleganten Stadt, breiteten sich alle Neuigkeiten aus wie ein Lauffeuer.

Wenn sie schon in einer winzigen Schuhschachtel wohnen mussten, dann sollte es wenigstens eine topelegante Schuhschachtel sein, darauf hatte Arabella bestanden. Und zwar am Royal Crescent; mit weniger gab sie sich nicht zufrieden.

Der Umzug hatte viel gekostet und durchaus nichts gespart. Adam hätte aber dringend Geld gebraucht. Doch Arabella setzte immer ihren Willen durch. Sie hatte nicht die Absicht kürzerzutreten, ihr übergroßes Ego ließ das nicht zu. Also hatte er sich ihrem Druck und ihrem langen Schmollen und Schweigen gebeugt und klein beigegeben.

Er spazierte von einem Zimmer ins andere und wunderte sich, dass das, was einmal sein Zuhause gewesen war, nun so hohl und leer hallte. Er hatte erwartet, Arabella hier anzutreffen, aber sie war nicht da. Er war nur von Pappkartons und Packkisten umgeben.

In der Küche fand er einen Karton mit ein paar Flaschen. Das war alles, was von ihrem eindrucksvollen Weinkeller übriggeblieben war. Zwischen dem Rotwein entdeckte er eine gekühlte Flasche Weißwein.

Er schenkte sich ein großes Glas voll und stürzte es in einem Zug hinunter. Seine Begegnung mit Dominic hatte etwas in ihm geweckt, das lange tief in seinem Inneren begraben gewesen war. Der Blick seines Sohnes hatte den Schmerz zutage gefördert, den er stets verdrängt hatte – weil Arabella sich ja darüber aufgeregt hätte und weil er sie liebte, zumindest früher einmal geliebt hatte.

Er trank gleich ein zweites Glas Wein. Schon bald war die Flasche nur noch zu einem Drittel voll.

»Ach was«, murmelte er mit einem resignierten Seufzer. »Nur nichts umkommen lassen.«

Er schenkte sich noch ein Glas ein, nahm einen Schluck und sofort einen zweiten. Normalerweise trank er nicht so schnell, aber er musste ja seiner Frau gegenübertreten – sobald sie nach Hause kam. Er würde ihr erzählen, dass er sich mit Dominic getroffen hatte und dass er ihn in Leicester besuchen würde.

Er ging in der Küche auf und ab, während er die Sache durchdachte. Ja, das würde er als Erstes sagen. Und danach …

Sein Mut schmolz dahin wie Eiskrem in der Sonne. So ging es nicht. Es ging überhaupt nicht.

Er hielt vor einer Cymbidium-Orchidee inne, die aus ihrem Topf herausgewachsen war, und atmete einige Male tief durch.

»Schau mal, Arabella«, sagte er und sprach die unzähligen kirschroten Blüten an. »Es sind schließlich meine Kinder. Ich bestehe darauf, dass sie mich in unserer neuen Wohnung besuchen kommen. Du kannst solange aus dem Haus gehen, wenn du sie nicht sehen willst.«

Seine Stimme klang fest und entschlossen. Aber er war ja auch allein im Haus, und die Orchidee, auf die er starrte, würde ihm höchstwahrscheinlich nicht widersprechen.

»Na ja, ich könnte sie natürlich auch einladen, ohne dass Arabella was davon merkt«, sagte er laut vor sich hin. »Wie wäre es, wenn ich sie für ein Wochenende irgendwohin schicke? In irgendein luxuriöses und angemessen teures Hotel? Eine Wellness-Oase oder so?«

Er seufzte. »Schade eigentlich, dass das nur ein zeitweilige Lösung wäre, mein lieber Adam.«

Da fiel die Haustür krachend ins Schloss, und er fuhr zusammen. Wein schwappte aus dem Glas.

»Adam?«

Arabella hob die Stimme. Dieses ewige Fragezeichen hinter seinem Namen! Er fühlte sich, als hätte man ihm mit Sandpapier über den Rücken geschabt.

»Ich bin hier in der Küche«, rief er.

Er stählte sich für die Begegnung, für das, was er jetzt zu tun hatte. Er ging aus der Küche, die letzten Schlucke des kristallklaren Weins noch im Glas. Ihr Blick fiel sofort darauf.

»Du bist betrunken.«

»Ich feiere. Dominic hat einen Studienplatz in Leicester bekommen. Hatte ich dir davon erzählt?«

Sein Mut begann zu schwinden, aber er rang sich ein schwaches Lächeln ab.

Ihre Augen verengten sich, und ihre Mundwinkel sanken nach unten. Tiefe Falten zeichneten sich ab. Ihr Mund sieht aus wie der einer Marionette, der an einem Scharnier hängt, überlegte er, und beinahe hätte er das laut gesagt. Stattdessen nahm er noch einen großen Schluck Wein. Sein doppelter Helfer: gegen Angst und Hass.

»Ich habe mich heute mit ihm getroffen. Wir haben zusammen zu Mittag gegessen.«

Ihre Augen blitzten wütend. »Davon hast du mir nichts gesagt.«

Er zwinkerte nervös. Er war nie ein Rebell gewesen – zumindest nicht im Umgang mit ihr. Arabella hätte auch als Domina eine blendende Karriere machen können. Die richtige Einstellung hatte sie. Noch ein ledernes Mieder und hochhackige Stiefel dazu, und Simsalabim ... schon konnte er sich vorstellen, wie sie die Peitsche schwang.

Diese Seifenblase zerplatzte rasch. Sie schaute ihn entsetzt an, als hätte er sie geschlagen.

»Schließlich bist du mein Mann!«

Sein Hals war ganz trocken, und seine Handflächen waren feucht, aber irgendwie bekam er die Sätze zusammen, Sätze, die er schon vor Jahren hätte sprechen sollen.

»Dominic ist mein Sohn. Das musst du einfach akzeptieren. Es ist höchste Zeit.«

»Ich denke nicht daran!« Gewitterwolken drohten auf ihrem Gesicht.

Er polterte weiter wie ein Karren, der ohne Pferd und ohne Bremse bergab rast.

»Ich lade meine Kinder zu einer Einweihungsfeier in die neue Wohnung ein.«

»Den Teufel wirst du tun!«

»Warum nicht? Es sind schließlich meine Kinder.«

»Es ist mein Zuhause. Nicht ihres.« Ihre Stimme war kalt, ihre Kiefer stahlhart.

»Es ist auch meines, und es sind meine Kinder.«

Sie schob die Unterlippe vor. Ihre Augen verengten sich bedrohlich.

Adam spürte, wie sich sein Magen vor Angst noch ein bisschen mehr verkrampfte.

»Wenn du darauf bestehst, Adam, dann gehe ich. Du hast die Wahl. Ich oder deine Brut.«

Seine Courage schien ihn völlig zu verlassen. Plötzlich sehnte er nur noch einen Kompromiss herbei. Er wollte sie glücklich machen, ihr versichern, dass alles so sein sollte, wie sie es wollte.

»Arabella, Schätzchen …«

Sie schüttelte die Hand ab, die er ihr zur Beruhigung auf den Arm gelegt hatte.

»Nimm deine schmierigen Pfoten weg.«

Er fuhr zurück, als hätte er sich die Fingerspitzen verbrannt.

»Das hast du früher nie gesagt.«

»Nun, dann sage ich es eben jetzt«, knurrte sie, und langsam stieg eine hässliche Röte von ihrem Hals zu ihren Wangen auf.

»Ich habe keine Lust, deine widerwärtige Brut in unserem neuen Zuhause willkommen zu heißen. Und wenn du weißt, was gut für dich ist ...«

Widerwärtige Brut ...?

Die Worte brannten sich in sein Gehirn ein. Die ätzende Kritik, die er ständig zu hören bekam, schon all die Jahre lang, die er im Kielwasser dieser selbstsüchtigen Frau schwamm, schien er nun nicht mehr ertragen zu können. Er hörte kaum, was sie noch alles sagte, denn in ihm war etwas zerbrochen.

Plötzlich merkte er, dass Arabella japste und prustete. Er sah, dass er die Hände um ihren Hals gekrallt hatte, bemerkte, dass ihre Augen hervorquollen, sah die blitzenden Ringe an den Fingern, mit denen sie seinen Griff zu lockern versuchte.

Das Nächste, woran er sich erinnerte, war, dass er mit den Fäusten an die Tür eines guten Freundes hämmerte, dem er seine schreckliche Sünde beichten wollte.

Vier

Honey Driver öffnete blinzelnd die Augen und schaute zur Decke hinauf. Ein Nachtfalter flatterte immer wieder dagegen, ehe er sich in Richtung Fenster und Tageslicht stürzte.

Honeys Telefon klingelte, sie überprüfte die Nummer, sah, dass es Doherty war, und antwortete.

»Honey«, sagte er.

»Stevie. Irgendwelche Wehwehchen?«

»Hier und da und an ein paar sehr interessanten Stellen. Ich zeig's dir später. Aua ...«

Sie grinste. »Das hat wohl weh getan?«

»Ach was, nur ein kleines Ziepen.«

»Vielleicht bist du für Rugby doch nicht fit genug?«

»So würde ich das nicht formulieren. Wie war es gestern Abend auf der Party?«

»Okay.« Sie sagte das ganz leichthin, als wäre die Veranstaltung so lala gewesen.

John Rees erwähnte sie gar nicht. »Ich habe ein paar berühmte Leute gesehen.«

»Irgendwelche Profi-Rugbyspieler?«

»Möglicherweise.«

»Aber du hättest sie nicht bemerkt, selbst wenn du über einen gestolpert wärst. Stimmt's?«

»Ich weiß schon, wie die aussehen – im Allgemeinen.«

Nachdem er zugegeben hatte, dass er sich gerade in einem warmen Bad räkelte, und sie eingeladen hatte, ihm dort Gesellschaft zu leisten, einigten sie sich darauf, sich so schnell wie möglich zu treffen.

»Ich habe gestern Abend gehört, wie eine Frau drohte, eine andere umzubringen«, erzählte Honey ihm.

Am anderen Ende der Leitung hörte sie wieder dieses leise, schmerzliche Aufstöhnen.

»Erzähl es mir später. Ich muss mich erst ein bisschen einreiben.«

»Ich wünschte, ich wäre da.«

»Ich auch.«

Nach zehn Minuten unter der warmen Dusche waren Honeys Gedanken ganz klar, und ihr Körper kribbelte angenehm. Verschiedenes ging ihr durch den Kopf, und beinahe alles hatte mit dem Vorabend zu tun.

John Rees führte diese Kolonne an, gefolgt von den berühmten und nicht ganz so berühmten VIPs des Abends, der Frau in Rosa und Weiß und der Morddrohung, die Honey auf der Damentoilette mit angehört hatte. Eine solche Morddrohung durfte man sicherlich nicht ganz ernst nehmen. Leute drohten einander ja andauernd, und meistens hatte es gar nichts zu bedeuten.

John Rees war reizend gewesen, wenn auch ein wenig zerstreut. Sie fragte sich, ob es eine neue Frau in seinem Leben gab. Nicht dass sie sich einbildete, die »alte Liebe« gewesen zu sein. Keineswegs. Na ja. Nicht unbedingt. Da war schon ein gewisses heißes Flirren zwischen ihnen, zumindest früher war es da gewesen. Doch dann war Detective Chief Inspector Steve Doherty aufgetaucht. Und sie hatte sich entschieden.

»Trotzdem«, murmelte sie. »Nur weil man eine Diät macht, heißt das doch nicht, dass man nicht die Speisekarte lesen darf. Oder ab und zu ein bisschen was knabbern kann …«

Sie rief sich streng zur Ordnung.

»Nein. Das ist unartig«, tadelte sie sich, schüttelte den Kopf und ließ sich noch einmal das Wasser über den Schädel rinnen.

Dohertys Einladung zum gemeinsamen Bad, John Rees und der Gedanke an Sex im Allgemeinen hatten ihren Appetit angeregt. Als sie durch die Restaurantküche kam, schnappte sie

36

sich ein Würstchen, eine Scheibe Speck und ein Spiegelei und quetschte alles zusammen zwischen zwei Scheiben Brot.

Na gut, das war nicht gerade gesund, aber es war schnell zubereitet, und sie konnte es herunterschlingen, während Leute auscheckten und das Personal sich für die Tagesschicht anmeldete.

Im Empfangsbereich hatte sie nur mit Gästen gerechnet, die ihre Rechnungen bezahlten, nachdem sie ein ziemlich ungesundes volles englisches Frühstück verzehrt hatten. Stattdessen erwarteten sie dort auch wahre Berge von Toilettenpapier.

»Das ist gerade geliefert worden«, sagte Anna, ihre fleißige Mitarbeiterin aus Polen, die ohne größere Probleme ein Kind nach dem anderen bekam. »Ich glaube, es ist viel mehr als sonst. Es hat nicht alles ins Vorratslager gepasst.«

Honey stand mit weit offenem Mund da. Der Toilettenpapierberg bestand aus Paketen zu je zwölf Rollen und war eine ziemlich gute Annäherung an die Cheops-Pyramide.

»Ich kann es nicht glauben.«

»Stimmt aber!« Anna schien beinahe beleidigt zu sein. »Sehen Sie? Hier ist der Lieferschein, den Leski mir gegeben hat.«

Honey runzelte die Stirn. »Leski? Der Mann, der sonst hier liefert, heißt George.«

»George ist in Rente gegangen und angelt jetzt in Schottland. Nun haben wir Leski. Er ist Ungar, glaube ich. Oder Rumäne. Ich bin nicht sicher. Jedenfalls, er ist aus dem Ausland und spricht sehr schlecht Englisch.« Anna warf den Kopf in den Nacken und schaute verächtlich, weil da jemand die Sprache seiner Wahlheimat noch nicht meisterte. »Und ich glaube, er ist ein bisschen dumm.«

Honey las den Lieferschein gründlich durch. Die Gesamtmenge, die zu liefern war, stand da in gewöhnlichen, ganz alltäglichen Zahlen, die jeder verstehen konnte, egal aus welchem Land er stammte.

»Du hast recht«, sagte sie zu Anna. »Er ist ein bisschen dumm.

Hier steht einhundert Pakete mit zwölf Rollen. Ich glaube, wir haben mindestens tausendzweihundert Pakete.«

Der Manager bei »Mister Mopps Einwegartikel« war ein Mann namens Bernie Maddox. Ehe er für die Firma arbeitete, war er selbständig gewesen. Honey kannte seine Vorgeschichte und war auf alle möglichen Ausflüchte vorbereitet, die er vorbringen würde.

Zunächst erklärte er Honey, der neue Fahrer hätte sich verirrt.

»In Bath? Könnten Sie mir das bitte näher erläutern?«

»Warum zum Teufel sollte ich das? Er hat sich verfahren. Das ist alles. In Ordnung?« Sein Tonfall war brüsk. An der Schulung zum Thema »Der Kunde hat immer recht« hatte er offensichtlich nicht teilgenommen.

»Bernie. Beruhigen Sie sich. Ich verlange ja nichts Unmögliches. Ich habe schließlich nicht um Dijon-Senf für meinen Hamburger gebeten. Ich möchte schlicht und einfach die Wahrheit hören.«

»Oh, Sie kennen die Geschichte?«

»Sie haben einem Kunden das Zeug zwischen die Augen gefeuert.«

»Das war nur Ketchup«, bellte er zurück, wenn er auch erstaunt schien, dass sie über den Skandal Bescheid wusste, den er bei seiner früheren Tätigkeit als Verkäufer von Hotdogs verursacht hatte.

Sein Hotdog-Stand hatte an einer Haltebucht an der A46 gestanden. Es war mit dem Verkauf von Hotdogs, Beefburgern und Getränken nicht besonders erfolgreich gewesen, und das lag an seiner Einstellung zur Kundschaft. Bernie kam mit Menschen einfach nicht klar.

»Ich möchte Ihnen das nur wieder ins Gedächtnis rufen. Ich bin Honey Driver, Hotelbesitzerin. Ich weiß, wie sehr einem die Leute auf den Wecker gehen können.«

»Der Kunde hat *nicht* immer recht, das müssen Sie doch wissen!«

»Diese Kundin hat jedenfalls tatsächlich recht. Wissen Ihre gegenwärtigen Arbeitgeber eigentlich, dass Sie ab und zu auf Leute feuern?« Beschwerden waren bei Bernie an seinem Hotdog-Stand gar nicht gut angekommen.

»Aber ich habe doch nicht aus einer Pistole gefeuert!«

Das stimmte. Er hatte die Kunden nur mit Senf oder Ketchup bespritzt.

»Ich kann das formulieren, wie ich will. Und ich bin hier die Kundin. Ihre Chefs werden mir recht geben.«

Bernie versprach, die überzähligen Rollen Toilettenpapier wieder abholen zu lassen.

Honey legte den Hörer auf.

»Oh, und wir haben keine Silberpolitur mehr«, fügte Anna hinzu.

»Das ist mir egal. Wir können schnell in der Stadt welche kaufen, wenn es sein muss.«

»Ich brauche sie für die Messer und Gabeln.«

»Eine Dose reicht. Als ich das letzte Mal nachgesehen habe, waren noch etwa ein Dutzend da. Fehlt sonst noch was?«

Anna schüttelte den Kopf, beugte sich vor und senkte die Stimme. »Es könnte Sir Cedric gewesen sein. Manchmal trägt er ein Schwert. Miss Mary Jane hat mir das erzählt.«

Es kam in Honeys Hotel öfter vor, dass Bemerkungen, die das Personal und die Gäste machten, sie sehr verblüfften. Annas Bemerkungen beinahe immer.

»Ein Mann hat angerufen«, sagte Anna plötzlich, ehe Honey Zeit hatte, ihr den guten Rat zu geben, besser nicht alles zu glauben, was ihr Mary Jane erzählte. »Ich habe seine Nummer aufgeschrieben.«

Honey nahm den Zettel in die Hand und erwartete, Dohertys Telefonnummer zu sehen. Stattdessen erkannte sie John Rees' Nummer und schaute auf die Uhr. Es war ein bisschen früh für einen Anruf von ihm. Sie runzelte die Stirn. »Ich rufe ihn vom Büro aus zurück.«

Das Büro lag unmittelbar hinter dem Empfangstresen. Es

war eine völlig andere Welt als der Rest des Hotels. Hier standen ein sehr schöner Schreibtisch, den sie bei einer Auktion erworben hatte, ein Drehstuhl aus Mahagoni und jede Menge Aktenschränke. Nicht dass sich Honey zu intensiv mit der Ablage beschäftigte. Das konnte Lindsey besser, obwohl sie inzwischen die meisten Unterlagen online gespeichert hatte.

Honey hatte einen eigenen Computer, aber der war mit Lindseys Computer verbunden, und im IT-Bereich hatte Lindsey das Sagen. Der Schreibtisch und der Stuhl waren nicht ergonomisch. Damals, als sie entworfen wurden, hatte man das Wort »ergonomisch« noch gar nicht erfunden.

Zumindest war die Kaffeemaschine schon angeschaltet und spuckte und gurgelte auf dem kleinen dreieckigen Tisch, der genau in eine Ecke eingepasst war.

Während der Kaffee durchlief, rief Honey John an. Es meldete sich nur der Anrufbeantworter: »Hi. Der Typ ist wieder mal nicht da. Auf jeden Fall eine Nachricht hinterlassen. Ich rufe zurück.«

»Das versuche ich gerade eben auch. Melde dich, wenn du kannst.«

John Rees hörte das Telefon, war aber gerade sehr beschäftigt.

»Willst du nicht rangehen?«

John Rees schüttelte den Kopf. Es hatte ihn nicht sonderlich überrascht, dass Adam Rolfe vor seiner Tür auftauchte. Selbst ein getretener Wurm wehrt sich irgendwann einmal, und der arme alte Adam war schon viel zu lange auf dem Bauch herumgekrochen. Aber so war er nicht immer gewesen. John kannte ihn noch von früher. Er hatte sich völlig verändert, seit er Arabella Neville kennengelernt hatte.

John Rees ahnte, wer die Anruferin war. Er hatte sich aus einer Laune heraus bei ihr gemeldet, weil er ihr ein Treffen vorschlagen wollte, zu einer Flasche Wein oder auch nur auf einen Kaffee. Dann hatte Adam vor der Tür gestanden und ihm alle Pläne über den Haufen geworfen.

Adam Rolfe saß mit hängendem Kopf und verkrampften Schultern da. Er ballte die Fäuste so fest, dass die Knöchel weiß waren wie sein Gesicht.

»Ich hätte sie beinahe umgebracht, John, beinahe.«

»Aber du *hast* sie nicht umgebracht, nicht wahr? Hier, trink was.«

Adam nahm das Whiskeyglas entgegen und nippte an dem Jack Daniels. Außer Wein und Kaffee war Jack Daniels das einzige Getränk, das John im Haus hatte. Er mochte den Whiskey, damit sollten sich die Leute abfinden oder Wasser trinken.

Nachdenklich und ruhig schenkte sich John ebenfalls einen Whiskey ein. Er dachte an den Vorabend und daran, dass er Arabella mit einem rosafarbenen Schal um den Hals gesehen hatte. Sie hatte ihn also nicht nur als Modeaccessoire getragen. Adam hatte versucht, seine Frau zu erwürgen.

»Es war so einfach«, sagte Adam. »Einfacher, als ich es mir je vorgestellt hätte. Irgendwie hatte ich auf einmal meine Hände um ihren Hals und …«

Er blickte starr auf das unterste Brett von Johns Bücherwand. Selbst in Johns Wohnung beherrschten Bücher den Raum. Die meisten waren hier, weil er sie sich ausgesucht hatte, nicht etwa weil im Laden kein Platz mehr für sie war, wie mancher annehmen würde. Hier standen seine Lieblingsbücher, liebevoll sortiert und oft abgestaubt: frühe Ausgaben von Dickens, Homers *Ilias*, Ben Hur und das Dekameron. Einige hatte er noch nicht gelesen, fand aber ihre Buchrücken wunderschön. John Rees liebte Bücher nicht nur wegen ihres Inhalts, sondern auch weil sie wunderbar aussahen und sich herrlich anfühlten.

Adam war immer noch steif vor Anspannung. John hielt sich zurück und tätschelte ihm nicht beruhigend die Schulter. Er sagte ihm auch nicht, alles würde gut werden. Denn er fürchtete, sein Freund könnte bei der geringsten Bewegung zerbrechen.

»Ihr habt euch doch schon früher gestritten.«

»Aber nicht so«, sagte Adam kopfschüttelnd. »Es hat mir geradezu *gefallen*. Ich habe mich so mächtig gefühlt, ich war Herr der Lage, genau wie früher.«

Als John das hörte, wurde ihm ganz mulmig. Er wusste sehr viel über Adam Rolfes Vergangenheit. Leute, die meinten, Adam zu kennen, hatten in Wirklichkeit keine Ahnung, wer und wie er war. Es hätte sie sehr überrascht, die Wahrheit zu hören. Es hätte sie sehr verwundert, dass dieser intelligente, aber von seiner Frau schikanierte Mann einmal ganz anders gewesen war.

Adam Rolfe war als Offizier in den Golfkrieg gegangen und hatte sich als hervorragender Truppenführer bewährt. Daher kannte ihn John Rees. Während John das Trauma der Kämpfe und Schlachten verarbeitet hatte, war das Adam Rolfe nicht gelungen. Er war als völlig veränderter Mensch zurückgekehrt, als ein Mann, den Frauen wie Arabella Neville um den kleinen Finger wickeln konnten.

John fand es schrecklich, was diese Frau seinem Freund antat. Aber er konnte und wollte sich nicht einmischen. Ist nicht meine Angelegenheit, hatte er sich gesagt. Im tiefsten Herzen hatte er jedoch gewusst, dass Adam irgendwann einmal zu seinem alten Ich zurückfinden und … explodieren würde.

»Verlasse sie«, sagte er. »Du weißt, dass du das tun solltest.«

Adam kippte den Rest seines Whiskeys hinunter. »Das mache ich. Das muss ich, aus ganz verschiedenen Gründen, schon allein wegen des Blickes, mit dem mich mein Sohn angesehen hat.«

John lächelte und dachte, nun wäre wohl die Zeit gekommen, dem alten Freund aufmunternd die Schulter zu tätscheln.

»Dominic sieht genau so wie du aus.«

Adam grinste ein bisschen. »Er ähnelt mir mehr, als du denkst. Ich glaube wirklich, wenn ich Arabella nicht umbringe, dann tut er es.«

Fünf

Nach der Begegnung mit einigen ihrer Gäste, mit Anna und einer Pyramide aus Toilettenpapier hatte Honey wieder Appetit. Ihr Gehirn war jetzt auf Betriebstemperatur und summte.

Ihr Essbedürfnis kam bestimmt daher, dass ihre Energiereserven aufgebraucht waren, redete sie sich ein. Sie hatte offensichtlich so viele Kalorien verbrannt, dass sie wieder nachfüllen musste. Das war eine ziemlich gute Entschuldigung. Sie glaubte sie vorsichtshalber – und verputzte ihr Super-Sandwich.

Manchmal hatte sie den Eindruck, dass ihre Füße wie von selbst zu einer Art Kraftlinie hingezogen wurden. Sie musste nur an Essen denken, schon spazierten die Füße los. Jetzt eben machten sie sich auf den Weg zum Speisesaal. Bis elf Uhr wurde dort für Hotel- und Restaurantgäste Frühstück serviert. Sie hatten bisher nur wenig Laufkundschaft für dieses neue Angebot, das sich Smudger ausgedacht hatte. Daher war am Büfett noch reichlich übrig.

Honey schaute mit begehrlichen Blicken auf Speckscheiben, Würstchen, Pilze, Bohnen, Toast und Spiegeleier. Das Wasser lief ihr im Mund zusammen.

Lindsey war schon da und verspeiste, halb hinter dem Tresen verborgen, eine halbe Grapefruit und eine Schüssel Müsli.

Honey warf einen Blick auf Lindseys Schüssel.

Sie machte einen großen Bogen um all das gesunde Zeug und ging zu den Warmhaltebecken, häufte sich Speckscheiben und ein Spiegelei zwischen zwei Scheiben Weißbrot. Sie konnte Lindseys vorwurfsvollen Blick spüren, ohne dass sie die Augen von diesem Super-Sandwich hob.

»Mutter, das ist aber eine sehr ungesunde Kombination. Keineswegs im Sinne deiner Diät – ganz im Gegenteil.«

»Ich brauche die Energie. Mein Blutzucker ist so niedrig, dass ich das Gefühl habe, ich kippe gleich um.«

Das war nicht einmal gelogen. Falls man nicht gerade Direktorin einer großen Hotelkette war, musste man als Besitzerin immer mit anpacken, wenn Not am Mann war. Gestern Morgen zum Beispiel. Sie hatte nicht damit gerechnet, als Kellnerin einspringen zu müssen. Aber dann hatte Dumpy Doris, deren Schicht es eigentlich gewesen wäre, angerufen und berichtet, dass sie einen unsanften Zusammenstoß mit einer Taxitür gehabt und sich noch nicht davon erholt hatte. Doris war kugelrund und geriet öfter in Notlagen.

Honey wählte den Ausweg aller halbherzigen Diätopfer und wechselte das Thema.

»Ist Anna wieder schlecht gewesen? Ich wollte nicht nachfragen?«

Lindsey nickte. »Ich habe noch nicht mitbekommen, dass ihr übel wurde, aber ich habe mir überlegt, dass sie trotzdem am besten am Empfang arbeiten sollte und dass ich dir helfe, das alles hier aufzuräumen. Doris kommt erst morgen zurück. Sie ist noch nicht über das Trauma mit dem Taxi weg. Jedenfalls dachte ich mir, du willst sicher nicht, dass sich Anna beim Geruch eines englischen Frühstücks übergeben muss.«

Anna, die junge Polin, die als Empfangsdame, Zimmermädchen und Kellnerin arbeitete, war wieder einmal schwanger und litt an Morgenübelkeit. Man munkelte, dass der Vater erneut Rodney (Clint) Eastwood, der Aushilfstellerwäscher des Hotels, war.

In dieses Gespräch über Übelkeit schneite ihr Dauergast Mary Jane herein, eine Professorin des Paranormalen, die sich ein Zimmer mit Sir Cedric teilte, einem längst verblichenen Vorfahren, der angeblich im Eckschrank in ihrem Zimmer wohnte.

Mary Jane kam hereingestürmt, mit der ihr eigenen schrillen Nonchalance. Zur Abwechslung hatte sie einmal nicht zu ihrer üblichen Farbkombination von Pistaziengrün und schrillem Pink gegriffen und trug heute einen wallenden Kaftan, auf dem wild durcheinander rosarote und orangefarbene Tupfen verteilt waren. Armreifen in diesen Farben klirrten an ihren knochigen Armen, und große Ohrringe in ähnlicher Farbstellung baumelten an ihren Ohrläppchen. Sie ähnelte einem jener bunten Zelte, unter denen manchmal auf Zeltplätzen die mobilen Toilettenhäuschen versteckt werden.

»Mir steht der Sinn nach einem kleinen Snack«, verkündete Mary Jane. »Ich habe keine Reiswaffeln und keinen Honig mehr. Ist noch Müsli da?«

Honey holte ihr eine Schüssel Bio-Müsli. »Geht aufs Haus.«

»Danke. Das habe ich bitter nötig. Ich glaube, ich habe gestern zu viel Energie verbraucht. Zuerst habe ich ein paar Leuten, die sich auf der Partnersuchseite deiner Mutter eingeschrieben haben, die Karten gelesen. Ein Extra-Service, den sie online anbietet. Eine kleine übersinnliche Vorausschau, damit die Paare wissen, ob sie zueinander passen.«

»Funktioniert das?«, erkundigte sich Lindsey.

Mary Jane hielt mit dem Löffel in der Luft inne. »Natürlich funktioniert das! Gute Verbindungen sind vom Schicksal vorherbestimmt, so was wird nicht künstlich hergestellt. Gegensätze mögen sich ja anziehen, aber das heißt nicht, dass solche Paare auch länger zusammenbleiben.«

Honey überdachte Mary Janes Worte ernsthaft. Sie und Carl, ihr verblichener Ehemann, waren wirklich genaue Gegensätze gewesen. Honey hatte es damals nicht so wahrgenommen, aber im Rückblick war es ihr so klar wie nur irgendwas. Carl war der Meinung gewesen, eine Ehe spiele sich zwischen zwei Menschen ab, die zusammen im gleichen Haus lebten. Sobald man aber räumlich voneinander getrennt war, war man wieder ledig. Ganz einfach!

Honey war so in Gedanken versunken, dass sie zusammenfuhr, als spindeldürre Finger auf ihrem Arm landeten.

»Ich muss dir von den Australiern erzählen«, flüsterte Mary Jane. »Weißt du, dass ich gehört habe, wie sie um drei Uhr morgens herumgeschlichen sind? Was haben die wohl im Schilde geführt?«

Aus ihrer Erfahrung hätte Honey sofort geantwortet, dass sich diese Gäste vielleicht darauf vorbereitet hatten, ohne Zahlen der Rechnung aus dem Hotel zu verschwinden. Doch sie hatten brav ihre Rechnung beglichen und zur verabredeten Zeit ausgecheckt.

»Vielleicht eine Gespensterjagd?«

Mary Jane schüttelte den Kopf. »Die haben nicht an Geister geglaubt. Haben gesagt, es wäre ein Haufen Unfug, als ich Ihnen von Sir Cedric berichtet und erzählt habe, dass ich dem Gespensterjagdverein von Bath und West Country beigetreten bin. Sie haben mich angeschaut, als hielten sie mich für verrückt. Stell dir das bloß vor!«

Der seltsame Gesichtsausdruck der beiden Australier, als sie das Hotel verließen, war Honey nun völlig klar.

»Die schienen aber ganz nett zu sein«, meinte Honey.

»Sie waren nicht auf Urlaub hier, weißt du. Die haben jemanden gesucht. Haben sie mir gesagt.«

Honey zuckte die Schultern. »Das machen doch viele Leute. Viele Australier haben Verwandte hier, und die verlieren schon mal den Kontakt zur Verwandtschaft.«

»Ich habe sie sagen hören, dass sie eine Frau suchen und sie umbringen würden, wenn sie sie je fänden. Natürlich haben sie nicht mitbekommen, dass ich ganz Ohr war. Als sie mich dann bemerkt haben, haben sie sofort die Klappe gehalten.«

Honey stimmte ihr zu, dass man verloren geglaubte Verwandte so nicht behandeln durfte. »Oje, was mag ihnen diese Frau bloß angetan haben?«

Bis jetzt hatte Honey ihre Kommentare nicht ernst gemeint. Als sie Mary Janes verletzten Gesichtsausdruck wahrnahm, entschuldigte sie sich sofort dafür.

»Schau mal, Mary Jane. Jetzt sind sie ja weg, auf zu neuen Weidegründen. Die Leute sagen solche Sachen doch ständig.

Ich meine, wie oft hast du mich schon drohen hören, ich würde den Chefkoch umbringen?«

»Ständig.«

»Aber wahrgemacht habe ich die Drohung nie.«

Mary Jane schniefte und nahm sich mehr Müsli. »Und das wirst du wohl auch nie tun. Er ist schließlich der Herr der scharfen Messer.«

Doherty rief gleich am nächsten Tag morgens bei ihr an und berichtete, es ginge ihm gut und man hätte ihm am Vorabend im Zodiac Club nur deswegen vom Barhocker helfen müssen, weil der viel zu hoch gewesen sei.

Honey hatte angedeutet, es könnte vielleicht daran liegen, dass für jemanden in seinem Alter Rugby-Training doch nicht ganz das Richtige wäre. Diese Bemerkung war ein schwerer Schlag für ihn gewesen.

»Es hat an meiner Sitzposition gelegen und daran, dass ich mich dann zur Seite nach den Erdnüssen gebeugt habe.«

»Blödsinn!«, hatte Honey gesagt und es dabei belassen.

Er hatte sich noch immer mit schmerzverzerrter Miene den Rücken gehalten, als sie beim Green River Hotel angekommen waren, hatte sich aber merklich aufgerichtet, als sie vorschlug, Mary Jane könnte ihn nach Hause fahren. Mary Janes Fahrkünste waren berüchtigt – und wurden von allen gefürchtet. Feige hatte sich Steve gedrückt und stattdessen einen vorüberkommenden Streifenwagen angehalten.

»Wie macht sich das Team?«, fragte Lester, einer der Streifenbeamten. »Kann ich einen Zehner drauf wetten, dass unsere Jungs gewinnen?«

Doherty versicherte ihm, sie hätten das Spiel so gut wie in der Tasche. Sie waren alle ganz fröhlich, als sie ihn zu Hause absetzten, doch ihr Frohsinn verebbte ein wenig, als sie sahen, dass Honey ihm aus dem Auto helfen musste.

»Sie hat mich geschlagen«, erklärte Steve lachend. »Hat eine Hammerfaust.«

Sie schienen seine Entschuldigung zu akzeptieren, und er riss sich auf dem kurzen Weg zur Haustür mächtig zusammen. Kaum war er dort angekommen, meldete sich sein Rücken wieder.

»Aua!«

Honey wedelte mit den Armen in der Luft. »Diesmal war ich es nicht.«

Als ihm klar wurde, dass seine Kollegen ihn noch im Blick hatten, rief er über die Schulter: »Ihr könnt euch auf mich verlassen, Jungs.«

Die Polizisten machten inzwischen lange Gesichter. Honey vermutete, dass sie wahrscheinlich gerade überlegten, ob sie ihr Geld auf die Gegenmannschaft setzen sollten.

»Gegen wen spielt ihr denn?«, fragte Honey.

»Die Feuerwehr.«

»Sind die gut?«

»Soso, lala.«

Sein Gesichtsausdruck sprach Bände. Sie wusste sofort und ohne jeden Zweifel, dass die Gegner eine gute Mannschaft waren.

»Steve«, sagte sie freundlich, weil sie nicht noch einmal ins Fettnäpfchen treten wollte, »meinst du nicht, es wäre besser, wenn du dich aus diesem Spiel zurückziehst und es den Jüngeren überlässt?«

Da war der Fuß schon wieder im Fettnäpfchen!

»Honey, ich bin gut. Echt gut …«

»Für dein Alter.«

»Ha!«, sagte er verächtlich. »Schau dir nur an, wie ich mich bewege, Baby! Schau's dir nur an!«

Das machte sie. Sie schaute ihm nach, bis er im Bett war. Dort schlug er sich, als sie endlich beide drin lagen, ziemlich wacker. Aber sie war ja auch keine Rugbymannschaft, und er musste nicht schnell rennen oder gegen eine Wand aus Männermuskeln ankämpfen. Aber es war seine Sache. Sein Spiel. Sein Körper. Sein Schmerz.

Sechs

Mary Jane hatte mehr Fältchen im Gesicht, als ein Apfel aus dem Vorjahr Runzeln hatte. Wenn sie ihre Hellseher-Miene aufsetzte, breiteten sich diese Fältchen über das gesamte Gesicht aus. Gerade eben war so ein Hellseher-Augenblick. Mary Jane verrenkte ihren mageren Hals, verengte die Augen und linste Honey ins Gesicht.

»Deine Aura ist heute Morgen ein bisschen schwach.«

»Wirklich?«

»Das weißt du doch ganz genau.«

Ihr Dauergast war der Meinung, dass sie die Aura der Leute lesen konnte, indem sie ihnen einfach in die Augen schaute. Heute Morgen war sich Honey völlig darüber im Klaren, dass ihre Augen rotunterlaufen waren und müde wirkten. Das konnte wirklich jeder sehen, auch ohne siebten Sinn. Der Chefkoch konnte es sehen und wusste gleich, dass sie am Vorabend einen draufgemacht hatte. Der Mann, der die Blumenkästen vor den Fenstern goss, konnte es sehen und wusste das auch. Die Katze von nebenan konnte es sehen.

»Willst du mir was drüber erzählen?«, fragte Mary Jane.

»Mir ist nur ein bisschen schlecht ...«, begann Honey und strich sich vorsichtig über den Magen. »Wahrscheinlich hab ich was Falsches gegessen ...«

Mary Jane schnalzte missbilligend mit der Zunge. »Wenn einem ein bisschen schlecht ist, ist das ein Zeichen dafür, dass etwas mit einem nicht ganz in Ordnung ist – oder dass man schwanger ist. Gehen wir mal davon aus, es ist das Erstere, ja?«

»Das Erstere. Ganz bestimmt das Erstere.« Honey fächelte sich mit der einen Hand Kühlung zu, während sie mit der anderen einen Stapel Müslischüsseln umklammerte. »Für das andere bin ich zu alt.«

Da Mary Jane zu dieser Aussage keinen Kommentar abgab, ging Honey davon aus, dass ihre hellseherischen Fähigkeiten nichts Gegenteiliges ans Licht brachten. Man musste Gott schon für kleine Wunder danken – oder vielmehr dafür, dass sich eben keine kleinen Wunder einstellten.

Heute war der Tag, an dem sie sich Cobden Manor anschauen wollte, einen eindeutigen Kandidaten für ihr Landhaushotel.

In der Broschüre des Maklers sah das Herrenhaus wirklich gut aus: heller Stein, Fenster mit Steinpfosten und violette Trauben von Glyzinien, die bis auf die Höhe des ersten Geschosses geklettert waren.

Ein großartiges Tor öffnete sich auf eine mit gelbem Kies bestreute Einfahrt, die sich elegant durch Bäume und weite, üppig grüne Rasenflächen schwang. Die Aufnahmen aus dem Hausinneren zeigten großzügige Räume mit prächtiger Täfelung, hohen Decken und wunderbar verzierten Kaminen, auf denen Putten, Trauben und Jagdszenen prangten. Dann gab es noch Nahaufnahmen von Wedgewood-Kacheln und den herrlich geschnitzten Kaminsimsen.

»Großartig«, murmelte sie und stellte sich vor, wie sie sich als Hannah Driver, Dame des Hauses, machen würde.

Wie vereinbart, rief Glenwood Halley, der Makler, an, um ihr mitzuteilen, dass er sie um halb drei vor dem Zodiac abholen würde.

»Ich bin sicher, dass Cobden Manor alle Ihre Kriterien erfüllt«, fügte er mit vornehm gerundeten Vokalen und einem Oxbridge-Akzent hinzu.

»Da bin ich mir auch sicher«, antwortete sie.

Er war der Mann, der sie zu dem Cocktailabend neulich eingeladen hatte. Er hatte sie an jenem Abend sehr knapp begrüßt und war dann wieder davongeeilt, um überschwänglich um irgendeinen Fernsehstar mit Riesenfrisur und dazu passendem Bankkonto herumzuscharwenzeln.

Honey tätschelte die Hochglanzbroschüre, ehe sie sie in eine kleine Aktenmappe steckte, die so leicht war, dass man sie locker unter dem Arm tragen konnte.

Die Aktenmappe würde zum Look passen. Es schadete ja nicht, wenn man so aussah, als könnte man sich den Palast eines Scheichs leisten, auch wenn das Geld nur für ein verfallenes Bauernhaus langte. Allerdings war Cobden Manor ein bisschen mehr als das. Sie erinnerte sich daran, dass in der Broschüre auch etwas von kürzlich erfolgten Renovierungsarbeiten gestanden hatte, obwohl noch einige Feinheiten an manchen der Außengebäude auszuführen wären. Da braucht es ein bisschen liebevolle Pflege, so hatte Glenwood es formuliert.

Sie wählte die passende Garderobe für eine Frau aus, die ernsthaft in Erwägung zog, sich von mehr als zwei Millionen Pfund zu trennen – das hieß, falls sie die Hypothek bekam.

»Gut siehst du aus«, gurrte sie ihr Spiegelbild an, bemerkte dann das kleine Fettröllchen in Taillenhöhe und atmete tief ein.

Es war ein sehr geschäftsmäßiges Outfit, ziemlich elegant, und es überspielte ihre etwas knubbeligeren Partien. Im Zweifelsfall immer Schwarz tragen. Ihre Hose war schwarz, die Jacke hatte ein Karodesign in Schwarz und grellem Pink. Eine Reihe von Messingknöpfen wetteiferte im Glanz mit den Goldsteckern an ihren Ohren. Dazu noch eine Pseudo-Rolex, eine Handtasche von Liz Claiborne und ein Spritzer französisches Parfüm hinter jedes Ohr, und Honey war bereit zum Kampf. Die große Tasche war kaum der letzte modische Schrei, aber sie erfüllte brillant ihren Zweck. Telefon, Geldbörse, Taschentücher und ihre Schuhe zum Autofahren, alles passte problemlos rein. Die Schuhe zum Fahren waren besonders wichtig; zehn Zentimeter hohe Stöckelabsätze konnte man nicht lange an den Füßen aushalten. Und wenn sie genug davon hatte, die elegante Aktenmappe spazieren zu tragen, passte die zur Not auch noch in die Tasche.

Ihre Tochter Lindsey stand da, das dunkle Haar wirr um ihr

kluges Gesicht hängend, die Arme vor der Brust verschränkt, und schaute sie nachdenklich an.

Irgendwie war Honey immer völlig entnervt, wenn ihre Tochter so nachdenklich guckte. Sie hatte dann stets das Gefühl, dass eine kritische Bemerkung nicht mehr lange auf sich warten lassen würde.

Sie breitete die Hände aus, teilte ihre Aufmerksamkeit zwischen dem Spiegel und ihrer Tochter.

»Schaut mein Unterrock raus?«

»Du trägst ja keinen.«

»Du guckst schon wieder so komisch.«

»Wie?«

»Dass ich das Gefühl nicht loswerde, ich hätte gerade gesagt, ich würde ab jetzt als Tänzerin in einem Nachtclub arbeiten.«

Lindsey zuckte die Achseln. »Wenn das dein Lebensziel ist, will ich dir nicht im Weg stehen.«

Honey drehte sich auf dem Absatz um und schaute Lindsey geradeheraus an. »Du hast doch was.«

Es trat eine kleine Pause ein. Und dann sagte sie es.

»Mum, bist du dir wirklich sicher, dass du das machen solltest?«

Honey schnitt eine Grimasse, musterte ihr Spiegelbild noch einmal von Kopf bis Fuß und versuchte so zu tun, als wüsste sie nicht genau, worauf Lindsey sich bezog.

Sehr betont blickte sie auf ihre Füße.

»Okay, ich weiß, diese Absätze sind ein bisschen übertrieben, aber ich kann ja die flachen Schuhe tragen, bis ich dort bin.«

»Das habe ich nicht gemeint, und das weißt du. Ich habe gemeint, dass du dieses Hotel verkaufen und eines auf dem Land eröffnen willst.«

Honey seufzte. Wenn jemand merkte, dass sie unentschlossen war, dann war das Lindsey.

»Leicht wird es nicht. Das ist mir klar. Aber ich liebe Herausforderungen.« Sie zögerte. Würde Lindsey wohl mit aufs

Land ziehen, oder würde sie in Bath bleiben? War es möglich, dass Emmett, der Mann mit dem Blechhelm, dem ledernen Rock und den römischen Sandalen, sie in seine Villa entführen würde – oder sonst wohin?

»O Lindsey. Wenn du nicht aus Bath wegziehen möchtest, dann sag es mir einfach.«

»Ich denke gar nicht an mich. Ich denke an dich. Bist du dir hundertprozentig sicher? Würdest du aus den richtigen Gründen umsiedeln? Wird das besser werden als hier?«

Lindsey reckte die Arme, deutete auf das alte Kutscherhäuschen, das sie gemeinsam hergerichtet hatten, die Sammlung antiker Dessous, gerahmt hinter entspiegeltem Plexiglas, die geschnitzte Eichentruhe, die beiden Tischlampen aus Messing im barocken Stil, die einmal ihr Leben als Kerzenleuchter begonnen hatten. All das hatten sie mit der Zeit zusammengesammelt oder spontan gekauft, und alles hatte mit einem speziellen Ereignis in ihrem Leben zu tun – kleine Ereignisse, aber kostbare Erinnerungen für sie beide.

»Ich habe nur gedacht, es würde Spaß machen, eine neue Herausforderung anzugehen, und diese Stadt – irgendwie möchte ich hier weg. Der Mann, der neulich hier hereingestürmt kam, hat mich völlig geschafft. Du weißt, dass sie da draußen rumlungern, nur drauf warten, hier reinzuspazieren, blöde Fragen zu stellen oder mit einer Waffe Amok zu laufen.«

»Bisher hat das noch keiner getan.«

»Es gibt immer ein erstes Mal«, erwiderte Honey.

»Die Wahrheit ist, dass du selbst noch völlig unentschlossen bist«, sagte Lindsey und nickte weise. »Das ist gut. Halte die Augen offen. Lass dich nicht von diesem Maklertypen dazu drängen, dir Status zu kaufen. Das erhoffen sich die Leute doch, wenn sie so ein Herrenhaus erwerben.«

»Ach, komm schon, Lindsey. Glaubst du im Ernst, Doherty würde zulassen, dass der Kerl mich zu irgendwas drängt?«

»Wäge alles genau ab. Pass auf, was du sagst, und pass auf, was du tust.«

»Mach ich. Ich halte die Augen offen, aber, und ich meine aber, wenn alles passt, dann bleibst du doch an meiner Seite, oder? Du bekommst völlig freie Hand mit dem neuen Reservierungssystem. Einen neuen Laptop. Einen neuen Drucker. Alles.«

Lindsey seufzte und warf ihrer Mutter einen Blick zu, der ihr das Gefühl gab, wieder dreizehn zu sein.

»Ich denke an dich, Mum. Ich fürchte, du wirst den Trubel der Stadt vermissen.«

»Aber stell dir nur vor, all die frische Luft, der Frieden und die Ruhe …«

»Genau das habe ich gemeint«, sagte Lindsey. »Kein Zodiac Club. Kein Metzger mit Würsten gleich um die Ecke. Kein schneller Besuch im Pump Room auf eine Tasse Kaffee und ein Plunderteilchen.«

Honey blieb an der Tür stehen und stöhnte. »Lindsey, dass du die Plunderteilchen erwähnt hast, ist einfach unfair!«

Detective Chief Inspector Steve Doherty wartete vor dem Francis Hotel auf sie. Er trug seinen üblichen Dreitagebart, die lässige Kleidung, die abgewetzte Lederjacke. Doherty warf sich für niemanden in Schale.

»Ich sehe, du hast dich dem Anlass entsprechend gekleidet«, sagte sie mit einer winzigen Spur Sarkasmus.

Doherty ließ sich nicht aus der Ruhe bringen. Er hatte mit Konformismus oder dem Anpassen seines Äußeren an irgendwelche gesellschaftliche Normen nichts am Hut. Doherty machte, was er wollte.

»Du siehst sehr schick aus.« Er schaute auf die Uhr. »Du kommst nicht einmal zu spät. Wenn du mich triffst, kommst du immer zu spät.«

»Das hat nichts mit dir zu tun. Hier geht's ums Geschäft. Das weißt du.«

Er hob fragend eine Augenbraue. »Und das ist ein Unterschied?«

»Häuser kosten Geld. Besonders Herrenhäuser, die sich dazu eignen, in Landhaushotels umgebaut zu werden.«

»Akzeptiert. Ich nehme an, dieser Typ hat neulich beim Cocktailabend wie eine Klette an dir gehangen?«

»Klar. Er ist Makler.«

»Sieht er gut aus?«

Ihr kam John Rees in den Sinn. Sie versuchte ihr Möglichstes, nicht allzu schuldbewusst zu schauen.

»Ein ereignisreicher Abend. Ich habe dir doch erzählt, dass ich zufällig gehört habe, wie eine Frau einer anderen mit Mord gedroht hat?«

»Hast du. Während sie die Atmosphäre der Römischen Bäder genossen? Wie konnte sie nur?«

»Du machst dich über mich lustig.«

»Leute drohen ständig mit Mord, aber das ist unwichtig. Erzähl es mir noch mal.«

»Es waren zwei Frauen. Ich saß gerade in einer Toilettenkabine …«

»Ein faszinierender Gedanke.«

»Nachdem meine Mutter mich angerufen hatte …«

»Da würde ich mich auch verstecken.«

»Ist mir klar. Jedenfalls wussten die beiden nicht, dass ich da war. Aber jetzt kommt's … eine der beiden war Arabella Neville – du weißt schon –, die Frau, die immer so viel im Fernsehen war.«

»Na, das klingt ja spannend. Und ich hatte schon vermutet, du bist vorhin so rot geworden, weil du an dem Abend vor einem sexy Typen die Flucht ergriffen hast, der mit lüsternen Augen hinter dir her war.«

»Ich bin doch nicht rot geworden.« Sie schüttelte energisch den Kopf, während sie auf den dichten Verkehr blickte und nach Glenwood Halley, dem hocheleganten, auf Hochglanz polierten Top-Makler, Ausschau hielt. »Eine Frau hat gedroht, Arabella Neville umzubringen. Mehr weiß ich nicht.«

»Sie wäre nicht die Erste«, meinte Doherty.

Honey schaute ihn überrascht an. »Wie bitte?«

»Vor einiger Zeit wurde Arabella Neville auf der Straße von einer Frau angegriffen. Die Ehefrau von irgendjemandem, wenn ich mich recht erinnere. Ms. Arabella Neville hatte wohl mit ihrem Gatten herumgemacht.«

»War sie verletzt?«

Er zuckte die Achseln. »Ziemlich mitgenommen, allerdings wohl eher seelisch als körperlich.«

Ein Fahrradfahrer mit einem Kinderanhänger im Schlepp radelte an ihnen vorbei. Gleich danach fuhr Glenwood Halley in seinem dunkelblauen BMW vor.

Er stieg aus und streckte ihnen die Hand entgegen.

»Mr. und Mrs. Driver. Wie schön, Sie zu sehen.«

Keiner von beiden berichtigte ihn.

Ein schweres Goldarmband rutschte dem Makler aufs Handgelenk, als er ihnen die Hand schüttelte. Seine Hand war kühl und seidenweich, sein Händedruck eine winzige Spur schlaff, als täte er ihnen einen großen Gefallen, indem er sie auch nur berührte.

Glenwood war der Sohn einer indischen Mutter und eines englischen Vaters, und ihm stand Eleganz und hervorragende Erziehung ins Gesicht geschrieben. Sein Vater hatte mit exklusiven antiken Möbeln gehandelt, nur Sheraton und Chippendale. Genau wie die Möbel, die sein Vater verkaufte, war Glenwood exklusiv und auf Hochglanz poliert. Er trug einen marineblauen Nadelstreifenanzug, und sein blendend weißes Hemd betonte den schimmernden Teint noch.

Glenwood hielt ihnen die Autotür auf und bat sie mit einer eleganten Handbewegung einzusteigen.

»Bitte nach Ihnen, Mrs. Driver«, sagte Doherty.

»Herzlichen Dank, Mr. Driver«, erwiderte Honey, wobei sie das »Mr.« betonte und süß lächelte. Als sie einstig, tätschelte Doherty ihr das Hinterteil.

Das Auto roch nagelneu, als wäre es gerade eben vom Autohändler gekommen, es hatte rehbraune Polster, glänzendes Chrom, ein in das Armaturenbrett eingelassenes Navigationssystem. Es war blitzsauber, poliert und von bestechendem Äußeren – genau wie sein Besitzer.

Der morgendliche Berufsverkehr war schon längst abgeklungen. Der Motor schnurrte leise, und das Auto glitt vom Bordstein auf die Straße.

»Es ist nicht sonderlich viel Verkehr. Wir dürften nicht lange brauchen«, meinte Glenwood. »Wenn ich mich recht erinnere, sind Sie daran interessiert, das Herrenhaus in ein Landhaushotel umzuwandeln. Das stimmt doch?«

»Das ist mein Plan.«

»Ich nehme an, das geht – natürlich nur, wenn Sie eine Baugenehmigung erhalten. Ich muss zugeben, dass die meisten meiner Kunden einen Landsitz wie Cobden Manor als reine Privatresidenz erwerben würden.«

»Ja, aber ich habe mein Konto nicht auf den Kaimaninseln«, blaffte Honey. »Ich zahle in Großbritannien Steuern.«

Er ignorierte ihre barsche Antwort und fuhr in seinem Verkaufsgespräch fort, das nur notdürftig als allgemeine Konversation getarnt war.

»Cobden Manor hat bis vor kurzem einem berühmten Fernsehstar gehört. Arabella Neville. Sie ist mit Adam Rolfe, einem Immobilienentwickler, verheiratet. Es ist ein wunderschönes Haus, aber es ist ihnen zu groß geworden. Also haben sie sich entschlossen, es zum Verkauf anzubieten.«

Honey hatte nicht die geringste Absicht, ihm Halbwahrheiten und Lügen durchgehen zu lassen. Sie krallte die Finger in die Rückenlehne des Vordersitzes, lehnte sich vor und brachte ihre Lippen ganz nah an Glenwoods Ohr.

»Mr. Halley, wie wäre es, wenn wir mit dem Unsinn aufhören und sagen, wie es wirklich ist? Nach der Pleite von Adam Rolfes Firma ist dieses Anwesen in den Besitz der Bank übergegangen. Mr. und Mrs. Rolfe haben sich eine Wohnung im Royal Crescent gekauft. Die Bank veräußert das Haus, Mr. Halley, nicht Mr. und Mrs. Rolfe.«

»Es ist mit einem sehr niedrigen Verkehrswert auf den Markt

gekommen, wenn ich das hinzufügen darf. Es gibt ziemlich viele Interessenten. Aber das war schließlich zu erwarten, denn Arabella Neville ist ja wirklich ein Star!«

Er hatte ihre Bemerkung völlig überhört!

Verblüfft sah Honey zu Doherty hin. Ihr Mund stand leicht offen, und ein bitterböser Blick war in ihre Augen getreten. Doherty, dem dieser Immobilienkauf ziemlich gleichgültig war, schaute leicht belustigt. Seine Augenwinkel zogen sich ein wenig nach oben.

Honey hielt mit Mühe ihre spitze Zunge im Zaum – zumindest ein bisschen.

»Mr. Halley, ich werde dieses Haus auf gar keinen Fall zu einem völlig überteuerten Preis kaufen, nur weil irgendeine blonde …« Sie konnte sich gerade noch verkneifen, was sie eigentlich sagen wollte, »… irgendeine Blondine es einmal besessen hat.«

»Arabella Neville war übrigens neulich am Abend auch auf der Soiree, müssen Sie wissen. Sie hat mich beglückwünscht, wie hervorragend alles organisiert war und wie überaus großartig das Fest war. Sie hat angedeutet, ich könnte vielleicht einmal etwas für sie arrangieren – eine Party, einen Empfang … irgendeinen Anlass, bei dem Top-Catering gefragt ist …«

Doherty verbarg den Mund hinter einer Hand und tat so, als müsste er den Betonwällen, die auf beiden Seiten der A46 die Böschungen befestigten, seine ungeteilte Aufmerksamkeit schenken.

Honey konnte sehen, dass seine Schultern bebten. Er lachte.

Honey dagegen war drauf und dran, vor Wut zu platzen. Sie hatte genug von Glenwoods Verkaufsnummer. Der rezitierte gerade eine endlose Ode auf die Fernsehgöttin, obwohl Göttin kaum die richtige Bezeichnung für Arabella Neville war, fand Honey.

»Ich bete sie an, diese Berühmtheiten«, erklärte der Makler schließlich mit einem tiefen Seufzer.

»Ich nicht«, blaffte Honey. »Und jetzt habe ich Kopfschmerzen.«

Doherty musterte inzwischen die Bäume, an denen sie vorbeifuhren, und die weite Landschaft, die sich zwischen dem Park von Doddington House und dem Dyrham Park vor ihnen ausbreitete.

Der elegante Mann im eleganten Anzug konzentrierte sich darauf, sein ebenso elegantes Auto zu lenken, obwohl ihm das allein nicht genügte. Ab und zu vergaß er sich und ließ den Namen irgendeiner anderen Berühmtheit, mit der er geschäftlich zu tun gehabt hatte, in seine Rede einfließen. Jedes Mal wurde daraus ein kleiner Vortrag darüber, wie sehr diese Berühmtheiten ihn persönlich bewundert hatten oder sich über etwas gefreut hatten, was er gemacht hatte. Und immer wieder kehrte das Gespräch zu Arabella Neville zurück.

Hohe Mauern und alte Bäume schirmten Cobden Manor von der Hauptstraße ab. Die Spitzen des schmiedeeisernen Doppeltors blitzten golden. Dahinter begann im eleganten Bogen die kiesbestreute Einfahrt und verlor sich zwischen den Bäumen.

Glenwood entschuldigte sich und stieg aus, um das Tor zu öffnen.

»Honey ...« Doherty grinste.

Honey warf ihm einen warnenden Blick zu. »Kein Wort!«

»Der Typ ist ein Groupie. Er hechelt mit hängender Zunge hinter den Reichen und Berühmten her. Ich wette, der kauft die Zeitschrift *Hello*. Ich wette, der kauft alle Zeitschriften, in denen VIP-Klatsch steht. Der ist völlig VIP-geil.«

Honey sog zischend Luft zwischen den Zähnen ein. »Macht nichts. Das Haus zumindest wird einen Besuch wert sein.«

Glenwood saß inzwischen wieder auf dem Fahrersitz.

Honey erblickte das Herrenhaus und stieß einen tiefen Seufzer aus.

»Es ist wunderschön«, flüsterte sie, gerade laut genug, dass Doherty es hören konnte, nicht aber der Makler.

Cobden Manor strahlte im Sonnenschein so elegant und schön wie ein Puppenhaus, das eigens für Honey Driver gebaut war. Vögel sangen in den Bäumen, und der goldgelbe Kies knirschte beruhigend unter den Autoreifen.

»Ich mag dieses Geräusch, Kies unter Autoreifen«, murmelte Honey, während sie mit wachen Augen die Umgebung musterte.

»Vor Jahren haben hier die armen Pächter unter der Knute des Landherren geknirscht«, grummelte Doherty. »Ich hoffe, du weißt, was du tust.«

Sie schaute ihn nachdenklich an. Es war ihr schon durch den Kopf gegangen, dass ihre Beziehung nicht mehr ganz unkompliziert sein würde, wenn sie hier herauszog. Sie hatte sich eingeredet, dass wo ein Wille war, auch ein Weg sein würde. Sie würden einander immer noch sehen. Da war sie sich sicher.

»Es ist ja nichts in Stein gemeißelt«, sagte sie schließlich.

Vier Marmorstufen führten zu einer eindrucksvollen Haustür mit einem Säulenvorbau hinauf. Eine kunstvoll mit Blättern aus Bronze oder Kupfer verzierte Laterne hing über dem Eingang.

Glenwood Halley öffnete die Tür mit schwungvoller Geste. »Voilà!«

Die Mahagonitür war von einem warmen, üppigen Braun, hervorragend ergänzt durch Messingbeschläge. Sie schwang beinahe lautlos auf.

Wenn Glenwood Halley die Absicht hatte, Eindruck zu schinden – und die hatte er bestimmt –, dann stellte er es genau richtig an. Er war wirklich gut. Er kannte alle Tricks.

Honey trat ein, dicht gefolgt von Doherty, während Glenwood Halley noch zurückblieb, so dass sie beeindruckt sein konnten, ohne dass er ihnen mit seinen Pirouetten im Weg war.

Honey sah sich um, und das Klappern ihrer hohen Absätze hallte von den leeren Wänden wider. Oben sah man über einer modernen Glaskuppel die Wolken am Himmel dahinjagen.

Jetzt war Honey wirklich beeindruckt. Na gut, es war nicht die Sixtinische Kapelle, aber wer wollte schon ein Deckengemälde, wenn man in den Himmel schauen und die Wolken über sich hinwegziehen sehen konnte?

Doherty stand mit in den Nacken gelegtem Kopf da, so dass er bis hinauf zum obersten Treppenabsatz und dem darüber aufgehängten glitzernden Kronleuchter blicken konnte.

»Und hier haben nur zwei Leute gewohnt?« Ungläubiges Staunen schwang in seiner Stimme mit.

»Ich glaube, sie haben sehr oft Feste gegeben«, merkte Glenwood an, das Kinn in die Höhe gereckt, den Ordner mit den Maklerinformationen in den Händen. »Hinter dem Haus gibt es einen Hubschrauberlandeplatz und im Ostflügel einen Panikraum. Außerdem wären da noch ein Squashplatz, einige Stallungen und vier Hektar gestaltetes Parkland und Weiden, plus ein Hallenbad.«

Doherty atmete geräuschvoll aus. »Ohne das kommt man ja wohl auch nicht zurecht, oder?«

Von seiner eigenen Begeisterung hingerissen, schien Glenwood Halley Dohertys Sarkasmus gar nicht zu bemerken. Er war jetzt erst richtig in Schwung gekommen, und nichts und niemand konnte ihn bremsen.

»Der Panikraum hat eine eigene Luft- und Wasserversorgung. Dort gibt es einen Kühlschrank und einen Barschrank, plus Klimaanlage und eine ferngesteuerte Badfülleinrichtung. Die Steuerung dafür ist im Hauptschlafzimmer. Ich zeige sie Ihnen später.«

Honey hatte alles Mögliche im Kopf, nur wie sie den Panikraum und die ferngesteuerte Badfülleinrichtung in ihre Pläne integrieren sollte, war ihr noch nicht ganz klar. Ihr machten aber im Moment ganz andere Dinge Sorgen. War die Küche groß genug? Gab es ausreichend Schlafzimmer, damit sich die Sache finanziell überhaupt lohnte? Sie fragte Glenwood.

»Fünfundzwanzig Schlafzimmer, einschließlich der Räume im Dachgeschoss. Die Küche ist von Smallbone, glaube ich, oder von einem anderen Top-Designer. Sehr schön, helle amerikanische Eiche, denke ich …« Er schaute in seinem Ordner nach. »Ja, helle amerikanische Eiche.«

»Das ist in Ordnung. Die kann ich bei eBay verkaufen.«

Endlich hatte sie seine Aufmerksamkeit erregt. Glenwood fiel die Kinnlade herunter.

»Rostfreier Edelstahl«, erklärte sie ihm. »So sind die Bestimmungen. Die Gewerbeaufsicht würde nichts anderes durchgehen lassen.«

»Oh!«

Halley war schockiert.

Doherty schüttelte ungläubig den Kopf. »Die sind einander in diesem Riesenkasten wahrscheinlich tagelang nicht begegnet.«

Honey stellte sich gerade die Eingangshalle mit der großartigen Dachkuppel als Empfangsbereich vor. Zu beiden Seiten waren hohe Fenster. Sie malte sich davor einen geschwungenen Empfangstresen aus. Sie würde den so bauen lassen müssen, dass er sich der Kurve der Wand anpasste, und das würde sündhaft teuer sein, aber diesen Gedanken verbannte sie fürs Erste. Sie war verzaubert, geblendet und verwirrt und fragte sich, warum sie nicht schon längst darauf gekommen war, ein Landhaushotel zu eröffnen. Wer musste denn in der Stadt bleiben, wenn es all diese frische Luft, all diese herrlichen Bauten zu genießen gab?

»Die Möglichkeiten sind unendlich«, sagte sie atemlos. »Ich kann mir hier gut einen geschmackvoll proportionierten Empfangstresen aus heller amerikanischer Eiche vorstellen, eine schicke Tischlampe in einem der runden Alkoven und elegante Sessel und Sofas …«

»Für den Empfangstresen könntest du ja die amerikanische Eiche aus der Küche ausschlachten«, scherzte Doherty.

Honey warf ihm einen raschen Blick zu. Er machte Witze, obwohl Glenwood das natürlich nicht kapierte.

»Vorausgesetzt, Sie bekommen die Baugenehmigung, dann wäre das Anwesen wirklich ideal für Ihre Pläne geeignet«, träl-

62

lerte der Makler. »Ich sehe schon vor mir, wie sich Ihre Gäste im Wintergarten sonnen oder wie sie im Pool schwimmen. Ich bin sicher, jeder wäre bereit, Toppreise für solchen Luxus zu bezahlen.«

Der Raum, der wohl der Salon gewesen war, hatte Fenster von der Decke bis zum Boden, durch die Sonnenlicht auf einen marmorgefliesten Boden strömte.

»Sizilianischer Marmor, glaube ich«, gurrte Glenwood und tippte mit einem Fuß auf den Boden.

Er setzte eine fragende Miene auf, neigte den Kopf leicht zur Seite, die Hände hinter dem Rücken verschränkt. Dann beugte er sich in der Taille vor und sprach Doherty an. »Erste Eindrücke, Mr. Driver?«

»Ich könnte hier nicht leben.«

Glenwood fiel wieder die Kinnlade herunter. »Oh!«

Honey sprang in die Bresche. »Er ist nur zum Vergnügen mitgefahren. Ich bin diejenige, die das Geld hat.«

»Oh, Verzeihung«, sprudelte Glenwood und rieb unterwürfig die Hände.

Trotz seiner Hochglanz-Aufmachung erinnerte der Mann Honey an einen Oberkellner in einem Londoner Restaurant, der hinter ihnen schwebte, um sie mit so wenig Aufsehen wie möglich zu ihren Tischen zu führen. Was für ein Platz! Aber was für ein Preis!

»Gut«, sagte sie, machte auf den hohen Absätzen kehrt und zog ein Gesicht, als dächte sie ernsthaft über den Kauf nach. »Dann wollen wir mal sehen, was das Haus sonst noch zu bieten hat.«

»Hier entlang«, sagte Glenwood und deutete mit der Hand in die Richtung, die sie seiner Meinung nach einschlagen sollten.

Honey wählte jedoch einen etwas anderen Kurs.

»Mrs. Driver?«

»Lassen Sie sie ruhig herumgehen«, meinte Doherty, fasste Glenwood beim Ellenbogen und führte ihn in eine andere

Richtung. »Sie verschafft sich gern einen Eindruck von einem Haus, und dabei lässt man sie am besten allein. Mich können Sie mit weiteren Fakten versorgen. Ich interessiere mich für alte Gebäude und ihre technischen Details. Sagen Sie mir, was Sie wissen, und ich merke mir das alles. Dann kann ich Mrs. Driver entsprechend beraten.«

Was Doherty über Architektur, Gas- und Wasserinstallationen, Elektrizität und Stuck wusste, passte allerdings auf eine Briefmarke.

Er war Polizist durch und durch, und wenn er nicht in einem Fall unterwegs war, ließ er es locker angehen. Er machte keine Exkursionen in die Welt des Do-it-yourself, des Gärtnerns oder der Inneneinrichtung. Was Dohertys Interesse fesselte, waren ein großer Gin und Tonic, ein gemütlicher Sessel und eine leicht erreichbare Fernbedienung für den Fernseher, besonders wenn ein Rugbyspiel übertragen wurde.

Glenwood Halley fiel jedoch auf diesen Vorschlag herein und ließ sich von Doherty in Richtung des Ostflügels lotsen, zum ältesten Teil des Hauses.

»Dieser Teil des Hauses geht möglicherweise auf ein früheres Gebäude aus der Zeit Elisabeths I. zurück«, erläuterte der Makler.

Bisher hatte Honey noch keinen Teil gefunden, wo die Renovierungsarbeiten nicht völlig abgeschlossen waren. Wenn es solche Bereiche gab, dann mussten sie weiter hinten im Haus liegen. Dorthin machte sie sich auf den Weg.

Nachdem sie die prächtigen Paraderäume hinter sich gelassen hatte, ging sie durch das Speisezimmer zur Küche. Die war, genau wie Glenwood sie beschrieben hatte, aus wunderbarem hellem Eichenholz. Die Arbeitsflächen waren anscheinend nie von geschäftigen Köchen berührt worden, die hackten, rührten, etwas klopften oder ausrollten. Niemand hatte diese Küche je benutzt; sie war nur zur Schau da, ein Raum, wo man für ein Foto posierte, für eine der unzähligen Klatschzeitschriften oder für die Promi-Seiten einer Boulevardzeitung.

So traurig es war, das musste alles herausgerissen und durch eine Restaurantküche mit allem Drum und Dran ersetzt werden. Der Herd war viel zu klein, und es gab zwar einen Dunstabzug, doch der entsprach nicht annähernd den Standards, wie man sie für eine Profi-Küche brauchte. Hier kam es ganz entschieden auf die Größe an, und diese Küche war einfach nicht geräumig genug, um zwei Falcon-Kochstellen und eine Unmenge von Arbeitsflächen und Kücheneinbauten aus Edelstahl aufzunehmen.

Sie ging zurück ins Speisezimmer. Es sah ein wenig aus wie in einem französischen Boulevardstück: Große Verandatüren beherrschten den Raum, vier Doppeltüren an der Zahl. Drei führten auf einen Patio, in dem aus üppig verzierten Töpfen herrliche bunte Pflanzen quollen. Die Töpfe waren so gestaltet, dass sie wie zerbrochene korinthische Säulen aussahen.

Durch die vierte Doppeltür gelangte man in einen riesigen Wintergarten mit einem Kuppeldach. Es befanden sich keine Pflanzen darin, und die Helligkeit blendete einen beinahe.

Honey verengte im gleißenden Licht die Augen und sah den Brunnen. Er war aus Stein, und das Brunnenbecken war so gestaltet, dass es aus verschiedenen Blütenblättern zusammengesetzt zu sein schien. Vielleicht sollte es eine Lotusblüte darstellen. Botanik war nie Honeys starke Seite gewesen.

Zu ihrer Enttäuschung war kein Wasser im Brunnen, aber sie hatte ihn bereits einmal in Funktion gesehen, bis zum Rand mit Wasser angefüllt.

Sie hatte Glenwood nicht belogen, als sie gesagt hatte, dass sie sich nicht für Berühmtheiten interessierte. Manchmal vertrieb sie sich jedoch, wenn sie ihre müden, wehen Füße ausruhte, die Zeit damit, alte Zeitschriften durchzublättern. Sie strich in Gedanken mit den Fingern über den rauen Stein des Brunnens und fragte sich, wie viele Leute aus dem Showbusiness das schon vor ihr getan hatten, wenn sie bei Arabella Neville und ihrem Gatten Adam Rolfe zu Gast gewesen waren.

Eine der Zeitschriften, die sie durchgeblättert hatte, hatte an ein spezielles Ereignis erinnert, ein Ereignis, das Arabellas Fernsehkarriere zerstört hatte.

Da posierten die beiden Frischvermählten für eines ihrer Hochzeitsbilder vor genau diesem Brunnen und hielten in den Händen einen Becher mit der Eiskrem ihres Hauptsponsors.

Speisezimmer, Bibliothek, Wintergarten, Salon? Es gab so viele Zimmer, dass man kaum den Überblick behielt. Und alle waren riesig. Adam und Arabella hatten offensichtlich Feste im ganz großen Stil gegeben. Jetzt war ihre Welt wahrhaftig sehr geschrumpft, überlegte Honey, überwältigt von der Leere dieses Gebäudes.

Die Türdurchgänge waren alle breit und wegen der dicken Wände sehr tief. Licht strömte durch die Fenster. Die Bibliothek bot sich für einen Umbau zur Bar an – oder man nutzte sie weiterhin als Bibliothek. Manche Leute würden so etwas zu schätzen wissen. Das Speisezimmer und der Salon würden die beiden Hälften des Restaurants oder Speisesaals werden. Die Gäste, die Honey sich vorstellte, würden viel Wert auf reichlich Platz legen.

Schon huschten ihr Pläne für Farben und Einrichtung durch den Kopf. Das Speisezimmer war schön, der Salon noch schöner. Sie lief weiter, in andere Räume hinein. Es gab so viel zu sehen, so viele Pläne zu schmieden.

Sie spazierte von einem Zimmer ins andere und stand auf einmal wieder an ihrem Ausgangspunkt. Glenwood Halleys Stimme hallte durch die leeren Räume.

Der Makler hatte die Art von Stimme, die man am liebsten nur aus weiter Ferne hört. Honey konnte es hier sehr gut ohne ihn aushalten, musste nicht unbedingt von ihm endlos vorgebetet bekommen, wie wunderbar Arabella Rolfe und ihr Anwesen waren. Ganz gleich, wie oft sie ihn deutlich darauf hingewiesen hatte, dass der Verkäufer die Bank war, bezog er sich doch immer und immer wieder auf Mr. und Mrs. Rolfe als die Eigentümer. Es war, als wollte er einfach nicht akzeptieren, dass auch die Reichen und Berühmten manchmal Fehler machten, dass sie auch nur Menschen waren, verletzliche Menschen, die den gleichen Unwägbarkeiten der Geschäftswelt ausgesetzt waren wie alle anderen.

Glenwood ging ihr gewaltig auf die Nerven. Sie entfernte sich so weit wie möglich vom Klang seiner Stimme und gelangte zur Dienstbotentreppe. Man hatte die alte Treppe weiß gestrichen. Die Wände waren weiß, die Stufen mit einem Läufer bedeckt, dessen Material man in der Branche wohl als Seegras bezeichnete. Es war strapazierfähig, ein wenig unsanft zu nackten Füßen, aber hochmodern. Sie stieg die Treppe hinauf.

Genau wie im Erdgeschoss war auch im ersten Stock alles weiß gestrichen, nur ab und zu einmal prangte ein kleiner Alkoven in hellem Mauve.

Was die Farben anging, schien Arabella nicht sonderlich abenteuerlustig gewesen zu sein. Eigentlich, überlegte Honey, sogar sehr konservativ, um nicht zu sagen stinklangweilig.

Man sollte eben nie glauben, was in den Zeitschriften steht, dachte sie. Dort hatte man sie als Frau mit einem großen Talent für Inneneinrichtungen beschrieben.

»Arabella hat ein Händchen für Farben.« Das hatte da gestanden – oder so was Ähnliches. Aber wo war hier Farbe? Nirgends.

Honey ging wieder in Richtung auf die vordere Seite des Hauses und stand plötzlich auf der breiten Empore, von der man auf die geräumige Eingangshalle herunterblickte. Honey kniff die Augen zusammen, stellte sich vor, wie dieser Eingangsbereich aussehen würde. Frische weiße Gardinen an die Fenster drapiert, riesige Sofas mit hellblauem Brokatbezug, Lampen mit eimergroßen Schirmen auf weißen Marmortischen, das sanfte, gelassene Ticken einer großen, antiken Standuhr und bläuliches Licht, das aus verdeckt in den Boden eingelassenen Spots nach oben strahlte.

Sie seufzte. Was für ein wunderbares Hotel, würden die Leute sagen. Das Cobden Manor Hotel ist das beste in der ganzen Gegend. Ein großartiges Hotel.

Hotel! Da war es wieder! Das Wort war völlig ohne ihr Zutun in ihrem Gehirn aufgetaucht. Wenn das passieren konnte, dann konnte der Gedanke doch auch Wirklichkeit werden. Oder nicht?

Plötzlich erschien Glenwood unten am Fuß der Treppe. Das Licht, das durch die Kuppel fiel, schimmerte auf seinem nach oben gewandten Gesicht.

»Brauchen Sie noch Informationen von mir?«, fragte er beinahe weinerlich. Er lächelte, und seine weißen Zähne blitzten auf. Sein Gesicht war einfach viel zu glattpoliert, viel zu vollkommen. Es erinnerte Honey ein wenig an das einer Holzpuppe.

»Ich komme gut klar. Ich habe jetzt hier oben alles gesehen.« Sie faltete die Broschüre zu einer handlicheren Größe zusammen und klemmte sich die Aktenmappe fester unter den Arm. Sie hegte nicht die Absicht, sich seiner kleinen Führung wieder anzuschließen. Sie hob die Maklerbroschüre auf Augenhöhe.

»Hier steht, dass es auch noch verschiedene Nebengebäude gibt, einschließlich eines bisher nicht renovierten Außengebäudes, das für unterschiedliche Zwecke genutzt werden könnte – Baugenehmigung vorausgesetzt.« Sie schaute von ihrer Lektüre auf und schaute ihn fragend an. »Wo befindet sich dieses Außengebäude?«

Seine gemeißelten Gesichtszüge erstarrten nachdenklich. Seine Haut schien auf einmal nicht mehr so perfekt zu schimmern. »Das wollen Sie sich bestimmt nicht ansehen«, sagte er und schüttelte den Kopf. »Das ist wirklich unter dem Standard.«

Honey ahnte, was in seinen Gedanken vorging. Die Verkäufer hatten darauf bestanden, dass er alle Interessenten stets begleitete. Einerseits wollte er ihren Wünschen nachkommen. Andererseits mochte er natürlich auch eine potenzielle Käuferin nicht vor den Kopf stoßen.

»Ich brenne schon nicht mit dem Tafelsilber durch«, versicherte ihm Honey.

Auf seinem Gesicht erstrahlte ein Lächeln mit sehr vielen Zähnen – Designerzähnen –, zu strahlend, zu weiß und zu gerade, um echt zu sein.

»Natürlich nicht. Ich kann es Ihnen ja von der Nasenspitze ablesen, dass Sie eine überaus vertrauenswürdige Dame sind. Nur gibt es da draußen wirklich nicht viel zu sehen …«

»Weil Mr. und Mrs. Rolfe alles herausgerissen haben?«

»Nein. Nein. Natürlich nicht. Das Außengebäude steht leer und ist verschlossen. Sie brauchen einen Schlüssel, und ich weiß leider nicht, wo er ist.«

»Wieso sollte ich etwas kaufen, das ich mir nicht angesehen habe?«

»Nun, natürlich, wenn Sie darauf bestehen, suche ich den Schlüssel. Falls wir ihn finden, können wir alle zusammen dorthingehen.«

»Nicht nötig. Ich finde ihn schon allein.«

Er war keineswegs erfreut darüber, dass sie sich wieder von seiner Hausführung entfernte, aber sie tat es eben.

Als Hotelbesitzerin hatte sie ein Talent dafür entwickelt, verlorene Gegenstände wieder aufzutreiben. Gäste verbummelten dauernd irgendwas, von teurem Schmuck bis zu Gebissen, Familienfotos und sogar Unterwäsche.

Die Unterwäsche war gewöhnlich am leichtesten zu finden. Manchmal war sie einfach irgendwo zwischen dem Bettzeug, in einem Anfall von Leidenschaft vom Leib gerissen. Gebisse wurden üblicherweise von Leuten verlegt, deren Gedächtnis nicht mehr allzu gut war. Allerdings hatte sie einmal eines am Fußende des Bettes im Nebenzimmer gefunden. Schlafwandeln wurde allgemein bei derlei Vorkommnissen als Grund angeführt.

Hinter der Küche befand sich der Hauswirtschaftsraum. Dort hing rechts von der Tür ein Schränkchen, in dem an einem Haken ein Bund alter Schlüssel baumelte.

Der größte war über zehn Zentimeter lang und aus Eisen und hätte im Notfall auch als tödliche Waffe dienen können.

Seine Größe und das Material schienen ein wenig furchterregend, überraschten Honey aber nicht. Nur Gebäude, die man jahrelang nicht benutzt hatte, wurden noch mit solchen Schlüsseln verschlossen. Die anderen beiden Schlüssel am Bund waren ähnlich, aber nicht annähernd so groß. Es gab also wohl mehr als ein Außengebäude.

Die lagen alle jenseits eines Hofs zwischen dem Haupthaus und den Stallungen. Wie in ihrer Privatwohnung hinter dem Green River Hotel hatte hier wahrscheinlich die Kutsche gestanden, und darüber hatte der Kutscher seine Wohnung gehabt. In ihrem Kutscherhäuschen, das inzwischen zu einer sehr schönen Wohnung geworden war, hatte es vor dem Umbau gestunken wie in einer Sickergrube. Der Bauunternehmer hatte ihr damals erklärt, sie würde diese Müllhalde niemals sanieren können. Würde sich dieses Gebäude auch als Müllhalde erweisen? Honey blieb stehen und warf eine Münze.

»Kopf, es ist eine Ruine, mit der man nichts mehr anfangen kann, Zahl, es wird das schickste umgebaute Kutscherhäuschen, das die Welt je gesehen hat.«

Es kam Kopf. Honey ging trotzdem weiter. Nur ein Schwächling würde jetzt umkehren. Und sie war ja wohl eher eine Walküre.

Sieben

Das größte Außengebäude war am besten erhalten, obwohl Moos die rotbraunen Dachziegel beinahe ganz überwucherte und ein dichtes Netz von Spinnweben die schmutzigen Fenster bedeckte.

Weder die Tür noch die Fensterrahmen waren in den letzten Jahren gestrichen worden. Kleine Placken mattblauer Farbe blätterten ab wie trockene Haut. Meistens war nur das nackte, verwitterte Holz zu sehen, silbern und glatt unter den Fingern.

Honey schniefte und rümpfte die Nase. Irgendwas roch nicht gut, wahrscheinlich waren es die Abflüsse. Insgesamt sprach wirklich nichts für dieses Gebäude. Der Rest des Anwesens war erstklassig. Diese alte Bruchbude war vom Holzwurm befallen und wurde von Riesenspinnweben geziert. Aber seit wann hatte sie Angst vor Spinnen?

Sie holte tief Luft, schlug sich mit dem großen Schlüssel in die Handfläche. Ihr Bauch sagte ihr, dass dies der richtige Schlüssel für die Tür sein würde. Aber wollte sie wirklich da reingehen?

Sie hegte gemischte Gefühle und war reichlich verwirrt. Sie überlegte, wie viel Arbeit sie mit der Renovierung haben würde, ehe sie hier wohnen konnte. Was tat sie bloß? Hatte sie tatsächlich die Absicht, das Herrenhaus zu kaufen und ein Landhaushotel daraus zu machen? Würde sie nicht das Leben in der Stadt vermissen? Würden die Spinnen wirklich so riesig sein, und gäbe es am Ende vielleicht auch noch Mäuse? Sie schaute nachdenklich auf den Schlüssel. Er war so groß, dass sie sich gut damit gegen Spinnen wehren konnte, kein Problem!

Der Schlüssel ging knirschend ins Schloss. Die Tür öffnete sich knarrend. Ein Geruch nach Schmutz, Staub und dem allgemeinen Moder der Vernachlässigung schlug ihr entgegen. Es war, als würde man unter einer schmutzigen alten Decke ersticken, auf der immer der Hund geschlafen hatte – und schließlich gestorben war.

Honey atmete einen Mund voll staubiger Luft ein und machte den ersten Schritt.

Wie sie vermutet hatte, waren hier vor allem Spinnen zu bekämpfen. Spinnweben überall! Manche waren wie kleine Hängematten an die Fenster drapiert, klebten in den Ecken, und in allen befanden sich tote Fliegen in ihren Leichentüchern aus grauer Gaze. Eigentlich hätten die Fliegen die Fallen sehen müssen. Eigentlich hätten die anderen toten Fliegen ihnen eine Warnung sein müssen. Vorsicht! Nicht hierher kommen! Waren Fliegen echt so blöd? Natürlich waren sie das.

Drinnen war der eklige Geruch noch stärker als draußen. Die alte Bude war wirklich schrecklich. Trotz all der vorhandenen Luxuseinrichtungen würde sie eine ziemlich große Summe ausgeben müssen, um Cobden Manor in ein Hotel zu verwandeln. Dieses Außengebäude sollte sie wahrscheinlich lieber abreißen lassen.

Immer positiv denken!, ermahnte sie sich. Auch dieses Gebäude lässt sich noch retten und umbauen, und für Cobden Manor sprach tatsächlich einiges. Schließlich hatte das Herrenhaus sogar einen Panikraum, noch dazu einen mit ferngesteuerter Badfüllanlage und vollem Kühlschrank.

Nicht bezugsfertig.

Ah ja. Ihr Instinkt meldete sich. Man musste die Angaben in den Maklerbroschüren immer mit äußerster Vorsicht genießen.

Sie trat mit dem Fuß nach einem Büschel Brennnesseln, die es sich in den Kopf gesetzt hatten, im Inneren des Hauses zu wachsen. Den Samen hatten wahrscheinlich irgendwelche Nagetiere hier hereingetragen. Die Nesseln waren mickrig und weißlich-grün.

Ins Haupthaus konnte man sofort einziehen. Diese halbe

Ruine jedoch, die in der Maklerbroschüre in der Untertreibung des Jahrhunderts als *nicht bezugsfertig* bezeichnet wurde, war eher eine Kulisse für einen Horrorfilm.

Die Spinnweben waren innen und außen an den Fenstern. Deswegen war es im Inneren des Gebäudes auch so finster; sie sperrten wie Jalousien das Tageslicht aus.

Honey fand einen alten Besen und attackierte die Spinnweben, während sie vor sich hin murmelte: »Es werde Licht!«

Sobald sie fertig war, wischte sie sich irgendein Krabbeltier von der Schulter und schaute sich um.

Früher einmal hatte man dieses Gebäude vielleicht als Vorbereitungsraum für die Küche genutzt. Hier fanden sich ein großer viktorianischer Küchenschrank, ein riesiger Küchentisch und Haken für Töpfe und Fleisch an der Decke. Möglicherweise hatte man hier auch geschlachtet und Tiere zerlegt und Butter gemacht, ehe man alles in kleineren Gefäßen in die eigentliche Küche trug. An der hinteren Wand war ein riesiger Kamin mit einem breiten Sims aus Eichenholz, und in einer Ecke lagen sogar ein paar einsame staubige Holzscheite.

Honey schaute noch einmal in den Angaben des Maklers nach: »Das Außengebäude unweit des Haupthauses ist praktisch unberührt und besitzt sehr viel historischen Charakter.«

»Ja, und Staub und Spinnweben«, fügte sie hinzu und schnippte mit dem Finger nach einer Spinne, die von einem Deckenbalken aus Anstalten zu einer Trapeznummer zu machen schien.

Der Boden mit seinen unebenen Tonfliesen war nicht gerade das Richtige für ihre hochhackigen Pumps. Du hättest eben deine Autoschuhe anbehalten sollen, sagte sie sich. Das hast du jetzt davon, dass du so eitel bist.

Doch sie hatte ja nur so aussehen wollen, als könnte sie sich dieses Herrenhaus wirklich leisten. Und das konnte sie! Oder nicht? Die endgültige Entscheidung lag beim Filialleiter ihrer Bank. Lindsey hatte ja bereits Zweifel geäußert. Ihre Bemerkungen gingen Honey durch den Kopf: »Was ist mit Läden?

Was ist mit deinem Privatleben?«, hatte Lindsey gefragt. Und was war mit Doherty, fügte ihre eigene innere Stimme hinzu.

Honey seufzte und sagte sich zum wiederholten Male, dass sie ja noch keine Entscheidung getroffen hatte. Also kannst du deiner Phantasie freien Lauf lassen. Schau dich gut um und stelle deine Nachforschungen an.

Der riesige Kamin war eine echte Attraktion. Sie hatte immer schon ein Haus mit einem solchen Kamin haben wollen, in dem im Winter ein freundliches Holzfeuer loderte und im Sommer ein üppiges Blumengesteck stand. Die dunkle Höhle des Kamins schrie geradezu danach, dass man sie näher untersuchte.

Honeys Schritte hinterließen verschmierte Spuren auf dem schmutzigen Boden. Käfer flitzten in Deckung, als sie durch den Raum zum Kamin ging. Etwas, das ein wenig größer war als eine Spinne, huschte unter den Küchenschrank.

Eine Maus? Eine Ratte?

Honey mochte keine kleinen Viecher. Punktum. Nicht einmal Hamster. Oder Wüstenspringmäuse.

Einen Augenblick lang hielt sie die Luft an und wartete darauf, dass sich das huschende Geschöpf zeigen würde. Nichts. Hoffentlich würde das Tierchen auch weiterhin unsichtbar bleiben, solange sie hier drin war.

Hinter ihr war auf einmal ein weiteres Rascheln zu hören. Honey erinnerte sich, dort einen Haufen verrottender Futtersäcke gesehen zu haben.

Eine Maus! Eine Ratte!

Angespannt wie ein Sprinter im Startblock drehte sie sich auf dem Absatz um, nur leider trug sie keine Sportschuhe. Das Moos und die allgemeine Feuchtigkeit hatten den Boden glitschig gemacht, und uneben war er ohnehin. Der Absatz eines ihrer hochmodischen Stilettos brach zwischen zwei Bodenfliesen ab.

Sie schaute hin. »Ich glaub's einfach nicht!«

Ihr Fuß steckte noch im Schuh. Der Absatz klemmte in der Fuge zwischen den Fliesen wie ein leicht schiefer Pilz.

Sie konnte unmöglich lange auf einem Bein balancieren. Sie hatte zwei Beine und zwei Füße, und in ihrem Alter ging es eben nur mit beiden. Auf einem Bein stehen, das war etwas für Ballerinas und Skateboard-Fahrer. Dann war noch der Preis der Schuhe zu bedenken. Absätze konnte man ja wieder ankleben; diese Edelteile hatten so viel gekostet, dass sie das todsicher versuchen würde.

Es blieb ihr nichts anderes übrig, als sich zu bücken und den verdammten Absatz herauszuziehen. Der Boden war furchtbar schmutzig, aber sie behielt den Preis der Schuhe fest im Blick. Dreck konnte man wieder abwaschen. Sie beugte sich hinunter und zog fest. Zu fest. Sie fiel nach hinten, und Hände, Absatz und Hinterteil machten unsanfte Bekanntschaft mit Moos und Dreck.

»Scheiße!«

Ihr Schrei und die plötzliche Bewegung veranlassten das, was sich bisher unter den verrottenden Futtersäcken verborgen hatte, dazu, aus der Deckung zu kommen und in Richtung Kamin zu flitzen.

Normalerweise hätte sich Honey den Dreck von den Händen gewischt und sich wieder auf die Beine hochgerappelt. Doch jetzt war ihr Auge auf etwas gefallen. Ihr Herz raste. Ihr Magen krampfte sich zusammen.

Sie japste und blieb auf allen vieren. Wenn sie nicht hingefallen wäre, hätte sie es nicht bemerkt. Vom Fußboden aus konnte sie etwas weiter in den Kamin hineinschauen, ein wenig unter dem schweren Balken hindurch, der die Steine abstützte.

Da war ein teurer Schuh zu sehen, der nicht ihr gehörte. Er hing auf der Höhe des breiten Simses in dem alten Kamin. Das allein wäre schon seltsam genug gewesen, aber es kam noch schlimmer. Denn es steckte ein Fuß im Schuh, und der Fuß war an einem Bein. Wo ein Bein war, musste ein Körper sein. Auch diese Vermutung stimmte.

Acht

Honey zitterte. Zusammen mit dem Makler, der neben ihr stand, schaute sie zu, wie man Arabella Nevilles Leiche aus dem verdreckten Gebäude in den Leichenwagen brachte.

Seltsam, was sie außerdem noch alles bemerkte: Wie der Gerichtsmediziner ein Papiertuch aus einer Schachtel nahm, die er unter dem Arm trug, und sich schnäuzte. Das Absperrband der Polizei, das überall flatterte wie Fähnchen bei einem Dorffest.

Der überschwängliche Glenwood Halley war verstummt. Seine wie aus Stein gemeißelten Gesichtszüge erinnerten Honey an die Standbilder auf der Osterinsel. Seit man die Leiche gefunden hatte, hatte er entweder starr vor sich hin gestiert oder jedem, der zuhörte, Löcher in den Bauch gefragt.

»Wer ist es?«, hatte er Honey dreimal gefragt. Dreimal hatte sie ihm geantwortet, dass es Arabella Neville war.

»Nein«, hatte er kopfschüttelnd erwidert. »Das kann nicht sein.«

Genau wie ihre Kommentare auf der Hinfahrt im Auto waren ihre Antworten einfach nicht zu ihm durchgedrungen.

Eine Hand packte sie sanft an der Schulter.

»Geht's dir gut?«

Doherty hatte eine grimmige, sehr entschlossene Miene aufgesetzt.

Honey schauderte und holte tief Luft. »Ich habe noch nie vorher eine Leiche gesehen – zumindest kein Mordopfer selbst gefunden.«

Er lächelte – es war nur ein halbes Lächeln, aber sie wusste seine Wärme zu schätzen.

»Nimm's nicht zu schwer. Versuche, an etwas Beruhigendes zu denken. An alles, nur nicht an sie. Von mir aus kannst du gern an mich denken. Das macht mir nichts aus.«

Das waren genau die richtigen Worte, aber ihr Lächeln war trotzdem nur zaghaft. »Das könnte vielleicht helfen.«

»Nur vielleicht?« Sein flüchtiges Grinsen ermutigte sie ein wenig. Nun wurde sein Tonfall wieder düsterer.

»Irgendwann musst du auf die Wache kommen und eine Aussage machen. Schaffst du das jetzt gleich? Wenn nicht, dann können wir auch noch bis morgen warten.«

Sie schüttelte den Kopf, fuhr sich mit den Fingern durchs Haar und packte die Decke fester, die ihr eine fürsorgliche Seele umgelegt hatte. Sie hatte nicht gewusst, wie kalt einem nach einem solchen Schock wurde.

»Das schaffe ich schon. Ich nehme an, du machst auch eine Aussage.«

Er nickte. »Unter den gegebenen Umständen muss ich das, ja. Und er hier desgleichen.« Er deutete mit dem Kinn auf Glenwood Halley, der nun eher verloren als vornehm wirkte. Er war von Honeys Seite gewichen und tigerte nun zwischen seinem Auto und der Stelle herum, wo das Absperrband flatterte und das Blaulicht der Polizeiautos blinkte. Er konnte die Augen nicht von dem Leichenwagen losreißen, in dem Arabella vom Tatort abtransportiert wurde.

Es war einige Stunden her, seit Honey die Leiche gefunden hatte. Inzwischen hatte sie mit Lindsey telefoniert und berichtet, was vorgefallen war. Es war auffällig, dass Glenwood niemanden angerufen hatte. Er schien sich noch in einer Art Schockstarre zu befinden, die gewöhnlich nur die nächsten Angehörigen eines Verstorbenen erfasst.

Plötzlich bemerkte er Doherty und eilte auf ihn zu. »Sie sind doch Polizist. Ich habe mir sagen lassen, dass Sie Polizist sind. Ich bin todtraurig, Mr. Doherty. Wirklich todtraurig. Sie war so ein wunderbarer Mensch. Mehr sage ich nicht.«

Doherty verlagerte sein Gewicht. Wenn man ihn nicht gut kannte, fiel einem gar nicht auf, dass er auf einmal anders dastand, dass er jetzt ganz genau hinschaute. Aber Honey fiel es auf. Sie kannte ihn eben.

»Wie nahe standen Sie ihr?« Er fragte das interessiert, aber nicht mit bohrender Eindringlichkeit.

Halley wankte nicht. »Sehr nahe. Aber sie war ja verheiratet.«

Doherty schaute ihn an, wandte dann den Blick ab. »Sie hatte einen Ehemann. Normalerweise war es der Ehemann.«

»Wirklich?«

Es war schwer zu sagen, ob Glenwood Halley überrascht oder neugierig schaute. Beides wäre möglich gewesen.

»Ja. Wir hatten ja eine Überraschung dieser Art nicht erwartet«, sagte Doherty. »Ich hoffe, dass Sie nicht in die Angelegenheit verwickelt sind. Ich hoffe, Sie haben das nicht speziell für mich arrangiert.«

Es war ein Scherz. Es ging zwar um eine ernste Sache, aber Doherty hatte die Erfahrung gemacht, dass ein wenig Humor den Leuten oft half, die schwere Last zu tragen. Glenwood Halley hatte seine Worte jedoch in den falschen Hals bekommen.

»Ich wusste selbstverständlich nicht, dass sie da im Kamin steckte!«, keifte er wütend.

»Na gut. Wir befragen alle, die wir befragen müssen. Ich wäre Ihnen dankbar, wenn Sie in der Manvers Street vorbeischauen und eine Aussage machen würden.«

Glenwoods Kinn straffte sich. »Ja. Natürlich.«

Doherty stand breitbeinig zwischen dem Makler und seinem Auto.

»Und noch eins, Mr. Halley. Dieses Haus steht für zweieinhalb Millionen auf dem Markt. Das ist ein stolzes Sümmchen. Wie viel Provision verlangen Sie?«

Glenwood schaute außerordentlich beleidigt. »Sie müssen schon entschuldigen, aber ich glaube wirklich nicht …«

»Wie viel?«

»Drei Prozent. Es ist ein bisschen über dem Durchschnitt, aber wir bieten auch einen hervorragenden Service. Wir müssen die Privatsphäre unserer Kunden schützen, und wir werben in den allerbesten Hochglanzzeitschriften …«

»Darauf möchte ich wetten. Es scheint allgemein bekannt zu sein, dass Mrs. Rolfe – Arabella Neville – nicht sonderlich erfreut darüber war, aus diesem Haus ausziehen zu müssen. Hätte die Dame irgendwie das Geld zusammenbekommen, um die Gläubiger ihres Ehemannes auszuzahlen und den Verkauf zu verhindern, dann hätten Sie einen Haufen Geld verloren. Woher weiß ich, dass Sie sie nicht abgemurkst haben, um nicht Ihre Provision zu verlieren?«

Es war bei dem ultraweißen Hemd nicht zu übersehen, dass plötzliche Zornesröte in Glendwoods Wangen stieg.

»Wie können Sie es wagen! Ich habe sie nicht umgebracht! Ich habe nichts damit zu tun. Überhaupt nichts!«

Honey lauschte interessiert. Das Motiv, das Doherty angesprochen hatte, war ihr noch nicht in den Kopf gekommen, aber es war durchaus schlüssig. Geld war immer ein gutes Motiv.

Jetzt kam Doherty erst richtig in Schwung. »Wie viele Kaufinteressenten haben Sie für das Haus – außer Mrs. Driver, meine ich?«

Glenwood zögerte. »Einen oder zwei …«

»Etwas genauer bitte.«

Glenwood leckte sich nervös die Lippen. »Es hat sehr viel Interesse gegeben. Cobden Manor bietet sich für verschiedene Nutzungsmöglichkeiten an …«

Doherty ließ nicht locker, rückte noch ein kleines bisschen näher an den Makler heran, so dass die beiden Männer einander beinahe berührten und Glenwood die Entschlossenheit in den Augen des Detektivs aufblitzen sehen konnte. Doherty war ein Meister der Einschüchterung. Auch Halley gab klein bei.

»Zehn. Sechs waren sehr interessiert.«

»Ich bezweifle, dass wir sie alle befragen müssen, aber ich möchte auf jeden Fall eine Liste der Gäste, die bei der Veranstaltung im Römischen Bad waren. Namen und Adressen. So schnell wie möglich.«

»Warum? Ich meine, wozu wollen Sie die?« Glenwoods
Augen waren schreckensweit geöffnet.

»Mrs. Driver war auf der Party im Römischen Bad. Sie hat
mit angehört, wie eine Frau die Verstorbene bedroht hat. Ich
muss vielleicht mit den Gästen sprechen. Dann hätte ich noch
gern die Namen der Leute, die das Anwesen bereits besichtigt
haben. Ich nehme an, es waren schon welche hier?«

Glenwood sog geräuschvoll Luft ein. »Nun, ja …«

»Ich möchte die Leute sprechen.«

»Unsere Klienten tätigen diese Käufe nicht immer persönlich«, protestierte Glenwood. »Manchmal beschäftigen sie
Agenten, um ihre Identität geheim zu halten. Käufer, die ein so
großes Anwesen ohne Agenten kaufen, sind eher die Ausnahme und dann gewöhnlich Geschäftsleute mit einem be-
schränkten Etat.«

»Autsch«, sagte Honey.

»Ich brauche trotzdem ihre Namen. Die der Agenten, meine
ich. Ich brauche den Namen von jedem, der das Anwesen in
jüngster Zeit besichtigt hat. Sagen wir mal, in den letzten zwei
Monaten. Sie führen doch Buch über die Besichtigungen, oder
nicht?«

»Natürlich.«

»Dann lassen Sie mir sobald wie möglich diese Liste zukom-
men.«

Neun

In Bath machen Nachrichten rasend schnell die Runde. Als Honey ins Green River Hotel zurückkehrte, warteten ihre Angestellten und Mary Jane schon mit vor Neugier leuchtenden Gesichtern auf sie und waren ganz scharf darauf, alle blutigen Einzelheiten zu erfahren.

Honey konnte ihnen diesen Wunsch nicht erfüllen. Es war ihr nämlich nach wie vor ziemlich schlecht, und sie zitterte auch noch.

»Sie sieht wirklich sehr blass aus«, hörte sie Mary Jane sagen, als sie die Tür zu ihrem Büro aufmachte.

Sie prüfte, ob die Tür wirklich zu war, ehe sie sich in den bequemen Ledersessel sinken ließ, den Kopf auf die verschränkten Arme legte und die Augen schloss.

Als sie hörte, dass jemand die Klinke herunterdrückte, schlug sie die Augen wieder auf. Es war Lindsey.

»Mutter, das war ein schlimmer Schock für dich. Ich hab dir also was zu trinken gebracht.«

»Wenn es Tee mit viel Zucker ist, kannst du ihn gleich wieder mitnehmen.«

Schließlich war doch Tee mit viel Zucker das Allheilmittel gegen jeglichen Schock?

»Das würde mir nicht im Traum einfallen. Es ist ein Wodka mit Tonic. Ein großer.«

Honeys Kopf ruhte noch auf einem Arm, den anderen streckte sie aus, griff das Glas und leerte es in einem Zug.

Lindsey hockte auf der Schreibtischkante. Honey spürte, dass ihre Tochter zu ihr herunterschaute.

Sie wiederholte, was sie zu Doherty gesagt hatte. »Ich habe noch nie vorher eine Leiche gesehen – zumindest kein Mordopfer selbst gefunden.«

»Das kommt höchstens einmal im Leben vor und wird dir nie wieder passieren.« Hoffentlich hatte Lindsey recht.

»Ich konnte die Frau ja nie leiden, als sie noch beim Fernsehen war, aber das habe ich ihr nicht gewünscht. Ich wollte nur, dass sie aus meinem Fernseher verschwindet.«

»Na ja, der Wunsch war ja schon in Erfüllung gegangen – wenn man mal von den Wiederholungen absieht.«

Lindsey schenkte ihr einen weiteren Wodka mit Tonic ein.

Honey beäugte das Glas. »Wenn ich so weitermache, bin ich lange vor Mitternacht völlig platt und liege im Bett. Das wäre mal was Neues.«

»Es würde dir guttun. Das war ein scheußliches Erlebnis.«

Honey nippte an ihrem Glas. Langsam verzog sich die Kälte aus ihren Knochen, doch da kam ihr ein neuer Gedanke. Im Gegensatz zu all den anderen Morduntersuchungen, mit denen sie bisher zu tun hatte, betraf diese hier sie persönlich. Sie hatte schließlich die Leiche gefunden.

Sie schob das Glas von sich. »Weißt du, was das Schlimmste an der Sache ist?«

»Sag's mir.«

»Ich habe das Gefühl, der Mörder hat das nur getan, um mich zu erschrecken.«

Lindsey verschränkte die Arme. »Verstehe.«

»Wirklich?«

»Du nimmst es persönlich. Das weiß ich. Und es bedeutet, dass du dich auf die Sache stürzen wirst wie ein Bluthund auf den Fuchs, bis du den Mörder zur Strecke gebracht hast.«

Honey nickte. »Hm.«

Nun tauchte Smudger auf. Sein goldrotes Haar klebte ihm verschwitzt am Kopf. Die Kochmütze, die er gerade erst abgenommen hatte, hatte es zusammengedrückt.

»He, Chefin. Stimmt das, dass du eine prominente Leiche gefunden hast, die jemand in einen Kamin gestopft hat?«

»Jawohl, die Leiche von Arabella Neville höchstpersönlich«, antwortete Lindsey.

Das beeindruckte Smudger nicht sonderlich. »Arabella Neville?« Er schüttelte den Kopf. »Nie gehört.«

Smudgers Interesse beschränkte sich auf Fußballer oder Popstars. Die Tür fiel wieder hinter ihm zu.

Das Telefon klingelte. Noch ehe Lindsey den Hörer abgehoben hatte, wusste Honey instinktiv, dass es entweder Casper St. John Gervais, der Vorsitzende des Hotelfachverbands von Bath, oder ihre Mutter sein musste.

Der Vorsitzende des Hotelfachverbands hatte es sich zur Aufgabe gemacht, stets bestens über alle Verbrechen informiert zu sein, die in der ach so eleganten und zivilisierten Stadt Bath begangen wurden, in der er so gern lebte.

Doch wenn es um Klatsch ging, konnte niemand Honeys Mutter Gloria Cross das Wasser reichen. Ein passender Titel für sie wäre der der Vorsitzenden und allgemeinen Nachrichten- und Klatschbeauftragten der konservativen Seniorenvereinigung von Bath gewesen.

»Hannah. Ich rufe aus dem Nagelstudio an. Du musst lauter sprechen, denn ich bekomme gerade die Nägel lackiert – regenbogenfarben mit kleinen Glitzersteinen – und Tracey muss mir das Telefon ans Ohr halten. Der Lack ist noch nicht trocken. Sie hat auch die Nummer gewählt.« Eine kleine Pause trat ein. »Du bist doch am Apparat, Hannah, oder nicht?«

Lindsey verkündete tonlos: »Es ist Großmutter« und reichte ihrer Mutter den Hörer.

Honey verdrehte die Augen. Das hatte ihr gerade noch gefehlt. »Ich bin's.«

»Oh, gut. Du hast doch nicht vergessen, das Geschenk für Wilbur und Alice zu kaufen, oder?«

Wilbur und Alice?

Wer zum Teufel waren Wilbur und Alice? War einer von den beiden Verwandtschaft? Oder waren beide alte Freunde ihrer Mutter? Warum sollte sie ihnen ein Geschenk kaufen? Zur goldenen Hochzeit vielleicht? Honey hatte keinen blassen Schimmer, wollte das aber nur ungern zugeben.

»Es tut mir leid, Mutter. Ich habe einen außergewöhnlichen Tag hinter mir. Ich habe wirklich Schwierigkeiten, mich auf irgendwas zu konzentrieren …«

»Du hast es vergessen!«

»Mutter, wie kannst du das sagen?«

»Eine Hochzeit. Die erste Hochzeit von zwei meiner Kunden, und du hast sie vergessen! Das verletzt mich, Hannah! Das verletzt mich sehr!«

Honey klatschte sich mit der flachen Hand auf die Stirn. »Natürlich. Die Hochzeit. Wilbur und Alice. Ich habe ihnen Champagner gekauft.«

»Die beiden trinken keinen Alkohol.«

Die Stimme ihrer Mutter war eisig.

»Natürlich nicht. Wie dumm von mir. Ich habe ihnen …« Sie hielt inne, während sie in Panik ihrer Tochter Zeichen machte. Lindsey wedelte mit der Hotelbroschüre vor ihrer Nase herum, aufgeschlagen auf der Seite mit der Hochzeitssuite.

»Die Hochzeitssuite. Ein kostenloses Wochenende in unserer Hochzeitssuite.«

Die Antwort ihrer Mutter war niederschmetternd. »Oh, das geht überhaupt nicht. Die beiden können unmöglich zusammen schlafen. Er hat Arthritis, und sie leidet an nächtlichen Schweißausbrüchen. Über achtzig sind die Leute ja gesundheitlich sehr anfällig.«

Obwohl die Versuchung groß war, sich bei ihrer Mutter zu erkundigen, warum sich die beiden überhaupt die Mühe machten zu heiraten, verkniff sich Honey diese Frage. Sie wollte die grausigen Einzelheiten gar nicht hören.

Lindsey tat so, als schlüge sie ihren Kopf vor Verzweiflung an die Wand. Aber sie lachte dabei. Honey überlegte ernsthaft, es ihr nachzutun. Kein Hotelgast konnte einem so auf die Nerven gehen wie ihre Mutter. Die hatte es sich sozusagen zur Aufgabe gemacht, Leute auf die Palme zu bringen.

Es gab keinen anderen Ausweg, als ihre Niederlage einzugestehen und auf Vergebung zu hoffen.

»Was schlägst du denn vor, Mutter?«

»Eine Fußbadewanne. Die Sorte, die vibriert und den Kreislauf anregt.«

»Eine Fußbadewanne, was für eine großartige Idee.«

Honey nickte ihrer Tochter zu. Die schlug den Kopf nicht mehr an die Wand und kicherte. Sie signalisierte mit dem Daumen »okay« und setzte sich an den Computer.

»Die Hochzeit ist um elf. Daran kannst du dich doch noch erinnern, oder?«

»Natürlich.« Es war ihr entfallen, aber sie befolgte den altbewährten Rat: Im Zweifelsfall einfach lügen! Oder wild raten.

»Diesen Samstag um elf in der Countess of Huntingdon's Chapel.« Gut geraten, aber nicht ganz richtig.

»Nein. Diesen Donnerstag. Und zieh dich bitte angemessen an.«

»Was wäre denn nicht angemessen?«

»Weiß. Die Braut trägt Weiß, also darf niemand sonst Weiß tragen.«

»Genau wie Miss Faversham«, murmelte Honey.

»Ich kenne keine Miss Faversham. Ist sie im Conservative Club? War ich auf ihrer Hochzeit?«

Honey beantwortete beide Fragen mit nein. Offensichtlich war der Dickens-Roman »Große Erwartungen« für Gloria Cross ein Buch mit sieben Siegeln.

Sobald der Anruf zu Ende war, lehnte Honey ihren Kopf mit geschlossenen Augen an die Wand. »Gruftis in Weiß. Sie wird aussehen, als trüge sie ihr Totenhemd.«

»Eigentlich ganz praktisch, falls die Braut am Altar tot umfällt«, meinte Lindsey. Als sie den Gesichtsausdruck ihrer Mutter wahrnahm, entschuldigte sie sich sofort.

»Tut mir leid, das hätte ich nicht sagen sollen.«

Honey antwortete nicht. Das Bild der Leiche war ihr wieder vor Augen getreten. Ihre Gedanken wanderten zu der sehr toten Arabella Neville und den Hochglanzbildern in *Hello!*. Sie hatte als Braut auch ein weißes Kleid getragen, allerdings hatte sie kein einziges Fältchen im Gesicht gehabt. Hatte man sie aus Rache getötet, weil sie eine Familie auseinandergebracht hatte? Oder war das Motiv ein völlig anderes?

Lindsey hätte zu gern gewusst, was ihrer Mutter durch den Kopf ging. »Du siehst ziemlich grimmig aus«, meinte sie.

»Das hat mir gerade noch gefehlt, dass ich auf eine Hochzeit muss, besonders auf eine Hochzeit, wo ich weder Braut noch Bräutigam kenne und einer von beiden höchstwahrscheinlich das Zeitliche segnet, ehe sie überhaupt zur Hochzeitsreise aufbrechen.«

»Nun, eine lange und glückliche Ehe kannst du ihnen sicherlich nicht wünschen – das heißt, du kannst es natürlich tun, aber passen würde es nicht.«

Honey seufzte, und die Schultern taten ihr weh, so schwer lastete das alles auf ihr. »Ich habe soeben an Arabella Rolfe, geborene Neville, gedacht. Die hat auch in Weiß geheiratet. Ich wette, sie hat einen Haufen Luxusgeschenke zur Hochzeit bekommen.«

»Aber nicht das ultimative Geschenk. Ich wette, sie hat keine Fußbadewanne bekommen – beziehungsweise zwei Fußbadewannen – rosa für sie und hellblau für ihn.«

Als später am Abend die Speisegäste endlich mit dem Essen fertig waren und Mary Jane dem letzten Ratsuchenden aus der Hand gelesen hatte und zu Bett gegangen war, rief Honey bei Doherty an. Sie erkundigte sich nach dem vorläufigen Ergebnis der Autopsie.

»Arabella Rolfe wurde mit einem rosa Stoffstreifen erdrosselt, ehe man sie in den Kamin gesteckt hat«, antwortete Doherty. »Die meisten Schürfwunden und Blutergüsse kommen daher, dass sie hinter die alte Steinmauer gequetscht wurde. Die Male am Hals passen perfekt zum Tod durch Strangulieren. Sie hatte sich außerdem schwer in Schale geworfen und trug sexy Dessous. Ich dachte, das erwähne ich mal so nebenbei.«

»Sie war also nicht unbedingt für diesen Anlass angezogen.«

»Kannst du das etwas näher erläutern?«, bat Doherty sie.

»Nun, sie war wunderschön angezogen. Ich wünschte, ich könnte mir ihren Stil leisten. Es scheint mir nur seltsam, dass sie sich so aufgedonnert hat, wenn sie wusste, dass sie in dieses verdreckte alte Außengebäude von Cobden Manor gehen würde. Ich glaube, sie hat sich mit jemandem getroffen. Mit einem ganz besonderen Jemand.«

Doherty stimmte ihr zu. »Frauen ziehen sich gern für einen Anlass an. Wollen durch ihre Kleidung Eindruck schinden. Wir haben nachverfolgt, wo sie sich vor dem Mord aufhielt. Sie war bei einer Probe für ein Fernsehprogramm, bekam dort einen Wutanfall und ist aus dem Studio gestürzt. Niemand ist ganz sicher, warum. Allerdings hat sie jemanden beschuldigt, ihre Handtasche gestohlen zu haben.«

»Habt ihr eine Tasche bei ihr gefunden?«

»Eine kleine mit Geld und Kreditkarten.«

»Kein geräumigeres Teil?«

»Wieso fragst du das?«

»Jede Frau von Welt braucht eine Art tragbares Büro.«

Sie erkundigte sich noch, wie der Ehemann die Nachricht von Arabellas Tod aufgenommen hatte.

»Kann ich nicht sagen. Wir können ihn nicht finden. Es sieht ganz so aus, als wäre er abgetaucht, was ihn natürlich sofort zum Hauptverdächtigen macht. Morgen befrage ich einige seiner Kollegen, sobald ich überprüft habe, ob Arabella versichert war und er der Nutznießer ist. Soweit ich das sehen kann, hatten sie Gütertrennung. Er ist pleite gegangen, aber sie hat ihr Geld behalten. Nicht so viel Geld, wie er ursprünglich hatte, aber doch genug, dass sie sich weiterhin Räucherlachs und seidene Bettwäsche leisten können.«

»Hatten die wirklich seidene Bettwäsche? Ich habe mich immer gefragt, wie sich das wohl anfühlt, in Seide zu schlafen.«

»Da hätten wir ja noch was zu erforschen«, freute sich Doherty.

»Was ist denn mit der Frau, die ich auf der Toilette belauscht habe? Habt ihr schon was über sie rausgefunden?«

»Bisher nicht. Ich warte noch auf die Gästeliste. In der Zwischenzeit werde ich erst einmal die Arbeitskollegen und Verwandten befragen, zunächst die Exfrau. Bei der habe ich mich für morgen früh eingeladen. Hast du Lust, mich zu begleiten?«

Arthur King kamen die Lügen genauso leicht von der Zunge wie die Wahrheit. Mehr noch: er log mit einem Lächeln auf den Lippen, das sich auch in seinen Augen spiegelte. Das an sich war schon ungewöhnlich. Dadurch wirkte er besonders glaubwürdig. Die Leute glaubten ihm einfach alles, was er sagte. Deswegen war er ein so erfolgreicher Hellseher und erfreute sich außerordentlicher Beliebtheit im Kabelfernsehen, in Talkshows und auf Esoterikmessen.

Im Augenblick gab er sich alle Mühe, die Produzentin von »Schicksal und Glück« zu bezirzen. Diese neue Serie wurde gerade für einen der Satellitensender aufgenommen.

»Ich bin mal in ›Spukhaus‹ aufgetreten, meine Bücher verkaufen sich ausgezeichnet, und meine Vorträge sind immer ausgebucht. Nur noch Stehplätze. Auch wenn ich es selbst sage, ich bin einer der Top-Hellseher in diesem Land, wenn nicht *der* Top-Hellseher. Sie könnten nichts Besseres für Ihre Serie tun, als mich zum Moderator zu machen. Was halten Sie von der Idee, Paulette?«

Arthur King kannte Paulette Goodman überhaupt nicht. Er hatte noch nie vorher mit ihr geredet, aber er hielt nichts davon, die Dinge unnötig lange vor sich herzuschieben. Er war der Erste, der sie erreichte. Er hatte sich ihre Handynummer besorgt, einfach aus dem kleinen rosa Adressbuch herausgesucht, das er gerade in der Hand hielt. Auf keinen Fall würde er sich diese Gelegenheit durch die Lappen gehen lassen.

»Ich denke drüber nach«, sagte das junge Flittchen am anderen Ende.

Arthur King hielt alle weiblichen Wesen unter dreißig für junge Flittchen.

»Ich gebe Ihnen meine Durchwahl und meine Handynummer«, fügte er hinzu und tat das unverzüglich. Dann erkundigte er sich: »Ist im Augenblick noch jemand anders als Moderator für die Serie im Gespräch?«

Er hörte, wie sie zögerte. Arthur spürte, dass sie die Luft anhielt, während sie überlegte, ob sie es ihm sagen sollte oder nicht.

»Nun, ich denke, ich kann es Ihnen verraten. Wahrscheinlich verpflichten wir Arabella Rolfe. Die ist wirklich bekannt und sucht eine Serie wie unsere, um ihre Karriere wieder neu zu starten.«

Das junge Flittchen namens Paulette Goodman konnte nicht ahnen, dass er mit den Zähnen knirschte, weil sie Arabella Neville erwähnt hatte. Genauso wenig wusste sie, dass er diese Frau hasste, wenn es sie auch wahrscheinlich nicht sonderlich überrascht hätte. Arabella war bei den Produktionsteams nie besonders beliebt gewesen. Sie war der Typ Frau, der nur sich mochte und sonst niemanden.

»Ah ja. Ich habe gehört, dass sie ein Comeback plant. Zweifellos ist es ja mit ihr nun schon eine ganze Weile bergab gegangen. Aber ich glaube nicht, dass Sie sie für die Serie bekommen. Sie werden wahrscheinlich feststellen, dass sie unabkömmlich ist.«

»Oh. Wie kommen Sie denn darauf?« Paulettes Stimme klang überrascht.

Arthur King warf das kleine rosa Adressbuch in die Damenhandtasche, die er sich zwischen die Knie geklemmt hatte. »Nennen Sie es professionelle Vorahnung. Dafür bin ich schließlich bekannt.«

Doherty tauchte am nächsten Morgen sehr früh bei Honey im Hotel auf und wirkte müde und leicht verlottert.

»Zu viele Überstunden«, knurrte er.

»Hier. Geh duschen. Dann fühlst du dich gleich besser.«

Sie reichte ihm den Schlüssel zu einem der Zimmer und eine Flasche Duschgel mit Fichtennadelgeruch.

Er wanderte los, ohne seine gewöhnliche Energie, einfach nur froh, dass er aus den Kleidern steigen und sich von einem Strom warmen Wassers überspülen und reinigen lassen konnte.

»Das kann er nicht mehr machen, wenn wir in dieses Landhaushotel ziehen«, meinte Lindsey.

»Ich bin mir gar nicht sicher …«, hob Honey an.

»Das ist gut«, sagte Lindsey rasch dazwischen. »Ich war mir von Anfang an nicht sicher.«

»Woher wusstest du, was ich sagen würde?«

»Du bist meine Mutter«, antwortete Lindsey und klatschte einen Stapel Broschüren auf den Empfangstresen. »Du setzt dir was in den Kopf, das eigentlich gar nicht zu dir passt, aber du musst erst selbst drauf kommen. Nur so geht's.«

Wenn Honey Zweifel über ihre Zukunft gehegt hatte, so waren die nun alle beseitigt. Wer weiß, was hätte sein können? Die Schuld trug ganz allein Arabella Nevilles Mörder.

»Es hätte toll werden können«, murmelte sie. »Warte nur, wenn ich den in die Finger kriege, der das getan hat.«

»Mach ihn zur Schnecke«, sagte Lindsey und ging fort. Sie sah wesentlich fröhlicher als in letzter Zeit aus. Komisch war nur, dass Honey nicht bemerkt hatte, wie unglücklich ihre Tochter gewesen war. Lindsey hatte recht: Honey hatte sich eingeredet, dass die Renovierung eines Landhauses und der Umbau zu einem Hotel eine tolle Idee wäre, ohne zu sehr in die Einzelheiten der Planung einzusteigen.

Wäre es eine tolle Erfahrung gewesen?, überlegte sie. Hätte sie sich drauf eingelassen? Schwer zu sagen, wenn auch höchst wahrscheinlich. Es war ein Mord notwendig gewesen, um sie in ihrem Schwung zu bremsen.

Doherty tauchte wieder auf und roch gut, wenn er auch immer noch reichlich zerknautscht aussah. Sein Hemd war zerknittert, die Jeans faltig, die Haare sauber, aber ungekämmt, die Lederjacke hatte er über die Schulter geworfen. Dieser lässige Straßenschick wirkte bei Detective Chief Inspector Doherty ganz natürlich. Es war sein ganz persönlicher Stil, er passte zu ihm, und Honey passte er auch.

Er hatte sich auf dem großen braunen Sofa im Speisesaal niedergelassen. Hier genossen die Hotelgäste einen Aperitif vor dem Essen, ehe sie an ihren Tisch geführt wurden. Doherty hatte sich der Länge nach draufgelümmelt, stützte den Ellenbogen auf die Armlehne und den Kopf mit der Hand.

»Du siehst aus, als wärst du gerade aus dem Bett gefallen«, sagte sie zu ihm.

»Hast du Lust, mit mir wieder nach oben zu gehen und mich ordentlich herzurichten?« Diese Frage stellte er mit einem vielsagenden Blick und hochgezogener Braue.

Ehe sie antworten konnte, war er schon bei ihr und presste seine Lippen auf ihren Mund, während er hinter ihrem Rücken nach einem Stück gebuttertem Toast angelte.

»Ich bin kurz vorm Verhungern«, sagte er, sobald er sie wieder freigegeben hatte. Er bediente sich weiter am Frühstücksbüfett. Die zahlenden Hotelgäste hatten bereits gefrühstückt, aber es war noch genug übrig. Immer viel auftischen, dann gab es keine Beschwerden. Das war Honeys Mantra für die erfolgreiche Führung eines Hotels.

»Wann hast du zuletzt was gegessen?«

»Gestern Mittag.«

»Nicht gesund.«

Doherty seufzte. »Zu viel Arbeit, zu wenig Zeit. Ich habe auch noch versucht, ein bisschen Training dazwischenzuquetschen.«

»Was macht der Rücken?«

Langsam breitete sich ein Grinsen auf seinem Gesicht aus. »Keine Probleme, aber eine kleine Massage wäre nicht schlecht.«

»Sei brav und iss dein Porridge.«

Da sie die einzigen Personen im Speisesaal waren, zogen sie

ihre Stühle gleich ans Frühstücksbüfett und bedienten sich. Der Duft gegrillten Specks war besonders betörend. Die Würstchen schmeckten köstlich, die Tomaten waren bereits ein wenig matschig, und der Toast war ein bisschen trocken, schmeckte aber immer noch gut.

»Sag mal, dieses rosa Stück Stoff, war das ein Haarband oder ein Chiffonschal?«

»Ich bin mir nicht sicher. Ich muss das überprüfen. Hat das was zu bedeuten?«, fragte Doherty.

Honey nickte. »Als ich sie neulich am Abend im Römischen Bad gesehen habe, hat sie ein rosa Haarband und einen Chiffonschal getragen. Ich kann mich nicht erinnern, ob sie die auch noch hatte, als sie gegangen ist, aber sie hat sie sicherlich während der Party getragen.«

»Bei diesem Streit, den du mit angehört hast, hast du da wirklich die Stimme der Frau, die gedroht hat, Arabella umzubringen, nicht erkannt?«

Honey schüttelte den Kopf. »Aber sie hat gesagt, dass sie Arabellas Job übernehmen würde. Das könnte doch ein Anhaltspunkt sein, meinst du nicht?«

»Höchstwahrscheinlich. Wir haben bei Arabellas Agentin nachgefragt und bei den Leuten, die das letzte Programm produziert haben, das sie moderiert hat. Die Agentin hat furchtbar geflucht. Die Fernsehleute konnten nicht sagen, wie Arabellas Aussichten auf einen neuen Posten waren, außer dass man sie in Betracht gezogen hat.« Er runzelte nachdenklich die Stirn, schluckte und sagte: »Hat sie bei der Veranstaltung mit irgendwelchen Leuten länger zusammengestanden?«

»Mit jedem Mann, der im Raum war.«

Er nickte und kniff die Augen zusammen, wie Männer es oft tun, wenn sie vermuten, dass jemand, den sie nicht kennen, irgendwie sexuell geheimnisvoll sein könnte.

»Okay. War außer dir sonst noch jemand da, der sie offensichtlich nicht mochte?«

Honey reagierte heftig. »Jede Frau im Raum. Arabella Neville hatte nichts für andere Frauen übrig, und die hatten nichts für sie übrig. Aber du glaubst doch nicht, dass eine Frau sie erwürgt haben könnte?«

Er schüttelte den Kopf. »Erwürgen, das ist normalerweise nichts für Mädels. Historisch betrachtet ist vielleicht Gift die bevorzugte Methode für die mordende Dame von Welt. Und dann wurde ja die Leiche auch noch in den Kamin gestopft. Dazu braucht man Kraft. Nein, ich denke, wir suchen einen männlichen Täter, obwohl es sicher nützlich sein wird, mit der Frau zu reden, die du belauscht hast. Sie hat wohl auch erwähnt, dass sie einen Profi für den Mord anheuern könnte? Das war vielleicht nur heiße Luft, aber andererseits hat sie es unter Umständen durchaus ernst gemeint.«

»Hast du die Gästeliste schon?«

Er nickte. »Ja, aber anscheinend stehen nicht alle, die da waren, auf der Liste drauf. Es sind auch Leute gekommen, die nicht eingeladen waren, Freunde von Freunden und so weiter. Schade, dass du die Stimme nicht erkannt hast. Bist du dir sicher, dass sie die Drohung ernst gemeint hat?«

»Es klang jedenfalls so, aber man weiß ja nie.« Sie hörte auf zu kauen, als ihr ein Gedanke kam. »Denk dir nur, vielleicht wäre es gleich an Ort und Stelle zum Mord gekommen, wenn ich nicht die Spülung betätigt hätte.«

»Eine Spülung zur rechten Zeit, sozusagen«, meinte Doherty. »Frauen! Man stelle sich das vor, gehen die sich in der Toilette an die Gurgel!«

»Und ihr Männer macht so was nicht? Nicht mal hartgesottene Alpha-Männchen wie du?«

Er schüttelte den Kopf. »Die haben zu viel damit zu tun, sich nicht auf die Schuhe zu pinkeln.«

Honey biss noch einmal von ihrem Sandwich mit Würstchen ab. »Ich wüsste zu gern, wie vielen Männern sie sonst noch auf den Sack gegangen ist – außer ihrem Ehegatten, meine ich?«

»Wieso glaubst du, dass sie ihm auf den Sack gegangen ist?«

»Machst du Witze? Neulich am Abend hat jeder Mann an

ihr geklebt wie eine Klette. Männer drehen ja bei solchen Frauen komplett durch.«

»Erkläre, was du mit ›solche Frauen‹ meinst«, forderte Doherty sie auf, während er sich eine weitere Scheibe Toast mit Butter bestrich und nach der Orangenmarmelade langte.

»Nun«, antwortete Honey, »sehr mädchenhaft, sehr rosa und außerordentlich geschickt darin, einem Mann das Ego so lange zu massieren, bis ein Teil von ihm ganz steif und der Rest Wachs in ihren Händen ist, wenn die Bemerkung erlaubt ist. Spaß hat es ihr auch noch gemacht. Ihr Ehegatte war nicht dabei, wahrscheinlich hatte er einfach die Nase voll davon, ihr beim Flirten zuzuschauen. Das ist meine Meinung – so!«

Doherty dachte darüber nach. »Kapiert. Sie war auf der Party und er nicht, und sie erregte bei den Männern große Aufmerksamkeit. Ich vermute, er ist eher der Typ, der gern zu Hause bleibt, ist ja nicht beim Fernsehen wie sie.«

»Das klingt, als hättest du viel für sie übrig.«

»Ich doch nicht. Nicht mein Fall«, antwortete Doherty und schüttelte den Kopf. Mit halbgeschlossenem Auge warf er ihr einen schrägen Blick zu. »Aber, he, das mit der Ego-Massage und so, das gefällt mir. Wenn du das mal ausprobieren möchtest ...«

»Ich bin nicht so eine«, gab sie zurück, warf den Kopf nach hinten und wischte sich schwungvoll ein paar Krümel vom Kinn.

»Das klingt ganz so, als wärst du der Meinung, dass sie es verdient hatte, umgebracht zu werden.«

Honey schnitt eine Grimasse. »Jede Frau über vierzig, die sich noch traut, mit einem rosa Haarband rumzulaufen, schwebt in Gefahr, dass die Modepolizei sie lyncht. Guter Geschmack, nur leider von vorgestern.«

»Du bist nur neidisch. Wenn ich dich so reden höre, dann könnte dieses Verbrechen etwas mit Leidenschaft zu tun haben, aber Habgier als Motiv können wir auch nicht von der Hand weisen. Adam Rolfe hatte finanzielle Probleme und Schwierigkeiten in der Ehe, und jetzt ist er untergetaucht. Andererseits hat sich Arabella nicht gerade bei den Leuten beliebt gemacht, mit denen sie zusammengearbeitet hat. Da sind wir uns ziemlich sicher. Und gesellschaftlich … auch da spüre ich eine gewisse Abneigung der Damenwelt gegen unsere Fernseh-Berühmtheit.«

Honey führte seine Analyse noch weiter aus und bestätigte ihm, dass sie insgesamt ziemlich genau zuzutreffen schien. Ohne die Frau persönlich gekannt zu haben, merkte Honey schon, dass sich ihr beim Gedanken an Arabella die Nackenhaare sträubten und dass sie ihre Krallen wetzte. Arabella Rolfe war der Typ Frau, der Frauen auf den Wecker und Männern auf den Sack ging – Letzteres wörtlich genommen. Wie viele Männer sie auf ihrer Trefferliste hatte, war der Spekulation überlassen; es gab jede Menge Gerüchte. Wie viele Frauen sie verärgert hatte, war völlig klar. Alle.

»Hast du schon das mit dem persönlichen Trainer gehört?«, fragte sie und freute sich darauf, Doherty ein wenig Klatsch auftischen zu können.

Doherty hatte seinen Toast aufgegessen und sich eine große Tasse schwarzen Kaffee eingeschenkt. »Erzähl mal.«

»Es geht das Gerücht, dass er mit ihr mehr als nur gründliches Fitnesstraining gemacht hat. Sie wollte einen tollen Körper, da hat sie sich seinen genommen und ihren dabei gleich ein bisschen aufgemöbelt.«

Doherty langte zu ihr herüber, um ihr weitere Krümel vom Kinn zu wischen. »Höre ich da eine Spur Neid heraus, oder ist es puritanische Empörung?«

Sie hörte sofort auf zu essen. Wie immer wenn Doherty sie berührte und seine Stimme samtweich wurde, rückte die Nahrungsaufnahme an die zweite Stelle. Es war eine ganz natürliche Reaktion ihres Körpers.

»Weder noch«, erwiderte sie und gestand sich ein, dass sie leicht rumzukriegen war, wenn Doherty es drauf anlegte. »Es ist nur Klatsch und Tratsch.«

»Und per Definition muss Klatsch und Tratsch ja saftig sein.« Seine Augen blitzten fröhlich. Er genoss die Sache sehr.

»Und wo Klatsch und Tratsch ist, da ist auch immer mehr«, fuhr Honey fort.

Obwohl der übliche Dreitagebart Dohertys Kinn zierte, war bei ihm kein einziger Krümel hängengeblieben. Honey nahm sich vor, ihre Kinnhaare zu checken. Vielleicht waren die länger geworden als seine Bartstoppeln?

»Hm.« Doherty strich sich übers Kinn. Es klang, als würde grobkörniges Sandpapier über Holz schleifen. Dohertys Bart hatte seinen ganz eigenen Sound. Der war ein bisschen rau, aber Honey wusste es besser. Diese Borsten konnten ausgesprochen sanft streicheln. Das konnte sie aus Erfahrung bestätigen. Im Augenblick streifte sein Knie unter dem Tisch ihr Knie. Das fühlte sich auch ziemlich gut an.

»Der Mann hat also die Gattin nicht zur feinen Feier der Makler begleitet. Du hast ihn nicht gesehen.«

Honey schüttelte den Kopf. »Sie schien allein gekommen zu sein, und ich meine, jemand hätte mir erzählt, er wäre nicht da, weil sie gerade einen Umzug zu bewältigen hätten. Was wir natürlich wussten. Die beiden haben ja in Cobden Manor gewohnt, das ich in ein Landhaushotel umwandeln wollte.«

»Ich nehme an, du hast es dir noch mal überlegt?«

»Na klar. Wer will schon in einem Hotel übernachten, in dem ein Mord geschehen ist?«

Doherty schüttelte den Kopf. »Honey Driver. Du bist einmalig, das ist mal sicher. Alle anderen, die sich ein altes Haus ansehen, das sie vielleicht kaufen wollen, finden schlimmstenfalls Holzwurm oder Feuchtigkeit in den Wänden. Nur du musstest unbedingt eine Leiche entdecken.«

Honey schnitt eine Grimasse und überdachte die Lage noch einmal aus dem Blickwinkel einer Geschäftsfrau. »Ich denke, es könnte trotzdem funktionieren. Wie wäre es mit Krimiwochenenden? Wer war der Mörder und so? So was ist doch heutzutage beliebt.«

Eigentlich hielt sich Honey für eine ziemlich taffe Person, aber sie hatte ja auch noch nie zuvor eine Leiche gefunden, jedenfalls kein Mordopfer, das sie einige Abende zuvor noch sehr lebendig hatte Cocktails schlürfen sehen. Das konnte man ihr wahrscheinlich an der Nasenspitze ablesen.

»Denk nicht zu viel drüber nach«, meinte Doherty und umarmte sie. Es war eine gute Umarmung, und sie hätte geschworen, sie würde sie bis zum Schlafengehen in Erinnerung behalten – vielleicht sogar länger. Ganz bestimmt länger. »Nachdenken ist nicht gut für dich. Mach irgendwas, das dich auf andere Gedanken bringt.«

Sie befolgte seinen Rat und begann, eine Liste aufzustellen. Das konnte sie gut; sie war sehr stolz auf ihre Listen. Sie halfen ihr, sich zu konzentrieren, zu planen, was jetzt zu tun war.

Normalerweise standen auf diesen Listen Personalpläne, Einkäufe, Getränkebestellungen, kleine Arbeiten in den Zimmern, zum Beispiel gründliches Staubsaugen unter den Betten und Ausfegen von Spinnweben aus unzugänglichen Ecken. Heute war es eine andere Liste. Heute standen Mordverdächtige drauf.

»Okay, Ehemann, persönlicher Fitnesstrainer, Agentin, Rivalinnen beim Fernsehen. Das ist schon mal eine ziemlich gute Auswahl, finde ich.«

»Dann noch die Geschäftskonkurrenten des Ehemanns«, ergänzte Doherty. »Hatte sie vielleicht eine Affäre mit einem von denen? Und was ist mit der ersten Gattin des Ehemanns? Ich schlage vor, wir statten ihr morgen einen Besuch ab. Sie ist zwar schon befragt worden, aber es würde nicht schaden, noch einen Versuch zu unternehmen.«

Das Gespräch mit Adam Rolfes erster Frau fand nicht statt. Eine Nachbarin berichtete ihnen, dass die Dame jemanden in Leicester besuchte.

»Ich glaube, es hat irgendwas mit dem Sohn zu tun«, meinte

die Nachbarin. »Er hat einen Studienplatz an der Uni dort bekommen.«

Honey und Doherty kam der Verdacht, dass das vielleicht gelogen war und dass der Ehemann und seine erste Frau zusammen weggefahren waren.

»Die zweite Ehe war ja wirklich nicht mehr sehr glücklich«, erläuterte Honey.

»Ja, schon, aber sie war schließlich die Verlassene«, meinte Doherty. »Ich habe gehört, dass sie all seine Klamotten in einen Koffer gepackt hat, dazu noch drei Pfund Pansen und ein halbes Dutzend Heringe.«

»Gar nicht nett.«

»Besonders, nachdem sie ihm verboten hatte, den Koffer bei ihnen zu Hause abzuholen. Stattdessen hat sie ihn in ein Schließfach gesteckt und ihm den Schlüssel per Post zugeschickt. Es hat eine Woche gedauert, bis er herausgefunden hatte, wo das Schließfach war. Da roch alles schon ziemlich würzig.«

Honey hatte erwartet, dass Doherty gleich nach Bath zurückfahren würde. Stattdessen lenkte er den Wagen an Bath vorbei und über die Severn Bridge.

»Wohin sind wir denn unterwegs?«

»Wir besuchen einen Mann in Sachen Mord.«

»Aha«, murmelte Honey und mummelte sich in ihren hochgeklappten Mantelkragen. Doherty fuhr wieder einmal mit offenem Verdeck. »Und? Hat er das Verbrechen begangen?«

»Das wollen wir ja gerade herausfinden.«

Zehn

Der Mann, den sie nun besuchen wollten, hatte wohl irgendwas mit dem Fall zu tun. Nach Dohertys Schweigen zu urteilen, würde er Honey wahrscheinlich nicht verraten, wer es war und was sie schon über ihn wussten, ehe sie ihm von Angesicht zu Angesicht gegenüberstanden.

Der kleine Sportwagen flog geradezu über die A40, dann über Nebenstraßen, die mit Bäumen gesäumt waren und nach feuchter Erde rochen. Doherty bog in eine noch schmalere Straße ein, die in einen unbefestigten Weg einmündete. Auf einem großen Schild stand »Forstverwaltung – Forest of Dean«.

Am Ende des Weges lichteten sich die Bäume. Sie befanden sich auf einer grünen Lichtung mit ausgewiesenen Parkplätzen und einem Gebäude, das als Yacht Club genutzt wurde. Eine Navigationsleuchte blinkte über einem Betonsteg, der in den Fluss Severn hinausragte. Es war Ebbe, aber das schien den Möwen nichts auszumachen, die auf dem flachen Wasser schaukelten.

Kleinere Boote lagen in einem seifiggrünen schmalen Wasserstreifen vor Anker, der durch Schleusentore gegen die Gezeiten abgesichert war.

Über das Wasser wehte eine kühle Brise zu ihnen herüber. Honey kuschelte sich tiefer in ihren hochgeschlagenen Mantelkragen und versenkte die Hände in den Taschen.

»Hier ist es ganz schön windig. Ist der Mann, mit dem wir uns treffen wollen, schon da, oder müssen wir noch lange warten – dann hätte ich besser eine Thermosflasche Kaffee mitgebracht ... und eine Wärmflasche.«

»Er ist da drüben«, antwortete Doherty und deutete auf eine kleine Landzunge, auf der ein Mann saß und angelte.

Der Mann hatte eine wattierte Jacke an, auf deren Farbe wohl am besten die Bezeichnung schlammbeige passte, wenn sie auch vielleicht einmal grün gewesen war. Wie der Mann, der sie trug, war sie in Ehren gealtert.

Der Angler drehte sich um, als Dohertys Schatten auf ihn fiel. Sein Gesicht war zerknittert, ein bisschen wie ein alter Lederfußball, aus dem jemand die Luft herausgequetscht hatte.

»Sie sind wohl der Polizist, der mich anrufen wollte?« Seine Stimme klang, als müsste er sich verteidigen, und der treffendste Ausdruck für seine Miene war wohl säuerlich.

Doherty blieb cool. »Das stimmt. Ich wollte gern mit Ihnen sprechen. Ihre Tochter hat mir Ihre Handynummer gegeben. Ich habe versucht, Sie telefonisch zu erreichen, es hat aber nicht geklappt.«

»Da haben Sie verdammt recht, das ging nicht. Das Ding ist da drin«, sagte er und deutete auf den Fluss. »Da drin bei den gottverdammten Fischen. Und die gehen nicht ran, wenn's klingelt. Scheiß Mobiltelefone. Ich habe ihr gesagt, dass ich keins will. Ich habe ihr gesagt, dass ich nicht angerufen werden will. Das wissen Sie wohl, oder? Oder?«

Doherty ließ sich auf einem kantigen Felsbrocken nieder, der aussah, als hätte er irgendwann einmal aufrecht gestanden. »Ich habe mir sagen lassen, dass Sie, nachdem die Immobilienfirma pleitegegangen ist, Adam Rolfe und seine Frau bedroht haben – ganz besonders seine Frau.«

Der Mann drehte sich um und blitzte Doherty an. Er war Mitte fünfzig, und sein faltiges Gesicht hatte sich nun mit einer ungesunden Röte überzogen. Honey nahm an, dass sein Haar unter dem schlammgrünen Hut wohl schon ziemlich schütter war.

»Mr. Albright, gehe ich recht in der Annahme, dass Sie einiges Geld verloren haben, als die Firma Adam Rolfe and Associates bankrottgegangen ist?«

Ein leises Knurren war von dem Mann zu vernehmen, ehe er deutliche Worte hören ließ.

»Das Unternehmen stand auf soliden Füßen. Kein Zweifel. Es hätte eigentlich nicht pleitegehen können. Ist es aber. Geld, das einmal da war, war plötzlich verschwunden, Gott weiß, wohin. Meines hab ich jedenfalls nicht zurückgekriegt, das ist mal verdammt sicher. Für mich war gerade noch genug für eine anständige Angelrute übrig. So schnell werde ich nicht mehr in eine Firma investieren. Ich habe mich für das einfache Dasein entschieden, Herr Polizist. Genug Geld zum Leben und keine Sorgen. Das ist das Richtige für mich.«

»Wollen Sie nicht herausfinden, wohin das Geld verschwunden ist?«

Evan Albright prustete los. »Da brauche ich nicht lange zu suchen. Die Firma hatte immer haufenweise Geld auf der Bank, bis *sie* kam – die Fernsehtussi. Er ist voll auf sie reingefallen – und dann hat sie ihn ausgenommen wie eine Weihnachtsgans, den blöden Hund. Erst hat sie sein Privatvermögen durchgebracht, dann das Firmengeld. Das ist meine Theorie, und niemand kann mich vom Gegenteil überzeugen. Niemand!«

Evan Albrights Augen waren stahlhart und wütend. Doherty sollte es ja nicht wagen, was anderes zu behaupten, bloß nicht versuchen, ihn umzustimmen. Die Absicht hatte Doherty jedoch keinesfalls.

»Ich habe mir sagen lassen, dass es noch einige andere Investoren gab. Ich kann mir denken, dass die ebenfalls ziemlich sauer waren, wenn sie auch vielleicht nicht mit Körperverletzung gedroht haben wie Sie«, erwiderte Doherty stattdessen. Er schien zwar die ruhige Wasseroberfläche zu betrachten, aber Honey wusste, dass er nicht nach Fischen Ausschau hielt. Er hörte zu, und er war voll konzentriert.

»Für die anderen kann ich nicht sprechen. Ich bin nur ein ganz gewöhnlicher Mann, der ein bisschen was auf die hohe Kante gelegt hatte. Ich habe weder ein großes Unternehmen noch irgendwelche Beziehungen, auf die ich zurückgreifen kann. Manche von den anderen hatten das. Ich bin einfach ausgerastet. Was ist schon dabei?«

»Arabella Rolfe wurde tot aufgefunden, ermordet, und ihr Ehemann wird vermisst. Wann haben Sie die beiden zuletzt gesehen, Mr. Albright?«

»Ewig her«, blaffte er. Seine Aufmerksamkeit war auf den Schwimmer gerichtet, der gerade unter Wasser verschwunden war. »Und ich bin heilfroh, dass ich sie los bin.«

»Wann genau?«

»Ich kann mich nicht erinnern.«

Er riss die Angelrute hoch, hob den Fisch aus dem Wasser und zog den Schwimmer vorsichtig in Richtung Ufer.

Doherty packte die Angelrute. Er hielt sie fest und hinderte Albright daran, seinen Fang einzuholen.

»Wann?« Dohertys Stimme klang jetzt sehr grimmig, und wenn Albright auch nur einen Moment daran gedacht hatte, sich zur Wehr zu setzen, belehrte ihn ein Blick in Dohertys Gesicht eines Besseren.

»Ich verliere noch meinen Fisch«, protestierte Albright ziemlich aufgeregt, obwohl Honey vermutete, dass seine Aufregung eher etwas mit Dohertys abruptem Einschreiten als mit der Aussicht zu tun hatte, zum Abendessen keinen Fisch braten zu können.

»Wann?«

»Vor vierzehn Monaten im Theatre Royal. Ich war von Rolfe Investments zu einem Galaabend eingeladen. Da habe ich die beiden gesehen, und da haben sie noch gelebt.«

»Waren auch andere Leute anwesend, die das bestätigen könnten?«

Mit wütendem Gesicht und einem Auge auf der Angelrute und dem Fisch, den er gern an Land ziehen wollte, grunzte Evan Albright eine Antwort. Er hielt mit seiner Verärgerung nicht hinter dem Berg.

»Ich habe Ihnen doch gerade gesagt, verdammt noch eins – es war ein Galaabend. Alle waren da.«

»Alle, die bei Rolfe Investments Geld investiert hatten?«

»Alle!«

Doherty ließ die Rute los und trat einen Schritt zurück.

Albright drehte ihm weiterhin den Rücken zu und holte den Fisch ein.

Doherty dankte ihm. Albright reagierte nicht.

»Ich kann mir nicht vorstellen, dass er sie umgebracht hat«, flüsterte Honey, als sie fortgingen. »Ich meine, er ist alt. Und obwohl Angeln auch nichts für mich wäre, scheint er doch viel Freude daran zu haben.«

»Gut beobachtet, Mrs. Honey Driver. Es ist eine der wenigen Sachen, die ihm noch geblieben sind. Evan Albright hatte früher mal ein großes Haus. Nicht so groß wie Cobden Manor, aber doch ziemlich groß. Das hat mir seine Tochter erzählt.«

»Und?«

Doherty blieb an einer Stelle stehen, wo eine Trauerweide sich elegant über den Bug eines kleinen hölzernen Segelboots neigte. »Jetzt lebt er auf dem Boot hier.«

Elf

Honey schleppte die Fußbadewannen zum Zodiac Club, wo das ältere Paar seinen Hochzeitsempfang abhalten wollte. Doherty wartete dort bereits auf sie. Nachdem sie die Fußbadewannen bei all den anderen Geschenken abgestellt hatte, ließ sie sich auf einem Barhocker nieder.

»Hier«, sagte Doherty. »Lass uns auf unseren Erfolg anstoßen.«

»Der Fall ist aufgeklärt?«

»Wohl kaum. Wir haben mit anderen Investoren gesprochen. Es ist nicht leicht«, antwortete er. »Manche leben sehr zurückgezogen, das sind Leute mit ungeheuer viel Geld. Die lassen sich nicht gern zum Narren halten.«

An seinen blauen Augen konnte Honey ablesen, wie intensiv er nachdachte. Diesen Blick kannte sie. Sie versuchte zu erraten, was wohl hinter seiner Stirn vorging.

»Die könnten es sich leisten, Rache zu nehmen – sie beide umbringen zu lassen –, Arabella und Adam.«

Doherty nickte und hielt sein Glas mit den Händen umfangen. »Wir glauben, dass auch Adam vielleicht einem Mord zum Opfer gefallen ist. Anderswo umgebracht wurde. Anderswo versteckt wurde. Vielleicht hat man sogar ihn zuerst getötet, seine Frau hat den Mörder überrascht, und der Mörder hat ihre Leiche nicht so gut verbergen können wie die des Ehemanns.«

»Wäre das möglich?«

»Alles ist möglich.«

Honey stützte ihr Kinn in eine Hand. »Ich wäre gern so reich. Nicht dass ich dafür zahlen würde, dass jemand abgemurkst wird – nun, im Augenblick jedenfalls nicht. Aber ich wäre gern mal in der Lage, mir einfach alles leisten zu können.«

»Nicht alle Investoren waren superreich. Ein paar waren wie Evan Albright nur ziemlich gut situiert. Einer davon war John Rees. Den Typen kennst du ja. Der mit dem Buchladen.«

Honey merkte, wie ihr ganz heiß wurde, und hoffte, dass man es ihr nicht ansehen konnte. Wie gut, dass es im Zodiac immer ziemlich schummrig war.

Die Nachricht, dass John Rees auch Geld bei Rolfe Investments investiert hatte, kam für sie völlig überraschend. Allerdings erklärte das, warum John sich so ungewöhnlich verhalten hatte. Jeder, der viel Geld verloren hat, würde sich seltsam verhalten.

»Ja, der war auch im Römischen Bad«, sagte sie leichthin, als hätten sie nur im Vorübergehen »Hallo« gesagt.

»Ich weiß. Er stand auf der Gästeliste.«

Puh! Da hatte sie wohl im richtigen Augenblick die Wahrheit gesagt!

»Ich könnte mal vorbeigehen und mit ihm reden. Denn ich kenne ihn ja.« Das schien das mindeste zu sein, was sie anbieten konnte. Außerdem wollte sie unbedingt herauskriegen, wie John in die Sache verwickelt war. Nicht dass er jemanden umgebracht haben könnte, überlegte sie. Na gut, er war ja beim Militär gewesen oder so ähnlich, aber er war einfach nicht der Typ, der einen Mord begehen würde. Wahrscheinlich war er beim Militär auch nur Koch oder Sanitäter gewesen. Kein Killer. John doch nicht.

»Gib mir Zeit«, sagte sie zu Doherty. »Ich gehe und rede mit John Rees und Arabellas persönlichem Fitnesstrainer – aber morgen noch nicht. Morgen muss ich zur Hochzeit der ersten zufriedenen Kunden meiner Mutter.«

Honey versicherte jedem, der es hören wollte, eigentlich hätte sie wirklich keine Zeit, das Hotel und eine Morduntersuchung zu vernachlässigen, nur um auf die Hochzeit von Leuten zu gehen, die sie nicht einmal kannte. Die einzige Person, der sie das nicht mitteilte, war ihre Mutter. Gloria Cross hatte bereits verkündet, dass sie sehr verärgert wäre, wenn ihre Tochter nicht zu der Hochzeit käme. Schließlich waren die beiden das erste liebende Paar, das sich über ihre Online-Partnerbörse kennengelernt hatte.

»Zumindest ist es nicht weit«, murmelte Honey vor sich hin, als sie sich einen breitkrempigen Hut auf den Kopf setzte. Den Hut hatte sie bei einem Ausflug nach London in Covent Garden gekauft. Er war schlicht und schwarz und daher nützlich. Eine rote Rose oder ein rosa Schal dazudrapiert, irgendwas, das zum Outfit passte, und schon passte der Hut auch.

Sie hatte vor, auf die Hochzeit zu gehen, dort ihre Gratulationskarte zu überreichen und zu erklären, das Geschenk warte bereits im Zodiac Club, wo der Empfang stattfinden sollte. Dann wollte sie so schnell wie möglich ins Hotel zurück. Um die Mittagszeit sollte ein Bus voller Touristen eintreffen, und die Herrschaften erwarteten, dass man ihnen Tee, Scones, Marmelade und Sahne servierte. Honeys verwunderte Anmerkung, dass mittags gewöhnlich niemand Tee trank, hatte auf die Organisatoren keinen sonderlichen Eindruck gemacht.

Die hatten ihre Gründe dargelegt. »Die Leute haben irgendeinen historischen Film im Fernsehen angeschaut, und da lassen sich Frauen in superschicken Roben Tee und Scones schmecken. Die meinten, Bath wäre genau der richtige Ort dafür, genau das zu tun. Wenn Sie also so freundlich sein könnten ...«

»Ich bin so bald wie möglich wieder da«, sagte Honey zu Lindsey. »Spring so lange für mich ein.«

»Keine Sorge. Ich bleibe am Ball«, antwortete Lindsey.

Da stand Honey also, dem Anlass entsprechend angezogen. »Was meinst du, Lindsey?«

Ihre Tochter musterte sie vom Scheitel bis zur Sohle. »Genau richtig ... für dich.«

»Was soll das heißen?«

»Es steht dir gut.«

Honey hatte sich für eine leuchtende, frische Farbe entschieden. Das rote Kostüm, das sie ausgewählt hatte, war auf dem Rock mit einem kleinen schwarzen Motiv verziert, und das Oberteil hatte einen kessen Ausschnitt. Dazu hatte sie noch eine rote Seidenrose an den schwarzen Hut gesteckt. Handtasche und Schuhe waren schwarz.

Ein Blick in den Spiegel versicherte ihr, dass sie ausgesprochen fröhlich wirkte. Keine Spur von Miss Faversham – eher vielleicht ein Hauch Moll Flanders?

»Frag nicht. Geh einfach«, sagte Lindsey, als Honey sie anschaute, als hätten sie nun doch Zweifel beschlichen.

»Oh! Du siehst aber schick aus!«, rief Mary Jane, während Honey auf ihren atemberaubend hohen Stöckelabsätzen durch den Empfangsbereich wackelte. »Sehr farbenfroh.«

Der Kommentar, dass ihr Outfit farbenfroh war, machte Honey nun doch ein wenig nervös. Mary Jane hatte nämlich selbst einen Hang zu sehr lebhaften Farben. Wenn sie also Honeys Outfit für farbenfroh hielt …

Honey schaute auf die Uhr und atmete tief durch. Jetzt war keine Zeit mehr zum Umziehen.

Vorsichtshalber schaltete sie ihr Handy aus, sobald sie das Hotel verlassen hatte. Auf wie vielen Veranstaltungen war sie schon gewesen, wo die Leute, sie nicht ausgeschlossen, das vergessen hatten? Deswegen schaltete sie das Ding lieber zu früh als zu spät aus. Es war ein schöner Tag, gekühlt von einer leichten Brise, die aber nicht stark genug war, um den Leuten die Hüte von den Köpfen zu wehen oder die Frisuren zu ruinieren.

Schick in Schale geworfen, machte sie sich auf den Weg. Sie wollte zu Fuß hingehen. Zum Glück fand die Eheschließung von Wilbur Williams und Alice Prendergast in der Countess of Huntingdon's Chapel statt, einer wunderbaren alten Kirche, die unweit der Stadtmitte lag.

Draußen war es sonnig, wenn auch die Gehsteige noch vom eben gefallenen Regen glänzten. Sie waren auch ein wenig glitschig. Also war schnelles Gehen eigentlich keine Option. Hätte sie vernünftige, flache Schuhe getragen, wäre das eine andere Sache gewesen.

Touristen drängten sich auf den Bürgersteigen. Sie trugen alle festes Schuhwerk und lässige Freizeitkleidung und schauten verwundert auf die Frau, die sich in Rot und Schwarz herausgeputzt hatte. Ein, zwei Leute blickten lächelnd zu ihr, und Honey lächelte zurück.

Die beiden Tassen Kaffee heute Morgen plus der Obstsaft, den sie noch rasch vor dem Losgehen getrunken hatte, brachten sie ein wenig in Bedrängnis. Sie musste einen kleinen Zwischenstopp in der Toilette des Römischen Bads einschieben, schnell einen Blick in den Spiegel werfen und dann wieder auf die Straße eilen.

Draußen schien die Luft ein wenig kühler geworden zu sein. Noch mehr Leute lächelten Honey an.

Es ist die Farbe, überlegte sie. Rot macht die Leute einfach fröhlich.

Im Hotel war inzwischen Lindsey am Rand der Verzweiflung. Ihre Großmutter hatte angerufen, um herauszufinden, ob Honey schon losgegangen war.

»Ich habe ihr gestern Abend eine Nachricht auf den Anrufbeantworter gesprochen. Die hat sie doch bekommen, oder?«

»Welche Nachricht?«

Als Lindsey gehört hatte, was geschehen war, rief sie sofort ihre Mutter auf dem Handy an. Keine Antwort.

Smudger lungerte im Empfangsbereich herum, nachdem er die Änderungen am heutigen Tagesmenü aufgeschrieben hatte.

»Probleme?«

»Riesenprobleme. Meine Mutter hat ihr Telefon schon abgestellt, und gerade hat Großmutter angerufen und mir gesagt, dass zwar der Veranstaltungsort derselbe ist, aber ein völlig anderer Gottesdienst abgehalten wird. Wilbur und Alice werden nicht heiraten.«

»Ah! Kalte Füße bekommen?«

Lindseys Blick sagte alles.

Smudger bot an, hinter Honey herzulaufen. »Ich kann gut rennen, wenn auch nicht so schnell wie Clint.«

Lindsey zog eine Grimasse. Je weniger man über Clint sprach, desto besser. Anna war wieder schwanger – und Clint war davongelaufen – eher davongesprintet.

»Versuchen kannst du's ja mal«, sagte sie zu Smudger.

»Und? Geht die Welt unter, wenn ich sie nicht einhole?«

»Nein. Aber meine Mutter kriegt vielleicht 'nen Herzinfarkt.«

Zwölf

Honey kam zu spät in die Countess of Huntingdon's Chapel.
Den feierlichen Hochzeitsmarsch hatte sie wahrscheinlich bereits verpasst. Von draußen war nichts zu hören, aber das lag
wohl an den dicken Mauern. Der Pfarrer war wahrscheinlich
schon bei den altehrwürdigen Worten der Hochzeitszeremonie
angekommen.

Am Eingang war der schmiedeeiserne Torbogen nicht, wie
sie es erwartet hatte, mit Seidenschleifen und Blumensträußen
geschmückt. Ihre Mutter hatte ihr doch versichert, dass es so
sein würde. War das ein Versehen? Oder hatte das Geld dafür
nicht mehr gereicht?

Kaum hatte Honey die Tür aufgestoßen, da beschlich sie das
Gefühl, hier stimmte was nicht – aber was?

Alle Anwesenden waren dunkel gekleidet. Aber denen
hatte man ja wohl, genau wir ihr, eingeschärft, sie sollten bloß
kein Weiß tragen. Und die meisten Leute waren ziemlich alt.
Honey vermutete, dass sie sich einfach für das Gegenteil
von Weiß entschieden hatten. Schwarz war immer eine gute
Wahl.

Honey hielt Ausschau nach ihrer Mutter und fand sie in der
dritten Reihe von vorn.

Sie schlich sich in eine Bank ganz weit hinten, die sie für sich
allein hatte.

Der Pfarrer sprach sehr leise. Honey musste sich ziemlich
anstrengen, um die Worte zu verstehen. Sie hätte ihm gern zu-
gerufen, er solle lauter sprechen, verkniff sich das aber. Der
arme Mann war auch nicht mehr der Jüngste, und in diesen
alten Kirchen war die Akustik oft recht schlecht. Man hätte
eine Stecknadel fallen hören können, so still war es. Niemand
machte auch nur das leiseste Geräusch. Es gab keine spaßigen

110

Kommentare über den Bräutigam und die Braut wie sonst bei Hochzeiten. Nichts. Nur das kaum verständliche Gemurmel des Pfarrers.

Dann fiel es ihr auf. Alice war nirgends zu sehen. Weit und breit keine Alice in einem duftigen weißen Hochzeitskleid. Den einzigen Farbtupfer brachte Honeys Outfit in die Kirche. Honey Driver in ihrem scharlachroten Kostüm mit dem schicken Hut!

Als der Groschen gerade fiel, ging hinter ihr die Tür auf. Eine Gestalt in Weiß trat ein, das Gesicht rosig vor sportlicher Anstrengung.

Sobald Smudger wieder bei Puste war, flüsterte er ihr ins Ohr: »Die Braut ist gestern Nacht gestorben, nachdem sie im Zodiac Club auf dem Tisch getanzt hatte.«

»O Gott!«, flüsterte Honey und floh ins Freie.

Draußen erzählte ihr der Chefkoch von der Planänderung. »Der alte Herr, der heute heiraten wollte, hat es nicht übers Herz gebracht, den Gottesdienst ganz abzusagen, also hat er in letzter Minute eine Gedenkfeier für die Braut daraus gemacht. Für eine Totenwache bist du nicht unbedingt richtig angezogen, Chefin«, meinte er und ließ die Augen über ihr scharlachrotes Kostüm schweifen.

»Ja, die Farbe wäre wirklich alles andere als angemessen. Ach, es hätte doch eine Hochzeit sein sollen. Dafür hatte ich mich so herausgeputzt.« Honey nahm den Hut vom Kopf. »Echt peinlich. Kein Wunder, dass alle so komisch geschaut haben.«

Smudger grinste. »Mit der Farbe hat das wenig zu tun. Hinten steckt dein Rock noch in der Unterhose …«

»Machen Sie Hotdogs? Wo ist Ihre Bude? Ich nehme vier, bitte.«

Die Anfrage kam von einer Gruppe japanischer Touristen. Die hatten Smudgers weiße Kochkleidung bemerkt und angenommen, dass er Hotdogs verkaufte und seinen Verkaufsstand irgendwo in der Nähe hatte.

Honey hätte gleich zum Hotel zurückgehen können. Aber zum zweiten Mal innerhalb von zwei Wochen hatte sie sich herausgeputzt, um Eindruck zu schinden.

»Ich komme später zurück«, sagte sie zu Smudger, sobald sie ihren Rock zurechtgezupft hatte. »Ich muss noch einen Mann besuchen und Informationen über eine Leiche einholen.«

Die Schaufensterfront der überaus noblen Immobilienagentur, für die Glenwood Halley arbeitete, bestand nur aus spiegelblankem Glas und blitzendem Chrom. Honey hielt vergeblich Ausschau nach einer Türklinke. Die Tür war eine einzige glatte Glasscheibe, sehr elegant, aber ein echter Magnet für schmierige Fingerabdrücke.

Der Innenraum war makellos, nichts als saubere, leere Flächen und Glas, ungeheuer viel Glas. Honey sank mit ihren hochhackigen Schuhen fünf Zentimeter tief in einen cremeweißen Teppich. Leise Musik war zu hören, und es lag ein Zitronenduft in der Luft.

Eine junge Frau mit dem leicht orangegefärbten Teint der begeisterten Sonnenstudiobesucherin kam herangeschwebt, um Honey zu begrüßen.

»Mrs. Driver, nicht wahr? Wie schön, Sie wiederzusehen. Hätten Sie gern Tee, Kaffee oder ein Glas Champagner? Für besonders geschätzte Kunden haben wir stets eine Flasche auf Eis.«

Ein wenig überrascht, dass die Empfangsdame sie wiedererkannt hatte, schüttelte Honey den Kopf und überlegte, dass Champagner zu dieser Tageszeit einen Hauch Dekadenz hatte.

»Ich würde gern mit Mr. Halley sprechen. Ist er da?«

»Ich sehe mal nach«, antwortete die Empfangsdame mit kühler Stimme und leicht herablassender Miene.

Glenwood Halley kam mit ausgestreckter Hand auf sie zugeeilt. Sein Hemd war blütenweiß, sein Anzug von einem eleganten Marineblau. Das Goldkettchen schimmerte an seinem Handgelenk.

»Mrs. Driver. Wie schön, Sie zu sehen. Kommen Sie doch bitte mit. Möchten Sie Kaffee? Tee?«

»Nein. Ich will Ihnen keine Mühe machen.«

»Oh, Sie machen mir keine Mühe, Mrs. Driver. Ruth bringt Ihnen gern eine Tasse, wenn Sie möchten.«

»Nein, danke. Ich bin sicher, Ruth hat andere Dinge zu tun.«

Honey lächelte lieblich. Ruth verriet mit keiner Miene, ob es sie überrascht oder verletzt hatte, dass Honey ein Getränk abgelehnt hatte. Sie lächelte ihr leeres professionelles Lächeln und gab keinerlei Gefühle preis.

Honey fiel auf, dass Glenwood Halley nicht gefragt hatte, ob sie Champagner wollte. Nicht dass sie darauf scharf gewesen wäre. Sie zog ohnehin Rotwein vor, am liebsten mochte sie einen Bordeaux mit vollem Körper. Nichts Sprudelndes – wie Glenwood.

»Kommen Sie doch bitte mit in mein Büro.« Mit einer eleganten Handbewegung, die besser zu einem Lakai im Buckingham Palace gepasst hätte, öffnete Glenwood eine weitere Glastür, deren Bronzeklinke in das Glas eingesetzt war. Die Tür schloss sich beinahe lautlos hinter ihnen.

Das Büro war von kühler Eleganz, die Wände waren mit beigefarbenem Stoff bespannt, der Teppich war beinahe so weiß wie Glenwoods Hemd. Sessel, Stühle und Sofa waren mit dunkelblauem Leder überzogen und so üppig, dass man darin versinken konnte. Alle anderen Möbelstücke bestanden nur aus Chrom und Glas. Gerahmte Fotos der »heißesten« Immobilien hingen an der rechten Wand. Gegenüber waren Porträts von Berühmtheiten gruppiert. Beide hatten offensichtlich viel miteinander zu tun: Verkäufer und Käufer Auge und Auge mit den Häusern, die sie veräußert oder erworben hatten.

»Ah, Sie haben sie bemerkt«, sagte Glenwood Halley mit der Stimme eines Mannes, der es besser weiß. Er ließ sich in einer Ecke eines Sofas nieder, die Beine elegant übereinandergeschlagen.

Der Blick auf seine langen Beine brachte Honey die Spinnen in dem alten Außengebäude in Erinnerung. Als er sie aufforderte, neben ihm Platz zu nehmen, setzte sie sich so weit wie möglich in die andere Ecke, so dass seine und ihre Knie ein Abstand von mindestens einem halben Meter trennte. Der Hut mit der breiten Krempe und der roten Seidenrose – die nun schon ein wenig welk wirkte – lag zwischen ihnen.

»Sie haben wirklich all diese Leute kennengelernt?« Honey nickte in Richtung der Fotos.

»O ja, das habe ich! Ganz wunderbare Menschen, alle miteinander!«

Wie die Leute, die er so verehrte, war Glenwood Halley überwältigend theatralisch. Er seufzte wie ein liebeskranker Teenager.

»Arabella war ein Engel. Ich habe sie sooo bewundert! Wie traurig. Wie überaus, überaus traurig.«

»Es klingt ganz so, als hätten Sie sie sehr geschätzt – ich meine, nicht nur geschäftlich.«

»Warum nicht? Sie war wunderschön. Menschen wie sie haben eine beinahe elektrisierende Aura, finden Sie nicht auch?«

»Eigentlich nicht.«

Aus irgendeinem unerklärlichen Grund musste sie an einen Toaster denken. Sie musterte die Fotos gründlich. Keiner der Dargestellten glich nur im Entferntesten einem Toaster.

Die meisten erkannte sie sofort. Ein Porträt zeigte die kürzlich verstorbene Mrs. Arabella Rolfe, und das kam Honey seltsam vor.

»Wenn ich mir eine Frage erlauben darf, Glenwood, mir ist aufgefallen, dass Arabella Nevilles Bild an der Wand hängt, Sie aber Cobden Manor bis jetzt noch nicht verkauft haben. Hat sie das Anwesen etwa über Sie erworben?«

Seine Augen verengten sich. Er schien in der Defensive zu sein. »Ja, und sie hat auch kürzlich durch meine Vermittlung eine Wohnung am Royal Crescent gekauft.«

»Sie sagen, ›sie hat die Wohnung gekauft‹. Soll das heißen,

dass die Wohnung mit Arabellas Geld und nicht mit dem ihres Mannes bezahlt wurde?«

Glenwoods Gesicht verschloss sich. »Ich kann Ihnen unmöglich Einzelheiten über die finanziellen Verhältnisse meiner Kunden verraten. Das fällt unter die Vertraulichkeit.«

Honey räusperte sich. »Glenwood, diese Frage wird Ihnen höchstwahrscheinlich die Polizei auch stellen. Für Sie und die Kunden auf Ihrer Liste wäre es unter Umständen günstig, wenn ich Steve Doherty die Fakten mitteilen könnte. Ich meine, wie würden Ihre Kunden reagieren, wenn die Polizei Sie auf die Wache bestellt, damit Sie dort weitere Fragen beantworten?«

Er reagierte sofort und mit einer sehr knappen Antwort. »Privatgelder. Aus einer privaten Quelle. Es war keine Hypothek oder dergleichen notwendig.«

»Was meinen Sie mit privat?«

Er überlegte offenbar, ob er um die Wahrheit herumreden oder sie offen sagen sollte. Das war sicherlich abzuwägen. Dann entschied er sich, Honey alles zu sagen, was er wusste.

»Das weiß wohl Arabellas Rechtsanwalt, doch der kann Ihnen wahrscheinlich noch weniger sagen als ich. Schweigepflicht und dergleichen.«

Honey spielte mit der großen Seidenrose an ihrem Hut. Es war sehr interessant, dass das Geld für den Kauf der Wohnung aus einer ›privaten Quelle‹ stammte. Vielleicht hatte Glenwood Halley die Wahrheit gesagt. Man weihte wohl den Immobilienmakler nicht in alle Einzelheiten der Finanzierung ein. Der Rechtsanwalt dagegen musste Bescheid wissen.

»Wer war Arabellas Rechtsanwalt?«

Glenwood ignorierte die Frage. Mit glänzenden Augen starrte er anbetend auf Arabellas süßliches Porträtlächeln.

»Sie war so wunderschön. Wussten Sie, dass man sie für das Big-Brother-Haus in Erwägung gezogen hatte?«

»Nein.« Honey erzählte ihm nicht, dass sie auf Big Brother verzichten konnte, denn schließlich hatte sie jeden Tag ihre eigene Reality-Show im wirklichen Leben. Sie hatte ja ein Hotel! Und da kamen Gott und die Welt durch die Tür gewandert. Und benahmen sich manchmal gut, manchmal schlecht, manchmal irgendwie dazwischen.

Glenwood seufzte tief. »Nach unserer ersten Begegnung, als sich unsere Blicke trafen und sie mir die Hand geschüttelt hatte, habe ich jede Sendung aufgenommen, in der sie auftrat.«

Honey schaute nach, ob vielleicht an der Sofalehne eine Spucktüte zu finden war, wie sie im Flugzeug bereitgestellt werden. Dann fiel der Groschen. Glenwood hatte Arabella schon vor längerer Zeit kennengelernt, lange bevor sie die Wohnung im Royal Crescent gekauft hatte. Es musste wohl einige Jahre her sein, wenn er alle ihre Fernsehsendungen aufgezeichnet hatte.

»Augenblick mal. Sie wollen mir also andeuten, dass Sie sie schon früher kannten, ehe sie die Wohnung kaufte und die Bank Sie anwies, Cobden Manor zu veräußern?«

»Wir sind uns zum ersten Mal begegnet, als sie und ihr Mann Cobden Manor gekauft haben.«

»Das war vor wie vielen Jahren?«

»Vor fünf Jahren, glaube ich, das genaue Datum könnte ich in unseren Unterlagen nachschauen.«

»Können Sie sich vorstellen, wer Arabella am liebsten tot gesehen hätte?«

»Natürlich nicht. Sie war so wunderbar. So überaus wunderbar.«

»Und ihr Mann? Was halten Sie von dem?«

Es war kaum merklich, aber Honey war sich sicher, gesehen zu haben, wie plötzlich ein Schatten über seine samtbraunen Augen huschte. Aber Glenwood riss sich zusammen, zweifellos weil er auf keinen Fall das Andenken an Arabella Neville trüben wollte.

»Mr. Rolfe war ein echter Gentleman. Seine Frau liebte das Haus, und obwohl er zunächst ein wenig zögerte, konnte sie ihn schnell überzeugen.«

Darauf kannst du wetten, dachte Honey.

Glenwood fuhr fort: »Sie war so begeistert von dem Haus und hatte großartige Pläne. Damals waren sie frisch verheiratet, und ihr Mann hat ihr jeden Wunsch von den Augen abgelesen. Sie waren so verliebt, und sie war so wunderschön! So überaus wunderschön!«

»Na ja, sie war auch nur ein Mensch«, merkte Honey an.

»Ja, aber sehr attraktiv!« Dieser Kommentar wurde außerordentlich leidenschaftlich vorgebracht. Der arme Glenwood war völlig verklärt. Wäre er ein junges Mädchen gewesen und Arabella eine Rockband, er wäre ein Groupie geworden – nimm mich, mach mit mir, was du willst! Was hatte Arabella wohl für Glenwood empfunden? Honey konnte es sich beinahe denken. Doch zunächst hatte die Tatsache, dass Adam Rolfe zu Anfang nicht so scharf darauf gewesen war, das Herrenhaus zu erwerben, einiges zu sagen. Hatte dieser Kauf unter Umständen den Niedergang seiner Firma beschleunigt? Hatte er Arabella dafür gehasst, dass sie ihn zu diesem Kauf überredet hatte? Das musste Honey unbedingt herausfinden.

»Glauben Sie, dass Mr. Rolfe das Herrenhaus gekauft hätte, wenn seine Frau ihn nicht dazu überredet hätte?«

Glenwood schaute sie tieftraurig an. Gleichzeitig fuhr er sich mit dem Finger über das Kinn, als zöge er eine unsichtbare Linie nach. Anders als bei Doherty entstand dabei kein raspelndes Geräusch. Glenwoods Haut glänzte. Dieser Mann rasierte sich oft und sehr gründlich.

»Das kann ich Ihnen wirklich nicht sagen.«

»Wie hat Arabella reagiert, als die Bank das Haus übernahm?«

»Sie war sehr aufgebracht«, blaffte er. »Das wären Sie doch auch, oder nicht?«

Das musste Honey zugeben. Glenwood trommelte mit den Fingern auf die Knie. Langsam verlor er die Geduld. Wenn Honey jetzt das Gespräch beenden wollte, nachdem sie einiges herausgefunden hatte, wäre es sinnvoll, wieder auf sein Hobby

117

zurückzukommen – er war ja wirklich beinahe ein Autogrammjäger, musste allerdings nicht im strömenden Regen vor dem Künstlereingang auf seine Idole warten.

»Also, Glenwood. Es macht Ihnen offensichtlich große Freude, mit den Reichen, den Schönen und den Berühmten auf Tuchfühlung zu gehen?«

Sofort war Glenwood wieder fröhlich und aufgeschlossen. Die dunklen Augen glänzten, während er die vielen Porträts an der Wand betrachtete. Es waren mehr Frauen als Männer abgebildet. Das konnte daran liegen, dass Glenwood eher Kundinnen als Kunden hatte. Wer weiß, wie nah er die verschiedenen Damen kannte? Es würde nicht schaden, sich danach zu erkundigen.

»Verzeihen Sie, dass ich mich erkundige, aber hatten Sie je …« Honey legte eine Pause ein, während sie nach dem richtigen Wort suchte …, »eine Liaison mit einer dieser Damen?«

Einen Augenblick lang schien es, als verschlüge ihm diese Frage die Sprache. Dann lachte er leise und schüttelte den Kopf.

»Das hieße aus dem Nähkästchen plaudern. Kein Kommentar.«

»Ich arbeite nicht bei einer Boulevardzeitung, Glenwood«, sagte Honey und lächelte so lieblich, dass sie mit ihrem Lächeln sogar einen Erzbischof hätte verführen können. »Es ist rein persönliches Interesse – natürlich gemischt mit einer Spur Neid. Ich wüsste zu gern …«

Er schüttelte den Kopf und wand sich auf einmal ganz neckisch. »Dann will ich nur sagen, dass ich mit einigen wenigen recht intim befreundet war.«

»Wie intim?«, gurrte Honey, rutschte auf dem Sofa näher an ihn heran und senkte die Stimme.

»Sagen wir mal, manche sind mir recht nahgekommen.«

»War Arabella eine davon?«

Hatte ihre Stimme übereifrig geklungen, oder hatte Glenwood sich plötzlich daran erinnert, dass Honeys Freund bei der Polizei war, jedenfalls ging ihm ein Licht auf. »Ich glaube wirklich nicht, dass ich noch mehr sagen sollte. Wir bleiben doch besser beim Thema Cobden Manor, nicht?«, sagte er mit eisiger Stimme.

»Ich dachte, bei dem Thema wären wir. Dort habe ich ja Arabella gefunden, wenn Sie sich recht erinnern? Und sie war tot. Mit ihrem eigenen Haarband erwürgt. Der Mörder muss ein ziemlich starker Kerl sein, weil es ihm gelungen ist, sie in diesen Kamin zu stopfen. Wie groß sind Sie eigentlich, Glenwood? Eins fünfundachtzig? Eins siebenundachtzig?«

»Ich war es nicht.« Er schaute verschreckt zur Tür, weil ihm aufgefallen war, dass er sehr laut gesprochen hatte. »Sie doch nicht! Nicht Arabella! Wie hätte ich das tun können?«

»Wie nahe standen Sie sich?«, fragte Honey und packte die Gelegenheit beim Schopf. Sie erhob sich. »Haben Sie sich mit ihr dort verabredet? Haben Sie versucht, sich ihr aufzudrängen? Hat sie Sie zurückgewiesen?«

Mit diesen Fragen erwischte sie den Makler auf dem falschen Fuß.

»Nein!«

Auch er war nun aufgesprungen. Er überragte sie um einiges. Unter einem Auge zuckte ein Muskel und störte das ansonsten so glatte Gesicht.

»Ich muss diese Fragen nicht beantworten. Sie sind nicht von der Polizei.«

»Nein, ich nicht, aber mein Freund. Ich gebe jeden Verdacht, den ich hege, natürlich sofort an ihn weiter. Außerdem bin ich ja noch die Verbindungsperson zwischen dem Hotelfachverband und der Kripo. In dieser Eigenschaft berichte ich Casper St. John Gervais über den Fortgang der Untersuchungen. Er ist der Vorsitzende des Verbands. Und ein Mann mit hervorragenden Kontakten. Wenn man Casper erzählt, dass man den Erzbischof von Canterbury kennengelernt hat, erwidert er einem unverzüglich, dass er den Papst kennt. Casper kennt jeden. Sein Netzwerk erstreckt sich überallhin. Es wäre also vielleicht keine schlechte Idee, mir *genau* zu sagen, was Sie wissen. Ich werde es für mich behalten. Es sei denn, es hat direkt mit dem Mordfall zu tun. Kapiert?«

Sie fragte sich im Stillen, was Casper von dieser Charakterisierung halten würde. Entweder würde er beinahe vor Stolz platzen oder vor Entrüstung explodieren. Honey tippte auf Ersteres. Aber bei Glenwood ging ihre Taktik nicht auf.

»Raus! Sie verlassen jetzt sofort unsere Geschäftsräume. Mir ist egal, ob Sie zehn Millionen investieren wollen. Mit Ihnen mache ich keine Geschäfte. Mit Ihnen nicht!«

In Ordnung, diese Party war wohl beendet. Honey schlenderte zur Tür, ließ den breitkrempigen Hut lässig an einem Finger baumeln. Ehe sie die Tür öffnete, drehte sie sich noch einmal um, hielt den Kopf ein wenig schief und fragte: »Nur noch eins. Warum haben Sie mir keinen Champagner angeboten? Ruth hat das gemacht.«

»Ich biete Champagner nur …«

»… wirklich berühmten und reichen Leuten an?«

Genau das war's! Glenwood Halley war ein echtes Opfer des VIP-Kults. Er konnte gar nicht anders. Honey hatte sich Cobden Manor angeschaut, weil sie eine Geschäftsidee entwickeln wollte, nicht weil sie reich oder berühmt oder beides war. Leute, die Herrenhäuser kauften, um sie in Landhaushotels umzuwandeln, rangierten ziemlich weit unten auf Glenwoods Liste. Er tolerierte sie, weil sie ihm Geld einbrachten, aber das war es auch schon. Seine Begeisterung galt den Berühmten, den Schönen und Reichen mit ihrem phantastischen Lebensstil und den weithin bekannten Gesichtern. Im Grunde war er davon geradezu besessen, und das war an sich schon besorgniserregend. Honey erinnerte sich, dass Doherty von einem Stalker erzählt hatte und davon, dass jemand Arabella überfallen hatte.

»Ich finde schon allein raus.«

Er entschuldigte sich nicht und begleitete sie auch nicht hinaus. Das hatte sie auch gar nicht erwartet. Inzwischen musste ihm klargeworden sein, dass sie Cobden Manor nicht kaufen würde. Hätte ich das je durchgezogen?, überlegte sie. Sie wusste es nicht. Sie wusste nur, dass ihre Fragen Glenwood Halley aus der Fassung gebracht hatten. Und ja, sie glaubte tatsächlich, dass er einigen seiner Kundinnen nah – viel zu nah – gekommen war. Sie hatte keine Beweise, aber ein paar Fragen an einige dieser Frauen – Stars, die sie erkannte – würden wohl nicht schaden. Glenwood Halley passte ins Raster, er passte ins Bild. Wenn er auch sonst aus dem Rahmen fiel!

Dreizehn

Doherty kam vorbei, hockte sich in Honeys Büro, sprach mit ihr über den Fall und ließ sich eine Tasse schwarzen Kaffee schmecken.

Sie erzählte ihm, wie versessen Glenwood auf Berühmtheiten war, und erkundigte sich, ob es gegen ihn Beschwerden wegen Stalking gegeben hatte.

»Nein, soviel ich weiß, nicht. Wenn du dich erinnerst, war Glenwood genauso geschockt wie wir, als Arabellas Leiche auftauchte. Ich würde sogar sagen, mehr als wir.«

Honey wusste, dass er recht hatte. Glenwood war völlig von der Rolle gewesen. Ganz still. Völlig stumm.

Doherty lehnte ein Blätterteigteilchen ab, angeblich weil er im Training war.

»Ich bin fitter und schlanker denn je«, brüstete er sich. »Vielleicht spiele ich ab jetzt regelmäßig Rugby.«

Das bezweifelte Honey. Na gut, er hielt sich an den Trainingsplan. Bis zum Spiel waren es nur noch drei Tage. Er jammerte zwar über seinen Rücken, weigerte sich aber, aus der Sache auszusteigen.

»Es geht um die Ehre der Jungs in Blau«, beteuerte er ihr.

»Steve, es ist ein Spiel, nicht die Schlacht von Waterloo.«

Nachdem Steve es sich in ihrem ledergepolsterten Kapitänsstuhl bequem gemacht hatte, erzählte ihm Honey von der Hochzeit, die zum Gedenkgottesdienst geworden war. Das winzige Detail, dass sie ihren Rock in der Unterhose gehabt hatte, ließ sie wohlweislich aus. Derlei Informationen brauchte Doherty nicht. Honey hatte Smudger auf Geheimhaltung eingeschworen und ihm gedroht, ansonsten seinen Bonus zu kappen – »oder noch was anderes, schmerzhafteres, wenn du es wagst, jemandem davon zu erzählen.«

Smudger hatte nüchtern erwidert, seine Lippen wären versiegelt. Solange er nüchtern war, konnte man sich darauf verlassen, aber sobald er einen über den Durst getrunken hatte, würde das ein Problem werden.

»Meine Mutter meinte, sie hoffen, dass sie Alice in ihrem Brautkleid begraben können«, erzählte Honey weiter. »Das würde allerdings bedeuten, dass man die Reifen aus dem Rock nehmen müsste. Sie hatte sich nämlich dummerweise für ein Kleid im Rokokostil entschieden, und ein Reifrock passt nicht in den Sarg.«

Doherty schüttelte den Kopf. »Meine Güte, was du so alles durchgemacht hast in letzter Zeit!«

»Da hast du recht. Ich könnte ein bisschen Aufmunterung brauchen.«

»Kopf hoch, es kann nur besser werden.«

Da hatte er wohl recht. Dass er jetzt ihr Kinn zwischen Zeigefinger und Daumen nahm und sie auf die Stirn küsste, fühlte sich schon ziemlich gut an. Es kribbelte am ganzen Körper.

»Wie sieht's im Kutscherhäuschen aus?«

»Wie immer. Ich habe nicht renoviert oder so.« Plötzlich begriff sie, worauf er hinauswollte. »Du meinst, wir sollten mal rübergehen und uns die Decke im Schlafzimmer ansehen?«

»Ja, die sollte man wahrscheinlich mal wieder überprüfen. Die Matratze auch.«

Dieser Gedanke schrie sozusagen nach einer leidenschaftlichen Umarmung. Die beiden hatten sich kaum wieder voneinander gelöst, als Lindsey ins Büro gestürmt kam.

»He, ich störe ja nur ungern diese traute Zweisamkeit, aber wir haben ein Problem.«

Honey strich sich das Haar glatt und zog den Rock wieder herunter. »Was ist los?«

»Großmutter hat angerufen und gefragt, ob du zu Alices Beerdigung kommen möchtest und was sie mit den Fußbadewannen machen soll.«

Gloria Cross ließ nie eine Gelegenheit aus, sich schick anzuziehen, und wenn es ganz in Schwarz war. Sie würde sicherlich der eleganteste Trauergast sein. Sie war wirklich nicht die Sorte Großmutter, die strickend im Sessel hockte und auf ihre Enkelkinder aufpasste. Als Lindsey geboren wurde, hatte sie gerade zum vierten Mal geheiratet. Diesen Ehegatten hatte sie vier Jahre später zu Grabe getragen. Zum Glück hatte er ihr so viel Geld hinterlassen, dass sie sich ihre Designerkleider, Kreuzfahrten in ferne Länder und eine sehr schöne Wohnung leisten konnte, in der alles genau am richtigen Platz stand. Honey wurde nicht zu Alices Beerdigung eingeladen, vielmehr erhielt sie den mütterlichen Befehl, daran teilzunehmen. Gloria Cross forderte bei derartigen Veranstaltungen die Anwesenden stets auf, ihr Alter zu schätzen, und dann ließ sie jedes Mal die Bemerkung fallen, Mutter und Tochter könnten doch beinahe Schwestern sein.

»Nein, ich gehe nicht zu dieser Beerdigung. Und die Fußbadewannen spende ich aus Anlass der Beerdigung für einen wohltätigen Zweck. Anstatt Blumen, das tun die Leute doch oft. Ja, so mache ich das.«

»Aber die Leute spenden meistens Geld, Mutter, keine Fußbadewannen.«

»Ach was, der gute Wille zählt.«

Doherty zog sich seine Lederjacke wieder über. »Ich überlass das mal euch. Schade um die Hochzeit. Ich wäre gern dabei gewesen. Klang, als hättet ihr einen Riesenspaß gehabt.«

Er grinste von einem Ohr zum anderen. Der Gedanke, dass sie in ihrem scharlachroten Kleid in einer Kirche voller Trauergäste in Schwarz aufgetaucht war, hatte ihn offensichtlich sehr fröhlich gestimmt. Oder war es mehr als das? Hatte Smudger schon jetzt sein Wort gebrochen und geplappert?

»So komisch war es nun auch wieder nicht«, erwiderte Honey. »Meine Mutter fand es gar nicht lustig. Diese Hochzeit war ein wichtiger Termin für sie und ihre Partnerschaftsbörse. Wilbur und Alice haben sich online kennengelernt, verabredet und verliebt und wollten jetzt heiraten.«

»Und Alice ist tot umgefallen. Das kann doch jedem passieren«, meinte Doherty. Sein Gesichtsausdruck schwankte zwischen feierlich und belustigt. »Mein Onkel Sam hat mit zweiundneunzig noch mal geheiratet.«

»Großer Gott. Wie alt war die Braut?«

»Zweiundsiebzig. Sie hat ihn um drei Jahre überlebt. Die Kinder haben beide überlebt.«

Als Honey und Lindsey ihn verdattert anschauten, musste er lachen. »Sie hatten beide Kinder aus früheren Ehen. Klar?«

»Also dieser Mord«, meinte Lindsey, die über Dohertys Scherze nicht lachen konnte und sofort das Thema wechselte, »das war der Ehemann. Es ist immer der Ehemann. Oder der Butler.«

Doherty war schon auf dem Weg zur Tür gewesen, hielt jedoch plötzlich inne. »Seltsam, dass du das sagst. Die Rolfes hatten tatsächlich mal einen Butler, mussten ihn aber ein paar Wochen vor ihrem Umzug entlassen.«

»Der Ehemann ist der Tatverdächtige Nummer eins. Ist er doch immer, oder nicht?«, fragte Lindsey.

»Ich denke, es würde sich lohnen, ihm ein, zwei Fragen zu stellen«, stimmte Honey ihr zu. »Doch zunächst wäre da noch der persönliche Fitnesstrainer. Den würde ich mir gern vorknöpfen, wirklich sehr gern.«

Lindsey zog die Augenbrauen in die Höhe. »Wie habe ich denn das zu interpretieren?«

Honey antwortete nicht. Sie hatte noch nie viel für Sport übriggehabt, und sie konnte Leute nicht verstehen, denen so was Spaß machte. Außerdem hatte ihr einmal einer dieser persönlichen Fitnesstrainer gesagt, ohne seine Hilfe würde sie eben ihr Leben lang mächtig mollig bleiben. Solche Leute waren für sie ein rotes Tuch. Wenn sie an diese Typen dachte, wollte sie nur die Hörner senken und zum Angriff übergehen!

Vierzehn

Honey ging zwar nicht oft ins Fitness-Studio, aber sie wusste ganz genau, wie man sich da anzuziehen hatte. Tief im Kleiderschrank ihrer Tochter hatte sie eine marineblaue Jogginghose, ein farblich passendes Sweatshirt und weiße Turnschuhe mit »beschleunigenden« blauen Streifen an der Seite gefunden. Das Haar hatte sie am Hinterkopf zu einem Pferdeschwanz zusammengefasst und mit einem der elastischen weißen Frotteebänder gesichert, die man eigens zu diesem Zweck erfunden hatte.

Mit ihrem frischen Gesicht wirkte sie sportlich und zum Äußersten entschlossen – obwohl sie natürlich auf keinen Fall vorhatte, irgendeine auch nur annähernd anstrengende Bewegung zu machen. Sie hatte sich jedoch überlegt, dass es diesen Mann, wenn sie ihm ein paar Fragen stellen wollte, beruhigen könnte, wenn sie das richtige Outfit trug, ja, dass er dann vielleicht sogar ein wenig unvorsichtig sein würde.

Die junge Frau am Empfangstresen musste erst davon überzeugt werden, dass Honey Victor und niemanden sonst sprechen wollte.

»Sind Sie sicher, dass sich nicht auch Amelia oder Cosmo um Sie kümmern könnten? Victor ist wirklich außerordentlich gefragt. Ich nehme an, Sie wünschen eine besondere persönliche Behandlung?«

»Es muss unbedingt Victor sein. Er ist mir sehr empfohlen worden. Ich brauche ihn. Dringend.« Die junge Frau seufzte, als hätte Honey sie um etwas völlig Unmögliches gebeten, George Clooneys E-Mail-Adresse zum Beispiel.

»Ich seh' mal, was ich machen kann. Könnten Sie mir bitte Ihren Namen nennen?«

»Mrs. Driver.«

»Vorname?«

»Hannah. Hannah Driver.«

Das junge blonde Ding mit der ebenmäßigen Sonnenbräune und dem makellosen Teint musterte sie vom Scheitel bis zur Sohle, ehe sie das Telefon in die Hand nahm. Honey machte das Gleiche, während die junge Frau Victor Bromwell informierte, eine Dame wolle unbedingt ihn und keinen anderen sprechen.

Die Brüste der jungen Frau unter dem weißen Polohemd sahen aus wie spitze Eistüten. Daraus schloss Honey, dass sie einen papierdünnen Sport-BH tragen musste. Im Gegensatz zu Honeys Modell mit den extrem breiten Trägern und großen Körbchen, da bestand wenigstens keinerlei Gefahr, dass irgendwas hervorquoll.

»Wenn Sie bitte dort drüben warten würden«, sagte die Empfangsdame, als sie ihre Aufgabe erledigt hatte.

Honey setzte sich auf eine schwarze Ledercouch, die zwischen zwei tropische Palmen gequetscht war.

Victor Bromwell, der persönliche Fitnesstrainer, hatte die dunkelbraun-goldene Farbe eines gutpolierten antiken Sideboards von Sheraton, allerdings zum Glück wesentlich geradere Beine. Seine Zähne strahlten perlweiß, als er Honey anlächelte.

»Hallo. Nett, Sie kennenzulernen.«

Der Mann war Testosteron pur, und sein Körper war in hautenges Elastan gehüllt.

Honey schüttelte die ihr entgegengestreckte Hand. Seine Augen musterten sie. Sie tat ein Gleiches und musterte ihn ebenfalls unbeirrt, vom Scheitel bis zur Sohle und – nach einem kleinen Zögern – von der Sohle bis zum Scheitel. Elastan hielt alles an seinem Platz, überließ aber auch nichts der Phantasie.

»Ich benötige Ihre Hilfe, Mr. Bromwell. Und zwar ziemlich dringend.«

Er breitete die Arme aus. »He, gute Frau. Es gibt kein Problem, bei dem ich, Victor Bromwell, Ihnen nicht helfen kann. Umformen. Definieren. Reduzieren.« Er beugte sich näher zu

127

ihr hin und sprach leise weiter. »Es gibt keinen Teil Ihres Körpers, mit dem ich nicht was anfangen könnte, so dass Sie ein Supergefühl davon bekommen. Eine neue Frau wollen Sie werden? Vergessen Sie es. Baby, ich kann auch mit der alten Frau wahre Wunder vollbringen.«

Honey spürte, wie sich ihr Kiefer verkrampfte und sie mit den Zähnen zu knirschen begann. Bildete sie sich das nur ein, oder spürte sie wirklich aus der Entfernung seine Körperwärme?

»Das klingt ja alles sehr interessant, Mr. Bromwell«, sagte sie und vermied es sorgfältig, die Augen unterhalb seines Äquators wandern zu lassen.

»Glauben Sie, wir könnten uns irgendwo unter vier Augen unterhalten?«

Sein Gesicht strahlte wie ein Weihnachtsbaum. »He, Hannah, wenn Sie das alles lieber vertraulich besprechen möchten, geht das mit mir in Ordnung.«

Meine Güte, war der Typ von sich eingenommen!

Er führte sie durch eine Tür in ein Zimmer, das kaum mehr als eine Umkleidekabine war. An eine Wand war eine Größentabelle gemalt. Daneben standen ein kleiner Tisch und ein Stuhl, links davon eine Waage.

Sobald er die Tür geschlossen hatte, schien der Raum noch mehr zusammenzuschrumpfen. Das Zimmer hatte kein Fenster, und nur eine Halogenlampe an der Decke spendete ein wenig Licht.

»Also gut«, sagte Victor, der nun noch näher vor ihr stand, und senkte seine Stimme auf Schlafzimmerlautstärke. »Wo möchten Sie anfangen? Gibt es einen bestimmten Körperteil, der Ihnen besondere Sorgen macht? Wenn ja, dann zeigen Sie ihn mir. Jetzt gleich.«

»Also gut, Mr. Bromwell …«

»Victor, besser noch Vic.«

»Gut. Victor.«

Victor Bromwell war über eins achtzig groß, hatte wohlde-

128

finierte Muskelpakete und die künstlich geschönten Zähne eines Superstars. Oberschenkel- und Armmuskeln quollen aus den kurzen Hosen und dem knappen Muskelshirt seiner Sportbekleidung. Zumindest prangte kein goldenes Medaillon auf seiner Sportlerbrust, aber er trug in einem Ohrläppchen einen goldenen Ohrstecker. Die großen Füße wirkten in den tollsten Nike-Sportschuhen noch ein wenig größer. Er stand breitbeinig da, hatte die Arme vor der Brust verschränkt und stellte seine Muskeln zur Schau. Sein Bizeps hatte den gleichen Umfang wie Honeys Oberschenkel, war aber viel fester.

Honey wusste, dass er sich für sie so aufgebaut hatte. Der Typ war ein Angeber, wie er im Buche stand.

»Also, Baby. Wie war noch mal Ihr Name?«

»Honey Driver. Darf ich Ihnen eine Frage stellen?«

»Na los!«

»Bringen Sie diese Sprüche bei allen Frauen an, die zum Fitnesstraining zu Ihnen kommen?«

Er grinste. »Nur bei denen, die wirklich niedlich aussehen, so wie Sie, Baby. Ich habe Respekt vor älteren Damen. Die wissen, was sie wollen, wenn Sie wissen, was ich meine?«

O ja, das wusste sie.

»Hat Arabella Rolfe gewusst, was sie wollte?«

Seine Stirn umwölkte sich. »Arabella? Wieso erkundigen Sie sich ausgerechnet nach der?«

»Ich stelle Nachforschungen bezüglich ihres Todes an.«

Die Venen in seinen nackten Armen schwollen zur Größe von Baumwurzeln an. Er schaute Honey an. Kein Ton, keine Bewegung, nur dieser Blick.

»Haben Sie gehört, was ich gesagt habe, Victor?«

»Ja. Sind Sie von der Polizei?«

»Ich bin Verbindungsperson vom Hotelfachverband zur Kripo.« Sie überlegte, ob sie ihm noch mehr erklären sollte, und entschied sich dann dafür. »Ich habe die Leiche gefunden. Keine angenehme Erfahrung. Die Sache betrifft mich also sozusagen persönlich. Ich möchte wirklich herausfinden, wer es war und warum er es getan hat.«

Wenn er noch Zweifel gehabt hätte, ob er sich kooperativ zeigen sollte, hatte sie die ausgeräumt, indem sie ihm erzählt hatte, dass sie die Leiche gefunden hatte. Die Leute gerieten immer völlig aus der Spur, wenn sie mit jemandem sprachen, der so nah an einem Verbrechen gewesen war.

»Schauen Sie mal, gute Frau«, sagte er, und seine Augen waren tief und dunkel. »Ich weiß nichts darüber, und ich habe es nicht getan.«

»Das habe ich ja auch nicht behauptet.«

»Warum sind Sie dann hier?«

»Es geht das Gerücht, dass Arabella von Ihnen mehr als nur Ratschläge zur Fitness bekommen hat.«

Er ließ die Arme sinken. Die Muskeln waren nun nicht mehr angespannt, und auch die Venen traten nicht mehr hervor. Sein Selbstbewusstsein schien ebenfalls erheblich geschrumpft zu sein.

»Sehen Sie mal, da war nichts dabei. Sie ist zu mir gekommen und hat mich um ein paar außerplanmäßige Aktivitäten gebeten, und den Wunsch habe ich ihr erfüllt. Zum Teufel, sie war nicht die Erste, die sich mir auf dem Silbertablett angeboten hat. So ist das nun mal mit älteren Frauen, das weiß doch jeder. Die haben die Nase voll von Beziehungen. Die wissen, was sie wollen.«

»Ach, wirklich?«

Honey lief es eiskalt über den Rücken. Nahm man das tatsächlich allgemein von älteren Frauen an, wenn sie sich darum bemühten, ihren Körper fit und straff zu halten? »Ältere Frauen wollen also nur Sex. So habe ich das bisher noch nicht gesehen.«

»Aber so ist es nun mal«, erklärte er und hatte nicht bemerkt, dass sie von seiner Einschätzung alles andere als begeistert war. »Rein körperlich, Schwester. Mehr wollen die nicht. Rein körperlich.«

»Sie geben also zu, dass Sie eine sexuelle Beziehung zu Arabella hatten?«

»Das habe ich nicht gesagt. Ich habe gesagt, sie wollte keine Beziehung. Ich wollte auch keine. Dazu bin ich nicht bereit.«

»Und damit war sie zufrieden, Geschlechtsverkehr, sonst nichts?«

»Sie hatte keine andere Wahl. Das oder gar nichts. Ich bin ein Teamspieler. Ich bevorzuge niemanden.«

Honey verschränkte die Arme. Ihre Abneigung gegen Victor Bromwell wuchs mit jeder Sekunde.

»Hat sie bei Ihnen eine Sonderstellung erwartet?«

Er zögerte, schluckte und antwortete dann. »Na ja, sie stand gern im Zentrum der Aufmerksamkeit.«

»Sie wollte Sie also für sich allein.«

»Ich habe ihr gesagt, dass das nicht in Frage kommt. Da hat sie ein bisschen geschmollt.«

»Ach ja?«, erwiderte Honey und nickte nachdenklich. »Sagen Sie mal, kann jemand bezeugen, wo Sie am 11. dieses Monats etwa um 23 Uhr abends waren?«

Sein Mund stand offen, während er sich das Hirn nach einem Alibi zermarterte. Honey fiel auf, dass Leute, die verzweifelt nach einer Ausrede suchten, beinahe kindlich wirkten, wie damals in den Kindertagen, als sie das Flunkern lernten.

Schweißperlen glänzten auf dem geschorenen Schädel des Fitnesstrainers. Er sah ein bisschen aus wie jemand, der in einer Fernsehshow an Gladiatorenspielen teilnahm. Nur war er ein wenig nervöser.

»Schauen Sie mal, ich war mit jemandem zusammen. Aber he, das war eine ganz besondere Person. Können wir die Sache cool angehen? Mein Ruf steht auf dem Spiel.«

Honey zog eine Augenbraue in die Höhe. »Ihr schlechter Ruf«, sagte sie bösartig, »oder wollen Sie andeuten, Sie hätten einen guten?«

Er kaute auf seinen Lippen herum. »Also gut, bei den meisten

Frauen belasse ich es beim rein Körperlichen. Aber nicht bei allen. Es gibt eine besondere Frau in meinem Leben, und die ist sehr kultiviert. Sie verstehen?«

Honey ging durch den Kopf, dass diese Person, wenn sie tatsächlich kultiviert war, nun wirklich nichts mit Mister Muskelpaket zu tun haben sollte. Andererseits, überlegte sie, ab und zu war ja auch ein Hotdog eine willkommene Abwechslung von Königinnenpastetchen.

»Na gut, das akzeptiere ich. Eine feine Dame wollte es mal rau, aber herzlich. Sie können mir nicht sagen, mit wem Sie zusammen waren, aber können Sie mir verraten, wo Sie waren?«

»He, Baby«, sagte er und schaute sich nervös um. »Ich habe Ihnen doch gerade erklärt ...«

»Ach, kommen Sie schon. Waren Sie in einem Pub, und der Mann hinterm Tresen erinnert sich vielleicht an Sie?«

Die Venen in seinen Oberarmen pulsierten. Sein Blutdruck musste sie bald zum Bersten bringen. Victor kaute noch ein bisschen auf den Lippen herum und schaute zu Boden. Dann murmelte er etwas.

Zunächst bekam Honey nicht ganz mit, was er gesagt hatte, weil er so leise gesprochen hatte. Sie bat ihn, die Antwort zu wiederholen.

»Ich war in der Oper. *Madame Butterfly*. Der Typ hinter dem Büfett würde sich an mich erinnern. Ich war so ausgetrocknet, dass ich mir bei ihm zwei große Gläser Leitungswasser geholt habe.«

»Und Ihre Freundin? Was hat die getrunken?«

Er schluckte, und seine Lider flatterten. »Die hat nichts getrunken. Die war auf der Bühne. Sie ist Sängerin.«

Also gut, nun musste Honey zwinkern. Der große schwarze Typ mit dem Wahnsinnsbizeps hatte ein Verhältnis mit einer Opernsängerin! Nicht nur das, er versicherte Honey auch, dass er die ganze Oper durchgehalten hatte, von Anfang bis Ende. Und er hatte dabei tatsächlich Tränen in den Augen!

»Dieser Pinkerton war ein Schweinehund. Der hätte zu Butterfly zurückkommen müssen. Das Mädel hat mir wirklich leidgetan.«

Honey machte sich eine Notiz, beim Mann hinter dem Opernbüfett nachzufragen, konnte sich aber die Antwort schon denken. Ein Typ wie Victor musste da schon bis zum Ende gesessen und zugesehen haben, um die Geschichte auch nur andeutungsweise erzählen zu können. Außerdem hatte die Welsh National Opera das Stück nur an einem Abend in Bath gegeben. Im Tag konnte er sich also nicht geirrt haben. Trotzdem würde es nicht schaden, sich irgendwann einmal mit der Sängerin in Verbindung zu setzen, nur um sicher zu sein. So leid es Honey auch tat, sie musste Victor Bromwell, jedenfalls im Augenblick, von ihrer Liste der Verdächtigen streichen.

Als sie das Studio verließ, schaute sie sich in den großen blitzblanken Fensterscheiben ihr Spiegelbild an. Gar nicht schlecht, überlegte sie. Marineblau steht dir. Lindsey hatte den Jogginganzug mit Rückgaberecht eingekauft. Er passte Lindsey nicht, und sie hatte ihn schon zurückbringen wollen. Honey war hin- und hergerissen, ob sie ihn nicht für sich kaufen sollte.

Die Wahrheit war offensichtlich. Sie nickte ihrem Spiegelbild zu. Mit dem Ding siehst du schlanker aus, und, Mädel, gib's zu, ein paar Pfund weniger im Geldbeutel, wenn du dir das Teil zulegst, das ist allemal besser als viele Stunden auf dem Laufband, um die Pfunde von den Hüften runterzukriegen!

Fünfzehn

»Warum haben Sie mich hierhergeschafft?«

Keine Antwort. Sean Fox hatte Angst. Das Auto, in dem sie gekommen waren, konnte er nicht mehr sehen. Es war dunkel, stockdunkel. Kein Licht weit und breit. Er begann zu rennen. Er wusste nicht, wohin. Es war auch egal, solange er nur einige Entfernung zwischen sich und den Mann brachte, der ihn hierhergeschafft hatte.

Der Pfad unter seinen nackten Füßen war weich. Ringsum waren der Geruch und die Geräusche des Waldes. Der Geruch nach Bärlauch und Fichten und der schwere Duft feuchten Torfs strömten auf ihn ein. Irgendwo schrie ein Tier in Todesangst, vielleicht ein Kaninchen, das der Fuchs erwischt hatte.

Während er rannte, verfluchte Sean sein unvorsichtiges Verhalten. Wie schon unzählige Male zuvor war er in ein Auto eingestiegen. Meist waren die Männer Fremde, die am Tag so normal wie nur was waren; doch sobald sie ihr Zuhause und ihre Familie und den Alltag hinter sich gelassen hatten, änderte sich das. Heute war ihm der Fahrer des Autos bekannt vorgekommen. Der Mann hatte ihn angesprochen: »Hallo. Lange nicht gesehen.«

Sie hatten sich unterhalten wie alte Freunde, obwohl keiner sich die Mühe machte, herauszufinden, wo sie einander schon einmal begegnet waren. Die Fahrt hierher in den Wald war in freundlicher Anonymität verlaufen. Als sie von der schmalen Straße abgebogen und auf den Waldweg gefahren waren, hatte sich das alles schlagartig geändert. Das nette Gesicht des Mannes war bedrohlich geworden. Nun sprach er nicht mehr freundlich, sondern in eisigem, hasserfülltem Ton.

Der Fahrer hatte Sean ein Messer an die Kehle gehalten und ihm befohlen, aus dem Auto auszusteigen, die Schuhe, die Jacke und den warmen Pullover auszuziehen. Und jetzt rannte Sean um sein Leben.

Der Boden war nun nicht mehr weich, sondern steinig, und er war mit den Blättern und Zweigen der windzerzausten Bäume übersät. Obwohl Sean sich die Füße verletzt hatte, rannte er weiter. Er hatte Angst, er war außer Atem, und er konnte nicht sehen, wohin er lief. Seine Beine zitterten, und er taumelte wie ein Betrunkener hin und her.

Dann fiel er hin. Er spürte Wasser unter sich, und seine Hände krallten sich in schlammige Erde und Farnwedel. Seine Stirn krachte auf einen Stein, dann umgab ihn eine noch tiefere Dunkelheit.

Nach ein wenig altmodischer Recherche, die aus einigen Telefonaten bestand, hatte Honey die Adresse von Arabellas Agentin herausgefunden. Normalerweise lebte die Frau in Covent Garden, im Herzen des Londoner Theaterbezirks, aber sie hatte auch ein Häuschen im Wye Valley, und dort hielt sie sich im Augenblick auf.

Honey hatte nie vorgehabt, Mary Jane zu bitten, mit ihr nach Wales zu fahren, doch jemand hatte ihr Auto geklaut. Honeys alter Citroën stand gewöhnlich in einer Ecke des Parkplatzes beim Busbahnhof unten in der Stadt. Leider war dort im Augenblick die Baustelle für das neue Einkaufszentrum, und Parkplätze hatten Seltenheitswert. Also hatte Honey in der Forester Avenue parken müssen. Und da hatte sie ihr Auto zum letzten Mal gesehen.

»Gestohlen! Wer klaut denn einen uralten Citroën? Wenn ich schon klauen würde, dann würde ich einen BMW nehmen«, sagte Smudger.

Honey ging durch den Kopf, dass Smudger wahrscheinlich ein ziemlich guter Autodieb geworden wäre, hätte er sich nicht für eine Laufbahn als Chefkoch entschieden.

»Was brauche ich einen BMW? Mein alter Wagen hat vier Räder, das reicht mir«, erwiderte Honey hitzig, sauer, weil ihr

Auto weg war, und noch saurer, weil Smudger den Citroën auch noch schlechtmachen musste.

Mary Jane stellte die Bedingung, wenn sie Honey schon ins Wye Valley fahren sollte, müssten sie zumindest kurz in Tintern Abbey vorbeischauen. »Ich habe mir sagen lassen, dass es dort spukt«, fügte die alte Amerikanerin hinzu.

Honey verdrehte die Augen, während sie in Gedanken eine Münze warf, um zu entscheiden, ob sie mit Mary Jane fahren oder warten sollte, bis sie entweder selbst einen Wagen hatte oder bis Doherty oder Lindsey oder sonst wer Zeit hatte, sie nach Wales zu fahren.

Die Sache war äußerst eilig. So war das nun mal. Arabellas ehemalige Agentin hatte den Ruf, furchterregend, aufbrausend und schwer zu finden zu sein. Honey hatte ihren Aufenthaltsort nur mit Hilfe einer Frau herausgekriegt, die für die Agentur arbeitete und die Freundin einer Freundin einer Freundin ihrer Mutter war. Es blieb ihr nichts anderes übrig, als hinzufahren! Und zwar sofort!

Sobald sie die Mitfahrgelegenheit arrangiert hatte, rief sie bei Doherty an, um ihm mitzuteilen, was sie vorhatte.

»Ich werde ihr sagen, dass ich ein Buch geschrieben habe, auf das die Filmproduktionsgesellschaft Miramax eine Option hat, und dass sie mir als die beste Agentin empfohlen wurde, die es für mich verkaufen könnte. Und jemand hat mein Auto gestohlen. Mary Jane fährt mich hin.«

»Lass mich wissen, was du rausfindest. Fahrt vorsichtig. Willst du übrigens dein Auto wirklich wiederhaben?«

Es war zum Verzweifeln! War sie tatsächlich die Einzige, die mehr Wert darauf legte, von A nach B zu gelangen, als ein glänzendes, brandneues Auto zu besitzen?

»Wir stecken alle in den gleichen Staus, ganz egal, wie toll unsere Autos aussehen«, sagte sie zu Doherty.

»Dein Bier. Jedenfalls viel Spaß. Die Landschaft in Wales ist ja wirklich toll. Du könntest ein Picknick mitnehmen.«

Bei der Erwähnung des Picknicks musste sie an die schwellenden Muskeln des persönlichen Fitnesstrainers von Arabella denken. »Victor Bromwell hat übrigens ein Alibi. Er war in der Oper.«

»Ach, wirklich?«

»Ja, die Sopranistin hat ihn zum Abendessen vernascht.«

Wenn Honey davon absah, dass ihr immer schlecht wurde, wenn Mary Jane fuhr, musste sie zugeben, dass sie bisher wirklich viel Glück gehabt hatte. Sie hatte bei der Sekretärin von Faith Page angerufen, die ihr mitgeteilt hatte, dass die Agentin in ihrem Cottage war und sich sehr freuen würde, sie zu sehen.

»Die Frau hat irgendwas mit Programmen über Spukschlösser und Paranormales zu tun«, sagte Mary Jane voller Begeisterung. »Meinst du, sie könnte mich in so einer Fernsehshow unterbringen? Schließlich bin ich eine intuitive Hellseherin. Die Geister sprechen regelmäßig mit mir, und ich bin völlig in Resonanz mit den Erdschwingungen. Weißt du, dass Wales und England von einem ganz engmaschigen Netz von Kraftlinien überzogen sind? Besonders Wales. Es ist ein sehr spirituelles Land.«

»Ich habe immer gedacht, dass Wales das Land der Lieder und Männerchöre ist«, meinte Honey. »Oh, und der Kohlebergwerke. Früher hat es dort jede Menge Kohlengruben gegeben.«

»Das mag ja sein, aber am wichtigsten ist doch, dass das Land voller Geister ist.«

Honey hatte sich mit einem Notizbuch, einem Stift und einer Mappe voller leerer Seiten ausgerüstet, so dass sie wie eine potenziell weltberühmte Drehbuchautorin aussah.

Der Tag hatte mit schönem Wetter begonnen. Doch nun war der Himmel bewölkt, und es fing genau in dem Augenblick an zu regnen, als sie auf die A 466 fuhren. Man sagte ja, dass es in Wales immer regnet, aber Honey war sich sicher, dass das Glück ihr hold sein und die Sonne schon bald wieder scheinen würde.

Als sie in das Tal des Wye einbogen, hörte der Regen tatsächlich auf, und ein kleines Stückchen blauer Himmel begleitete sie auf ihrem Weg.

»Wir sind eben Glückspilze«, meinte Mary Jane, und Honey fragte sich, ob die alte Dame Gedanken lesen konnte.

Tintern Abbey, die dank Heinrich VIII. schon seit Jahrhunderten eine Ruine war, ragte rechter Hand hoch und eindrucksvoll über ihnen auf.

Die Wegbeschreibung zum Cottage, die man ihr gegeben hatte, brachte sie ans entfernt gelegene Ende des Dorfes, dann nach links und auf eine Straße, die schließlich in den Wald führte.

Die Straße war schmal und bot gerade einmal genug Platz für Mary Janes Auto. Die Amerikanerin hatte sich den rosa Cadillac per Schiff aus Kalifornien schicken lassen. Wie Mary Jane war das Auto inzwischen in die Jahre gekommen, aber immer noch sehr schick, wenn es auch ein bisschen viel Benzin verbrauchte. Nach einigem Hin und Her hatte Mary Jane den Straßenkreuzer so geparkt, dass andere Autos noch auf der Straße vorbeifahren konnten.

Honey bat Mary Jane, im Auto sitzen zu bleiben.

»Klar. Ich werde mit den Waldgeistern kommunizieren. Das sollte interessant werden.«

Mary Jane schloss die Augen und brummte »Om«. Das schien eine notwendige Voraussetzung für jegliche Unterhaltung mit Geistern zu sein.

Das Cottage sah recht nett aus. Es war ziemlich klein und aus mattgrauem Stein. Aus Blumenkästen quollen bunte Sommerblumen hervor, und auf der anderen Straßenseite rauschte das Laub einer Rosskastanie.

Honey war noch nicht ganz aus dem Auto ausgestiegen, als ihr Telefon klingelte.

»Wo sind Sie?«

Keine Begrüßung. Kein »Wie geht es Ihnen?«. Casper bildete sich etwas darauf ein, eine einzigartige, unverwechselbare Stimme zu haben – mit einem leisen Anklang an Noël Coward,

den er sich zum Vorbild erkoren hatte, bis hin zur Zigaretten-
spitze aus Ebenholz. Die Zigarette blieb jedoch kalt. Casper war
Nichtraucher.

»Ich bin in Wales.«

»In Wales? Mein liebes Mädchen, haben Sie da Verwandtschaft?«

»Ich bin hier im Zusammenhang mit dem Fall Arabella
Rolfe – Künstlername Neville. Das ist die Frau, deren Leiche
ich in einem Kamin entdeckt habe. Sie war früher Moderatorin beim Fernsehen.«

»Das weiß ich doch. Dazu noch Möchtegern-Sängerin. Ihr
größter Fehler war, dass sie sich wie eine Diva benahm, ehe sie
überhaupt eine war. Und singen konnte sie überhaupt nicht.
Aber warum Wales?«

Honey erklärte, dass Arabellas Agentin ein Cottage in Tintern hatte.

»Dann muss ich nicht nach London fahren, um sie zu befragen. Ich bin natürlich inkognito hier. Arabellas Ehemann ist
der Hauptverdächtige. Er hat seine Situation nicht gerade dadurch verbessert, dass er abgehauen ist. Ich dachte, die Agentin
weiß vielleicht, wo er sich aufhält.«

Vorsichtshalber erwähnte sie nicht, dass John Rees einer von
Adams Freunden war und dass sie den leisen Verdacht hegte,
John könnte irgendwie in die Sache verwickelt sein.

»Ich frage Sie noch einmal, meine Liebe, was machen Sie in
Wales? Warum wollen Sie zu dieser Agentin?«

Honey räusperte sich. »Hm. Ich dachte, die Frau könnte
vielleicht ein wenig Licht auf Arabellas Charakter werfen. Sie
hat immer so zuckersüß getan, war sonst aber sehr reserviert.
Ich wollte herausfinden, ob ihre Persönlichkeit diesem Image
entsprach.«

»Sie haben sie kennengelernt?«

»Ja. Im Römischen Bad, bei der Party der Maklervereini-
gung. Sie müssen sie dort doch auch gesehen haben – ganz in
Rosa und Weiß und mit einem mädchenhaften Haarband.«

»Ah ja, ich erinnere mich an diese Person. Eine als Schulmädchen herausgeputzte Oma.«

Honey fand Caspers Urteil über Arabella ein wenig sehr unfreundlich und sagte das auch. »Stiefmutter, ja, aber nicht Großmutter.«

»Na, dann machen Sie mal weiter mit Ihrem kleinen Ausflug nach Wales, aber kommen Sie schnell wieder her, ehe sie sich einen Minderwertigkeitskomplex einfangen. Davon gibt's ja in Wales jede Menge.«

»So wenig haben Sie für Wales übrig?«

»Erst seit all die Bergwerke geschlossen wurden und es die schnoddrigen, schmuddeligen Männer in den großartigen Chören nicht mehr gibt. Natürlich haben sie immer noch tolle Rugbyspieler, das sind auch handfeste Kerle, wenn auch nicht ganz so dreckig.«

Faith Page machte Honey auf; sie füllte die ganze Türöffnung aus. Ihr massiger Körper war in ein wallendes schwarzes Gewand gehüllt. Am Hals lugte ein Preisschild des Hampstead Bazaar hervor.

Nachdem Honey sich vorgestellt hatte, bat Faith Page sie herein.

Das Innere des Häuschens war völlig anders als erwartet. Es schien wesentlich geräumiger, als sie von außen vermutet hätte. Ein großer Gobelin mit einer Jagdszene nahm eine der Wände ein. Zwei Tischlampen aus Messing, die sogar um diese Tageszeit bereits eingeschaltet waren, standen auf einer Eichentruhe vor dem Gobelin.

Faith führte Honey zu einem sehr hellen Wintergarten im hinteren Teil des Hauses.

»Trinken Sie Tee?«, fragte Faith, nachdem sie Honey aufgefordert hatte, auf einem schönen alten Stuhl Platz zu nehmen.

Honey erwiderte, sie hätte sehr gern eine Tasse Tee.

»Wunderbar.«

Faith Page schob ihr mit plumper und über und über mit Ringen geschmückter Hand das Teetablett hin.

»Ich habe ihn gerade frisch gebrüht. Bitte bedienen Sie sich.«

Mit einem kurzen Blick stellte Honey fest, dass auf dem Tablett nur eine Tasse zu finden war.

»Trinken Sie keinen Tee mit?«, erkundigte sie sich.

Faith wies mit der Hand auf ein hohes Trinkglas, eine dunkelgrüne Flasche und eine Plastikflasche mit Tonic.

»Gin«, sagte Faith. »Ich mag keinen Tee. Ich trinke nur Gin.«

»Ah«, erwiderte Honey.

Nach ein paar Jahren im Hotelgeschäft war es ihr zur zweiten Natur geworden, das Verhalten von Menschen und ihre Beweggründe einzuordnen. Faith Page hatte sie schnell enttarnt. Faith war wohl aufs Land geflohen, um sich von London zu erholen, weit weg von ihren Klienten und allen anderen, die Ansprüche an sie stellten. Der Gin war ihr Tröster und wahrscheinlich auch der Grund dafür, dass der Termin so leicht zu bekommen gewesen war. Faith und ihre Ginflasche waren bestens befreundet.

»Also!«, sagte Faith, reckte die Stupsnase in die Höhe und musterte Honey mit kleinen, tiefsitzenden Augen, die so durchdringend waren wie das Skalpell eines Chirurgen. »Ich bin Ihnen empfohlen worden, sagen Sie. Kenn ich die Person?«

»Casper St. John Gervais!«

Es war einfach der erste Name, der Honey in den Kopf kam, und er ging ihr ganz leicht über die Lippen. Er war ja auch wirklich eindrucksvoll.

Faith legte eine kleine Pause ein, als müsste sie ihr Gedächtnis durchforschen. Honey hoffte und betete, dass der Gin das Gehirn der Agentin bereits ausreichend umnebelt hatte, so dass Namen und Ereignisse ein wenig durcheinandergeraten waren.

»Ich glaube, Sie haben sich bei einer Veranstaltung über Noël Coward kennengelernt«, fuhr Honey munter fort. »Casper ist ja ganz versessen auf Noël Coward. Sein größter Fan, muss ich wohl sagen.«

Faiths schlaffe Wangen entspannten sich ein wenig, während sie die von Honey vorgeschlagene Erinnerung bedachte und akzeptierte.

»Ah ja, Noël Coward.«

Natürlich, Noël Coward. Honey gratulierte sich, dass sie Caspers Namen benutzt und dann auch noch mit dem noblen Noël in Verbindung gebracht hatte. Faith glaubte ihr alles.

»Er hat mir gesagt, Sie hätten ihn damals sehr beeindruckt, und er hat mir angedeutet, dass Sie wahrscheinlich die beste Agentin wären, an die ich mich mit meinem Projekt wenden könnte. Er hat sogar gesagt, es könnte niemand besser machen«, log Honey munter weiter. Die frei erfundene Geschichte ging ihr wie Honig über die Lippen.

Faith, die ohnehin schon von beträchtlichem Umfang war, schluckte diese Schmeichelei und schien vor Stolz noch mehr anzuschwellen.

»Ah!«, rief sie und warf den Kopf in den Nacken. Ihr Busen wogte vor Begeisterung. »Das ist mal ein Mann, der weiß, wovon er spricht. Eine erfrischende Abwechslung. Die meisten Männer produzieren ja nur heiße Luft. Und denken nur unterhalb der Gürtellinie.« Sie verzog angewidert das Gesicht und nahm einen großen Schluck Gin, ehe sie fortfuhr. Dann folgte erwartungsgemäß der Werbeblock in eigener Sache.

»Wissen Sie, dass ich eine der fünf Top-Agentinnen in diesem Land bin«, nuschelte sie, während sie mit dem Glas herumfuchtelte. »Schreiben Sie mir einen Bestseller oder ein hervorragendes Drehbuch, spielen Sie sich vor dem richtigen Produzenten die Seele aus dem Leib, und ich mache Sie steinreich. Geben Sie mir das passende Ausgangsmaterial, und überlassen Sie den Rest mir. Ich preise Sie und Ihre Arbeit an, und dann geht es schnurgerade nach ganz oben. Aber fallen Sie mir dabei bloß nicht auf den Wecker. Das kann ich nicht leiden. Ich habe wahrhaftig Besseres zu tun.«

Dass Faith eigentlich die Aufgabe zufiel, die Arbeit eines

Künstlers zu vertreten, wurde ein wenig von ihrem überaus prächtig entwickelten Ego überschattet.

»Nun, Sie scheinen einen hervorragenden Ruf zu genießen«, fügte Honey hinzu, um Faith noch ein wenig Honig ums Maul zu schmieren.

Tatsächlich hatte sie sich bei einigen Leuten, die sie kannten, nach Faith Page erkundigt, und niemand hatte auch nur ein gutes Haar an ihr gelassen. »Faith Page ist eine total blöde Kuh«, war die einhellige Meinung gewesen.

»Hat mich sonst noch jemand empfohlen?«, erkundigte sich Faith nun.

»Eine andere Freundin, Arabella Rolfe, hat mir gesagt, ich müsste unbedingt mit Ihnen sprechen, wenn ich in der Welt des Films und Theaters weiterkommen wolle. Sie hieß früher Arabella Neville. Ich denke, Sie sind noch immer ihre Agentin.«

Das Glas mit dem Gin stockte kurz auf dem Weg zu Faiths Mund, ehe es an die Lippen geführt wurde und der Inhalt in einem einzigen Schluck verschwand.

»Die Scheißkuh! Die ist tot, müssen Sie wissen.«

»Wie schrecklich!«

»Ich habe mir sagen lassen, dass jemand sie abgemurkst hat. Scheißkuh. Hatte ohnehin keinen Funken Talent. Hat nie auf das gehört, was ich ihr gesagt habe. Hat immer geglaubt, was Besseres zu sein. Hat mich tatsächlich beschuldigt, ich hätte mich nicht genügend für sie eingesetzt. Diese undankbare Schlampe! Die hätte ich schon Jahre früher von meiner Liste streichen sollen!«

»Sie hat sich also von Ihrer Agentur getrennt, ehe sie gestorben ist?«

»Diese Dreckschlampe! Sie dachte, anderswo wäre es besser. Hat mich letzte Woche angerufen und mir das einfach so mitgeteilt. Die Scheißkuh! Aber von Angesicht zu Angesicht konnte sie es mir nicht sagen. Hatte nicht den Mumm, hier reinzumarschieren und mir zu sagen, dass ich mich verpissen soll!«

143

Honey ließ den ganzen Schwall von Beleidigungen an sich abperlen, mit dem Faith die tote Arabella bedachte, und nippte an ihrem Tee. Über den Rand der Tasse musterte sie den bitteren Gesichtsausdruck, die rosa Wangen, die rotunterlaufenen Augen und die hängenden Mundwinkel. Faith Page war brutal ehrlich, mit Betonung auf brutal. Außerdem hatte sie massige Schultern, und es sah ganz so aus, als hätte sie durchaus bei schottischen Highland Games das Baumstammwerfen gewinnen oder bei den Olympischen Spielen die Kugel stoßen können. Ob sie wohl auch eine Leiche in einen Kamin hätte stopfen können? Hasste sie ihre ehemalige Klientin so sehr?

»Das klingt ganz so, als hätten sie Arabella nicht sonderlich gut leiden können – auch nicht, ehe sie von Ihnen weggegangen ist. Meinen Sie, dass sie einen triftigen Grund hatte, Ihre Agentur zu verlassen?«

Faith schaute Honey mit bösartig zusammengekniffenen Augen an.

»Dazu war es viel zu spät. Der Schaden war angerichtet. Sie wollte ja nicht auf mich hören. Na gut, sie war nicht die Erste, die die Beine für einen verheirateten Mann breit gemacht hat, aber he, so was geht vielleicht bei einem Schlagersternchen oder einer Frau, die ohnehin als männermordende Schlampe gilt. Aber Arabella hat ja dem Publikum weismachen wollen, sie wäre zuckersüß und niedlich, das goldige unschuldige Mädchen von nebenan. Die Leute konnten sich nicht vorstellen, dass sie eine Familie zerstören könnte, dass sie einen Familienvater seiner Ehefrau abspenstig machen könnte.«

»Aber sie hat nicht auf die Stimme der Vernunft gehört?«

»Den Teufel hat sie! Ich habe ihr immer wieder gesagt, sie müsste das Publikum bei Laune halten, obwohl die Leute natürlich selbst ein alles andere als perfektes Leben führen. Die Leute wollen jemanden, zu dem sie aufschauen können, jemanden, der so ist, wie sie im tiefsten Herzen gern selbst wären. So gesehen, hat sich die Öffentlichkeit betrogen gefühlt, und die Leute hatten Mitleid mit den Kindern und der verlassenen Ehe-

144

frau. Davon haben sie im wirklichen Leben schon genug. Die wollten das Märchenland. Aber hat die blöde Kuh mir zugehört? Nein. Hat stur ihre Sache durchgezogen und ist voll gegen die Wand gefahren.«

»Ich kann mit Ihnen fühlen. Das ist sicher nicht leicht für Sie gewesen – ich meine persönlich, beruflich und auch finanziell.«

Bis jetzt waren Faith Pages Augen zu Schlitzen verengt und auf einen Punkt am anderen Ende des Wintergartens gerichtet gewesen, wo ein blühendes Fleißiges Lieschen aus einer blauweißen Suppenterrine leuchtete, die schon längst keinen Deckel mehr hatte.

Nun schaute Faith Honey von der Seite an.

»Was wollen Sie damit sagen?«

»Nun ja …« Honey musste lange zögern, ehe sie weitersprach. »Meinen Sie, dass Arabella die Heirat vielleicht bereut hat? Die Ehe mit Adam Rolfe?«

»Darauf können Sie wetten. Sie hat überlegt, ob sie ihn verlassen sollte. Sie wäre ja nicht lange allein geblieben. Nicht Arabella. Das war nicht ihr Stil.«

»Glauben Sie, dass er sie umgebracht hat?«

Sie zuckte die Achseln. »Wenn er es nicht getan hat, dann hätte er es tun sollen. Die blöde Kuh hat es mehr als verdient.«

»Nun, ich nehme an, Sie haben sich nicht oft gesprochen oder getroffen, auch bevor sie Ihre Agentur verlassen hat.«

Faith Page lehnte sich zu dem Beistelltischchen und schenkte sich einen weiteren Drink ein, obwohl die Eiswürfel längst zu schmelzen begonnen hatten. Nachdem sie einen Schluck getrunken hatte, neigte sie den Kopf und schaute Honey unter ihrem orangeroten Haar und den pechschwarzen Augenbrauen hervor an.

»Wenn ich mich mit ihr getroffen hätte und die Umstände günstig gewesen wären, hätte ich sie wahrscheinlich eigenhändig abgemurkst.«

Honeys Mund verzog sich zu einem »Oh«, aber sie brachte keinen Laut hervor.

»Ich und ein ganzes Heer anderer Leute«, fügte Faith hinzu. Ein gruseliges Lächeln breitete sich über ihr Gesicht aus wie ein bösartiger Ausschlag.

»Leute vom Fernsehen?«, fragte Honey.

»Besonders Leute vom Fernsehen. Auf dem Bildschirm war die ach so herzige Arabella nichts als liebenswürdiges Lächeln. Kaum war die Kamera ausgeschaltet, war sie die Arroganz pur. Da können Sie jeden fragen. Fragen Sie Sean Fox. Fragen Sie Denise Sullivan. Fragen Sie irgendeins von den armen Schweinen, die mit ihr arbeiten mussten.«

»Interessant. Aber jetzt sind Sie die Frau ja los und müssen sie nicht mehr vertreten.«

Da war es wieder, das bösartige Grinsen. »Meine Süße, ich vertrete sie immer noch. Sie hatte neunzig Tage Kündigungsfrist einzuhalten. Und sie hat nicht schriftlich gekündigt.«

»Aber Sie haben es mir doch gerade gesagt, und Arabellas Mann wird es auch gewusst haben ...«

»Ihr Wort gilt gar nichts, meine Liebe. Ich kann Sie einfach bezichtigen, eine Lügnerin zu sein. Und was Adam betrifft, dieser Warmduscher, der kann gegen mich gar nichts ausrichten. Wenn je ein Mann leicht einzuschüchtern war, dann Adam Rolfe! Dieses Weichei! Das ist er, ein Weichei!«

Faith lehnte sich vor, und ihre Augen waren stahlhart und hasserfüllt. »Ich sage Ihnen was: Die Chancen stehen gut, dass sie mir tot mehr Geld einbringt als lebendig. Sie ist ermordet worden. Wäre sie an irgendeiner Krankheit gestorben – pah! Das hätte mir nichts gebracht. Aber«, sagte Faith, und ihre Augen leuchteten, während sie sich einen weiteren Schluck Gin und Tonic gönnte, »sie ist ermordet worden. Jede Publicity ist gute Publicity, aber dass sie jemand abgemurkst hat, hat wahrscheinlich sämtlichen Schaden wieder aufgewogen, den sie mit ihrer Heirat angerichtet hat. Ich kann mir schon bildlich vorstellen, wie die Fernsehsender bei mir Schlange stehen und Verträge für die Wiederholungen abschließen wollen ...« Sie hob ihr Glas zu einem Trinkspruch. »Auf bessere Zeiten ...«

Dann sang sie »Happy days are here again«, mit hoher, rauer, von Alkohol, üppigem Essen und vielen französischen Zigaretten rauchiger Stimme.

»Ich kenne eine Hellseherin, die vielleicht interessant für eine Ihrer Sendungen sein könnte«, sagte Honey, der plötzlich das Versprechen wieder einfiel, das sie Mary Jane gegeben hatte.

»Sprechen Sie mit meiner Sekretärin. Die kümmert sich um den ganzen Scheiß.«

»Vielen Dank.«

»Sie finden sicher selbst raus.«

»Ach, noch eins«, sagte Honey, die sich an etwas erinnerte, was Casper gesagt hatte. »Hat Arabella selbst Kinder gehabt?«

Faith lachte leise in ihr Glas. »Fragen Sie Sean. Fragen Sie Denise.«

»Und die sind …?«

Faiths Gesicht, das bis dahin offen gewesen war, schnappte nun zu, als hätte sie einem Eindringling die Tür vor der Nase zugeschmettert.

»Leute, mit denen sie gearbeitet hat. Leute, die sich bei ihr angekuschelt haben.«

Dieser Mordfall, überlegte Honey, wird von Minute zu Minute undurchsichtiger. Sollte ich mich jetzt erkundigen, was sie damit meint? Oder sollte ich die Bemerkung einfach im Raum stehenlassen? Angeheiterte Leute können ja beim geringsten Anlass ausrasten. Ach was, zum Teufel!

»Im wahrsten Sinn des Wortes?«, fragte sie und schlug alle Vorsicht in den Wind.

Faith musterte sie mit glasigen Augen. »Ihre ganz persönlichen Fußabtreter – aus welchem Grund auch immer.«

Eine höchst verwirrte Verbindungsfrau zur Kripo nahm auf dem Beifahrersitz des rosa Cadillac Platz.

Mary Jane war ganz versessen darauf, herauszufinden, was sie erreicht hatte. »Und? Hast du für mich einen Auftritt in einer ihrer Fernsehshows herausgeschlagen?«

147

»Sie hat gesagt, sie behält deinen Namen im Hinterkopf.«

Das war alles andere als die Wahrheit, und selbst wenn Faith Page so etwas allen Ernstes gesagt hätte, so hätte Honey bezweifelt, dass es irgendeine Konsequenz haben würde. So wie Honey das sah, lag Faith nur daran, dass es Faith gutging. Wenn ein Klient durch eigene Bemühungen Erfolg hatte, würde Faith sich das als Verdienst anrechnen – und ihre Provision einstreichen.

Sechzehn

Lindsey gähnte gerade den Bildschirm ihres Computers an, als Anna von oben kam. Sie schaute mit gerunzelter Stirn auf ein Blatt Papier und kaute auf einem Kugelschreiber herum.

»Diese Liste«, sagte sie zu Lindsey, »die stimmt nicht.«

»Echt?« Lindsey unterdrückte ein weiteres Gähnen. Sie war zwei Tage nicht da gewesen, und die viele Aufregung und reichlich Aktivitäten im Freien – bei denen sie unter anderem ihren neuen Freund Emmett sehr viel näher kennengelernt hatte, im wahrsten Sinne des Wortes –, all das hatte seinen Tribut gefordert. »Welche Liste?«

»Polierer. Nicht für Holz. Für Metall.«

Die Erwähnung von Metallpolitur – denn das meinte Anna wohl – weckte Lindsey sofort auf.

»Lass mich mal sehen«, sagte sie und riss Anna den Zettel aus der Hand.

Anna schaute beleidigt. »Ist nicht nötig, mir die wegzunehmen. Du kannst da lesen, dass wir sechs Dosen Metallpolitur haben sollten, aber es ist nur eine da. Und ich habe keine fünf aufgebraucht. Könnte ich gar nicht. Ich pflege mit dieser Politur nur das Silber und das Messing. Alles, was glänzt. Und da sind die Griffe in der Toilette und die Handtuchstangen und solche Sachen nicht dabei. Die mache ich immer mit einem feuchten Lappen sauber.«

»Ah«, sagte Lindsey. »Das ist ein Ausreißer.«

Anna neigte den Kopf auf die Seite und schaute fragend. »Was ist ein Ausreißer?«

»Ein Ausreißer, das ist eine einmalige Angelegenheit. Wenn zum Beispiel Mutter plötzlich auf einer Auktion einen großen Messingaffen gekauft hätte, dann hätten wir fürs Polieren einen Haufen Metallpolitur gebraucht.«

»Aber Mrs. Driver hat keinen Messingaffen bei einer Auktion gekauft. Das wüsste ich. Das hätte sie mir doch gesagt.«

Lindsey lächelte geduldig. »Das ist egal, Anna. Wenn du keine Metallpolitur mehr hast, sag mir einfach Bescheid, und dann gehe ich und hole welche bei Waitrose. Wirklich, das auf der Liste war nur ein Ausreißer.«

Anna war überhaupt nicht überzeugt von dieser Geschichte mit den Ausreißern, aber schließlich war Lindsey die Tochter der Besitzerin, und Anna mochte ihren Job, sie mochte die ganze Familie und hatte zudem selbst eine ständig wachsende Familie zu versorgen. Und eigentlich ging es sie ja auch nichts an, was ihre Arbeitgeber mit all der Metallpolitur machten. Und wenn sie einen Messingaffen kaufen wollten, dann war das ihre Sache. Clint hatte mal gesagt: »Es ist so kalt, dass sogar einem Messingaffen die Eier abfrieren würden.« Vielleicht hatte es damit was zu tun? Anna nahm manches ein bisschen zu wörtlich. Zum Beispiel Clints Angebot, sich einmal seine Tätowierungen anzuschauen. Und jetzt war wieder Nachwuchs unterwegs.

Anna murmelte irgendwas auf Polnisch vor sich hin und ging wieder die Treppe hoch, um sich mit ihrem nagelneuen Dyson-Staubsauger und jeder Menge Reinigungsmittel über die Zimmer herzumachen.

Lindsey war ein bisschen wütend und hatte ein schlechtes Gewissen. Sie schnappte sich das Telefon und wählte eine vertraute Nummer. Na gut, Emmett und die Zwölfte Römische Legion waren knapp bei Kasse, aber was zu weit ging, ging zu weit.

»Emmett. Ich rufe wegen der Metallpolitur an.«

Emmett murmelte irgendwas über Höchstleistungen während ihres gemeinsamen Wochenendes. Einen Augenblick lang war Lindsey völlig sprachlos. Doch sobald sie die Erinnerung an seine nackten Oberschenkel aus dem Gedächtnis verbannt hatte, fand sie wieder Worte.

»Ich habe gesagt, dass du eine Dose Metallpolitur mitnehmen könntest, aber doch nicht genug, um die Rüstungen für die ganze Legion zu polieren!«

»He! Du bist auch nicht schlecht mit dem Lappen!«

»Schmeichelei bringt dich hier nicht weiter. Von mir kriegst du keine Politur mehr. Kauf dir selbst welche.«

»Ich hab das wirklich so gemeint. Du kannst doch nicht leugnen, dass wir ein tolles Wochenende hatten. Und wir haben dazu noch jede Menge poliert.«

»Aber das heißt noch lange nicht, dass du das Recht hast, die Situation auszunutzen.«

Er wies sie darauf hin, dass die Legion, zu der er gehörte, nicht so viele Sponsoren und Finanzen hatte wie die Leute von der Ermine Street Guard[*], die nun schon eine Weile existierte und inzwischen ziemlich bekannt war.

»Wir müssen uns mit zweitklassigem Metall zufriedengeben. Nur Metallpolitur und viel Vaseline verhindern, dass alles furchtbar rostet – wie beim Blechmann im *Zauberer von Oz*, weißt du.«

»O ja, und du denkst wohl, mich hat auch ein Sturm von Kansas hierhergeweht wie Dorothy. Hat er aber nicht. Also hör auf mit deinen Jammergeschichten. Außerdem habe ich immer gefunden, dass der Blechmann ein ziemliches Weichei ist.«

»Das stimmt, klar, im tiefsten Herzen bin ich durchaus ein mutiger Löwe.«

Lindsey zählte leise bis zehn. »X«, sagte sie schließlich, denn bei den Römern war ja X die Zehn.

»Du hast mir vergeben«, jubelte er. »Das kann ich hören. Du hast in römischen Ziffern bis zehn gezählt!«

»Ja, und X bezeichnet die Stelle.«

»He, Baby. Ich bin doch nur ein armer Kellner.«

»Hast du dich am Wochenende gut amüsiert?«, fragte Honey gerade.

---

[*] Die Ermine Street Guard ist die erste und berühmteste »Römertruppe« in Großbritannien. Sie wurde in den 1970er Jahren gegründet und spielt im In- und Ausland römische Schlachten nach.

»Toll«, antwortete Lindsey, die nicht gehört hatte, wie ihre Mutter hereingekommen war.

Leider lag die Liste für die Politur, Toilettenreiniger und sonstiges immer noch auf dem Tisch. Honey schaute sie genauer durch.

Sie runzelte die Stirn. »Wir scheinen ja eine Menge Metallpolitur zu verbrauchen.«

Lindsey tat, als müsste sie einer Meldung auf dem Bildschirm ihre ungeteilte Aufmerksamkeit widmen.

»Fingerabdrücke. Jede Menge Fingerabdrücke auf den Treppengeländern aus Messing. Wir haben sehr viel mehr als sonst gebraucht.«

»Hm. Waren schon alle frühstücken?«

Lindsey musterte mit ernster Miene die Liste, die vom Speisezimmer hereingereicht worden war.

»Alle außer Mr. und Mrs. Milligan.«

»Ah!«

Honey erinnerte sich an den übergewichtigen Herrn und seine sehr viel jüngere Gattin. Die Gattin hatte funkelnde Augen und eine Vorliebe für hautenge Lederbekleidung.

Honey hatte den offensichtlichen Schluss gezogen, dass diese Beziehung zwischen Frühling und Herbst gar keine Ehe war, sondern dass die beiden sich nur ein lustiges Wochenende machen wollten. Mrs. Milligan hatte diesen Irrtum sofort aufgeklärt, indem sie ihren Ehering aus Platin und den Verlobungsring mit dem pfundschweren Brillanten vor Honey hin und her wedelte.

»Hat Reginald Tausende gekostet«, hatte die Dame gehaucht und mit den Augenlidern ihren wenig anziehenden Gatten angeklappert. Honey überlegte, dass der arme Mann wohl seit einiger Zeit seine Füße – und alles dazwischen – nicht mehr gesehen hatte – außer im Spiegel.

»Für mein süßes kleines Schmusekätzchen ist mir nichts zu teuer«, hatte er mit rosigglänzendem Gesicht hervorgesprudelt und ihr mit seiner molligen Pfote die Hand getätschelt.

Schmusekätzchen! Igitt! Warum und wie fielen den Leuten solche Namen ein?

Aber alles schön der Reihe nach! »Ich frag mal bei Emmett nach, wie es gestern Abend im Restaurant gelaufen ist – oder willst du das lieber selbst machen?«

Lindsey tat, als wäre sie nicht unbedingt scharf darauf, bei Emmett anzurufen. Was sogar stimmte, denn schließlich hatte sie gerade ein Gespräch mit ihm beendet.

»Nein, danke. Das überlasse ich dir.«

»Macht sein Outfit dich eigentlich an?«, fragte Honey plötzlich.

Lindsey schaute sie mit großen Augen an. »Ich vermute, du spielst auf das kurze Röckchen, den Metallbrustpanzer und den Helm mit Federbusch an? Und nicht auf das gestärkte Hemd, die Fliege und die säuberlich gebügelte Hose?«

»Du weißt genau, was ich meine.«

»Ja. Ich hatte schon immer eine Schwäche für römische Soldaten. Oder Ritter in glänzenden Rüstungen. Besonders für Ritter in glänzenden Rüstungen«, sagte Lindsey und nickte noch zur Bestätigung.

Emmett hatte am Tag zuvor abends Dienst im Restaurant gehabt.

Honey wollte von ihm hören, was er von dem Ehepaar gehalten hatte, ehe sie die beiden unnötig störte.

Also rief sie bei Emmett an, der ins Telefon gähnte, ehe er fragte: »Also, hast du mir vergeben?«

»Wieso? Was hast du gemacht?«

Er lachte. »Oh, Mrs. Driver. Sie sind's.«

»Muss ich dir was vergeben?«

»Äh. Ich dachte, Sie wären jemand anders.«

»Ja, offensichtlich.«

Sie wartete ab, bis sie sicher sein konnte, dass er völlig wach war. »Milligan, Mr. und Mrs. Hast du gesehen, wie die beiden gestern Abend zu Bett gegangen sind?«

»Oh, die. Ja klar ...« Noch ein Gähnen. »Champagner. Zwei

Flaschen.« Er gähnte schon wieder. »Um die Viagra-Tablette runterzuspülen.«

Honey nahm an, dass dies die Sicht eines sehr viel jüngeren Mannes auf einen älteren, übergewichtigen Ehemann war. »Das vermutest du doch nur. Weil er ein bisschen älter ist als du, heißt das nicht, dass er körperlich nicht voll fit ist«, tadelte sie.

»Das ist nicht nur eine Vermutung. Er hat mir selbst erzählt, dass dank Viagra sein kleiner Soldat noch immer strammsteht.«

»Bitte keine Details.« Honey verdrehte die Augen. »Wo wir gerade beim Thema Soldaten sind, könnte ich vielleicht als Sponsorin eure Legionärswochenenden finanzieren, anstatt nur wie bisher mit Metallpolitur Unterstützung zu leisten?«

Lindsey sackte vor dem Bildschirm immer weiter in sich zusammen.

»Das wäre toll«, sprudelte es aus Emmett hervor. »Wenn Sie uns finanziell unterstützen, könnten wir unsere eigene Politur kaufen. Sie werden es nicht bereuen, Mrs. Driver.«

»Das weiß ich. Ich kann es von der Steuer absetzen.«

»Ich bezahle Ihnen die Politur. Entschuldigung.«

Honey schüttelte den Kopf. »Nein, nein, wir schieben es auf die Fingerabdrücke am Geländer und belassen es dabei. Auf Wiedersehen, Emmett. Ruh dich gut aus. Bis sechs Uhr.«

Sie wandte sich Lindsey zu, die allmählich hinter dem Computerbildschirm wieder auftauchte. Das Fiasko mit der Metallpolitur war ausgestanden. Honey war sich sicher, dass sie jetzt die ungeteilte Aufmerksamkeit ihrer Tochter hatte.

»Was Mr. und Mrs. Milligan angeht, so glaube ich, dass wir ihr Nichterscheinen zum Frühstück näher untersuchen sollten. Ich möchte das nicht allein machen. Komm bitte mit.«

Sie holten den Generalschlüssel aus der Schublade hinter dem Empfangstresen und machten sich auf den Weg zur Treppe.

»Danke, dass du Emmett unterstützen willst«, sagte Lindsey, deren Laune sich entschieden gebessert zu haben schien. »Das wird ihn sehr freuen. Er sieht echt toll aus in seiner Rüstung. Du musst dir das unbedingt mal anschauen. Vielleicht kommst du irgendwann zu einer der Vorführungen mit. Die tun echt alles, um so authentisch wie möglich zu wirken. Und sie sind einer wie der andere super gebaut und sehen großartig aus als Legionäre. Das wird dir gefallen.«

Honey blieb wie angewurzelt stehen. »Ich glaube, wir sollten einen Mann mitnehmen.«

Lindsey begriff sofort, was Honey durch den Kopf ging. »Ich hole Smudger.«

In der weißen Kochuniform und mit dem roten Tuch um den Kopf begleitete der Chefkoch sie zum Zimmer der Milligans.

Honey klopfte. »Mr. Milligan. Mrs. Milligan. Ist bei Ihnen alles in Ordnung?«

Jemand antwortete, wenn auch mit schwacher Stimme.

Honey blickte zu Lindsey und Smudger. »Habt ihr das gehört?«

Die beiden schauten verdutzt und schüttelten den Kopf.

Honey presste ein Ohr an die Tür.

»Da drin sagt jemand was«, meinte sie mit vor Konzentration gerunzelter Stirn.

Smudger schob sie zur Seite.

»Lass mich mal.«

Er tat es Honey nach.

»Ich glaube, ich habe auch was gehört«, meinte er dann.

»Ja, aber klang es wie ›herein‹?«

Er schüttelte den Kopf. »Nein, das glaube ich nicht. Moment mal. Jetzt kann ich was verstehen. Das ist … ja, genau … Hilfe! Jemand sagt: Hilfe!«

Honey schloss die Tür zur Hochzeitssuite des Green River Hotels auf. Unter anderem stand in diesen Räumen ein drei Meter breites Himmelbett mit Brokatvorhängen in Hellblau und Gold, die mit dicken Kordeln mit schweren goldenen Troddeln zurückgebunden waren.

155

»Hilfe.« Der schwache Ruf kam unter Mr. Milligan hervor. Ein paar kleine Füße zappelten unter dem massigen nackten Körper des Mannes.

Der Mann war eindeutig tot, und sein Gewicht fesselte die junge Frau ans Bett.

Smudger grinste. »Wie eine Art riesiges Federbett. Da bekommt der Ausdruck ›aus Liebe sterben‹ eine völlig neue Dimension ...«, fügte er noch hinzu, bis ihm Honey einen warnenden Blick zuwarf.

Mrs. Milligans Kopf war zur Seite gewandt, wahrscheinlich der einzige Grund, warum sie nicht erstickt war. Mr. Milligans Gesicht allein hätte sie umbringen können. Ein Kuss ihres Gatten hätte die arme Frau vollends erledigt.

Honey drückte gegen Mr. Milligans Schulter, so dass sie seiner Frau ins Gesicht sehen konnte. Beziehungsweise seiner Witwe.

»Wir heben ihn jetzt von Ihnen runter. Okay?«

»Ist er tot?«

»Eindeutig.«

»Das habe ich mir auch gedacht. Im einen Augenblick hat er noch gekeucht wie eine Lokomotive – und dann ist ihm irgendwie der Dampf ausgegangen.«

»Ja, er wird heute nicht mehr an Gleis neun einfahren, das ist mal sicher. Warten Sie einen Moment, wir versuchen ihn hochzuheben. Meine Tochter könnte auch noch Hilfe holen.«

»Beeilen Sie sich bitte. Ich muss dringend auf die Toilette.«

»Kann ich mir vorstellen.«

Honey war keineswegs überrascht, dass Mrs. Milligan das Ableben ihres Gatten so gelassen hinnahm. Hotels waren ja ein Mikrokosmos, in dem man menschliches Verhalten aller Art beobachten konnte.

»Zum Glück habe ich ein schwarzes Kleid eingepackt.«

Mrs. Milligan würde eine überaus lustige Witwe abgeben.

»Gut«, sagte Honey und klatschte in die Hände, als meinte sie es ernst. Zu dritt würden sie Mr. Milligan anheben und von

Mrs. Milligan herunterrollen. Sie hielt inne. Smudger zog sich gerade ein Paar dünne Gummihandschuhe über die Hände, wie er sie sonst in der Küche benutzte. Er bemerkte, dass sie ihn verdutzt anschaute.

»Was ist? Ich berühre ohne diese Dinger hier keine Leiche. Das ist unhygienisch. Wollt ihr auch welche?«

Er zog zwei weitere Paar Handschuhe aus der Hosentasche.

Honey verdrehte die Augen. »Jetzt mach aber mal 'nen Punkt! Der Mann ist tot!«, flüsterte sie. »Denk doch nur an die Gefühle der Witwe.«

»Keine Sorge«, erwiderte Smudger. »Die Brillis kann sie ja behalten.«

Siebzehn

Mr. Milligan wurde ordnungsgemäß vom Co-Operative Funeral Service abgeholt. Er hatte anscheinend dort schon seit Jahren Beiträge gezahlt.

Mrs. Milligan hatte geduscht und sich umgezogen. Sie sah in ihrem schlichten schwarzen Georgettekleid mit einer dreireihigen Perlenkette ganz großartig aus. Sie nippte an einem Glas Champagner und forderte Honey auf, ihr Gesellschaft zu leisten.

»Er war wirklich ein netter Kerl, der gute alte Reg, und wir haben keine schlechte Ehe geführt, wenn sie auch vielleicht ein bisschen kurz war. Wir wollten nächsten Monat auf eine Kreuzfahrt gehen. Jetzt muss ich mutterseelenallein fahren, obwohl ich ja eigentlich meine Mama mitnehmen könnte. Die kommt bestimmt mit, solange sie da Bingo spielen und einen Roulettetisch haben. Meine Mutter hat eine Schwäche für Glücksspiele. Ihre auch?«

Honey zermarterte sich das Hirn. Ehrlich gesagt, konnte sie sich nicht daran erinnern, dass sie ihre Mutter je dabei beobachtet hätte, wie sie einen Wetteinsatz machte. Man musste sie schon mit Mühe dazu überreden, ein Los für eine Tombola zu kaufen.

Das erklärte Honey nun Bunty.

»Und was ist mit Ihnen? Hätten Sie nicht Lust, mich auf einer Kreuzfahrt zu begleiten? Ich glaube, wir würden gut miteinander auskommen, Sie und ich. Wir hätten unseren Spaß. Was meinen Sie?«

Obwohl der Gedanke, mit Bunty Milligan auf eine Reise zu gehen, ziemlich reizvoll war, lehnte Honey ab. »Ich muss ja das Hotel hier leiten.«

»Sie haben doch Angestellte.«

»Im Augenblick ist es schwierig. Ich arbeite auch noch an einem Mordfall mit. Ich bin die Verbindungsperson vom Hotelverband zur Kripo.«

Bunty Milligan war überaus beeindruckt und schaute sie mit kugelrunden Augen interessiert an.

»Wahnsinn! Ist das der Fall Arabella Neville?«

Honey nickte und seufzte. Es schien Honey irgendwie richtig, zumindest ein wenig Mitgefühl zu zeigen, obwohl sie die Frau eigentlich nicht gekannt hatte.

»Genau. Arabella Neville.«

Bunty Milligan klatschte sich mit der flachen Hand, deren Fingernägel bestens manikürt und grellrot, apricot, blau und lila lackiert waren, auf den Oberschenkel.

»Na, das ist ein Ding! Ich hatte läuten hören, dass die gute alte Arabella tot ist – na ja, die, die im Fernsehen Arabella Neville war. Dann hat sie diesen Typen geheiratet«, meinte die Witwe Milligan. »Ich kannte sie, als sie noch nicht der große Star war. Außen hui, innen pfui, wie meine Mama immer gesagt hat.«

Bunty Milligan – Künstlername Priscilla Pussy, exotische Tänzerin – machte keinen Hehl aus ihrer Herkunft und beschönigte auch nicht, aus welchen Gründen sie Reginald Milligan geheiratet hatte.

»Ich wollte als Kind immer zum Ballett, aber ich mit meinem Akzent und meinen großen Titten, das wäre nie was geworden. Bei meiner Figur und meiner Begeisterung für das Tanzen war es beinahe selbstverständlich, dass ich exotische Tänzerin geworden bin. Hab wirklich überall getanzt. Vor Saudi-Prinzen, italienischen Grafen, deutschen Baronen und Gott weiß welchen anderen königlichen Hoheiten die Hüllen fallen lassen. Klar, auch vor texanischen Millionären. Aber irgendwann kommt die Zeit, wo einen all die Tanzerei nur noch müde macht, und meine Knie sind auch nicht mehr das, was sie früher mal waren. Nicht dass das jemand bemerkt hätte. Die sehen ja immer noch gut aus, finden Sie nicht?«

Honey stimmte zu, dass Buntys Knie tatsächlich noch ein sehr angenehmer Anblick waren.

»Es muss Sie trotzdem mitgenommen haben, das alles aufzugeben«, meinte Honey, die sich da gar nicht so sicher war, aber meinte, das müsse sie sagen.

»Ach, eigentlich nicht«, erwiderte Bunty, das Champagnerglas in der einen, den Spiegel ihrer Puderdose in der anderen Hand.

»Ich wünschte mir ein großes Haus und haufenweise Geld. Reg Milligan wollte einen warmen Bauch und ein Paar große Titten zum Ankuscheln. Ein fairer Handel ist kein Raub, pflegte mein guter alter Vater zu sagen. Daran ist doch nichts Schlimmes, oder?«

Honey musste zugeben, dass Buntys »guter alter Vater« wahrscheinlich recht hatte. Seit undenklichen Zeiten heirateten Frauen Männer, um Sicherheit zu haben, und Männer heirateten Frauen, um regelmäßig Sex zu haben. Bunty hatte auch bereits klargestellt, dass sie keine scheinheilige Trauer über den Tod ihres Gatten an den Tag legen wollte und dass sie von seinem Ableben profitieren würde.

»Das hätte ihn nicht gestört«, hatte sie Honey erklärt. »Solange ich glücklich bin.«

»Er hat Ihnen einiges Geld hinterlassen?«

»Über zehn Millionen. Damit sollte ich mir eine Weile Seidenbettwäsche leisten können.«

Ganz gewiss, dachte Honey.

Bunty würde wahrscheinlich nicht glücklich, sondern sehr glücklich werden. Sie verkündete, dass sie die Absicht hatte, noch ein paar Tage länger im Hotel zu bleiben, bis die Autopsie gemacht und Reginald begraben war. Der Autopsiebericht war allerdings vorhersehbar. Zu viel Fett in Kombination mit zu viel körperlicher Anstrengung nach zu viel Viagra. Danach würde Bunty zu der Kreuzfahrt einmal um die Welt aufbrechen, die die beiden bereits für ihre Flitterwochen gebucht hatten, allerdings erst nach einem kleinen Kaufrausch bei Harrods.

»Kannten Sie Arabellas Mann?«, fragte Honey.

Bunty warf die Hände in die Höhe und schnaubte beinahe vor Verachtung. »Ein windiges Arschloch war das. Hatte einen großen Ring in der Nase. Wenn er ein Stier gewesen wäre, hätten sie einen Strick durchgezogen – und ihm die Eier abgeschnitten. Das war wirklich überfällig!«

Honey war sich nicht sicher, ob sie richtig gehört hatte, blinzelte und bat Bunty, ihre Antwort noch einmal zu wiederholen. Was Bunty mit größtem Vergnügen tat.

Honey sackte auf ihrem Stuhl zurück. »Das habe ich gar nicht gewusst. Ich habe immer gedacht, Adam Rolfe wäre Bauunternehmer gewesen.«

Bunty brüllte vor Lachen. »Ja, ihr letzter Ehemann war das wohl, aber der, den sie hatte, als ich sie kannte, hieß nicht Adam, und der war auch kein Bauunternehmer. Der Kerl, den ich als ihren Ehemann kannte, war ein Gangster, ein richtiger Schlägertyp. Gott weiß, warum sie auf Kerle wie den reingefallen ist, aber sie hat mal angedeutet, dass das was mit ihrer Familie zu tun hatte; ihr Vater und Matts alter Herr waren Kumpel oder so. Da wurde erwartet, dass sie zusammenkamen. So wird es wohl gewesen sein. Oh, und damals hieß sie nicht Neville. Sondern Casey. Tracey Casey.«

»Die Ärmste. Was haben sich ihre Eltern bloß dabei gedacht, als sie ihr diesen Namen gegeben haben?«

Bunty schnitt eine Grimasse und nickte. »Ja. Tracey Casey. Wirklich toller Name!«

Honey verzog das Gesicht. »Echt schlimm. Also, dieser Ehemann, ich nehme an, der ist irgendwie von der Bühne verschwunden, ehe sie sich beim Fernsehen einen Namen gemacht hat?«

Bunty zog sich mit viel Grimassen den Lippenstift nach.

»Genau erfasst.« Es klirrte gewaltig, als Bunty ihr Make-up und den Spiegel wieder in die Tasche pfefferte. Es klang, als hätte sie einen halben Schönheitssalon dabei. Sie hielt die Champagnerflasche gegen das Licht, das zum Fenster hereinströmte. »Nur nichts verschwenden«, sagte sie und befolgte sogleich diese Devise. Der Champagner wurde ins Glas eingeschenkt, und den Rest, der noch in der Flasche war, kippte sie in einem einzigen Zug herunter.

»Wunderbar«, seufzte sie und tupfte sich die Lippen mit einer Serviette ab.

»Ist sie schon vor der Scheidung von Ehemann Nummer eins der große Hit beim Fernsehen geworden oder erst nachher?«, erkundigte sich Honey und hoffte, dass die Wäscherei den grellroten Lippenstift wieder aus der weißen Leinenserviette herausbekommen würde.

Bunty schaute sie an, als wäre sie nicht ganz dicht. »Scheidung! Machen Sie Witze? Davon wollte der nichts wissen. Hat sie verdroschen, als sie ihn darum gebeten hat. O nein. Der ist eines Nachts auf dem Heimweg von einem Club erstochen worden. Die Polizei meinte, es wäre ein Bandenmord gewesen.«

Honey ahnte instinktiv, dass ein »Aber« folgen würde.

Bunty biss herzhaft in einen Doughnut mit Marmelade und Butterkrem, den sie sich bestellt hatte, um den Champagner nicht trocken hinunterwürgen zu müssen.

Honey schaute ihr beim Kauen zu und wartete auf das kleine Wörtchen mit den vier Buchstaben. Es ließ eine Weile auf sich warten, und Honey wurde langsam ungeduldig. Sie musste einfach vorwitzig dazwischenreden.

»Aber …?«, fragte sie. Sicher war sie ein wenig zu neugierig, sah wahrscheinlich auch so aus.

»Ihr Vater war ein Gangster. Vielleicht war der zu dem Schluss gekommen, dass es seiner Tochter ohne ihren Alten viel besser gehen würde, und er hat das Problem in der Familie gelöst, sozusagen.«

Bunty lächelte. Sie hatte ein ausdrucksvolles Lächeln, samtig und weich wie warme Schokolade. Honey konnte gut verstehen, warum Reginald Milligan sie geheiratet hatte. Bunty war die geborene Unterhaltungskünstlerin, und Reginald hatte sich einfach gern unterhalten lassen.

Achtzehn

Steve Doherty biss die Zähne zusammen und fluchte. Der Arzt hatte ihm gerade mitgeteilt, dass er ihn für mindestens zwei Wochen aus dem Verkehr ziehen würde.

»Sie haben sich einen Muskel gezerrt. Es ist leider eine ziemlich schlimme Zerrung. Kommt beim Rugby immer wieder mal vor. Das ist eindeutig eher ein Spiel für junge Männer.«

Doherty tat der Rücken weh. Diesen Teil der Diagnose nahm er ohne Widerspruch hin. Mit der Andeutung, er könnte für Rugby zu alt sein, war er allerdings gar nicht einverstanden.

»Ich bin nicht alt.« Der gezerrte Muskel in seinem Rücken zuckte schmerzhaft, als er protestierte.

»Jedenfalls alt genug, um es besser zu wissen«, meinte der Arzt. Er war um die fünfzig, kaute Kaugummi und trug ein schwarzes T-Shirt, auf dem »Vernasch mich. Es ist Weihnachten« stand.

Die Polizeimannschaft hatte gegen die der Feuerwehr gespielt. Man hatte das Spiel in letzter Minute angesetzt, und in den Teams wurden alle aufgestellt, die an dem in Frage kommenden Wochenende gerade Zeit hatten.

Reines Macho-Gehabe und die Aussicht darauf, bei ein paar Bierchen im Pulteney Arms in Siegesgesänge einzustimmen, hatten jeden vernünftigen Gedanken verdrängt. Die Kerle von der Feuerwehr würden sie an die Wand spielen; da waren sie sich ganz sicher.

Obwohl Doherty seit seiner Zeit als Streifenpolizist nicht auf dem Rugbyfeld gestanden hatte, hatte seine Begeisterung die Vernunft ausgeschaltet. Einige seiner Kollegen waren in seinem Alter und dachten ähnlich. Hochmut kommt, wie man so schön sagt, vor dem Fall – oder vor der Muskelzerrung.

Im vollen Vertrauen darauf, dass die größere Erfahrung siegen würde, hatte sich das Polizeiteam ins Gefecht begeben – und stand einer Mannschaft von topfitten Jungs unter dreißig gegenüber.

Doherty als Mannschaftskapitän musste seinen Mitspielern Mut machen.

»Keine Sorge, Jungs. Die sind zwar jung, aber noch feucht hinter den Ohren. Glaubt mir, die können überhaupt keine Erfahrung haben.«

Das hörte einer der Platzwarte mit. Er lachte leise und spuckte aus dem Mundwinkel.

»Da irrst du dich gewaltig, Kumpel. Die haben die letzten acht Spiele gewonnen. Das ist eine Top-Mannschaft.«

»Jedenfalls hier im Ort«, merkte einer von Dohertys Kollegen an.

»Das hättet ihr wohl gern«, erwiderte der grinsende Platzwart. »Noch ein Sieg, und die Jungs sind Meister in Südengland und gehen ins Finale.«

Das Spiel war sehr einseitig. Die Männer von der Feuerwehr zerlegten das Polizeiteam von Bath nach allen Regeln der Kunst.

Weil ihn die Vorstellung ärgerte, dass seine Mannschaft nun, statt ihren Sieg zu feiern, ihren Kummer ersäufen müsste, strengte sich Doherty noch mehr an und attackierte einen Mann, der es mit jedem Silberrückengorilla an Kraft hätte aufnehmen können. Er klammerte sich verzweifelt am baumdicken Oberschenkel seines Gegners fest und wollte ihn zu Boden werfen. Diese Taktik war erfolgreich. Leider hatte er einen kleinen Fehler gemacht, und der Mann war auf ihn gefallen. Kaum hatte man den Riesenkerl von ihm heruntergehievt, da wusste Doherty schon, dass er sich verletzt hatte. Sein Brustkorb hätte sich nicht so platt anfühlen dürfen. Das Atmen hätte nicht so weh tun dürfen. Und ein Muskel im Rücken schien sich über eine viel größere Fläche als vorher zu erstrecken – als hätte man ihn breitgeschlagen.

Zwei Sanitäter brachten ihn nach Hause und sprachen immer wieder die gleiche Warnung aus.

»Bleiben Sie im Bett. Geben Sie dem Muskel eine Chance, ganz auszuheilen.«

Seine Antwort war nicht gerade höflich. »LmA.«

Die Sanitäter waren solche Reaktionen gewohnt. Einer war dunkelhäutig und schmal und stemmte seine elegante Hand in die Hüfte. Sein Gesicht war sehr ausdrucksstark.

»Ich habe Sie gut gehört, aber ich nehme Ihnen das nicht übel. Sie müssen das Bett hüten. Allein. Mindestens zwei Wochen.«

»Eine Woche, und es geht mir wieder bestens«, beteuerte Doherty, als sich die Sanitäter zum Gehen anschickten.

Die beiden waren nicht umzustimmen. »Sie können uns auch mal. Zwei Wochen, keinen Tag weniger.«

Der mit den eleganten langen Händen wedelte ihm noch mit zwei Fingern vor der Nase herum, ehe er ging. Doherty schnitt eine Grimasse – halb Wut, halb Schmerzen – und griff zum Telefon.

»Honey, ich habe mich am Rücken verletzt. Ich liege im Bett.«

Er hielt das Telefon in sicherem Abstand vom Ohr, um ihre lautstarke Schimpfkanonade etwas abzuschwächen. Sie hatte ihn ja gewarnt und gemeint, er solle besser nicht spielen. Das hatte ihn aber nur noch entschlossener gemacht. Jetzt sagte sie: »Hab ich's dir nicht gesagt?«

»Wie wär's mit etwas Mitgefühl?«

Sie antwortete: »Und wie wäre es mit etwas Vernunft? Wie wäre es mit Erwachsenwerden?«

Er unterbrach sie. »Wie wäre es, wenn du zu mir kämst? Wir können hier relaxen und dabei unsere Meinung über das Leben und die Liebhaber der Arabella Soundso austauschen und uns überlegen, warum jemand die Dame unbedingt in einen Kamin stopfen musste. Vielleicht hat es eine symbolische Bedeutung. Was meinst du? Ich wette, ich habe Informationen, an die du noch nicht herangekommen bist.«

Am anderen Ende der Leitung stach Honey mit der Spitze

165

ihres Bleistifts auf die neueste Aufforderung des Stadtkämmerers zur Zahlung von Gewerbesteuer ein. Das hätte genauso gut Doherty sein können. Sich so leichtsinnig zu benehmen und verletzt zu werden, das war nicht nur unvorsichtig, sondern auch rücksichtslos, und sie ließ es ihn wissen.

»Rugby ist ein Spiel für junge Männer.«

»Ja gut, ja gut. Was sagst du also? Hast du Lust herzukommen?«

Sie stellte sich vor, wie er da hilflos und hungrig lag. Wenn der Schmerz nicht völlig unerträglich war, würde ihm der Sinn nach Handfesterem stehen als nach Informationen über Arabellas Tod.

»Du kannst für mich Augen und Ohren offenhalten«, sagte er, ein wenig entnervt, weil ihre Antwort so lange auf sich warten ließ. Bis jetzt hatte sie John Rees und seine Freundschaft mit Adam Rolfe noch nicht erwähnt. Es könnte was zu bedeuten haben. Oder auch nicht. Im tiefsten Herzen hoffte sie, dass Doherty ihr irgendwas sagen würde, das völlig ausschließen würde, dass John Rees etwas mit der Sache zu tun hatte.

»Wie wäre es, wenn du mir erst mit ein paar Bröckchen Info den Mund wässrig machen würdest? Erzähl mir was, das ich noch nicht weiß.«

»Komm her, dann tu ich genau das. Nimm deinen Schlüssel. Ich kann nämlich nicht aufstehen. Und sobald ich dir gesagt habe, was ich weiß, und du mir deine Schlussfolgerungen dargelegt hast, dann zeig ich dir meins und du mir deins.«

Sie errötete tief.

»Ich nehme an, es geht um körperliche Attribute?«

»Honey, was denn sonst?«

»Du bist schwerverletzt. Ich glaube nicht, dass ich dich zu dergleichen ermutigen sollte.«

»He! Ermutige mich. Bitte, bitte.«

Mary Jane war auf dem Weg zu einem Freund, einem Hellseher, der in einem halbverfallenen Häuschen in Lansdown wohnte. »Ich fahre in deine Richtung. Ich kann dich mitnehmen«, bot sie Honey an.

»Murgatroyd hält nichts von Renovierungen und Reparaturen. Er meint, es stört die Elementargeister«, erklärte sie, als Honey sich erkundigt hatte, warum ihr Freund das Häuschen nicht ein bisschen herausputze.

»Und wenn das Dach ein Leck hat?«

»Die Elementargeister sind schon im Jenseits. Die merken das nicht.«

Also war Murgatroyd entweder regenfest und wasserdicht, oder Regen machte ihm nichts aus, weil die Geister nichts dagegen hatten.

Die Stadt flitzte wie ein verschwommener Film mit hastig wegrennenden Fußgängern und wütenden Autofahrern an ihnen vorüber. Selbst Männer in weißen Lieferwagen, die sonst der Schrecken aller anderen Verkehrsteilnehmer waren, schauten nur mit weit aufgerissenen Mündern hinter ihren Windschutzscheiben hervor, wenn sich Mary Jane mit ihrem Cadillac durch den Verkehr schlängelte.

Honey winkte ihnen mit beiden Händen zu – was alle noch mehr in Angst und Schrecken versetzte, bis sie begriffen, dass das Lenkrad auf der linken Seite war.

»Hier, nimm das. Gib das deinem Freund, dem Polizisten«, sagte Mary Jane, als Honey ausstieg. Honey nahm das kleine Ledersäckchen entgegen. Es war über und über mit indianischer Stickerei verziert, und das Zugband war an einen Traumfänger gebunden, ein Schnurnetz, das über einen geschmückten kleinen Reifen gespannt war.

»Was ist das denn?«

»Du hast doch bestimmt schon von der Zahnfee gehört?«

Honey nickte. »Die einem Geld unter das Kopfkissen legt, nachdem man einen Zahn verloren hat.«

»Genau die. Nun, das hier ist keine Fee. Es ist eine Art unsichtbarer Geist, der schmerzhafte Stellen massiert, während man schläft.«

»Aber er hinterlässt nichts unter dem Kopfkissen?«

Mary Jane schaute geistesabwesend hoch und schüttelte den Kopf. »Nicht dass ich wüsste, doch es gibt ja für alles ein erstes Mal. Hängt das Totem übers Bett. Dann verfängt sich der Geist in dem Traumfänger und kann ruck, zuck alles heilen, was an deinem Freund nicht in Ordnung ist. Ich garantiere es dir.«

Honey klemmte sich das Säckchen unter den Arm und schloss mit dem Schlüssel, den Doherty ihr gegeben hatte, die Haustür auf. Die Umgebung war ihr inzwischen so vertraut wie das Kutscherhäuschen, das sie sich mit ihrer Tochter teilte. Die Ausstattung war schlicht: schwarz-weiße Bodenfliesen, salbeigrüne Wände, ein halbkreisförmiger Tisch im Flur, auf dem eine Schale stand, in die er seine Schlüssel warf. Sie legte ihren dazu, zögerte, ob sie auch das Totem dort abwerfen sollte, überlegte es sich jedoch anders. Also nahm sie das Ding mit in Dohertys Schlafzimmer.

Steve lag flach auf dem Rücken im Bett, so hölzern, wie er nur konnte.

»Hallo, Honey.« Er lächelte und schaffte es, ihr mit zwei Fingern zuzuwinken.

Honey lächelte und winkte zurück. »Hallo, du.«

Er tätschelte den Platz neben sich. »Hast du Lust, dich zu mir zu gesellen?«

»Tut mir leid. Ich arbeite.«

Er zog ein langes Gesicht. Dann zeigten sich kleine Lachfältchen um seine Augen.

»Du starrst mich schon wieder mit diesem durchdringenden Blick an.«

»Das ist mein Arbeitsgesicht. Du hast eins, und ich habe eben auch eins.«

»Hab ich das wirklich? Habe ich nie bemerkt.«

»Hast du meine Nachricht über den Besuch bei Faith Page bekommen?«

»Ja. Was ist also mit den beiden Leuten, die sie erwähnt hat?«

Honey setzte sich aufs Bett, aber ans Fußende, außer Reichweite.

»Sie waren Kollegen unseres Mordopfers, wenn ich auch nicht genau herausbekommen habe, wie und warum sie ihr so nahestanden. Ich bin mir nicht mal sicher, ob Faith Page das selbst weiß.«

Steve runzelte nachdenklich die Stirn. »Ich weiß was über den dritten Typen, den aus der Londoner Unterwelt. Das ist noch aus der Zeit, als ich in London gearbeitet habe. Jahrelang hat ihn niemand gesehen, obwohl es Gerüchte gab, er hätte sich an eine der Costas in Spanien abgesetzt. Könnte sein, dass er irgendwelche krummen Dinger in Malaga am Laufen hatte. Andererseits könnte er sich natürlich auch aus gesundheitlichen Gründen dort aufhalten. Der war also ihr Schwiegervater? Solche Leute sollte man nicht ärgern, wenn man noch ein bisschen leben will.«

»Interessant.«

Und damit meinte sie nicht allein die Neuigkeiten. Er hatte das Bettlaken nur bis zur Brust hochgezogen. Seine Schultern waren nackt. Sie vermutete, dass sein restlicher Körper auch eher unbekleidet war. Es war schwer, aber sie widerstand der Versuchung, das zu überprüfen.

»Was ist interessant? Ich oder das, was ich dir gerade erzählt habe?«

»Das war immerhin was, das ich nicht wusste. Aber es muss doch noch mehr geben. Ich komme erst näher, wenn du mir was Nützliches mitgeteilt hast.«

»Und dann? Wenn ich dir brav alles berichtet habe …«

Ihr fiel da bereits das eine oder andere ein. Doch sie verschränkte die Arme und lächelte. »Schauen wir mal, wo die Sache hinführt.«

Er grinste. »Ich bin dir schutzlos ausgeliefert. Mach mit mir, was du willst.«

»Hm.«

»Also. Mrs. Arabella Rolfe war ganz fein herausgeputzt, als

man sie in Cobden Manor in den Kamin stopfte. Gut. Ich habe dir verraten, was ich weiß. Jetzt bist du dran.«

»Das war nicht neu für mich. Ich habe es dir selbst erzählt.«

»Rolfes Kinder durften ihn nicht besuchen. Der Älteste ist achtzehn und ziemlich stark. Es ist also durchaus möglich, dass er seine Stiefmama in den Kamin hinaufgeschoben hat.«

»Dass sie die Kinder gehasst hat, wusste ich auch schon.«

»Echt?« Er schaute überrascht, zog die Augenbrauen so sehr in die Höhe, dass es ihn im Rücken piekte. »Aua!«

»Geschieht dir ganz recht. Du solltest nicht versuchen, mit den Jungs zu spielen. Du bist kein Junge mehr. Du bist ein Mann in mittleren Jahren.«

»He«, sagte er und deutete mit dem Zeigefinger auf sie. »Das nehm ich dir wirklich übel.«

»Wer ist also der Hauptverdächtige?«

»Ich würde immer noch auf den Ehemann tippen. Das muss einfach so sein.«

»Aber du weißt nicht, wo er ist, kannst ihn also nicht direkt befragen.« Sie stand auf und ging im Zimmer auf und ab, die Augen zu Boden gesenkt, während sie sich mit den Fingern nachdenklich an die Lippen tippte.

»Nein, aber wir wissen, dass sie eine Lebensversicherung abgeschlossen hatte, über eine sehr hohe Summe.«

Honey schaute ihn an, dachte darüber nach und schüttelte dann den Kopf. »Das kauf ich dir nicht ab.«

Doherty jaulte leise, als er die Arme hinter dem Kopf verschränkte, und runzelte die Stirn. »Warum nicht? Du weißt doch verdammt gut, dass der Ehemann immer der Hauptverdächtige ist, besonders wenn er Aussichten auf finanziellen Gewinn hat.«

Honey schüttelte erneut den Kopf und ging weiter auf und ab, warf das bestickte Beutelchen mal über die eine, mal über die andere Schulter. Wie passte John Rees in die Sache? Er hatte sich ihr gegenüber verdächtig verhalten. Er war ganz anders gewesen als sonst. Na gut, wenn er nicht beichtete, sobald sie ihm eine direkte Frage stellte, musste sie eben verdeckt ermitteln.

Honey holte tief Luft. »Arabella Rolfe war also unter dem Namen Arabella Neville bekannt, ist aber schlicht und ergreifend früher Tracey Casey gewesen und war schon einmal verheiratet. Damals hieß sie Mrs. Tracey Dwyer.«

»Und der erste Gatte ist tot. Wenn ich mich recht erinnere, ging an der Old Kent Road das Gerücht um, Traceys Vater hätte es Mr. Dwyer sehr übelgenommen, dass der seine Tochter vermöbelt hat, und er hätte seine ganz eigene Form der Gerechtigkeit walten lassen.«

Doherty verstummte. Honey betrachtete ihn und sah, dass er sein ernstes Gesicht aufgesetzt hatte. Er starrte zur Decke und überdachte alles.

»Wie ist es mit den Leuten, die sie aus dem Showbusiness kannte?«, fragte er.

Honey reichte ihm Einzelheiten nach.

»Ms Neville – oder Mrs. Rolfe, wenn du willst – hat sich eine Menge Feinde gemacht. Sie hatte irgendwann mal auch eine Talkshow. Eine überaus kultivierte Talkshow. Sie hat alle unmöglich behandelt: die Leute im Studio, die Sponsoren und die Leute, die sie interviewt hat. Anscheinend hielt sie sich für besser als alle.«

Ihre Blicke trafen sich. »Es kann durchaus sein, dass irgendjemand sie deshalb genug gehasst hat, um sie umzubringen«, meinte Honey. »Was habt ihr denn bisher rausbekommen?«

Einige von Dohertys Kollegen waren ausgeschwärmt und hatten die Leute befragt, die mit Arabella zusammengearbeitet hatten. Alle waren sich mehr oder weniger einig gewesen, dass Arabella keineswegs das nette Mädchen von nebenan gewesen war.

»Ich glaube immer noch, dass sie sich mit einem Liebhaber getroffen hat. Das ist doch klar wie Kloßbrühe. Spitzentanga, halterlose Strümpfe, Parfüm, lächerlich hohe Absätze. Sie muss mit einem ganz besonderen Kerl verabredet gewesen sein. Halterlose Strümpfe, so was zieht man doch nur für einen Liebhaber an.«

»Ach, wirklich?« Doherty schaute sie verletzt an. »Und wann komme ich mal in den Genuss?«

Honey setzte sich wieder ans Fußende. »Jederzeit, wenn du willst. Aber nicht, während ich arbeite. Und außerdem hast du einen kranken Rücken. Ich möchte doch keinen dauerhaften Schaden anrichten.«

Dohertys Grinsen sprach Bände. Er würde nur zu gern einen dauerhaften Schaden riskieren, wenn sich das richtig lohnte.

Honey warf ihm einen bösen Blick zu. »Bleib beim Thema.«

Er seufzte. »Na gut. Wir haben die erste Mrs. Rolfe, die inzwischen wieder nach Hause zurückgekehrt ist, gefragt, wo sich ihr Ehemann verstecken könnte. Sie sagt, sie weiß es nicht, es ist ihr egal, und sie gibt ein Fest, um zu feiern, dass die zweite Mrs. Rolfe tot ist. Sie denkt ernsthaft darüber nach, ein Freudenfeuer zu entzünden und Arabellas Abbild darin zu verbrennen.«

»Die waren sich wohl überhaupt nicht grün, die beiden. Und meinst du, sie war's?«

»Wer weiß? Und dann haben wir noch den Sohn auf der Liste. Im augenblicklichen Stadium ist jeder, der sie kannte, verdächtig. Was ist das da eigentlich?« Doherty deutete mit dem Kopf auf das Beutelchen, das Mary Jane ihr gegeben hatte.

»Ein Talisman, ein Totem, wenn du so willst. Mary Jane meint, ich muss das nur über dein Bett hängen, und dann kommt diese Fee ... nein, eigentlich keine Fee ... eher ein Geist ... und massiert dir die Muskeln, während du schläfst.«

»Ich kann's kaum erwarten«, meinte er trocken und schaute misstrauisch auf den Beutel, den Honey an einen Nagel über dem Kopfende seines Bettes aufhängte.

»Was ist da drin?«

Honey nahm den Beutel wieder herunter, öffnete ihn, roch daran und musste schrecklich niesen. Dabei verteilte sie den gesamten Inhalt über Doherty. Ein Blick versicherte ihr, dass nun nichts mehr drin war.

Sie stieß einen tiefen Seufzer aus. »Ich häng es trotzdem mal auf. Ich möchte einfach nicht mit dem leeren Säckchen ins Green River zurückkommen. Das würde nur Fragen geben.«

Sie einigten sich darauf, dass er das Telefon neben sich liegen lassen und dass sie ihn anrufen würde.

Ihn zu küssen war ein wenig gefährlich, denn seine Hände waren ja unverletzt. Honey blieb ganz gelassen und entwand sich Dohertys Umarmung genau im richtigen Moment.

Sie wies ihn an, sich gut auszuruhen.

»Ich könnte wirklich eine Massage brauchen«, sagte er und grinste.

»Bleib besser ruhig liegen und lass Mutter Natur – und Mary Janes Traumfänger – ihre Arbeit tun. Dann ist dein Rücken eins-zwei-drei wieder in Ordnung.«

Sein Grinsen wurde breit und unverschämt. »Von meinem Rücken habe ich kein Wort gesagt.«

Honey lächelte noch vor sich hin, als sie Lansdown Hill hinunterging. Da klingelte ihr Telefon. Es war John Rees. »Honey. Ich muss dich sprechen, es ist vertraulich. Könnten wir uns treffen?«

Er schien sehr angespannt zu sein. Sie konnte leicht erraten, dass es bei diesem Gespräch wohl nicht um Bücher gehen würde.

Neugierig geworden, stimmte sie einem Treffen zu.

»Aber erst heute Nachmittag. Ich esse mit meiner Familie zu Mittag. Meine Mutter hat heute Geburtstag.«

Neunzehn

Mrs. Gloria Sabine Cross, Honeys Mutter, hatte einen teuren Geschmack. Sie hatte nichts dafür übrig, mit anderen Restaurantgästen Tuchfühlung aufzunehmen. Genauso wenig für die leicht abzuwischenden Tische und dreilagigen Papierservietten in einem Lokal auf der Haupteinkaufsstraße, wie zum Beispiel im Café Rouge. Für sie gab es nur einen Ort, der ihren Ansprüchen genügte: das Dower House des Royal Crescent Hotels!

Das Restaurant im Dower House erreicht man durch den Haupteingang des Royal Crescent Hotels und durch eine kleine Gartenanlage. Das Hotel nimmt einen großen Teil im mittleren Abschnitt des elegant geschwungenen Royal Crescent ein, von wo man einen so herrlichen Blick auf die Stadt hat. Natürlich gibt es auch einen direkten Eingang von der dahinter gelegenen Julian Street aus. Aber Honey kannte ihre Mutter gut. Auf keinen Fall würde sie das schicke Restaurant durch den Dienstboteneingang betreten! Entweder kam sie durch den Haupteingang oder gar nicht.

Sie hatte sich auch so gekleidet, dass sie Eindruck schinden musste, trug ein Ensemble, das normalerweise für den Abend reserviert war. Das Kleid war aus olivgrüner Seide, und seine Schlichtheit wurde durch eine Goldbrosche aufgewogen, die Gloria sich an eine Schulter gesteckt hatte. Schuhe und Handtasche waren marineblau und passten perfekt zu den Schmucksteinen in den goldenen Ohrringen.

Mutter, Tochter und Enkelin begrüßten und küssten einander. Gloria gurrte begeistert über die Geschenke, die sie mitgebracht hatten. Natürlich durfte es nichts Billiges sein. Honeys Mutter war für »billig« nicht zu haben. Die beiden durften auch nicht ihr Geld zusammenlegen und ihr einfach nur *ein* teures Geschenk kaufen. Gloria Cross erwartete ein Geschenk von ihrer Tochter und eines von ihrer Enkelin. Dass die beiden vielleicht gerade nicht sonderlich gut bei Kasse waren, interessierte Gloria nicht weiter.

Die Miniatur aus dem späten achtzehnten Jahrhundert mit dem Bildnis einer lieblichen jungen Frau im blauen Kleid war sehr gut angekommen. Alistair im Auktionshaus hatte Honey den Tipp gegeben, dass sie zum Verkauf stand, noch dazu zu einem sehr vernünftigen Preis. Da sie selbst nicht zur Versteigerung kommen konnte, hatte Alistair für sie geboten.

»Die wird Sie nicht enttäuschen, Mädel«, hatte er in seinem breiten schottischen Hochlandakzent zu ihr gesagt. Dabei wusste Honey, dass der nur aufgesetzt war, denn Alistair kam aus Glasgow.

»Um mich geht es hier nicht. Solange nur meine Mutter nicht enttäuscht ist.«

Er hatte gemerkt, wie ernst ihre Stimme klang, und versicherte ihr, dass sie einen sehr guten Kauf gemacht hatte.

»Wie kommen Sie mit dem Mordfall voran?«, fragte Alistair dann.

»Ich muss im Augenblick für zwei arbeiten. Doherty liegt flach, hat sich beim Rugby eine Muskelzerrung zugezogen. Ich bin, was den Hotelfachverband betrifft, in dieser Sache im Augenblick allein.«

»Rugby ist ja auch ein hartes Spiel, eher was für jüngere Männer«, meinte Alistair und schüttelte weise den Kopf.

»Das habe ich ihm auch gesagt.«

»Und was macht der Kauf des Landhaushotels?«

»Damit geht es gar nicht voran. Ich glaube, Cobden Manor hätte mich schon sehr interessiert, aber dass ich da eine Tote im Kamin gefunden habe, hat mich doch ein bisschen abgeschreckt.«

»Ah«, meinte Alistair und warf den Kopf leicht nach hinten. »Cobden Manor. Natürlich. Die sind in ein kleineres Anwesen umgezogen und mussten einen Haufen Möbel loswerden. Die meisten waren recht schön, aber ein paar auch ziemlich seltsam. Wir versteigern sie demnächst.«

»Wer sonst.«

Es hatte wohl kaum Zweck, mehr über diese Möbel herauszufinden. Die konnten ja kaum von Bedeutung für den Mordfall sein. Jedenfalls hatte Honey jetzt ein Geschenk für ihre Mutter, und das war alles, worauf es ankam.

Lindsey hatte sich getraut, ein etwas praktischeres Geburtstagsgeschenk zu kaufen. Sie hatte einen Gutschein für zwölf Fahrten in einer Limousine mit Chauffeur erworben.

Honey bewunderte Lindseys Courage und überlegte, dass es wahrscheinlich für ihre Tochter auch einfacher war, weil sie eine Generation weiter von Gloria Cross entfernt war – die Enkelin und nicht die Tochter.

»Was ist das denn?«, fragte Honeys Mutter, als sie die Hochglanzkarte mit den geprägten Goldbuchstaben betrachtete. Die Falten auf ihrer Stirn waren abgrundtief.

Doch sobald Lindsey ihr alles erklärt hatte, war die Welt wieder in Ordnung.

»Du könntest deine Freundinnen mitnehmen«, meinte Lindsey.

Gloria schaute ob dieses Vorschlags völlig entsetzt drein. »Auf gar keinen Fall. Das werde ich mir ganz allein gönnen.«

Das Essen verlief angenehm, die Umgebung war elegant, und alles war wunderbar. Das Gespräch drehte sich hauptsächlich um die Online-Partnervermittlung, die Gloria Cross aufgezogen hatte. Natürlich wurde auch die Hochzeit erwähnt, aus der plötzlich und unerwartet eine Beerdigung geworden war.

»Der arme Wilbur. Er war so enttäuscht, dass ich einfach was tun musste, um seinen Schmerz ein wenig zu lindern. Alice am Tag vor der Hochzeit zu verlieren!«

»So ein Pech«, meinte Lindsey. »Was hast du denn getan, um seinen Schmerz zu lindern?«

»Zwölf Monate kostenlose Vermittlung habe ich ihm angeboten. Ich habe ihm auch noch versichert, dass wesentlich mehr Frauen einen Mann suchen als umgekehrt. Das hat ihn ein wenig aufgeheitert. Das war ja das mindeste, was ich tun konnte.«

Honey lag die Bemerkung auf der Zunge, dass der gute alte Wilbur Williams auch nicht mehr der Jüngste war und Glück haben würde, wenn er die zwölf Monate überlebte. Dann überlegte sie sich, dass ihre Mutter eine weitaus schlauere Geschäftsfrau war als sie selbst. Wenn Wilbur die zwölf Monate nicht überlebte – was in seinem Alter durchaus möglich war –, dann hatte sie nichts verloren. Und ansonsten hatte sie einen zufriedenen Kunden gewonnen.

»Wir sind gerade dabei, einer Online-Gruppe für Partnervermittlung beizutreten. Da treffen sich Gleichgesinnte online und besuchen die gesellschaftlichen Veranstaltungen der anderen.«

Honey stocherte gerade an einer Weinbergschnecke herum, die sich nicht von ihrem Häuschen trennen wollte. Da war ein rascher Schluck Krug Champagner, den sie zur Feier des fünfundsiebzigsten Geburtstags ihrer Mutter – die gleiche Zahl wie im Vorjahr – bestellt hatte, eine willkommene Abwechslung.

»Das ist bestimmt interessant«, sagte sie leichthin, während sie sich wieder der Schnecke zuwandte.

Das meinte Honey ernst. Die jüngste Geschäftsidee ihrer Mutter machte sich richtig gut. Na ja, für Alice und Wilbur war nicht alles nach Plan verlaufen. Wie gewonnen, so zerronnen. Buchstäblich.

Positiv schlug für Honey zu Buche, dass ihre Mutter nicht mehr so oft im Hotel auftauchte und sie nicht so oft zu ihr zu Besuch gehen musste. Es war wirklich gut, wenn ihre Mutter viel zu tun hatte.

»Ich könnte einiges für dich erreichen, Hannah«, sagte ihre Mutter gerade.

Honey biss die Zähne zusammen. »Nein, das könntest du nicht. Ich bin schon vergeben.«

Ihre Mutter wandte sich Lindsey zu. »Und wie ist es mit …«

»Ich auch, Oma.«

»Nenn mich nicht Oma.«

»Entschuldigung, Gloria.«

Gloria Cross betrachtete sich weder als alt noch als Großmutter, und daher bestand sie darauf, dass ihre Enkelin sie beim Vornamen nannte. Sie weigerte sich, auf eine andere Anrede zu reagieren.

Völlig in Gedanken versunken schaute Honey aus dem Fenster. Ein Mann und eine Frau gingen gerade über den Pfad vom Dower House zum Hintereingang des Hotelgebäudes. Dort mussten sie dann einen Korridor entlang und den Eingangsbereich durchqueren, um zum kopfsteingepflasterten Royal Crescent zu gelangen.

Die beiden hielten Händchen. Der Mann trug eine hellblaue Hose. Die Frau trug Nahtstrümpfe, genau wie die, die Arabella Rolfe angehabt hatte.

Honey war gar nicht überrascht gewesen, dass Arabella Rolfe einen Liebhaber gehabt hatte. Alle, mit denen sie sich unterhalten hatte, hatten angedeutet, dass die Dame keine Kostverächterin gewesen war. Jetzt musste sie diesen Geliebten nur noch finden. Der persönliche Fitnesstrainer war eine kleine Überraschung gewesen. Sie hatte eigentlich nur Muskeln ohne eine Spur von Hirn erwartet. Zunächst hatte es ja auch danach ausgesehen, als der Typ in seinem hautengen Sportdress dahergekommen war, mit seinen haarlosen braunen Beinen und den Supersportschuhen. Und wenn er sich mal aus dieser Kleidung gepellt hatte, war er bestimmt ein honigbraunes, matt glänzendes Etwas … aber dass er eine italienische Operndiva von großzügigen Proportionen und ebensolchen Lungen … nun ja, begleitete, wenn das das passende Wort war. Das war denn doch etwas erstaunlich. Sofia Camilleri hieß die Dame.

»Hannah!«

Gloria Cross starrte ihre Tochter misstrauisch an.

»Sind wir dir als Gesellschaft nicht gut genug? Erwartest du sonst noch jemanden? George Clooney vielleicht?«

»Jetzt hast du meine Mutter aber kalt erwischt«, meinte Lindsey zu ihrer Großmutter.

Das Wort »kalt« drang zu Honey durch, denn es passte gerade gut zu den Gedanken, die ihr durch den Kopf gingen.

»Arabella war schon ziemlich kalt, obwohl sie noch nicht lange da oben steckte, jedenfalls hat das der Gerichtsmedi …«

Erst da bemerkte sie, dass die beiden sie mit neugierigen Augen anschauten – wie zwei siamesische Katzen, eine immer wissbegieriger als die andere. Ihre Mutter und ihre Tochter waren keineswegs erfreut.

»Was?«

Gloria Cross, die noch nie ein Glas Champagner abgelehnt hatte, deutete mit der Hand auf die zweite, noch nicht geöffnete Flasche.

»Steht die nur zur Deko hier herum, oder muss erst noch jemand eine Rede halten?«

»Tut mir leid«, antwortete Honey und stellte die Flasche auf den Tisch. »Ich war mit den Gedanken ganz woanders. Aber ja, sicher, die trinken wir auch noch.«

Der Kellner öffnete die Flasche für sie, sobald Gloria ihn herbeigewinkt hatte. Niemand konnte so winken wie Gloria. Außer der Königin vielleicht. Eigentlich war es kein richtiges Winken, sondern reinste königliche Herablassung – oder ein Befehl.

»Also?«, fragte ihre Mutter, sobald wieder Champagner in ihrem Glas perlte.

»Ja, Mutter, also?«, schloss sich Lindsey an, die sich dieses eine Mal offensichtlich mit ihrer Großmutter verbündet hatte.

Honey seufzte und erhob ihr Glas. »Auf dich, Mutter, auf dein Wohlergehen. Schließlich feiern wir nicht jedes Jahr deinen fünfundsiebzigsten Geburtstag.«

Sie bemerkte, dass Lindseys Mundwinkel zuckten. Den fünfundsiebzigsten Geburtstag ihrer Mutter hatten sie bereits letztes Jahr und im Jahr davor gefeiert. Aber, was zum Teu-fel ...? Noch ein, zwei weitere fünfundsiebzigste Geburtstage würden sie nicht weiter stören, solange ihre Mutter nur glück-lich war. Und ein, zwei Gläschen Champagner auch nicht. Und der war gut. Außerordentlich gut.

Zwanzig

Der Champagner war wirklich hervorragend gewesen. So gut, dass es Honey noch vom Scheitel bis zu den Fußspitzen überall kribbelte.

Obwohl es schon spät am Nachmittag war, war die Luft noch ziemlich warm. Vielleicht sind es auch meine glühenden Wangen, überlegte Honey, die gerade mit dem Handrücken die Temperatur geprüft hatte.

Ach, egal. Sie fühlte sich wunderbar. Das Mittagessen war großartig gewesen. Und jetzt war sie wieder voll in Aktion. Bei der Verbrechensbekämpfung, nicht im Hotel. Erst wollte sie noch John Rees besuchen, wie sie es mit ihm abgemacht hatte.

»Das ist aber komisch«, murmelte sie vor sich hin. Hatte ihr John Rees gesagt, dass sein Buchladen jetzt woanders war? Sie konnte sich nicht dran erinnern, aber es sah ganz danach aus. Sie konnte ihn jedenfalls nicht finden, also musste er ja wohl umgezogen sein.

Dank der frischen Luft, die sie während einiger Umrundungen des Queen Square getankt hatte, klarte es in ihrem Kopf allmählich wieder auf. Endlich fiel ihr der Weg zu Johns Buchladen ein, und sie ging in diese Richtung, wenn auch immer noch leicht schwankend. Das musste an den Absätzen ihrer Schuhe liegen. Sie waren wirklich sehr hoch. Rasant und schick.

Die Ladentür von J R Books hatte drei Jahrhunderte nasses britisches Wetter überdauert. Wie oft John Rees auch an dem Hartholzrahmen hobelte, sie war immer schwer zu öffnen. Mit beiden Händen drücken und noch die Schulter dagegenstemmen, sonst ging's nicht.

Die altmodische Messingglocke bimmelte laut und kündete Honeys Ankunft an. Diese Glocke war schon immer dort gewesen, obwohl John Rees behauptete, man hätte sie früher dazu benutzt, in einem Landhaus den Butler herbeizuzitieren. Diese Geschichte hatte ihm Honey nie so recht abgenommen. Die Glocke war so sehr Teil dieses alten Gebäudes, wie die Bücher es waren – oder wie John Rees, wenn sie es recht bedachte.

Im Laden war die Luft erfüllt vom Geruch alten Papiers und lederner Einbände.

John stand mit dem Rücken zu ihr, in ein lebhaftes Gespräch mit jemandem vertieft, den sie nicht sehen konnte. Beim Läuten der Glocke hatte John sich umgedreht.

Honey lächelte freundlich. »Du hast gesagt, du wolltest mich sprechen. Es klang ja alles sehr geheimnisvoll«, fügte sie hinzu.

Der Mann, der bei John stand, starrte sie ernst an. Sein Gesicht war hart und so streng wie seine Kleidung. Teure Kleidung mit messerscharfen Bügelfalten und goldenen Manschettenknöpfen.

Sie lächelte auch ihn an. »Es tut mir leid, dass ich Sie unterbrochen habe.«

»Macht nichts«, erwiderte der Mann knapp und schaute auf seine Armbanduhr. »Ich melde mich, John.«

Sein Lächeln wirkte gezwungen, und er hielt sich nicht lange auf, schlängelte sich an Honey vorbei, die Augen konzentriert auf die Ladentür gerichtet.

Honeys Antennen machten Überstunden. Sie hatte offensichtlich eine wichtige Unterhaltung gestört.

»Hab ich was Falsches gesagt?«

Sie stand da und grinste dämlich, wartete darauf, dass John sie fragen würde, ob sie einen Kaffee trinken wollte, ihr einen Stuhl oder vielleicht sogar eine kleine Umarmung in einer dunklen Ecke anbot.

Sein Lächeln wirkte gezwungen. »Natürlich nicht. Wie kommst du denn darauf?«

»Hat er was gekauft?«

»Von mir? Nein«, antwortete John und lächelte ein wenig

entspannter, als er den Kopf schüttelte. »Der interessiert sich nicht für Bücher.«

»Oder Landkarten?«

»Nur manchmal.«

»Willst du mir was über diesen Mann erzählen, oder ist das alles ein großes Geheimnis?«

Nachdem sie das gefragt hatte, schwieg sie und stand mit verschränkten Armen da und starrte ihn an. Sie bemerkte die kleinen Fältchen in seinen Augenwinkeln, den drahtigen grauen Bart auf der Oberlippe, der bebte, als wollte er etwas sagen, könnte sich aber noch nicht entscheiden, was.

Schließlich gab er auf. »Er heißt Gabriel Forbes. Und er hat eine Galerie.«

»Oh, den kenne ich gar nicht. Weshalb wolltest du mich denn sprechen?«

Er zögerte den Bruchteil einer Sekunde, aber Honey wusste, dass sie ihn auf dem falschen Fuß erwischt hatte.

»Oh, nichts Wichtiges. Ich hab mich nur gefragt, ob du immer noch aus der Stadt aufs Land ziehen willst.«

»Machst du Witze? Hast du nicht von der Sache mit Arabella Rolfe gehört? Der mit dem rosa Haarband und den modischen Outfits? Erwürgt und in den Kamin gestopft, in ihrem eigenen Haus. Na ja, in ihrem ehemaligen Haus. Es scheint, dass die Bank eine Zwangsvollstreckung durchgesetzt hat.«

»Ja, das stimmt. Das war's schon. Du kaufst das Haus nicht. Mehr wollte ich nicht wissen.«

Sie glaubte ihm kein Wort. Vielleicht lag es daran, dass er sich halb abwandte, während er das sagte. Sonst schaute John einem geradewegs ins Gesicht, wenn er mit einem redete. Was war denn hier los?

Er gab vor, viel zu tun zu haben, räumte einige Bücher weg. Das hatte er nie zuvor gemacht, während sie im Laden war.

»Bist du sicher, dass du sonst nichts weiter mit mir besprechen wolltest?«

»Nein, ich habe dich bloß aus einer Laune raus angerufen.

Ich dachte, wir könnten vielleicht miteinander eine Tasse Kaffee trinken gehen. Aber jetzt habe ich doch ein bisschen viel zu tun.«

Er räumte weiter Bücher hin und her. Langsam wurde Honey ärgerlich. Sollte sie noch eine Weile wie die Katze um den heißen Brei herumschleichen oder eine direkte Frage stellen? Oder sollte sie einfach das Handtuch werfen, zumindest im Augenblick? Sie entschied sich für den direkten Ansatz.

»Du kennst Adam Rolfe ziemlich gut, nicht?«

Er legte eine Pause ein, hielt zwei Bücher in der rechten Hand und deckte sie mit der linken ab, als wollte er die Titel verbergen.

»Woher weißt du das?«

»Du hast es mir bei der Veranstaltung im Römischen Bad selbst erzählt. Arabella war da, ihr Mann aber nicht. Du hast angedeutet, dass sie sich wahrscheinlich gestritten hätten, und daraus habe ich gefolgert, dass du beide recht gut kennst. Du hast mir noch erzählt, dass Adam einmal Landkarten gesammelt hat.«

Er machte ein langes Gesicht und schaute ein wenig verlegen, weil sie ihn überrumpelt hatte.

»Ach ja, das habe ich wohl gesagt.«

Arabella war dort gewesen. John war dort gewesen. Arabella hatte John angesehen. Honey konnte nicht anders, sie musste eins und eins zusammenzählen … und zwei herausbekommen.

Sie musste die Frage einfach stellen.

»Sie hatte sich ziemlich in Schale geworfen, als ich sie gefunden habe. Hatte sogar extraschicke Unterwäsche an. Die Art von Kleidung, die eine Frau anzieht, wenn sie sich mit ihrem Liebhaber trifft.«

»Aber ich war das nicht«, sagte John. »Also stell die Frage lieber gar nicht erst. Ganz gewiss nicht ich. Adam war … ist … mein Freund. So was würde ich nicht tun.«

Honey bedauerte sofort, was sie gesagt hatte. John war nicht der Typ für heimliche Affären.

»Tut mir leid«, sagte sie. »Ich sollte es wirklich besser wissen.«

John legte die Bücher aus der Hand und stieß einen tiefen Seufzer aus. »Ja, das solltest du wohl.«

»Aber sie hatte einen Liebhaber?«

Er nickte. »Arabella hatte *immer* einen Liebhaber, doch ich habe keine Ahnung, wer der letzte war.«

»Wusstest du, dass sie verheiratet war, ehe sie Adam kennengelernt hat?«

Er runzelte die Stirn. »Das ist nie erwähnt worden.«

»Es gibt sogar das Gerücht, dass sie Kinder hatte.«

John starrte Honey an. »Davon hat Adam nie etwas gesagt. Ist es nur ein Gerücht, oder ist ein Körnchen Wahrheit dran?«

Honey zuckte die Achseln. »Ich weiß es nicht. Lindsey hat im Internet unter dem Namen Dwyer gesucht. Das war der Name des ersten Ehemanns. Wir warten auch noch auf eine Antwort von der Londoner Polizei, die wir nach Arabellas Vater, einem gewissen Patrick Lionel Casey, gefragt haben.«

»Stimmt es, was man hört, dass sie umgebracht wurde?«

»Wahrscheinlich. Die Polizei möchte unbedingt mit Mr. Rolfe über den Tod seiner Frau sprechen, aber er ist verschwunden.«

Plötzlich fing John wieder an, Bücher zu stapeln, anscheinend sortierte er sie nach irgendeinem System, allerdings zu schnell, um es wirklich akkurat zu machen.

»Sieh mal, Honey, es tut mir leid, aber ich bin wirklich mit der Arbeit hinterher. Wir reden irgendwann nächste Woche mal. Okay?«

»Okay.«

Es fiel ihr sehr schwer, doch sie stimmte zu. John Rees war wegen irgendwas ziemlich nervös, aber er wollte nicht damit herausrücken.

Adam Rolfe ist Johns Freund. Er machte sich wahrscheinlich Sorgen um ihn. Honey winkte John zu. »Gut. Wenn du es dir noch mal anders überlegst, worum immer es ging, dann melde dich.« Sie schaute auf die Uhr. »Oh, ich muss wirklich weg.«

Er winkte ihr ebenfalls, und sein Mund verzog sich zu einem halben Lächeln. »Bis bald.«

Sobald Honey draußen war, atmete sie tief durch. John Rees wich ihr aus. Sie hatte sich gelobt, wenn er sich weiter so verhalten würde, käme Plan B zum Zug. Wenn er ihr nicht offen sagte, was los war, dann würde sie das auch nicht tun. Sie würde verdeckt ermitteln. Sie würde schon herausfinden, was Sache war.

Eine verdeckte Ermittlung – das war aufregend. Plötzlich verspürte sie das Bedürfnis, sich von jemandem beraten zu lassen, und wollte schon bei Doherty anrufen, konnte sich aber gerade noch bremsen. Steve lag allein im Bett und konnte sich nicht rühren, und da sollte sie anrufen und mit ihm über John Rees sprechen? Da gäbe es zu viel zu erklären, und das wollte sie nicht. Dass sie überhaupt mit John Rees in näherem Kontakt stand, würde Doherty nur eifersüchtig machen.

Bisher hatte sie John immer nur zum Vergnügen in seinem Buchladen besucht, und er hatte sich stets gefreut, sie zu sehen. Gerade eben war er so nervös gewesen, als befürchtete er, ein Damoklesschwert könnte auf ihn niedersausen – oder vielmehr, sie könnte ihm eine Frage stellen. Er hatte ja zugegeben, dass Adam Rolfe sein Freund war. Und neulich abends im Römischen Bad hatte Arabella ihm zugewinkt und ihn angelächelt.

Ein schrecklicher Gedanke ging Honey durch den Kopf: Hatte John gar etwas mit Arabellas Tod zu tun?

Als sie das Ende der kleinen Straße erreicht hatte, schaute sie noch einmal zu dem Laden zurück. Einerseits wollte sie der Polizei (sprich: Steve Doherty) ihre Vermutung mitteilen, dass Rees mehr wusste, als er zugab. Andererseits weigerte sie sich, zu glauben, dass John auch nur eine einzige verbrecherische Zelle in seinem muskulösen, äußerst begehrenswerten Körper hatte.

Hörst du wohl auf! Sie war sich nicht sicher, ob es die Stimme des Gewissens oder eine telepathisch übermittelte Botschaft von Doherty war. Was auch immer, Honey konnte es einfach nicht über sich bringen, einen so lieben Freund bei der Polizei anzuschwärzen. Nicht, ehe sie sich nicht sicher war. Also musste sie herausfinden, was los war.

Einundzwanzig

Zur Regierungszeit von Königin Viktoria waren vorgewölbte, große Schaufensterscheiben mit einem kleinen Messinggeländer der letzte Schrei für Läden gewesen. In der Zeit davor waren die Fronten auch geschwungen gewesen, hatten sich aber aus vielen kleinen Scheiben zusammengesetzt, deren Glas bei der Herstellung manchmal Schlieren bekam.

Durch eine solche Scheibe betrachtete John Rees die Leute, die sich in der engen Gasse drängelten und manchmal über die schiefen Steinplatten stolperten, die beinahe so alt waren wie die Gebäude. Nur ein kleiner schmaler Streifen Sommerhimmel schimmerte zwischen den Häusern hindurch.

Wenn man sie durch das schlierige Glas sah, wirkten die Gesichter der Menschen in der Menge seltsam verzerrt, manche waren langgedehnt, andere beinahe kugelrund.

John trat vom Fenster zurück. Die wohlvertrauten Gegenstände im Laden beruhigten seine aufgewühlten Nerven ein wenig.

Unmittelbar nach Honeys Abgang waren zwei Herren aus Rotterdam hereingekommen. Sie hatten über eine Stunde damit zugebracht, seine Sammlung von Atlanten zu durchstöbern, und entgegen seiner Gewohnheit hatte er sie einfach allein gelassen.

Wie sie die Köpfe zusammengesteckt und sich mit gerundeten Schultern über seine Bücher gebeugt hatten, erinnerten sie an Herren in schwarzen Kniehosen und Wamsen, wie man sie auf den Gemälden alter niederländischer Meister sieht.

Rechts von der Tür schimmerten goldene Prägebuchstaben auf ledernen Buchrücken aus den Regalen. Links davon lagen schwere Atlanten auf einer Reihe von Lesepulten, die die ganze

188

Wand entlang verlief. Über den Atlanten hingen enggedrängt Landkarten in Ebenholzrahmen.

John Rees war die Leidenschaft anzumerken, die er für das empfand, was er verkaufte. Es widerstrebte ihm zutiefst, seine Schätze an Leute abzugeben, die diese Leidenschaft nicht teilten. Aber er sprach auch offen und ehrlich über seine Waren und erklärte freimütig, wenn er gewisse Zweifel an der Echtheit eines Buches oder einer Karte hegte.

Der Buchladen war sein Leben. John wurde des Dufts nach staubigen Büchern und alter Druckerschwärze nie überdrüssig. Da er keine andere Liebe in seinem Leben hatte – zumindest keine, die im Augenblick für ihn frei gewesen wäre –, konzentrierte er seine ganze Zuneigung auf den Laden.

Er kniff die Augen zusammen und wandte den Blick von der Welt draußen einem besonders schönen Atlas aus dem achtzehnten Jahrhundert zu. Nicht dass er die feinen Einzelheiten oder die überaus blumige Sprache wahrgenommen hätte. Er dachte nämlich an Honey Driver.

Er fühlte sich sehr unwohl damit, dass er sie so knapp abgefertigt hatte. Er war selbst schuld, denn er hatte kurz mit dem Gedanken gespielt, ihr sein Geheimnis zu verraten. Beinahe hätte er es ja auch gemacht, er hatte sich jedoch gerade noch bremsen können. Bisher hatte er sie noch nie so schroff behandelt, und alles nur, weil er dieses eine Mal vom geraden Pfad der Tugend abgekommen war, um einem alten Freund zu helfen.

Schließlich kauften die beiden Herren aus Rotterdam einige alte Karten und einen ausgezeichneten Atlas aus dem frühen neunzehnten Jahrhundert.

Um Punkt sechs Uhr schloss John die Ladentür ab, ging zwischen den Regalen hindurch ins Hinterzimmer, nahm das Telefon zur Hand und wählte eine Nummer. Sofort nahm jemand ab.

»Hör mal, ich will mit dieser Sache nichts zu tun haben. Wenn ich gewusst hätte, was du …«

Die Stimme am anderen Ende bot ihm an, ihm die Welt zu Füßen zu legen – grob gesagt hieß das: sehr viel Geld.

»Nein«, sagte John. »Nein!«

Er legte den Hörer auf und schloss die Augen. Er spürte, wie ihm der Schweiß auf die Stirn trat und das Haar feucht machte. Honey hatte bestimmt erraten, dass hier etwas nicht in Ordnung war. Er hatte es ihr von der Nasenspitze abgelesen. Das war ja auch kein Wunder. Er hatte sie nicht so begeistert begrüßt wie sonst. Er hatte ihr keinen Kaffee angeboten. Seine Stimme hatte nicht die warme persönliche Note gehabt wie sonst. Kurz gesagt: er war nicht er selbst gewesen, und das hatte sie sofort bemerkt. Da war er sich ganz sicher.

Zweiundzwanzig

Es ist nicht nett, hinterhältig zu sein. Es war sonst auch gar nicht Honeys Art, aber jetzt war sie zu allem entschlossen. Sie würde hinterhältig vorgehen. Sogar besonders hinterhältig. Wie die alte, längst verstorbene Freundin ihrer Mutter, die im Kalten Krieg einmal Spionin gewesen war und später im Leben klammheimlich in den Gärten ihrer Nachbarn Kartoffeln ausgegraben und Blumenkohl geköpft hatte und niemals dabei erwischt worden war. Genauso hinterhältig wollte Honey vorgehen.

Sie hatte einen guten Grund. John Rees verhielt sich verdächtig und war einfach nicht er selbst. Er hatte nichts zugegeben. Sie auch nicht, wenn sie es recht bedachte, jedenfalls nicht sich selbst gegenüber. Sie mochte ihn. Das war mal klar. Er erzählte ihr nicht, was sein Problem war. Also fühlte sie sich geradezu verpflichtet, es selbst herauszufinden. Dazu musste sie hinterhältig vorgehen. Wie eine verdeckt ermittelnde Polizistin. Wenn er nicht ohne ihre Hilfe aus der Sache rauskam, dann musste sie es eben für ihn erledigen.

Um zwanzig nach fünf betrat sie unauffällig den Second-Hand-Laden Ecke George Street und Gay Street. Sie bewegte sich blitzschnell zwischen den Kleiderstangen mit den schlappen Baumwollkleidchen, Strickwaren und Hosen in Übergröße, bis sie unter einem Regal mit preiswerten Accessoires einen Karton mit Tüchern fand. Nach kurzem Wühlen zog sie ein seidenes Tuch aus der Kiste und nahm dazu noch eine große Sonnenbrille vom Regal.

Nachdem sie bezahlt hatte, legte sie das Tuch um den Kopf und setzte die Brille auf. Der ältlichen Verkäuferin erklärte sie, dass die Seide ihren Kopf so schön kühle und die Sonnenbrille gut für ihre schmerzenden Augen wäre.

»Es war ja auch ein heißer Tag.«

Die Verkäuferin verrenkte sich den Hals, um aus dem Laden zu schauen. Das Wetter draußen sah nicht gut aus, dunkle Wolken zogen herauf.

Honey eilte aus dem Laden und kam sich vor, als wäre sie unterwegs zur Pferdegala von Badminton. Ein kurzer Blick auf ihr Spiegelbild in der glänzenden Schaufensterscheibe bestätigte ihr, dass sie wirklich völlig verändert wirkte. Sonst trugen nur Mitglieder der königlichen Familie solche Kopftücher mit Jagdszenen, und dunkle Eulenbrillen waren eher ein Markenzeichen der verstorbenen Jacqueline Kennedy Onassis gewesen. Normalerweise sah Honey so nicht aus.

Bestens verkleidet flitzte sie nun die George Street entlang, bog dann in die Milsom Street und schließlich nach links in die schmale Gasse ein, in der John Rees' Buchladen lag.

Zuerst tauchten die beiden letzten Kunden des Tages auf, der eine mit einem großen Buch unter dem Arm, der andere mit einem ebenso großen, in braunem Papier eingeschlagenen Paket. John verpackte seinen Kunden die Einkäufe stets in dunkelgrünen Tragetaschen mit dem Zeichen des Ladens – J R Books – in Gold. Honey vermutete, dass sich in dem Packpapier wahrscheinlich eine Landkarte befand, vielleicht auch zwei.

Vorsichtshalber wandte Honey dem Laden den Rücken zu. Sie schaute in ein schönes, bestens poliertes Schaufenster, das ihr ein ideales Spiegelbild der anderen Straßenseite bot. So machten verdeckte Ermittler das immer. Das hatte sie im Fernsehen gesehen. Dazu musste sie sich auf die Spiegelung konzentrieren, die die Tür des Buchladens zeigte. Das fiel ihr allerdings schwer, denn sie konnte die im Schaufenster ausgestellten Köstlichkeiten kaum ignorieren: Pralinen, Rumtrüffel, Toffees und Rosinenkaramell und so weiter und so weiter, lauter süße Versuchungen, die ihr das Wasser im Mund zusammenlaufen ließen. Der süßlich-sahnige Duft strömte ihr in die Nase, und ihr Magen knurrte laut und vernehmlich. Hinterhältige verdeckte Ermittlung war gar nicht so einfach.

Endlich kam John aus dem Laden, schloss hinter sich ab und ging in Richtung Stall Street.

Honey war sich sicher, dass sie alles wusste, was es über verdeckte Ermittlungen zu wissen gab. Wie schwierig konnte es denn sein, jemanden zu beschatten? Diese Typen im Fernsehen machten das doch ständig. Und Honey hatte gut aufgepasst und viel gelernt. Mehr war nicht nötig.

Zunächst zählte sie bis zehn, dann holte sie tief Luft und nahm die Verfolgung auf. Das Wichtigste, was sie von den Fernsehpolizisten gelernt hatte, war, dass man schnell zu Fuß sein musste. Und dann musste man sich natürlich schnell in einen Ladeneingang drücken oder so tun, als läse man Zeitung oder studiere an der Haltestelle den Busfahrplan. Falls John sich einmal umschaute, musste sie reagieren – und zwar pronto!

Sie überlegte, was John wohl durch den Kopf gehen würde, sollte er sie sehen. Würde er sie sofort erkennen? Ein erneuter Blick in ein Schaufenster versicherte ihr, dass das nicht sehr wahrscheinlich war. Sie war irgendeine Frau mit Kopftuch, wenn er sie überhaupt wahrnahm. Frauen mit Kopftuch sind irgendwie unsichtbar, entschied sie und schwor sich, selbst freiwillig niemals eins zu tragen. Frauen mit Kopftuch sahen irgendwie ältlich aus. Unattraktiv.

Es gingen ihr noch alle möglichen anderen Gründe durch den Kopf, warum er sie in dieser Verkleidung nicht erkennen würde. Sie hoffte nur, dass sie recht hatte.

Natürlich hatte sie Gewissensbisse. Sie mochte John Rees wirklich, auch wenn er sich verdächtig benahm. Er war der Typ Mann, den sich eine Frau sehr gut als ihren engsten Vertrauten vorstellen konnte. Und gewiss hatte er auch durchaus das Potenzial zum Liebhaber, das stand ihm auf die Stirn geschrieben. Wenn sie ganz ehrlich war, musste sie zugeben, dass sie sehr wohl in Versuchung kommen würde, sollte sich eine passende Gelegenheit ergeben. Doch wenn John je herausfand, dass sie ihn heimlich verfolgte, dann wäre jegliches Flirren, das je zwischen ihnen in der Luft gelegen hatte, natürlich völlig dahin. Honey würde nie wieder in seinen wildesten Phantasien vorkommen – nicht dass sie sicher wusste, dass sie jetzt drin vorkam, aber, Hölle und Teufel, schließlich kam John manchmal in ihren vor.

Das ist alles völlig in Ordnung, versuchte sie sich einzureden. Schließlich hast du gespürt, dass John dir etwas verheimlicht. Jede Wette, dass es was mit Adam Rolfe zu tun hat. John verheimlicht dir was. Er hat dich vielleicht sogar angelogen.

Den Gedanken, dass sie mindestens genauso hinterhältig und unaufrichtig war, verdrängte sie lieber. Sie war Honey Driver, Verbindungsfrau zur Kripo und erfahrene Spionin. Oder nannte man das Ermittlerin? Egal. Sie konnte sein, was sie wollte. Honey Driver, Privatdetektivin.

John ging mit sicheren Schritten die Gasse entlang und mischte sich unter die Menge der Einkaufenden, der Touristen und der Leute, die auf dem Nachhauseweg von der Arbeit waren.

John hatte eine Wohnung gleich um die Ecke von Quiet Street, über den Geschäftsräumen eines Zeitschriftenverlags. Honey vermutete, dass er dorthin unterwegs war, obwohl sie nicht ganz sicher sein konnte.

Sie fühlte sich sehr viel wohler, weil sie so gut verkleidet war. Die Hitze des Tages war vergangen, und ihre Jacke war nur aus Leinen und ein wenig eng. Aber sie konnte sie trotzdem zuknöpfen, und sie war warm genug.

Plötzlich fiel ihr ein, dass sie, wenn John schnurstracks nach Hause ging, einfach bei ihm klingeln und sich bei ihm einladen könnte. Sie legte sich schon zurecht, was sie ihm sagen würde. Da fiel ihr ein, dass dies vielleicht doch nicht die einzige Möglichkeit war. Eine gute Polizistin würde das Haus beobachten, und das wollte sie auch machen.

Kinderleicht!

In der Straße, in der John Rees wohnte, drückten sich die Pflastersteine schon wieder durch die dünne Schicht Teer, die man aufgebracht hatte.

Während John in der Tasche nach seinem Schlüsselbund kramte und die Tür aufschloss, drückte sich Honey in den Eingang der Canary Tea Rooms unmittelbar gegenüber der Haustür.

Die Canary Tea Rooms waren geschlossen, im Inneren sah es düster aus. Aber Fensterglas war eine feine Sache. Das alte Gebäude, in dem Johns Wohnung lag, besonders die Haustür, spiegelte sich bestens. Jetzt musste sie nur noch warten, bis er wieder herauskam – wenn er denn überhaupt je herauskam. Das hoffte sie inständig. Über Nacht wollte sie nicht hierbleiben.

Da sah sie neben sich einen Schatten. Ein Passant war neben ihr stehengeblieben. Hatte jemand sie entdeckt? Hatte John sie gesehen, war aus dem Hintereingang gekommen und hatte sich an sie herangepirscht?

Ihr Puls raste. Sie sah das Gesicht des Mannes. Es war nicht John. Sie kannte den Kerl gar nicht.

Der Mann trug einen Pullover in schlammigen Tarnfarben. Sein Gesicht war schmal, das Haar licht, die Nase groß.

»Bisschen früh dran, Schätzchen, was? Aber ich bin dabei, wenn du willst. Was soll es denn kosten?«

Sie konnte sich unmöglich umdrehen, falls John Rees ausgerechnet in diesem Augenblick aus dem Fenster schaute.

»Verpiss dich, sonst loche ich dich ein«, zischte sie ihm über die Schulter zu.

»Du tust was?«

Seine Stimme klang, als sei er angetrunken. Sie musste ihn sofort loswerden. Sie erinnerte sich, dass Johns Wohnung Fenster zur Straße hatte, deshalb drehte sie sich nur halb um.

»Verpiss dich, oder ich nehm dich mit auf die Wache und lass dich wegen sexueller Belästigung einbuchten.«

»Bulle? Du bist n' Bulle? Du siehst aber nicht aus wie 'n Bulle. Du hast 'nen viel zu fetten Arsch für 'nen Bullen.«

»Okay«, sagte sie, weil es ihr nun wirklich reichte. »Jetzt bist du dran.« Sie zog einen Stift und einen Block aus der Tasche –

den Block, auf den sie sonst ihre Einkaufslisten kritzelte. »Name und Adresse. Ich nehme an, Sie sind verheiratet? Was würde Ihre Frau wohl dazu sagen?«

Bei dieser Bemerkung wich der Mann zurück und machte vorsichtshalber ein paar Schritte von ihr weg.

»Scheißschlampe!«

»Pass bloß auf, du Idiot!« Honey hätte kreischen mögen, hielt aber ihre Stimme unter Kontrolle. So kam nur ein böses Zischen heraus. Es klang gemein, aber nicht laut. Und es hatte die erwünschte Wirkung. Ihr potenzieller Freier verdrückte sich. Honey verschwand noch tiefer im Türeingang.

Es war zwar gerade erst kurz nach sechs, aber Honeys Magen begann schon wieder zu knurren. Der zuckrige Duft der Toffees war ihr irgendwie von der Gasse hierher gefolgt. Er schien ihr in den Nasenlöchern zu kleben: Vanille, Sahne, Schokolade, Karamell und Mandeln.

Denk an was anderes, sagte sie sich. Sie musste unbedingt an etwas anderes als Toffees denken.

Erst einmal war ja nicht sicher, dass John überhaupt wieder aus dem Haus kommen würde. Was war, wenn er bis zum nächsten Morgen zu Hause blieb? Was dann?

Dann wirst du verhaftet, weil du dich in unbestimmter Absicht in einem Türeingang rumdrückst – mit Einbruch oder Raub im Sinn. Oder Aufforderung zur Unzucht.

Sie verspürte aus verschiedenen Gründen einen ungeheuren Druck, ihre Beobachtungen umgehend einzustellen. Der Hauptschuldige war ihr knurrender Magen. Echte Polizisten bei echten Beobachtungen hatten wahrscheinlich mit ähnlichen Problemen zu kämpfen.

Als der Gedanke an ein leckeres Abendessen mit pikanten Nierchen sie beinahe schon wieder ins Green River Hotel zurücklockte, passierte etwas. Die dunkelblaue Haustür gegenüber ging auf, und John trat heraus.

Er trug ein Paket in braunem Packpapier unter dem Arm, das ganz ähnlich aussah wie das, was einer der beiden Männer unter den Arm geklemmt hatte, die sie aus dem Buchladen hatte kommen sehen.

John Rees ging mit flottem Schritt durch den Guildhall Market und zur anderen Seite wieder heraus, schlängelte sich dann geschickt zwischen den Stühlen und Tischen der Straßencafés hindurch, wich Werbetafeln aus und marschierte schwungvoll auf die Pulteney Bridge zu – in Richtung Green River Hotel.

Das kleine Café auf der Brücke hatte bereits geschlossen. Tagsüber hatte man von dort durch die Bogenfenster den schönsten Blick auf die schäumenden Fluten des Wehrs.

John Rees ließ die Läden links liegen und war auf dem Weg zur Manvers Street.

Es versetzte Honey einen winzigen eifersüchtigen Stich, als sie überlegte, dass John vielleicht eine Freundin hatte. Die Rolle hätte einmal sie übernehmen können, aber sie hatte sich ja anders entschieden. Steve Doherty war rotzfrech gewesen, John dagegen eher entspannt und lässig. Sein Ansatz war: *Hier bin ich, wenn du mich haben willst.* Trotzdem war es nicht schlecht, einen interessierten Mann in Reserve zu haben. Oder eine interessante neue berufliche Karriere. Wie viel wohl Privatdetektive verdienten?

Es war gar nicht so einfach, mit John Schritt zu halten. Es erforderte ziemlich viel Geschick, den Abstand nicht zu verändern. Honey war sehr mit sich zufrieden, dass sie es gut hinbekam.

Wie ein Panther.

Mannomann, die Beschreibung gefiel ihr. Sie war leise und total unauffällig, und niemand, wirklich niemand würde sie erkennen …

»Hannah! Hannah! Bist du das? Was machst du denn hier in diesem Aufzug? Das steht dir nun wirklich gar nicht!«

Honey ging unter den grellbunten Schirmen eines Cafés in Deckung. Aber ihr Körper war immer noch deutlich sichtbar. Niemand, der ihrer Mutter je begegnet war, hätte diese schrille Stimme nicht erkannt.

Ihre Mutter tauchte unter den Schirm. Das Gesicht hatte sie nach oben gereckt, und sie schaute verdutzt.

Sie schnüffelte. »Was ist das denn für ein Geruch? Wo hast du das Kopftuch her? Wieso läufst du hier wie eine Oma vom Land rum?«

»Ich bin verkleidet.«

Gloria Cross zog Honey auf einen der Stühle. Ihre Augen waren ungläubig zusammengekniffen. »Ich habe dich nicht dazu erzogen, Lügen zu erzählen, Hannah. Du weichst meinem Blick aus. Bist du mit jemandem verabredet?«

»Natürlich nicht.«

»Würdest du es mir sagen, wenn es so wäre? Ich hoffe ja, dass du mit einem neuen Mann verabredet bist. Ist er reich? Ist er berühmt? Das hoffe ich auch. Macht nichts, du brauchst es mir nicht zu verraten. Solange er reich ist, ist es mir egal, was er sonst macht.«

»Mutter, es gibt keinen neuen Mann in meinem Leben. Ich bin mit dem alten vollauf zufrieden.«

Ihre Mutter schniefte. »Irgendwie riechst du nach Katze. Wo hast du bloß dieses schreckliche Kopftuch gekauft?«

»In einem Second-Hand-Laden«, murmelte Honey.

Einen Augenblick lang saß Honeys Mutter mit offenem Mund da. »Geht das Hotel so schlecht, dass du in Second-Hand-Läden einkaufen musst? Das Ding riecht, als hätte jemand seine Katze drin eingewickelt. Die hatte vielleicht noch Flöhe. Katzen haben sehr oft Flöhe.«

»Es hat einer alten Dame gehört.«

»Ja, und alte Damen sind berüchtigt dafür, dass sie Katzen haben. Die haben alle Katzen, wenn sie in die Jahre kommen. Und dann reden sie mit ihnen. Deswegen hat man sie doch früher als Hexen verbrannt, weißt du. Lindsey hat mir das erzählt.«

»Du bist auch eine alte Dame, Mutter.«

Gloria war nun ernsthaft beleidigt. »Ich bin noch nicht alt genug, um mir Katzen zu halten. Warum trägst du also das Ding? Um irgendeiner alten Dame zu helfen?«

»Ich habe es dir doch gesagt. Ich gehe auf ein Kostümfest. Dahin bin ich gerade unterwegs.«

Sie durfte, ja sie musste lügen. Privatdetektive machten das andauernd.

Ihre Mutter musterte das Kopftuch noch einmal. »Und das Thema dieses Kostümfests? Stinkende Stadtstreicher?«

»Nein. Eine Kopftuchparty. Es ist eine Kopftuchparty.«

»Hm!« Das musste im Augenblick reichen, denn Gloria hatte einen Kellner gesichtet, der herumlungerte und wohl Bestellungen aufnehmen wollte.

Schon schoss ihre Hand in die Höhe, und sie schnippte mit den Fingern. »Garçon, bitte zwei doppelte Sherry.«

»Ich mag keinen Sherry«, sagte Honey.

Gloria Cross ignorierte das. Honey knirschte mit den Zähnen und verkniff sich mit äußerster Mühe einen Kommentar. Sie schaute weg.

»Also jetzt«, sagte ihre Mutter mit entschlossenem Blick und gefalteten Händen. Mit den Ringen, die an ihren Fingern blitzten, sahen sie aus wie der Rücken einer juwelengeschmückten Schildkröte. »Ich habe mir Gedanken über die Ausstattung und Möblierung dieses Landhaushotels gemacht – wenn es erst einmal richtig renoviert und umgebaut ist natürlich. Chintz wäre schön. Das gehört einfach zu einem Landhaushotel, viel Chintz. Und chinesische Teppiche. Weiße Marmortischlampen mit rosa Seidenschirmen …«

Ihre Mutter plapperte munter weiter. Sie hatte alles bereits bis ins kleinste Detail geplant. »Ich habe auch schon Zeichnungen gemacht – keine technischen Zeichnungen natürlich, künstlerische Skizzen, wie die fertigen Zimmer aussehen würden.«

»Mutter, in diesem Haus wurde eine ermordete Frau gefunden. Und zwar von mir.«

»Na und? Sollte dich das veranlassen, ein sehr gutes Geschäft auszuschlagen?«

»Ja.«

»Hannah, ich habe mir eine Riesenmühe für dich gemacht. All diese Entwürfe! Und jetzt sagst du mir, dass du das Haus nicht kaufen willst?«

Honey seufzte. Ihre Mutter kapierte es einfach nicht. Und John Rees entfernte sich immer weiter.

»Okay. Einverstanden. Prima. Hast du die Entwürfe dabei?«

»Nein. Die sind bei mir zu Hause. Du musst mal vorbeikommen und sie dir ansehen. Jean Paul hat mir dabei geholfen. Er ist künstlerisch sehr begabt.«

Honey schaffte es, die Augen nicht zu verdrehen, und kippte ihren Sherry hinunter. Auf der Zunge schmeckte er süß, aber dann brannte er im Hals.

»Jean Paul, müsste ich den kennen?«

Es war kaum zu sehen, aber Honey bemerkte eine leichte Röte, die sich auf die Wangen ihrer Mutter stahl.

»Er ist ein sehr lieber Freund. Aus der Dordogne.«

»Und er ist Innenarchitekt?«

Honeys Mutter schüttelte den Kopf. »Nein, eigentlich nicht. Er hat sich von all dem zurückgezogen. Aber er ist Franzose, lebt allerdings schon ein paar Jahre in England.«

Ein böser kleiner Verdacht nagte an Honey.

»Hast du den online kennengelernt? Etwa über deine Partnerbörse?«

Gloria schaute ganz neckisch. »Na ja, so ähnlich.«

»Jean Paul klingt ja wirklich französisch. Ist er ein waschechter Franzose?«, fragte Honey.

»O ja«, schwärmte ihre Mutter.

Honey lehnte sich auf ihrem Stuhl zurück. Sie brauchte jetzt ein wenig Abstand. Glorias Begeisterung wurde ihr ein bisschen zu viel. Die fächelte sich gerade mit einer roten Papierserviette Kühlung zu.

»Er ist also ein heißer Kandidat. Das willst du wohl damit andeuten?«, erkundigte sich Honey.

Ihre Mutter lächelte seltsam, und es lag eindeutig ein Funkeln in ihren Augen, ein Funkeln, das man bei über Siebzigjährigen nicht oft zu sehen bekommt.

»Nun ja. Warum sollte ich die besten Sahneschnitten an die anderen weitergeben? Diese hier habe ich jedenfalls für mich behalten.«

»Nur weil er Franzose ist, macht ihn das aber noch lange nicht zu einem begnadeten Innenarchitekten.«

»Aber Jean Paul ist einer.«

Darüber wollte Honey jetzt lieber nicht streiten. Wenn ihre Mutter sich einmal eine Meinung zu etwas oder über jemanden gebildet hatte – insbesondere über einen Mann –, dann konnte man mit ihr nicht mehr reden. John Rees war längst auf Nimmerwiedersehen verschwunden.

Der Kellner kam zurück. Er hatte strahlend weiße Zähne, sonnengebräunte Haut und blauschwarzes, nach hinten gegeltes Haar.

»Noch ein Sherry, die Damen?« Sein Lächeln reichte von einem Ohr zum anderen.

»Ja, bitte noch einen doppelten«, blaffte Honey.

»Ich dachte, du magst keinen Sherry?«, sagte ihre Mutter und schaute sie vorwurfsvoll an.

Honey zerrte sich das Tuch vom Kopf und nahm die Sonnenbrille ab.

Von John Rees war nicht mehr die geringste Spur zu sehen, also brauchte sie ihre Verkleidung auch nicht mehr. Außerdem juckte ihr Kopf. Sie begann sich zu kratzen.

Als sie gerade überlegte, ob sie so schnell wie möglich nach Hause und die Haare mit einer Mischung aus Essig und irgendwas waschen sollte, was für Ungeziefer giftig ist – Hamamelis oder so –, hörte man aus dem Inneren der Weinbar nebenan laute Stimmen.

Das ist eigentlich in Weinbars nichts Besonderes. Honey schaute zur Tür und erblickte dunkles Holz, blank gebohnerte Fußböden und hübsche Lampen.

Ein Kellner führte einen jungen Mann aus der Bar. Eine

Hand lag auf der Schulter des jungen Mannes, mit der anderen hatte er ihm den Arm auf den Rücken gedreht.

»Das können Sie mit mir nicht machen!«, rief der Gast und warf den Kopf zurück, dass sein langes Haar nur so flog.

Auf dem arroganten Gesicht lag ein mürrischer Ausdruck. Seine Kleider sahen aus, als hätte er darin geschlafen.

»Lassen Sie mich sofort los! Ich will noch einen Drink! Ich verlange einen Drink!«, schrie er.

Der Kellner lockerte den Griff nicht und schob den jungen Mann die Stufen hinunter.

»Sie haben wirklich genug, Sir«, antwortete er mit grimmiger Höflichkeit.

Honeys Mutter schnalzte missbilligend mit der Zunge. »Die Leute in diesem Land trinken einfach viel zu viel.« Sprach's und nahm noch einen Schluck von ihrem Sherry.

Der junge Mann hatte sie gehört. »Verdammt, Sie haben hier überhaupt nicht zu schnalzen, Sie blöde alte Schachtel!«

Honey verbarg ihr Gesicht in den Händen und stöhnte leise. Das hätte er nicht sagen sollen! Nur weil ihre Mutter nicht mehr ganz jung war, hieß das nicht, dass sie kein feuriges Temperament hatte. Das hatte sie nämlich.

Gloria Cross, eins sechzig mit Absätzen, sprang auf. Rums, hatte sie dem jungen Mann die Handtasche um die Ohren gehauen. Einmal. Zweimal.

»Entschuldigen Sie sich, junger Mann, ehe ich Sie zu Brei schlage. Ich habe ein paar schwere Waffen in dieser Handtasche, kann ich Ihnen sagen. Sie können gern noch eine Kostprobe bekommen, wenn Sie wollen. Und, wollen Sie, Sie Mistkerl? Wollen Sie?«

Die schwergewichtige Handtasche ihrer Mutter enthielt stets mindestens einen dicken Kitschroman. Noch zwei Treffer damit, und der junge Mann lag am Boden.

»Aufhören!«, rief er und hielt die Arme schützend über den Kopf. »Diese Tasche ist ja tödlich.«

»Die ist von Mulberry«, erklärte ihre Mutter, nachdem sie

noch ein letztes Mal zugeschlagen hatte. »Und sie ist aus nachwachsenden Rohstoffen. Straußenleder.«

Honey sah vor ihrem geistigen Auge bereits die Schlagzeile über die ältere Dame, die einen betrunkenen Jüngling zu Tode geprügelt hat. Sie schritt ein.

»Mutter, das reicht.«

Gloria Cross ließ die Tasche sinken. »Ach du Schreck!«, rief sie aus. »Ich muss ja furchtbar aussehen!« Dann setzte sie sich hin und zog Puderdose, Lippenstift und Vergrößerungsspiegel aus der Tasche. »Ganz gleich, was einem im Leben widerfährt. Es ist niemals eine Entschuldigung dafür, nicht gut auszusehen.« Sprach's, schürzte die Lippen und zog die Konturen nach.

Honey war der Meinung, dass sie jede Menge Entschuldigungen dafür hatte, mit leicht verschmiertem Make-up und Lippenstift dazustehen. Das Leben war viel zu kurz, um sich dauernd das Make-up auszubessern.

Der junge Mann saß auf dem Bürgersteig, den Kopf auf den Knien, die Arme schützend darüber verschränkt. Honey beugte sich über ihn. »Geht es Ihnen gut?«

Er schien eine ganze Weile nachzudenken, ehe er den Kopf schüttelte.

»Nein, es geht mir nicht gut. In meinem Leben wird nichts jemals wieder gut sein. Seit sieben Jahren ist nichts mehr gut. Seit sieben Jahren, verdammt!«

Normalerweise war Honey nicht der Typ, der freundlich an den Leiden junger Leute Anteil nahm, aber sie hatte als junge Frau selbst genug durchgemacht, um sich für eine Art Expertin in Sachen Leiden zu halten.

»Ach, kommen Sie schon«, sagte sie und berührte den Jungen leicht an der Schulter. »Sagen Sie mir, wo Sie wohnen, dann bringe ich Sie nach Hause.«

Sie hatte erwartet, dass er antwortete, sie solle machen, dass sie weiterkäme. Aber er sagte nichts dergleichen. Stattdessen nannte der junge Mann ihr seine Adresse. Die kam ihr irgendwie bekannt vor. Wenn sie es recht überlegte, der junge Mann auch.

Sie fragte ihn nach seinem Namen und fügte hinzu: »Wenn Sie wollen, können Sie mir auch erzählen, was Ihr Problem ist. Ich kann richtig gut zuhören.«

Er kaute auf der Unterlippe herum, während er nachdachte. »Ich heiße Dominic Rolfe, und ich glaube, ich habe vielleicht meine Stiefmutter auf dem Gewissen.«

Dreiundzwanzig

In dem Taxi, das Honey herbeigewinkt hatte, um den jungen Mann in ihrer Begleitung nach Hause zu bringen, schüttete ihr Dominic Rolfe sein Herz aus. Honey war ganz Ohr. Es kam ja nicht oft vor, dass ihr jemand gestand, am Tod seiner bösen Stiefmutter schuld zu sein.

Dominic barg den Kopf in den Händen und erzählte ihr alles.

»Ich hatte einen Riesenstreit mit meinem Vater. Ich bin aus dem Restaurant gestürmt, nachdem ich ihn einen Feigling genannt hatte. Er wollte ihr einfach nicht die Stirn bieten. Sie hat es nicht zugelassen, dass wir ihn besuchen, unseren eigenen Vater! Und er wollte nichts dagegen unternehmen.«

Honey hörte aufmerksam zu, als all das aus ihm herausprudelte: das Treffen im Café Rouge, der Streit und dass er seinem Vater verboten hatte, ihn an der Uni zu besuchen.

»Und dann?«

Dominic Rolfes honigbraunes Haar fiel ihm in die Stirn. Er schaute sie unter diesen Strähnen hervor aus den Augenwinkeln an.

»Ich habe später bei ihm angerufen. Nicht, um mich zu entschuldigen, sondern weil ich versuchen wollte, ihm die Augen zu öffnen. Ich war so verdammt wütend. Ich habe ihm gesagt, dass Arabella eine Affäre hat. Dass sie schon vorher mehrere Affären gehabt hatte, dass es aber diesmal etwas ganz anderes war, dass sie ihn verlassen würde und er allein dastehen würde. Dann wären wir, seine Kinder, alles, was ihm noch blieb. Da war es doch höchste Zeit, sich mit uns zu versöhnen? Denn Blut ist schließlich dicker als Wasser, oder?«

»Natürlich ist es das.« Das war ja ganz großartig, ein echter Treffer für ihre Morduntersuchung. Andererseits machte der arme Dominic schwere Zeiten durch, und er tat Honey richtig leid.

Sein Kopf fiel nach vorn, und er stützte ihn in die Hände.

»Und hat das gestimmt? Dass sie eine Affäre hatte?«

Er zuckte die Achseln. »Ich weiß es nicht sicher. Aber meine Mutter hat es gesagt. Sie meinte, da gäbe es Gerüchte.«

Und deine Mutter hat sich nicht geirrt, überlegte Honey. Dominics Stiefmutter hatte sich todschick zurechtgemacht – und nun war sie tot. Es musste einen Liebhaber gegeben haben. Das sagten alle. Solche Strümpfe und die seidene Reizwäsche, so was zog man nicht an, um es schön warm und bequem zu haben. Sondern um zu verführen, mit den wichtigsten Accessoires jeder erotischen Phantasie. So was zog man nur für einen Mann an, nicht für sich selbst. Andererseits wurde Honey ganz warm ums Herz, wenn sie daran dachte, wie wunderbar sich Seide auf der Haut anfühlte.

»Sie haben also Ihrem Vater erzählt, dass Ihre Stiefmutter eine Affäre hat, aus der etwas Ernsteres werden könnte. Mit wem?«

Dominic stützte das Kinn auf die Fäuste. Seine Augen waren weiterhin starr auf den Boden des Taxis gerichtet, sein Gesicht war gerötet. Man hätte meinen können, dass er geweint hätte, wenn sie nicht gesehen hätte, wie ihre Mutter dem jungen Mann die Handtasche ins Gesicht gepfeffert hatte.

»Mit dem Makler«, antwortete er leise.

Honey spürte, wie sich ihr die Brust zuschnürte. Sie hatte das Gefühl, sie müsste »Hurra!« schreien. Sie widerstand der Versuchung und holte stattdessen tief Luft.

»Hat dieser Makler einen Namen?«

Dominic nickte. »Einen wirklich dämlichen Namen. Glenwood Halley. Er ist der dunkle, romantische Typ. Ich glaube, so nennen das die Frauen. Meine Mutter jedenfalls hat ihn so beschrieben. Sie meinte, er ist ein Mann, dem Frauen nicht widerstehen können. Und Arabella war die Art von Frau, der die Männer nicht widerstehen können. Die beiden waren wie füreinander geschaffen, fand meine Mutter.«

Honey redete sich ein, dass er all das nur vom Hörensagen wusste, aber, Mannomann, wie gern wollte sie, dass es wahr wäre! Zum einen konnte sie Glenwood Halley nicht besonders leiden. Der hatte es verdient, dass man ihm irgendwas anhängte, und wenn es nur Ehebruch war, der vielleicht – nur vielleicht – zu einem Mord geführt hatte. Das wäre doch einfach toll. Sofort lief ihr ein möglicher Handlungsablauf wie ein Film durch den Kopf. Die Liebenden verabreden sich. Es gibt Streit, weil Arabella eine ernsthafte Beziehung will und Glenwood nicht. Glenwood rastet aus und bringt sie um. Gut, dieses Szenario hatte den einen oder anderen kleinen Fehler. Erstens hatte Glenwood genauso schockiert ausgesehen wie alle anderen, als man Arabellas Leiche im Kamin gefunden hatte. Aber ansonsten wäre ihr lieber gewesen, Glenwood hätte diese Missetat begangen als der Vater von Dominic. Das hatte die Familie nicht verdient. Trotzdem war es viel wahrscheinlicher, dass Adam nach dem, was ihm sein Sohn berichtet hatte, losgeprescht war. Als er herausgefunden hatte, dass seine Gattin ihm nicht treu war – die Gattin, für die er seine Familie verlassen hatte –, hatte Adam rotgesehen, hatte sich mit ihr getroffen und sie ermordet. Fall gelöst.

»Sie denken also, dass Ihr Vater Ihre Stiefmutter umgebracht hat, weil Sie ihm von Glenwood Halley erzählt haben?«

Dominic schaute ängstlich. »Sie dürfen ihm keine Schuld daran geben. Es war alles mein Fehler. Ich hätte nicht so lästern sollen. Verhaften Sie mich, wenn Sie wollen, aber nicht ihn. Ich habe ihn praktisch dazu gezwungen.«

Honey schaute den jungen Mann mit einer Mischung aus Mitleid und Enttäuschung an. Mitleid, weil er ihr wirklich leidtat, Enttäuschung, weil Adam nicht hier war, um sich zu verteidigen oder zu belasten. Eins war mal sicher: Adam Rolfe war nun wieder im Spiel. Er war ihr Hauptverdächtiger, mehr denn je.

»Sie brauchen nicht mit reinzukommen«, sagte Dominic, als sie seine Adresse erreicht hatten.

»Ihre Mutter wird sich nach dem da erkundigen«, meinte Honey und deutete auf den Bluterguss auf seiner Wange.

Er warf sich mit einer Kopfbewegung die Haarsträhnen aus der Stirn, die ihm natürlich gleich wieder in die Augen fielen.

»Ach, ich sage ihr einfach, dass ich mit ein paar besoffenen, Bier trinkenden Rüpeln aneinandergeraten bin.«

Vierundzwanzig

Als Honey endlich das Hotel wieder erreicht hatte, hatten die Bewohner des Kopftuchs sich bereits sehr unangenehm bemerkbar gemacht, und ihr Kopf juckte höllisch.

»Hier«, sagte sie zum Taxifahrer und hielt ihm eine Zehn-Pfund-Note hin. »Der Rest ist für Sie.«

Das Jucken wurde immer schlimmer. Honey hatte es so eilig, aus dem Taxi herauszukommen, dass das Seidentuch zu Boden flatterte. Sie hob es nicht auf. Sollte sich doch jemand anderer um die restlichen Bewohner kümmern.

Sie wanderte in den Empfangsbereich, das Handy fest zwischen Schulter und Ohr eingeklemmt. Doherty hörte sich an, was sie ihm zu erzählen hatte.

»Für Adam Rolfe sieht die Sache jetzt ziemlich düster aus, nicht?«

Er stimmte ihr zu und fügte dann noch hinzu: »Hast du schon mal was von einem gewissen Sean Fox gehört?«

Das bejahte sie. »Faith Page hat kurz angedeutet, er hätte Arabella sehr nahegestanden. Sean und noch jemand. Die beiden haben mit ihr zusammengearbeitet, ich glaube, bei der letzten Sendung, die sie moderiert hat.«

»Hm. Meine Kollegen haben Sean gefunden, an einem Baum aufgeknüpft. Es sieht ganz so aus, als hätte er Selbstmord begangen. Allerdings gibt es keinen Abschiedsbrief, und laut Aussage seiner Freunde hat nichts darauf hingedeutet, dass er depressiv war.«

Honey runzelte die Stirn, während sie versuchte, sich an den Namen der jungen Frau zu erinnern, die mit Fox zusammengearbeitet hatte. »Der Name fällt mir bestimmt noch ein. Dann melde ich mich.«

»Ich habe einen besseren Vorschlag. Sobald du dich erinnerst, geh sie besuchen und frage sie, was sie von der Sache weiß. Es ist gar nicht so einfach, einen Fall vom Bett aus zu koordinieren. Da wäre es doch nur vernünftig, wenn du mir persönlich Bericht erstattest, sobald du Zeit hast. Wir könnten dann zusammen eine Strategie planen.«

Sie konnte sich das zweideutige Zwinkern seiner Augen vorstellen und hatte auch eine Ahnung, in welche Richtung sich die Strategieplanung entwickeln würde. Sie versprach, seinen Vorschlag zu überdenken, und beendete das Gespräch.

Lindsey hatte Dienst am Empfang und war ein wenig aufgeregt. »Eine gewisse Sofia Camilleri wartet im Salon auf dich. Sie sagt, es wäre dringend.«

Honey stöhnte leise. »Verdammt. Ich muss erst noch duschen.«

Sie kratzte sich heftig am Kopf. »Hat sie gesagt, was sie will?«

Lindsey schüttelte den Kopf. »Nein, aber sie wirkte ziemlich nervös. Und sie hat immer wieder italienische Brocken eingestreut. Ich habe ihr einen Kognak gegeben, damit sie sich ein bisschen beruhigt. Sie ist anscheinend Opernsängerin. Jedenfalls laut Mr. Rizzo aus Zimmer vierzehn.«

»Ah!«, meinte Honey. Wenn Mr. Rizzo das sagte, dann musste es stimmen. Andere Gäste hatten sich über die Musik beschwert, die beim Frühstück aus den Kopfhörern seines MP3-Players an ihre Ohren drang. Es war immer irgendein Opernklassiker, und beinahe immer italienische Oper.

Der Salon für die Hotelgäste lag hinten im Hotel und bot einen Blick auf den Innenhof und einen kleinen Garten. Blumenbeete mit vielen Teerosen schlossen diesen Bereich vom Kutscherhäuschen ab, in dem Honey mit ihrer Tochter wohnte.

Im Salon unterbrachen einige nilgrüne Flächen das üppige Sahnegelb, in dem die Wände gestrichen waren. Gemütliche Sofas und Sessel, die mit Brokat und rosenbedrucktem Chintz bezogen waren, standen in kleinen Gruppen da. So konnten sich bis zu sechs Personen zwanglos zusammensetzen und ihre

Getränke sicher auf den Tischchen vor sich abstellen. Ein riesiger Spiegel im Goldrahmen beherrschte den Raum. Er war etwa drei Meter hoch und ähnlich breit und prangte über einem weißen Marmorkamin. Er spiegelte das Licht, das durch die Terrassentüren hereinströmte, und den Glanz der beiden Kronleuchter.

Eine Wolke starken Fuchsiendufts umgab die Frau, die wie eine Königin auf einem der Sessel thronte.

Sofia Camilleri war genau so, wie man sich eine Opernsängerin vorstellt. Ganz offensichtlich war sie Italienerin. Sie war Ende vierzig, hatte samtweiche braune Augen und dazu passendes Haar. Sie war klein und zart, nur ihr Busen wirkte, als gehörte er einer anderen. Auch keine große Überraschung, überlegte Honey. Es war ja allgemein bekannt, dass Opernsänger größere Lungen als andere Menschen hatten. Und Sofia Camilleri hatte einfach den dazu passenden Busen.

Ihre dunkelbraunen Augen schauten eindringlich. Die kirschroten Lippen bebten leise.

Sofia Camilleri beugte sich vor, das Gesicht starr vor Anspannung.

»Wie viel hat Ihnen Gabriel Forbes, mein Mann, dafür bezahlt, dass Sie mir nachspionieren?«, fragte sie ohne ein Wort der Begrüßung. »Ich zahle Ihnen das Doppelte, wenn Sie mir versprechen, ihm nichts zu sagen, ihm versichern, dass ich ihm treu bin.«

Das hatte Honey von der Sängerin nicht erwartet, obwohl ihr natürlich sofort Victor Bromwell, der Fitnesstrainer, eingefallen war. Und sie hatte gedacht, dass dieser Tag nicht noch verrückter werden konnte!

»Signora Camilleri, ich bin nicht sicher, ob ich verstehe, wovon Sie reden. Ich bin nicht von Ihrem Mann beauftragt worden. Einen Gabriel Forbes kenne ich gar nicht.«

Das herzförmige Gesicht, in dem sich die Jahre spiegelten und das mit der Zeit ein wenig rundlich geworden war, entspannte sich. Die Wangen sackten ein wenig herab.

»Nein?«

Honey schüttelte den Kopf. »Nein. Ich führe ein Hotel. Wie kommen Sie denn darauf, dass ich Privatdetektivin bin?«

»Oh! Scusi! Ich dachte, dass …« Auf Sofias Miene trat nun anstelle der Besorgnis eine leichte Verwirrung. Ein Händchen mit rotlackierten Fingernägeln fuhr zum Mund, aus dem ein kleiner erstaunter Schrei gekommen war. »Entschuldigung«, sagte sie und hievte ihre üppige Gestalt wieder auf die Füße, die in Schuhen mit schwindelerregend hohen Absätzen steckten. »Ich hätte nicht kommen sollen. Ich habe einen Fehler gemacht. Jemand hat mir etwas Falsches erzählt. Böser, böser Fehler!«

Honey starrte ihr mit offenem Mund nach. Was war das denn gewesen? Die einzige Person, die Sofia Camilleri von ihr hätte erzählen können, war Victor Bromwell. Aber warum sollte der ihr verraten, dass sie Privatdetektivin war? Das ergab alles keinen Sinn.

Sofia Camilleri stakste aus dem Hotel, winkte ein Taxi heran und schaute sich nicht mehr um.

Honey rieb sich den schmerzenden Kopf. Sie kam sich vor wie Alice im Wunderland. Alles schien immer verrückter zu werden, immer seltsamer. Jetzt brauchte sie eine schöne warme Dusche.

Lindsey stand hinter dem Empfangstresen, als Honey vorbeikam. Ein paar Gäste saßen um einen kleinen Tisch herum und ließen sich Scones mit Sahne und Marmelade und Tee schmecken, die auf einem Tablett vor ihnen standen. Auf dem Tresen lag aufgeklappt ein großer Pizzakarton mit einem traurigen Rest. Lindsey erklärte, dass der Sohn der Ferritos die Pizza ohne Wissen seiner Eltern bestellt hatte. »Und er hat sie fast ganz verputzt, nachdem er schon zu Mittag gegessen hatte«, fügte sie hinzu und zog den Karton rasch auf den niedrigeren Teil des Tresens, der außer Sichtweite der Gäste war.

Honey gesellte sich zu Lindsey hinter den Tresen und erstarrte beinahe vor Schreck.

212

»Das hat jemand von der Straße reingebracht«, sagte Lindsey.

Honey blickte auf den Gegenstand, den ihre Tochter zwischen Daumen und Zeigefinger hochhielt. Das Kopftuch war zu ihr zurückgekehrt.

»Es riecht nach Katze«, murmelte Lindsey so leise, dass die Gäste, die Scones aßen, es nicht hören würden. Sie hielt es ein wenig näher ans Gesicht, schnüffelte noch einmal und rümpfte die Nase. »Ganz bestimmt. Katze.«

»Verbrenn das Ding.«

Lindsey erklärte ihr: »Wir haben kein Feuer im offenen Kamin. Nicht um diese Jahreszeit. Und wir haben keinen Garten, der groß genug für ein richtiges Feuer wäre.«

»Macht nichts. Ich kümmere mich drum.«

Sie griff das Tuch mit spitzen Fingern und stopfte es in den Pizzakarton. In Pappe eingesperrt, konnten sich die kleinen Teufelchen, die darin herumkrabbelten, keine neuen Opfer suchen.

Sie machte sich auf den Weg in die Küche.

Sie hatte sich überlegt, dass sie vielleicht die Abdeckung von der Mitte des hochmodernen Gasherds abnehmen könnte. Dort brannte stets eine sehr heiße Flamme. Der Pizzakarton und, was wichtiger war, seine sämtlichen Insassen, all das würde in Bruchteilen von Sekunden zu Asche werden.

Leider standen auf diesem Herd unendlich viele Dinge, angefangen von kleinen Töpfen mit Béarnaise-, Diane- und Pfeffersauce, bis hin zu großen Pfannen, in denen Hummer, Schweinelenden und Entenbrüste brutzelten.

Die Luft war erfüllt von den Aromen von gebratenem Fleisch und Fisch. Chefkoch Smudger wirbelte wie ein Derwisch durch den Raum, kümmerte sich mit hochrotem Gesicht um einen Topf nach dem anderen.

Honey hütete sich, ihn zu stören. Er war ein wunderbarer Koch. Aber er war auch ziemlich gut im Messerwerfen.

Was nun? Wenn sie das eklige Ding nicht verbrennen konnte,

dann musste sie es irgendwo aufbewahren – zumindest im Augenblick – und dann morgen früh einäschern, wenn es in der Küche ruhiger zuging.

Hinter der Küche standen die Mülltonnen. Leider waren sie voll. Aus langer Erfahrung wusste Honey, dass sie den Pizzakarton nicht oben auf den anderen Müll legen sollte, wenn sie nicht wollte, dass alle Straßenkatzen im Umkreis daran herumschnüffelten. Morgen früh wären die Pizzareste aus dem Karton dann über den ganzen Hof verteilt.

Ihr Blick fiel zufällig auf die Tür, die zum Kühlraum und einer Reihe von Tiefkühlgeräten – Truhen und Schränken – führte, die an den Wänden entlang aufgebaut waren.

Die Tiefkühlgeräte wurden regelmäßig ausgeräumt, damit man sie saubermachen konnte. Honey konnte natürlich den Pappkarton nicht in einer Truhe mit frischem Essen verstauen, in einer leeren aber sehr wohl.

Die zweite, die sie aufmachte, war tatsächlich leer. Schwups, weg war der Pizzakarton.

Fünfundzwanzig

Honey lag neben Doherty auf dem Bett. Sie teilten sich einen Schokoladenmuffin, und die Krümel fielen ihm auf die Brust.

Honey kaute nachdenklich und grübelte über den Mord nach. Immer wieder wanderte ihr Blick zu den Muffinkrümeln.

»Überlegst du, ob du sie mir von der Haut lecken sollst?«

»Kann sein.«

Obwohl ihr der Gedanke durchaus gekommen war, versuchte sie, so unverbindlich wie möglich zu antworten. Schließlich durfte sie als Verbindungsfrau zur Kripo ihre Pflichten nicht vernachlässigen.

Sie sprachen darüber, dass Dominic sich die Schuld am Tod seiner Stiefmutter gab.

»Natürlich tut er das nur, um seinen Vater zu schützen. Ich gehe davon aus, dass ihr ihn noch nicht gefunden habt, oder dass sie dir, wenn sie ihn gefunden haben, nichts davon gesagt haben.«

»Das würden die nicht wagen! Also nein, unser verschwundener Ehemann ist nicht wieder aufgetaucht, und wir haben ein weiteres Mordopfer. Sean Fox hat nicht Selbstmord begangen. Er wurde umgebracht.«

Honey schluckte ein letztes Stück Muffin herunter. »Ah!«

»Keine Fingerabdrücke, aber jemand hat Fox von hinten etwas auf den Schädel gedonnert, ehe er ihn aufgeknüpft hat. Und da unser Freund Mr. Rolfe immer noch vermisst wird, müssen wir erwägen, dass er der Mörder sein könnte. Es ist nicht völlig ausgeschlossen, dass ihn jemand versteckt.«

»Meinst du?«

Doherty wand sich ein bisschen im Bett. »He, ich glaube, mein Rücken ist schon viel besser.«

»Du musst ihn ganz ausheilen lassen, das braucht Zeit. Konzentriere dich auf deinen Muffin.«

Honey schaute nachdenklich. »Ich wüsste zu gern, wieso Sofia Camilleri geglaubt hat, ich wäre eine Privatdetektivin.«

»Keinen Schimmer. Du siehst nicht aus wie eine.«

»Nicht?« Die Bemerkung hatte weh getan.

»Du bist nicht hinterhältig genug.«

Es fiel ihr sehr schwer, dazu zu schweigen. Sie fand, dass sie sich ziemlich geschickt angestellt hatte, als sie insgeheim und unentdeckt John Rees verfolgt hatte. Das einzige Problem war die Begegnung mit ihrer Mutter gewesen – ah ja, und das Kopftuch. Wenn sie nur an das Ding dachte, juckte ihr Kopf wieder wie verrückt.

»Wer war also der Liebhaber? Wirklich Glenwood Halley, wie Dominic behauptet?«

Doherty schnaufte laut durch beide Nasenlöcher, wie ein Drache, nur zum Glück ohne Rauch und Feuer. »Wichtiger ist, ob Adam es herausgefunden und sie zur Rede gestellt hat, ehe Halley in Cobden Manor auftauchte, und ob er dann seine Frau in den Kamin gestopft hat.«

»Oder haben sich die Liebenden vielleicht gestritten? Möglicherweise hatte Arabella mehr in diese Beziehung hineingelesen als Glenwood? Der ist ja ganz versessen auf Berühmtheiten, weißt du. Die Wände in seinem Büro sind mit Porträts von berühmten Leuten tapeziert, deren Häuser er verkauft hat.«

»Oder will der junge Mann sich auf diese Weise an seinem Vater dafür rächen, dass er, wie der Junge es sieht, seine Familie im Stich gelassen hat? Nehmen wir mal an, dass Mr. und Mrs. Rolfe plötzlich ganz nostalgisch zumute wurde. Manche Leute gewinnen ja ein Haus richtig lieb, wenn sie eine Weile dort gelebt haben.«

»Aber sie hätte sich nicht so herausgeputzt, nur um mit ihrem Ehemann einen letzten Rundgang durch das Gemäuer zu machen. Und wer hat sie neulich auf der Damentoilette so bedroht?«

»Ah ja«, meinte Doherty. »Die geheimnisvolle Stimme, die du aus der Kabine belauscht hast.«

Ihre Augen waren gerade auf einen besonders großen Schokoladenkrümel gefallen, der sich in Dohertys Brusthaaren verfangen hatte, als ihr Handy klingelte.

»Komm schnell her. Smudger droht, eine deiner Freundinnen in Knoblauchbutter zu marinieren.«

»Ich seh dich heute Abend«, sagte sie zu Doherty, nachdem sie ihr Handy in die Handtasche und die Füße in die Schuhe gesteckt hatte, die sie vorhin abgestreift hatte.

Als sie sich zu ihm umwandte, sah sie, dass er versuchte, sich aus dem Bett zu hieven. Sie erinnerte ihn daran, dass er sich nicht überanstrengen dürfe.

»Ich drehe langsam, aber sicher durch, und mein Rücken ist beinahe an der Matratze festgewachsen. Ich muss hier raus.«

»Noch nicht. Bleib zu Hause. Lass es langsam angehen.«

Er winkte ab. »Mir geht es gut. Mir geht es gut.«

Da war sie sich nicht so sicher, aber drüben im Green River schien sich die Lage sehr zugespitzt zu haben. Und wer war diese Freundin? Das hatte man ihr nicht gesagt, und sie hatte nicht gefragt.

Da wartete noch eine Überraschung auf sie, das war mal klar.

Sechsundzwanzig

»Ich habe nur darum gebeten, dass mein Filetsteak gut durch-
gebraten ist«, sagte Milly Benton. Milly war Rechtsanwältin
und hatte sich auf Eigentumsübertragungen, besonders bei
Immobilienerwerb spezialisiert.

Milly war eine Abkürzung für Camilla. Die kürzere Fassung
des Namens passte besser zu ihr als die elegantere, längere – zumindest war das bisher so gewesen. Honey kannte Milly schon
ziemlich lange; sie hatte immer genau so ausgesehen, wie sich
die Leute eine Rechtsanwältin vorstellten. Das braune Haar
war zu einem sachlichen Bob geschnitten, der Teint war blass
und wirkte in Kombination mit ihrer Brille mit dem schweren
Rahmen noch blasser. Honey hatte stets das dringende Bedürfnis verspürt, der Dame ein völlig neues Styling zu verpassen.
Zunächst einmal die Brille durch Kontaktlinsen zu ersetzen,
den braunen Bob durch eine schicke blonde Kurzhaarfrisur,
die schwarzen Geschäftskostümchen durch etwas Schickeres,
Helleres.

Hätte Honey sich entschlossen, das Green River zu verkaufen und Cobden Manor zu erwerben, so hätte sie das Geschäft
über Milly Benton abgewickelt. Und sie hatte Milly bereits informiert, jedenfalls telefonisch. Seit Jahren nahmen sich die
beiden schon vor, einmal zusammen Mittag zu essen. Doch
irgendwie hatten sie nie die Zeit dafür gefunden. Deswegen
war Honey jetzt ziemlich überrascht, Milly zu sehen.

Honey starrte ihre Freundin sprachlos an. Da saß sie, Milly
Benton, und sah todschick aus in ihrer engsitzenden rosa und
schwarz karierten Jacke und mit ihrem kurzen schwarzen
Rock, der einen Blick auf phantastische Beine erlaubte. Das
Haar war blond und zu einem Bubikopf geschnitten, und – die
größte Überraschung – sie trug Make-up. Honey hatte Milly

nie zuvor mit Make-up gesehen. Oder wenn sie welches aufgelegt hatte, war es kaum zu bemerken gewesen.

»Milly?«

Milly war in Herrenbegleitung erschienen. Und der Herr war Glenwood Halley. Es fiel Honey schwer, ihn nicht anzustarren, noch schwerer, ihre Überraschung zu verbergen.

»Milly. Sie haben sich aber verändert.«

»Eigentlich nicht. Ich bin immer noch die Alte.«

Sie errötete und fingerte verlegen an ihren Haaren herum. Honey hatte sie noch nie rot werden sehen. Und auch noch nie verlegen.

»Glenwood«, sagte Honey, sobald sie den Schock über Millys Runderneuerung verwunden hatte.

Wenn Glenwood überrascht war, Honey zu sehen, so ließ er es sich jedenfalls nicht anmerken. Hatte er vergessen, dass ihr dieses Hotel gehörte? Oder hatte Milly darauf bestanden, zum Essen mit ihm hierher zu gehen? Wahrscheinlich traf Ersteres zu.

»Mrs. Driver. Ich wusste nicht, dass Sie einander kennen. Milly und ich haben geschäftlich sehr viel miteinander zu tun.« Glenwood war aalglatt – das musste sie ihm lassen.

Honey brachte die üblichen Entschuldigungen für Smudgers Verhalten vor. In letzter Zeit war das nicht mehr so oft passiert, aber es gab immer noch unsensible Menschen, die nach Smudgers Meinung absolut keine Ahnung hatten, wie man ein Steak zubereitet. Milly war anscheinend so ein Mensch.

Milly und Glenwood hatten sich wenig schmeichelhaft geäußert, als die Nachricht aus der Küche kam, der Chefkoch weigere sich, Filetsteaks zu Kohle zu braten. Da war Smudger der Kragen geplatzt, er war hereingestürmt und hatte es ihnen ins Gesicht gesagt.

»Ich glaube, wir gehen besser woanders hin«, meinte Milly. Sie wechselte den gewissen Blick mit dem Makler, der verriet, dass sie sich bei dem Gedanken gar nicht wohlfühlte, dass Honey etwas über ihr Verhältnis wusste, wenn sie denn eines hatten. Schließlich, überlegte Honey, schien Glenwood ja ganz schön rumzukommen.

Ihr ging durch den Kopf, dass Milly vielleicht ihren Look geändert hatte, um sich Glenwood einzufangen. Die alte Milly hätte keine Chance bei ihm gehabt.

»Bitte. Ich möchte Ihnen wenigstens einen Drink spendieren«, sagte Honey lächelnd, erpicht darauf, ein bisschen von dieser Situation zu profitieren. »Das ist das mindeste, was ich tun kann.«

Sie packte Glenwood beim Ellbogen und geleitete ihn und Milly zur Bar, wo Emmett die Getränke in besonders großzügigen Mengen ausschenken würde, wenn sie ihm einen kleinen Tipp gab. Sie wollte Glenwood einmal unvorsichtig erleben. Dann konnte sie vielleicht etwas Neues herausfinden, zumindest den wahren Wert von Cobden Manor.

Glenwood zögerte, aber Honey war wild entschlossen. Und sie lächelte und war so nett, als hätte er auch bei ihr beste Chancen, wenn er seine Karten nur geschickt ausspielte.

»Glenwood, wir müssen unbedingt noch einmal über Immobilien reden, und Milly«, fügte sie hinzu und legte ungeheure Begeisterung in ihre Stimme, »wir müssen einfach über Ihren neuen Look reden. Ich hätte Sie nicht wiedererkannt. Auf der Straße wäre ich bestimmt an Ihnen vorbeigegangen.«

Milly schniefte. »Sie *sind* vor kurzem an mir vorbeigegangen, wenn auch nicht auf der Straße. Im Römischen Bad neulich abends.«

»Tatsächlich? Nun, das ist ja nur zu verständlich. Da ist aus einem hässlichen Entlein ein stolzer Schwan geworden. Meine Güte, bin ich überrascht – und neidisch, muss ich zugeben. Wie wäre es, wenn Sie mir Ihre Schönheitstipps verraten?«, flüsterte Honey. »Natürlich nur unter vier Augen.«

Honey legte es darauf an, am meisten zu reden. Mit Glenwood sprach sie über Immobilien. Bei Milly flocht sie noch mehr Schmeicheleien über ihr phantastisches Aussehen und die perfekt ausgewählte Kleidung ein. Nur nach dem Grund für diese plötzliche Veränderung erkundigte sie sich selbstverständlich nicht. Sie konnte leicht erraten, dass dieser Grund neben Milly saß und seinen Oberschenkel an ihren drückte.

Wahrscheinlich hatten Dominic Rolfe und seine Mutter recht. Glenwood Halley hatte tatsächlich mehr als eine kleine Schwäche für Frauen, für alle Frauen.

Als Glenwood sich entschuldigte und in Richtung Herrentoilette zurückzog, versorgte Honey Milly mit einem weiteren Drink.

»Da haben Sie wirklich einen tollen Fang gemacht, Milly. Er sieht blendend aus, ist erfolgreich und ziemlich gut betucht. Wann ist denn aus dem Funken diese Flamme geworden?«

Milly war inzwischen ziemlich beschwipst und fuhr voll auf dieses Stichwort ab.

»Wir sind neulich am Abend im Römischen Bad endlich zusammengekommen, als Sie direkt an mir vorbeigegangen sind. Es waren jede Menge Berühmtheiten da, und Glenwood glänzt und leuchtet in solcher Gesellschaft ja buchstäblich. Wir hatten einander schon ein paarmal flüchtig getroffen, aber an diesem Abend ... nun ja, wie Sie schon sagten ... ist aus dem Funken eine Flamme geworden. Insgesamt war es ein wunderbarer Abend.«

Es schien eine neue Vertrautheit zwischen ihnen zu herrschen. Honey schaute, dass sie ordentlich was draus machte. Zwei Frauen, die miteinander Klatsch und Geheimnisse austauschten.

»Meine Güte, aber haben Sie Arabella Neville gesehen? Alle Männer im Raum schienen sie zu umschwirren wie die Motten das Licht.«

Milly stieß ein verächtliches Geräusch aus – irgendwas zwischen »Pah« und Spucken.

»Wie unreif für ihr Alter! Ganz in Rosa und flauschig wie ein Plüschhäschen, das kleine Kinder mit ins Bett nehmen ...«

Honey dachte an einige Herren in reiferem Alter, die Arabella wahrscheinlich gern mit ins Bett genommen hätten, verkniff sich aber jeden Kommentar.

»Und?«, meinte sie zu Milly, und die plapperte fröhlich weiter.

»Arabella Neville hat ja nun ihre verdiente Strafe bekommen, nicht? Niemand kann behaupten, dass sie die nicht verdient hätte. Und wissen Sie was?«, fügte sie noch hinzu, und ihre Stimme war kaum noch ein Flüstern. »Ich glaube, ich weiß, wer es getan hat.«

Sie tippte sich vielsagend an die Nase und blinzelte Honey zu.

Die schnappte nach Luft. »Wirklich? Wie faszinierend!«, flüsterte sie zurück. »Raus damit!«

Milly trank ihr Glas leer, schenkte sich selbst neu ein und beugte sich zu Honey herüber.

»Ich habe gehört, wie jemand gedroht hat, sie um die Ecke zu bringen. Ich war gerade auf dem Klo – äh, auf der Toilette. Klo ist so gewöhnlich, finden Sie nicht?«

»Egal«, sagte Honey, der völlig gleichgültig war, wie man diese Örtlichkeit bezeichnete, solange Milly mit dem rausrückte, was sie wusste. »Wo waren Sie also, als Sie das mit angehört haben?«

»Ich saß natürlich in einer der Kabinen.«

Honey war wie vom Donner gerührt. Wieso hatte sie gedacht, dass sie die Einzige war, die das alles mit angehört hatte? Milly war auch dort gewesen!

»Diese Person, die Arabella bedroht hat, haben Sie die Stimme erkannt?«

Milly nickte weise. »Petra Deacon. Sie heißt Petra Deacon. Sie ist Schauspielerin und Moderatorin. Glenwood kennt sie auch, nicht wahr, Liebling?«

Glenwood war gerade zurückgekehrt. Milly, die schon reichlich angeheitert war, beäugte ihn voller Bewunderung. Seiner Miene nach zu urteilen, hatte er die letzten Worte vernommen.

Seine Mundwinkel waren nach unten gebogen. Seine samt-braunen Augen glänzten hart.

Honey lächelte ihn an. »Milly glaubt, dass sie mit angehört hat, wie eine gewisse Petra Deacon neulich abends Arabella Neville bedroht hat. Sie kennen sie auch. Stimmt das?«

Honey bemerkte, wie sich sein ohnehin straffes Kinn noch mehr anspannte. »Ich glaube nicht.«

»Natürlich kennst du sie«, gurrte Milly, die wirklich ziem-lich beschwipst war. »Er hat sie gebumst. Nicht wahr, Glen-wood, Schätzchen? Du hast sie gebumst, und jetzt bumst du mich.«

Siebenundzwanzig

Ehe Honey Doherty mitteilte, dass jemand die geheimnisvolle Stimme auf der Toilette des Römischen Bads erkannt hatte, ging sie in die Küche und ermahnte Smudger, in Zukunft besser nicht mehr so heißblütig zu reagieren. Das wäre eigentlich alles gewesen, wenn nicht gerade Clint Spüldienst gehabt hätte. Er hatte sich ein Seidentuch um den Kopf gebunden. *Das* Seidentuch. Es bedeckte beinahe ganz die Tätowierung mit der Spinne im Netz, die Clint an Stelle von Haaren trug. Lediglich die Spinne lugte unter einem Steigbügel auf dem Tuch hervor.

Doherty war sehr beeindruckt von ihrer Neuigkeit. Das konnte Honey an seinem Schweigen erkennen. Aber sie brauchte etwas mehr Reaktion. Es war schließlich so, als hätte sie mit ihrem Pferd bei der Gala in Badminton eine Rosette gewonnen.

»Na? Was ist? Wie findest du das?«

»Wer ist diese Petra Deacon?«

»Eine Schauspielerin und Moderatorin beim Fernsehen. Anscheinend waren sie und Arabella bittere Rivalinnen. Das konnte ich ja auch aus dem Verlauf des Gesprächs schließen.«

»Und unser Freund Glenwood Halley hat sie beide flachgelegt.«

»Wir haben nur einen sturztrunkenen Studenten, der dafür bürgen würde – vielmehr seine Mutter. Die hat ihm diesen Floh ins Ohr gesetzt.«

Doherty hatte sich inzwischen zu einem Sessel vorgearbeitet. Das Telefon, ein Drink und Essen waren in Reichweite. Er hatte viel Zeit, über die Dinge nachzudenken, und seine Einschätzung der Situation machte Honey nervös. Bei ihm war Adam Rolfe immer noch der Hauptverdächtige. Die Neuigkei-

224

ten über Glenwood Halley hatten daran nichts geändert, trugen aber dazu bei zu erklären, warum Adam seine Frau umgebracht haben könnte.

»Wir haben bei alten Freunden und bei Verwandten nachgefragt. Niemand weiß, wo er ist. Oder wenn sie es wissen, dann sagen sie es nicht.«

Besonders beim letzten Satz fühlte sich Honey ziemlich unwohl. Sie sollte Doherty von ihrem Verdacht gegenüber John Rees erzählen, brachte es aber nicht über sich.

John Rees besaß viele Bücher. Und Leute mit so vielen Büchern waren doch über jeden Verdacht erhaben.

Doherty hatte verlangt, dass sie ihn ständig über alles informierte. Also schickte sie ihm Nachrichten per SMS und rief regelmäßig an. Es war egal, ob sie zu Hause im Hotel arbeitete oder unterwegs war und Detektivarbeit machte. Er wollte seine Berichte haben. Und er wollte, dass sie sich im Bett zu ihm gesellte.

»Es ist ziemlich langweilig, hier so ganz allein rumzuliegen.«

»Du hast dir einen Muskel gezerrt. Du musst dich ausruhen, bis der geheilt ist.«

»Ich finde, ein wenig Bewegung würde mir guttun.«

»Diese Art von Bewegung sicher nicht.«

»Wieso nicht? Allemal besser als Joggen.«

Es war klar, dass er es nicht mehr lange aushalten würde. Ihr Bericht über Glenwood Halley war genau der Anschub, den er brauchte.

»Fahr mich hin«, sagte er, als sie mit zwei weiteren Schokoladenmuffins auftauchte.

Sie hielt ihm die Tüte hin. »Möchtest du einen Muffin?«

»Ich hasse Muffins.«

»Warum isst du sie dann?«

»Weil ich es mag, wie du die Krümel von mir runterleckst.«

Wenig später zwängte sich also Doherty umständlich auf den Beifahrersitz seines Autos, steif und sperrig wie ein Liegestuhl.

»Ich möchte mich mit der ersten Mrs. Rolfe unterhalten.«

Als sie angekommen waren, zog Honey den zusammenge-klappten Doherty aus dem Auto und half ihm, sich zu entfalten. Leicht war es nicht, und sie überlegte, dass sich ein weiterer Muffin, der ihr neue Energie schenken sollte, bei dieser Schwerarbeit bestimmt nicht allzu verderblich auf ihre Fettpolster auswirken würde. Doherty, das musste man sagen, war nicht gerade pflegeleicht als Patient. Er winselte und stöhnte leise durch zusammengebissene Zähne.

»Es bringt nichts, wenn du hier herumjammerst. Du wolltest ja unbedingt mit«, tadelte sie ihn streng.

»Das gehört alles zum Heilungsprozess.«

Die erste Mrs. Rolfe machte ihnen die Tür auf, bat sie aber nicht herein. Sie hatte dunkles Haar und war recht schmal, bis auf ein kleines Pölsterchen, das die Jahre ihr um die Taille gelegt hatten.

Sie trug eine am Hals aufgeknöpfte Bluse, beige Jeans und eine blau-weiß gestreifte Metzgerschürze, die mit Mehl bestäubt war. Sie sah irgendwie gemütlich und ziemlich hübsch aus, war aber gewiss nicht in der Glamour-Liga wie die zweite Mrs. Rolfe. Das Haus war zwar verglichen mit Cobden Manor nichts Besonderes, aber es war ein Haus, hatte große Fenster, eine schöne Auffahrt und einen ziemlich großen Garten.

Dominic stand neben dem Haus. An seiner ausdruckslosen Miene konnte Honey ablesen, dass er seiner Mutter nichts von seinem Geständnis im Taxi erzählt hatte. Und auch nichts, vermutete Honey, von dem Anruf bei seinem Vater.

Trotzdem schien Susan Rolfe zu spüren, dass etwas nicht stimmte. Sie schaute ihren Sohn stirnrunzelnd an. »Hast du immer noch nicht gepackt?«, fragte sie knapp.

»Ich muss erst noch mein Fahrrad fertigmachen. Aber ich glaube, die wollen mit mir sprechen. Die müssen da aber immer auch einen Erwachsenen dabeihaben. Das stimmt doch?«

Honey bestätigte, dass dem wohl so war. Doherty nickte und

bat dann um einen Stuhl. »Ich habe mir einen Muskel gezerrt«, erklärte er.

Mrs. Rolfe ging ins Haus, und als sie herauskam, bugsierte sie einen Stuhl durch die Tür. Dominic stand einfach nur da und schaute schuldbewusst. Er hat jedes Recht dazu, dachte Honey. Er hatte wahrscheinlich mit seinem Anruf eine Menge Unruhe gestiftet. Besonders was seine Stiefmutter anging.

Doherty ließ sich umständlich auf dem Stuhl nieder, ehe er die erste Frage formulierte.

»Ihr Sohn hat gesagt, er sei für den Tod von Mrs. Arabella Rolfe verantwortlich. Wir möchten herausfinden, warum genau er das behauptet.«

Dominic versenkte die Hände tief in den Taschen seiner tiefhängenden Levi's und schlurfte mit den Füßen. »Muss ich bleiben?«

Seine Mutter war wie vom Donner gerührt. »Das ist doch lächerlich. Er war in Leicester, als sie umgebracht wurde.«

»Dann braucht er sich ja keine Sorgen zu machen«, erwiderte Doherty. »Aber er hat zugegeben, dass er bei seinem Vater angerufen und ihm mitgeteilt hat, dass seine Stiefmutter, Mrs. Arabella Rolfe, eine Affäre hatte.«

Mrs. Rolfe schaute mürrisch. »Arabella war eine Schlampe ersten Ranges. Das wusste jeder – außer mein Exmann.«

»Das habe ich auch schon gehört«, antwortete Doherty, die Hand auf den Rücken gepresst, während er sich von seinem Stuhl erhob. »Dürfen wir ins Haus kommen?«

»Ich habe Ihnen doch gerade den Stuhl rausgebracht.«

»Ich weiß. Ich würde nur lieber Diskretion wahren. Möchten Sie wirklich hier draußen meine Fragen beantworten?«

Samtbraune Augen, so groß und schmelzend wie die ihres Sohnes, schauten ihn fragend an.

»Nun … von mir aus. Sie müssen die Unordnung entschuldigen. Ich backe gerade.« Als wollte sie das unterstreichen, wischte sie ihre Hände an der Schürze ab. Ihre Bewegungen waren fahrig. Honey vermutete, dass die Scheidung ihr Selbstvertrauen untergraben hatte. Die Verantwortung dafür, das Zuhause und die Familie zusammenzuhalten, schien schwer auf ihr zu lasten.

»Hier riecht's aber gut«, sagte Doherty, dessen Bewegungen ein wenig an die eines Roboters aus *Krieg der Sterne* erinnerten.

»Cottage Pie*«, sagte Mrs. Rolfe.

Sie marschierte in die Küche voraus, schaltete den Backofen aus und bat sie, Platz zu nehmen. Ein großer Kiefernholztisch und dazu passende Stühle nahmen ein Ende des Raumes ein. Dominic blieb stehen, lümmelte sich mit dem Hinterteil an einen Heizkörper. Hinter ihm bot ein großes Fenster einen schönen Blick auf den Garten.

Honey und Doherty lehnten dankend den Tee ab, den Mrs. Rolfe ihnen anbot.

Nachdem sie Doherty beim Hinsetzen unterstützt hatte, fragte Honey, ob sie die Toilette benutzen dürfe.

Susan Rolfe nickte. »Sie müssen allerdings mit dem Badezimmer im ersten Stock vorliebnehmen. Die Toilette unten ist nicht in Ordnung.«

Honey dankte ihr. Die Frage nach der Toilette war Teil der Strategie, die sie mit Doherty vorab ausgemacht hatte. Er stellte Fragen, sie schaute sich um. Ein Angriff auf zwei Flanken.

Auf der Treppe entdeckte sie allerlei Anzeichen einer ganz gewöhnlichen Familie – achtlos weggelegte Spielsachen, ein schwarzer Schuh, der sehr weit von seinem Pendant entfernt dalag.

Sonst wies nichts weiter auf Kinder hin. Honey nahm an, dass die beiden Jüngsten in der Schule waren.

Das Badezimmer war groß, die Garnitur und die Armaturen waren ein wenig altmodisch, der Bodenbelag an den Ecken schon etwas hochgebogen. Honey wusch sich die Hände mit einem Stück Seife, das aus Seifenresten geformt war, ein sicheres Zeichen für einen ziemlich frugalen Lebensstil.

* Cottage Pie ist eine Pastete aus Hackfleisch und Gemüse, die mit Kartoffelbrei bedeckt und überbacken wird.

Das Handtuch war rau, die Farbe bereits leicht verblasst. Alles deutete darauf hin, dass Susan Rolfe finanziell mächtig zu kämpfen hatte. Honey fragte sich, wie viel Unterhalt Adam Rolfe wohl seiner Exfrau und den Kindern zahlte. Ein so großes Haus war sicher nicht billig. Und drei Kinder auch nicht.

Eine Zimmertür stand ein wenig offen. Honey schob die Tür vorsichtig auf.

Mit einer Schablone gemalte Feen tanzten über violett gestrichene Wände. Die Vorhänge und Bettdecke passten dazu, und ein großes Puppenhaus nahm eine gesamte Zimmerecke ein. Alles war makellos sauber, ganz anders als der Rest des Hauses.

Wenn man nach dem Poster eines Popstars im Teenageralter urteilte, das an der Wand hing, dann gehörte dieses Zimmer der älteren der beiden Töchter. Honey versuchte, sich an den Namen des Popstars zu erinnern, leider vergeblich. Diese Bubis kamen jung zu ihrem Ruhm, verloren ihn aber auch früh. Ihre Fans wurden älter, heirateten und bekamen Kinder. Die nächste Generation stürzte sich auf die nächste Verrücktheit.

Es war unschwer zu erkennen, dass das nächste Zimmer Dominics war. Der junge Mann, der nun bald auf die Universität gehen würde, hatte alles: einen iPod, einen Computer, einen Fernseher und das neueste Handy. Letzteres klingelte und hörte dann wieder auf. Honey hatte nichts zu verlieren und schaute auf dem Display nach. Sie sah, dass ein neuer Anruf auf der Mailbox war, und rief ihn ab. Nicht nett, aber es musste sein.

Dominic, hier ist die Nanna. Wenn du noch mal bei mir übernachten möchtest, ruf einfach an. Und mach dir keine Sorgen. Es wird alles gut. Jetzt geht's auf zur Uni. Ich hab dich lieb, mein Junge. Tschüs.

Eine Nachricht von der Großmutter an ihren Enkel eben: liebevoll, beinahe ein bisschen besorgt. Nanna, das konnte für eine Großmutter stehen oder für eine Nanny, ein Kindermädchen. Irgendwann einmal war diese Familie wahrscheinlich wohlhabend genug gewesen, um sich ein Kindermädchen zu leisten.

Dann war da noch eine zweite Nachricht.

Ich bin's. Papa. Ich möchte dich nur bitten, dich um deine Mutter zu kümmern. Nichts von alldem ist ihre Schuld. Nur meine. Ich hab dich lieb.

Laut der Aufzeichnung war dieser Anruf vor zwei Tagen am Vormittag um elf Uhr eingegangen. Den musste man doch zurückverfolgen können! Honey war ganz aufgeregt bei dem Gedanken, dass sie Adam vielleicht finden könnten, und ging die Liste der empfangenen Anrufe durch. Eine unbekannte Nummer tauchte auf.

Das Telefon mitzunehmen, um diesen Anruf zurückzuverfolgen, das war ganz bestimmt illegal. Das wusste sie. Trotzdem schaute sie das Ding nachdenklich an. Es schrie einfach danach, dass sie es in die Tasche stecken und nichts sagen sollte. Niemand würde es vermissen. Besonders Teenager verloren doch ständig ihre Handys.

Honey wog das Für und Wider ab, warf dem Telefon noch einen strengen Blick zu, steckte es in die Tasche, zog es aber dann wieder heraus. Sie musste es machen, wie es sich gehörte. Und sie würde es machen, wie es sich gehörte. Keine Sorge.

Unten saß Doherty und schaute grimmig, während Susan Rolfe ihm bis ins Kleinste erklärte, was sie von Arabella Rolfe hielt.

»Ich weine dieser Frau keine Träne nach. Arabella hat meinen Mann, mein Leben und meine Familie ruiniert. Ich bin wirklich froh, dass sie tot ist. Aber ich glaube nicht, dass Adam es war. Genauso wenig glaube ich, dass irgendwas, das mein Sohn zu seinem Vater gesagt haben könnte, den aus seiner Blödheit herausgerissen hätte. Er war völlig besessen von der Frau.«

»Haben Sie in letzter Zeit etwas von Ihrem Vater gehört?«, fragte Honey Dominic. Gleichzeitig warf sie Doherty einen vielsagenden Blick zu. Wenn sie wirklich auf einer Wellenlänge lagen – und davon war sie überzeugt –, dann würde er diesen Punkt in seine Befragung aufnehmen und ihn weiter vorantreiben.

Dominic schüttelte den Kopf, aber sein verstohlener Blick war nicht zu übersehen.

Doherty wandte sich an ihn. »Haben Sie ein Handy?«

Dominics bleiches Gesicht wurde noch bleicher. »Ja.«

»Dann holen Sie es bitte.«

»Hören Sie mal, meine Anrufe sind privat …«

»Muss ich mir einen Durchsuchungsbefehl ausstellen lassen?«

Dominic begriff schnell, dass es wenig Sinn hatte, mit einem wild entschlossenen Polizisten zu argumentieren, und ging sein Mobiltelefon holen.

Inzwischen erklärte Doherty Honey ein paar Dinge.

»Mrs. Rolfe versichert mir, dass die Gerüchte über Arabella alle stimmen. Sie hat auch gesagt, dass ihr Sohn nichts mit dem Tod dieser Frau zu tun hatte und dass sie nichts davon wusste, dass er seinen Vater angerufen hat, um ihm von den geheimen Liebhabern seiner Frau, ich meine von Mrs. Arabella Rolfe, zu erzählen.«

Susan Rolfe mischte sich ein. »Geheim waren die nicht gerade. Nehmen Sie nur Glenwood Halley. Das ist ein solcher Speichellecker, der ist so geil auf die Reichen und Berühmten. Er sammelt sie wie Trophäen, wissen Sie, schreibt auf, wann und wo er sie kennengelernt hat, wann er sie ins Bett gezerrt oder sie zu irgendeiner Veranstaltung begleitet hat. Ehrlich gesagt, ich denke, er hat ihnen wahrscheinlich auch auf einer Skala von eins bis zehn Punkte gegeben.«

Honey schaute zu Doherty herüber. Der blickte nicht auf, aber sie war sich ziemlich sicher, dass er genau das Gleiche dachte wie sie.

»Geht er mit all seinen Klientinnen ins Bett, Mrs. Rolfe?«

Sie hatte die Arme vor der Brust verschränkt. Ihre Finger trommelten auf die Ellbogen, und ihr Busen wogte.

»Ich glaube schon.«

»Woher wissen Sie das?«

Sie errötete. »Ich weiß es einfach«, blaffte sie beleidigt.

»Haben Sie und Ihr Mann Ihr Haus mit Glenwoods Vermittlung verkauft?«

Sie wurde noch röter im Gesicht. »Ja. Na und?«, knurrte sie.

»Und dieses Haus? Haben Sie das auch über ihn erworben?«

»Nein. Das hat mein Mann gemacht. Ich wollte mit dem Kerl nichts mehr zu tun haben.«

»Wegen Ihrer vorherigen Erfahrungen?«, erkundigte sich Doherty. »Hat er auch versucht, Sie ins Bett zu kriegen, Mrs. Rolfe?«

»Nein«, erwiderte sie ein wenig zu rasch, um glaubwürdig zu wirken. »Ich war nicht berühmt genug. Oder reich genug? Nicht wie damals, als wir …«

»… Ihr voriges Haus gekauft haben? Sie und Ihr Mann?«

Susan Rolfes Widerstand brach zusammen. »Er kann sehr charmant sein.«

Da musste Honey ihr recht geben, obwohl Glenwood seinen Charme bei ihr noch gar nicht zum Einsatz gebracht hatte. Das war eben der Preis des Ruhmes – beziehungsweise in ihrem Fall des Mangels an Ruhm. Oder an Reichtum. Glenwood, überlegte sie, wilderte auf einer anderen Ebene der Hackordnung.

Dominic kam aus seinem Zimmer zurück und erschien mit dem typischen Gesichtsausdruck des Teenagers, dem alles völlig egal ist. Er schmollte im besten Mick-Jagger-Stil. Seine Mundwinkel hingen mürrisch nach unten. Er gab Doherty sein Handy.

»Danke. Ist irgendeine Nachricht auf diesem Telefon, die Sie uns erklären möchten?«, fragte Doherty.

Dominic schüttelte den Kopf. »Nein.«

Doherty wählte die Nummer der Mailbox. Honey konnte ihm an der Nasenspitze ablesen, dass da keine Nachrichten anzuhören waren.

»Ist dies Ihr einziges Telefon?«, erkundigte sich Dohertys.

»Ja.«

Es war nicht immer leicht festzustellen, wann jemand log. In diesem Fall aber war es klar. Denn Honey hatte sich ja die Nachrichten selbst angehört. Sie waren da gewesen, und jetzt waren sie fort. Honey nahm an, dass es auch was mit Dominics jugendlichem Alter zu tun hatte. Ohne Übung lernte man nicht, ein guter Lügner zu sein. Ihr verstorbener Mann Carl war ein hervorragender Lügner gewesen. Deswegen hatte sie sich mehr oder weniger aus dieser Ehe zurückgezogen.

Carl Driver hatte ein Jetset-Leben geführt, zu dem unter anderem eine zwanzig Meter lange Rennyacht gehört hatte. Er hatte eine Mannschaft von zehn Personen, die mit ihm auf dieser Yacht Rennen fuhren. Genauer gesagt von zehn Frauen, von denen keine einen Tag älter als zweiunddreißig war.

»Möchten Sie mir noch was anderes sagen, Dominic?«

»Nein. Sollten Sie mit Ihrer Befragung fertig sein, würde ich jetzt gern gehen.«

»Ja, ich bin fertig mit Ihnen. Im Augenblick.«

Honey war sich völlig darüber im Klaren, dass selbst gelöschte Anrufe wiedergefunden und zurückverfolgt werden konnten. Nichts wurde je wirklich gelöscht. Das hatte ihr Lindsey einmal erzählt. Hatte Dominic die Wahrheit gesagt? Oder hatte sie richtig geraten, dass er doch zwei Handys besaß?

Doherty war inzwischen wieder zu seiner ernsthaften Polizeibefragung zurückgekehrt. Der gezerrte Rückenmuskel beeinträchtigte sein Gehirn in keiner Weise. Er war voll bei der Sache, bewertete, fragte nach und addierte Wahrscheinlichkeiten.

»Dann muss ich jetzt noch zu Ende packen«, sagte Dominic und ging fort.

»Nein«, sagte Doherty, als Honey versuchte, ihm beim Aufstehen zu helfen. »Ich kann das allein.«

Er kam bis zur Haustür, ehe er zu stöhnen anfing und sich den Rücken rieb.

233

Honey war entschlossen, noch einmal unter vier Augen mit Dominic zu sprechen, und begann in ihrer Handtasche zu wühlen.

»Mist! Ich habe mein Kosmetiktäschchen im Badezimmer vergessen. Ich musste es mitnehmen«, sagte sie, zu Susan Rolfe gewandt. »Sie wissen schon. Meine Tage.«

Als sie Dominic oben antraf, tat er gerade genau das, was sie erwartet hatte. Er überprüfte die Einzelheiten zu den Gesprächen auf seinem Mobiltelefon.

»Das hätten Sie nicht machen sollen«, sagte sie zu ihm.

Er schaute verdutzt.

»Das ist meine Privatsache«, antwortete er, denn jetzt war er wütend, nicht mehr voller Selbstmitleid und nicht mehr betrunken.

»Ihr Vater hat sich bei Ihnen gemeldet, nicht wahr? Lassen Sie mich raten, er hat eine Nachricht auf Ihre Mailbox gesprochen. Wo ist er, Dominic?«

Dominic starrte sie an, die Augen kugelrund. »Ich weiß es nicht. Es stand ›unbekannte Nummer‹ da.«

Honey streckte die Hand aus. »Geben Sie mir das Telefon, Dominic. Die Polizei kann versuchen, den Anruf zurückzuverfolgen.«

»Dann schnappen sie ihn.«

Den muss man schnappen, überlegte sie, formulierte es aber nicht so.

»Dominic, wir müssen Ihren Vater finden, damit er seinen Namen reinwaschen kann.«

»Schauen Sie mal, ich habe es Ihnen doch gesagt. Ich habe ihm erzählt, dass Arabella eine Affäre mit diesem Typen hatte. Das muss ihn schwer getroffen haben. Das muss so gewesen sein.«

»Weil eine solche Nachricht Sie schwer getroffen hätte? Sie machen zu viele Annahmen, was Ihren Vater angeht, Dominic. Denken Sie mal drüber nach. Halten Sie Ihren Vater für einen gewalttätigen Menschen? War er jähzornig? Hat er Sie oder Ihre Mutter je geschlagen?«

Er schüttelte den Kopf. »Nein. Mein Vater war – ist – nicht so. Er ist sehr weichherzig. Das ist ja gerade sein Problem.«

Honey hatte die Hände noch immer nach dem Telefon ausgestreckt und winkte nun mit den Fingern. »Her damit.«

Doherty hatte es geschafft, sich irgendwie ins Auto zu hieven. Honey lehnte sich durch das offene Fenster zu ihm hinein und legte ihm das Mobiltelefon auf den Schoß.

»Er hat zwei Handys. Ich denke, du wirst feststellen, dass dies das Telefon mit den Nachrichten ist. Ich hoffe, ihr könnt die Anrufe zurückverfolgen.«

»Mach ich.«

Honey setzte sich auf den Fahrersitz. Plötzlich kam ihr ein Gedanke.

»Ich möchte wissen, warum sie uns wegen des Backens angelogen hat.«

Doherty schüttelte den Kopf. »Meine Nase trügt mich nicht. Sie hat gebacken.«

»Ja, aber keine Cottage Pie. Sie war völlig mit Mehl bestäubt. Cottage Pie besteht aus Fleisch mit einer Kruste aus Kartoffelbrei. Ohne Teig.«

Er zuckte die Achseln. »Was hat schon der Name einer Pastete zu sagen? Du willst doch auf irgendwas heraus, also sprich weiter.«

»Die Zimmer der Kinder sind makellos, und es fehlt ihnen wirklich an gar nichts. Aber sie spart sonst an allen Ecken und Enden.«

»Zum Beispiel bei der Cottage Pie?«

»Das ist nur eine Sache. Dann wäre da noch die Seife.«

Sie erklärte, dass die Seife aus zusammengedrückten Resten bestand, wie rissig der Fußboden im Bad war, wie verwaschen das Handtuch.

»Und die Toilettenartikel. Ihre Kosmetika sind alle die Hausmarke von Tesco.«

»Hat das denn was zu sagen?«

»Wenn jemand es gewohnt war, sich Dior zu leisten, dann

235

schon. Es stand nur eine einzige Flasche mit einer besseren Hautlotion da, und da war nur noch ein Zentimeter Lotion am Boden. Das ist wohl alles, was von ihrem einstigen Reichtum noch übriggeblieben ist. Adam Rolfe war einmal Millionär. Er konnte es sich eine Weile leisten, zwei Häuser in vollem Luxus zu unterhalten, aber dann ist alles schiefgegangen. Danach müssen die Unterhaltszahlungen an seine Exfrau drastisch runtergegangen sein. Sie hat zu kämpfen – und man kann es sehen.«

»Aber reicht das aus, um Arabella so zu hassen? Sie sogar umzubringen?«

»Vielleicht.«

»Ich verstehe, was du meinst«, sagte Doherty. »Das ist ein großes Haus, wenn sie es ganz allein halten will. Andererseits ist sie keine sonderlich große und kräftige Frau.«

»Aber sie ist einfallsreich, und sie ist entschlossen, es ihren Kindern gutgehen zu lassen. Dann kann man Berge versetzen.«

Honey lenkte mit der einen Hand Dohertys Auto und fuhr sich mit der anderen durch ihr vom Wind zerzaustes Haar.

»Ich wette, die hatten früher sogar eine Köchin, wenn sie nicht sogar meistens in Restaurants gegessen haben. Ich wette, sie hatte auch an zwei oder drei Tagen in der Woche eine Zugehfrau, die saubermachen kam. Und ich wette, sie ist überhaupt nicht traurig, dass die blöde Blondine, für die ihr Mann sie sitzengelassen hat, tot ist. Aber ich bin mir nicht sicher, was sie über ihren Exmann denkt. Liebt sie ihn noch, und wenn ja, würde sie ihn verstecken?«

»Das klingt ganz so, als wärst du richtig neidisch?«

»Wegen Mr. Rolfe?«

»Nein. Wegen der Zugehfrau.«

»Ach, macht nichts. Lassen wir die erste Mrs. Rolfe in Ruhe – jedenfalls im Augenblick.«

»Sie hat gute Gründe, um sauer zu sein.«

»Gut genug für einen Mord. Wenn er kann, ist Adam jetzt bestimmt sehr viel großzügiger, da Arabella nicht mehr auf dem Plan ist.« Sie unterbrach sich, als ihr der offensichtliche Gedanke kam. »Glaubst du, dass Susan Rolfe es war?«

»Ich weiß nicht, ob sie dazu kräftig genug wäre.«

»Es sei denn, es hätte ihr jemand geholfen, der größer und stärker ist als sie? Also, die Wette gilt nach wie vor: war es Adam – oder sein Sohn?«

Achtundzwanzig

»Scusi, Mrs. Driver, aber habe ich da neulich Sofia Camilleri hier gesehen?«

Honey erkannte Mrs. Rizzo aus Zimmer vierzehn, die mit dem opernverrückten Ehemann. Gabriella Rizzo war schlank, hatte klassisch schöne Gesichtszüge und blondes Haar mit Strähnchen. Und sie hatte braune Augen, was bedeutete, dass das Blond wohl aus der Tube kam, aber was soll's? Das galt für die Hälfte aller Blondinen auf dem Planeten.

Honey bestätigte, dass es tatsächlich die Diva gewesen war, und fügte, als wüsste sie es nicht schon längst, noch hinzu: »Sind Sie ein Fan von ihr?«

Gabriella warf den Kopf von einer Seite zur anderen. »Na ja, ein bisschen. Sie hat eine tolle Stimme, aber einen schrecklich schlechten Charakter. Heißblütig, müssen Sie wissen. Jähzornig. Sie wirft mit allem Möglichen nach den Leuten. Meine Schwester hat mal für sie gearbeitet. Sie hat nach ihr geworfen, was immer ihr in die Finger kam, einmal eine Schüssel mit Pasta. Die Pasta war zum Glück schon kalt, sonst hätte es Verbrennungen gegeben.«

Erfolgreiche Beschattung, fand Honey, hatte viel mit Glück zu tun. Mr. Franco Rizzo war heute den ganzen Tag auf dem Golfplatz. Mrs. Rizzo erklärte ihre Absicht, einen Einkaufs- bummel zu machen.

»Wir könnten uns vielleicht um vier Uhr zum Tee treffen?«, fragte Mrs. Rizzo hoffnungsfroh.

Honey antwortete, dass sie das sehr freuen würde, wenn auch lieber zum Kaffee als zum Tee.«

»Sie trinken Kaffee. Ich trinke Tee. Und ich hätte gern noch Scones und Marmelade und Sahne. Oder vielleicht Butter. Wir brauchen Butter dazu. Ich glaube, Mary Jane mag lieber Butter. Sie kommt nämlich auch.« Gabriella warf schwungvoll ihr glänzendes langes Haar zurück. »Sie will mir nachher aus den Teeblättern lesen. Sie kann solche Sachen wirklich gut.«

Honey meinte, es würde ihr ein Vergnügen sein.

In der Zwischenzeit hatte sie ein Hotel zu führen und Zimmer mit Gästen zu füllen. Das Reservierungsbuch für den Winter sah noch ziemlich trostlos aus. Der Teppich auf einem der Flure musste vor dem nächsten Sommer erneuert werden. Mary Jane hatte sich mit dem Fuß darin verfangen und war der Länge nach hingeschlagen. Im Augenblick hatten sie einen Läufer darübergelegt. Das würde reichen, bis sie einen neuen Teppich hatten. Nicht alle Gäste würden so gelassen auf diesen Sturz reagieren wie Mary Jane. Honey brauchte Geld für einen neuen Teppich. Das Hotel brauchte Gäste.

Als Anna gerade mit der Nachricht aufgetaucht war, dass die Matratze in Zimmer zwanzig völlig durchnässt sei und dass jemand in Zimmer dreißig Kaffee über die Bettdecke gekippt hatte, rief Casper an und erkundigte sich nach den Fortschritten, die sie in dem Fall machten. Sie war nicht ganz bei der Sache, teilte ihm aber die neuesten Erkenntnisse mit und sagte, sie sei zuversichtlich.

»Übrigens«, fügte sie noch hinzu, »die Belohnung dafür, dass ich die Aufgabe der Verbindungsfrau übernommen habe, sollte doch sein, dass meine Zimmer auch im Winter ausgebucht sind. Weil mein Geschäftskonto gerade so schwach auf der Brust ist, hat der Zweigstellenleiter meiner Bank vorgeschlagen, ich sollte von Hotel auf Übergangshaus für Freigänger umstellen. Er meinte, es gäbe im Februar sicherlich mehr Kriminelle als Touristen in der Stadt.«

Sie hörte nur, wie Casper heftig atmete.

»Ich rufe zurück.«

Sie wandte den Blick nicht vom Telefon ab. Sie war einfach darauf angewiesen, dass Casper sein Versprechen hielt.

So sah Mary Jane Honey dasitzen.

»Hat dir das Telefon was getan?«

»Es ist ein Telefon. Es kann mir nichts tun.«

»Selbst scheinbar leblose Gegenstände haben eine Seele«, behauptete Mary Jane geheimnisvoll. »Hast du gestern Abend *Most Haunted** gesehen?«

Honey gestand, dass sie das nicht getan hatte. Sie hatte das Programm eigentlich noch nie angeschaut, das, soweit sie gehört hatte, davon lebte, dass ein Team von Hellsehern in einem finsteren Haus umherrannte und nach Gespenstern suchte. Warum die Leute nicht das Licht einschalteten, war Honey schleierhaft. Aber wahrscheinlich ging es ja darum, die Zuschauer schön ängstlich zu machen. Und Dunkelheit war immer etwas, das einem Angst einflößte, weil man nichts sehen konnte, nicht einmal den Tontechniker, den Kameramann und die Leute vom Catering, die im Hintergrund Tee und Schnittchen reichten.

»Ich auch nicht«, sagte Mary Jane, was ihre Frage ein wenig sinnlos erscheinen ließ. »Ich habe einen Brief geschrieben, in dem ich um Karten für die neue Show gebeten habe, die sie jetzt gerade aufzeichnen. Ich hatte ja die Gelegenheit genutzt und mir die Adresse der Frau notiert, die du in Tintern besucht hast. Du hast ihr doch gesagt, dass ich Profi bin, nicht?«

Honey bejahte das. Sie hätte gern noch hinzugefügt, dass Faith Page wahrscheinlich nicht antworten würde. Aber Mary Jane schaute gerade so begeistert.

»Kannst du mal nachsehen, ob ich Post habe?«

Das machte Honey. »Heute ist nichts für dich dabei.«

Mary Jane war sehr enttäuscht. »Mist. Ich hatte gehofft, das Mädel in Wales würde was für mich arrangieren. Ich weiß, dass ich im Fernsehen toll rüberkommen würde. Wenn sie geantwortet hätte, dann hätte ich mir ein neues Outfit zugelegt. Ich hatte an was mit Pailletten gedacht, aber in meinen Lieblingsfarben.«

---

* *Most Haunted* [Das schlimmste Spukhaus] ist eine britische Fernsehserie über Spukhäuser, Gespenster und andere paranormale Vorkommnisse.

Honey verkniff es sich, sich bildlich vorzustellen, wie quietsch-rosa, blaue oder grellgrüne Pailletten über die Bildschirme der Nation flimmern würden.

»Vielleicht solltest du erst noch mit den Leuten reden? Die haben bestimmt Regeln, was Farben und Stil der Kleidung betrifft.«

»Da hast du wahrscheinlich recht«, antwortete Mary Jane, und ihre Augen glitzerten, während sie sich nachdenklich ans Kinn tippte. »Ich frage nach, welche Farben sie am liebsten an mir sehen würden und was sie von Pailletten halten.«

Im Anschluss an dieses Gespräch fand Honey es irgendwie beruhigend, ganz allein mit einem Katalog voller Teppichmuster dazusitzen. Hotelgeschäfte statt Verbrechensbekämpfung. Sie merkte, dass sie mit begehrlichen Blicken auf einen Berberteppich aus 100 Prozent Schurwolle blickte, auf dem sahnegelbe Bourbonen-Lilien auf einem mattgoldenen Hintergrund verstreut waren.

Der Teppich, der sie so interessierte, wurde als Auslegeware nach Maß eigens angefertigt. Es gab ihn nur auf Bestellung, und natürlich war er überwältigend teuer.

Mit dem Geld, das sie für das Green River bekommen hätte, hätte sie all ihre Schulden begleichen können, und es wäre noch genug für den Kauf von Cobden Manor übriggeblieben und für die Renovierungsarbeiten, wenn man sie über zwei Jahre ausdehnte. Aber das war ja jetzt alles den Bach runter. Jetzt wollte Honey auf gar keinen Fall mehr aufs Land ziehen. Also konnte sie stattdessen ein bisschen Geld für das Green River ausgeben. Ein schicker neuer Teppich im zweiten Stock, das war nur eine der möglichen Verbesserungen. Ein Whirlpool wäre auch nicht schlecht. Oder wie wäre es mit einer Sauna? Einem Fitnessraum?

»Wie wäre es, wenn wir in einen Fitnessraum investierten?«, fragte Honey Lindsey, die gerade ihren Dienst angetreten hatte.

»Du hast doch was gegen körperliche Betätigung. Zumindest gegen diese Art von körperlicher Betätigung.«

»Ich meine, für die Gäste. Wir könnten sogar für ein, zwei Tage in der Woche einen professionellen Fitnesstrainer einstellen.«

»Du hast doch deinen persönlichen Fitnesstrainer. Er heißt Steve Doherty. Hat er den verschwundenen Ehemann schon gefunden?«

»Nein.«

Honey hätte um ein Haar erzählt, was für einen Verdacht sie gegen John Rees hegte. Doch da klingelte das Telefon. Es war Casper.

»Mitte Februar kommt eine Reisegruppe aus Schweden her«, sagte er zu ihr. »Die können Sie haben. Fünfzehn Zimmer. Sechs Doppelzimmer, drei Zweibettzimmer, sechs Einzelzimmer. Können Sie das übernehmen?«

Natürlich konnte sie das.

»Kommen die Schweden aus irgendeinem bestimmten Grund her?«

»Ja, zu einer Europäischen Konferenz für militärische Logistik beim Verteidigungsministerium.«

»Fünfzehn Zimmer im Februar«, rief Honey aus. Aufgeregt gab sie die Buchung detailliert an Lindsey weiter.

»Und die in den Doppelzimmern, die arbeiten auch alle fürs Verteidigungsministerium?«, sagte Lindsey mit fragendem Blick.

Honey war die hochgezogene Augenbraue nicht entgangen. »Mir egal. Die können schlafen, mit wem sie wollen – solange ich es nicht bin.«

Neunundzwanzig

Kurz vor Ladenschluss wanderte Honey mit ihrer Liste – Indizien, Verdächtige und Einkäufe waren darauf verzeichnet – zu dem Geschäft in der Green Street, wo sie immer die Würstchen fürs Hotel kaufte. Sobald sie die Bestellung abgegeben hatte, hatte sie den Kopf frei und konnte über das Verbrechen, den simulierten Selbstmord von Arabellas Kollegen Sean Fox und über Arabellas nach wie vor verschwundenen zweiten Ehemann nachdenken.

Eine Tasse Kaffee und ein Croissant sollten dabei helfen, sich zu konzentrieren. Honey saß an demselben Tisch vor dem Café, wo sie Dominic Rolfe kennengelernt hatte. Block und Stift lagen vor ihr. Kaffee und Croissant standen griffbereit. Ehe sie sich diesen Aufgaben zuwenden konnte, bemerkte sie John Rees, der rasch in Richtung Bathwick unterwegs war.

Es war sechs Uhr abends. Wieder trug er einen flachen, in braunes Packpapier eingeschlagenen Gegenstand unter dem Arm. Ob es sich um etwas handelte, das ein untergetauchter Verdächtiger brauchte? Möglicherweise.

John hatte sehr lange Beine und würde gleich aus ihrem Blickfeld verschwinden. Sie ließ Kaffee und Croissant stehen, bezahlte rasch und stürzte los. Dieser Fall betraf sie persönlich. Sie durfte nicht wanken.

Zum Glück tauchte gerade ein Taxi auf. Es schien den Fahrer ziemlich kalt zu lassen, dass sie ihn bat, nur ein paar hundert Meter die Straße entlangzufahren. Der Fahrpreis war trotzdem gepfeffert, aber das war Honey egal. Wenn sie Glück hatte, würde sie John Rees wieder entdecken und konnte die Verfolgung erneut aufnehmen. Alles war möglich. Sie musste es einfach versuchen.

Da war sie nun, gerade aus dem Taxi ausgestiegen, und stand

auf dem Bürgersteig, doch John war nirgends zu sehen. Keine Spur von der vertrauten Gestalt, die mit hoch über der Menschenmenge erhobenem Kopf und großen Schritten daherkam. Nur Leute, die vor dem Curfew Pub Wolken von Nikotin in die Luft bliesen, und riesige Lastwagen, die auf der Cleveland Bridge Abgaswolken in die Stadt bliesen.

John Rees konnte in verschiedene Richtungen verschwunden sein. Einige davon erschienen Honey angenehmer als andere. Sie hatte gewiss keine Lust, die London Road entlangzuwandern, nicht jetzt, da die Autos hier Stoßstange an Stoßstange fuhren. Vielleicht war es Klugheit, vielleicht Spürsinn, jedenfalls entschied sie sich für die hübschere Route.

Profis in Sachen Beschattung würden natürlich nicht einfach die landschaftlich schönere oder spannendere Route wählen, aber sie als Amateurin konnte sich eine solche Vorgehensweise leisten. Was mochte geschehen sein?

Versetze dich in John hinein.

Während sie voranschritt, ging sie im Kopf die verschiedenen Szenarien durch. Nummer eins: John versteckte Adam, vielleicht im Hinterzimmer seines Ladens. Nummer zwei: Wenn John Adam Rolfe wirklich versteckte, bedeutete das auch, dass Adam schuldig war? Oder hatte er nur Angst, sich der Polizei zu stellen? War er wirklich schuldig? War John Rees sein Komplize?

Sie schauderte beim bloßen Gedanken daran. Ich meine, fragte sie sich, hat John auf mich den Eindruck gemacht, schuldig zu sein?

Er war gekleidet gewesen wie immer: dunkle Cordhose, dunkler Pullover, dunkle Schuhe. Und wieder dieses Päckchen unter dem Arm. Sie konzentrierte ihre Gedanken darauf, was in dem Paket sein könnte. Es war zu groß, um ein Buch zu enthalten. War eine Landkarte drin? Oder ein Bild?

Bath war eine alte Stadt mit alten Gebäuden, alten Gassen und alten Schatten, die zu bestimmten Tageszeiten schwarz auf die unebenen Gehsteige fielen.

Es gab durchaus einige Möglichkeiten. Vielleicht wollte er das Päckchen irgendwo abliefern. Bei einem Kunden? Vorstellbar. Plötzlich hatte Honey einen Mary-Jane-Augenblick.

Wenn alles andere versagt, lass dich von deinem Instinkt leiten.

Mary Jane erzählte ja allerlei dummes Zeug, aber manchmal, nur manchmal, kamen einem ihre ziemlich abgedroschenen Sprüche wieder in den Sinn und erschienen einem nun sehr viel weiser als beim ersten Hören. Normalerweise geschah das immer dann, wenn es keine andere Möglichkeit mehr gab.

Instinkt, dachte Honey und schloss die Augen halb, um sich möglichst wenig ablenken zu lassen.

Ihre Füße trugen sie die St. John's Road hinunter. Efeuüberwachsene Mauern trennten den Kirchhof von St. John's von der Straße. Irgendwann einmal hatte man das alte Pfarrhaus in ein Hotel umgewandelt. Es hatte inzwischen wieder dichtgemacht, wahrscheinlich weil die Diözese nicht zulassen wollte, dass das Hotel eine Schanklizenz bekam. Die meisten Touristen hatten eben ziemlich viel Durst.

Honey schaute auf die dunklen Bäume, die rings um das alte Gebäude standen. Man hatte auf einem Teil des Geländes ein Altenheim gebaut, aber den Friedhof gab es noch. Nicht dass ihr der Sinn danach gestanden hätte, dort herumzuschnüffeln. Es dämmerte bereits, und sie hatte nicht die Absicht, nach Sonnenuntergang einen Friedhof zu betreten.

Sie ging gleich unterhalb der Old Dispensary von der Straße ein paar Stufen zum Fluss hinunter. Das Wasser sah kühl aus; ihr selbst war ziemlich warm.

Sie ließ sich am Ufer auf eine Holzbank sinken und atmete tief durch. Weg mit den Schuhen von den Füßen. Die Schuhe hatten höhere Absätze und waren sehr schick, aber eigentlich nicht für längere Wege auf Bürgersteigen geeignet. Wenn man jemanden verfolgte, musste man festes Schuhwerk tragen. Sie nahm sich vor, das in Zukunft zu bedenken.

Die London Road war voller Autos, die aus der Stadt herausfuhren. John war zu Fuß unterwegs. Die meisten Fußgänger blieben im Herzen der Stadt, wo Cafés, Restaurants und kleine Läden miteinander um ihre Gunst wetteiferten und die Luft nach Kaffee und sahnigem Karamell duftete.

John war auf dem Weg in die Außenbezirke.

Sobald Honeys Füße ausgeruht waren, stieg sie die Stufen zur Straße hinauf, überquerte die Cleveland Bridge und ging an der Feuerwache vorbei.

Auf dieser Straße war eigentlich immer Verkehr. Die Stadtplaner hatten sich alle Mühe gegeben, die Autos so schnell wie möglich aus der Stadt zu führen. Die Leute, die im Tourismusgewerbe arbeiteten, zogen es vor, sie ein wenig länger im Zentrum verweilen zu lassen. Zwischen diesen beiden Interessengruppen hatte sich eine Pattsituation ergeben.

Gleich bei der A36, ehe sie in die Forester Road abzweigt, liegt einer der vielen sehr bekannten Pubs von Bath, The Crown. Das Gebäude stammt aus dem frühen zwanzigsten Jahrhundert und ragt mit seiner Steinfassade und den auf alt getrimmten Fenstern mit Steinpfosten zwischen einem Haus aus Georgianischer Zeit und einem Pseudolandhaus hervor, das eher nach Londoner Nobelvorort, nach Tennis am Freitag und Teeparty am Sonntag aussieht.

Zwei ältere Herrschaften schleiften einen Koffer über den Bürgersteig zu einem wartenden Taxi. Dabei hielten sie jemanden auf, der aus dem Pub heraustreten wollte. Der Mann hatte keine andere Wahl, als ihnen zu helfen. Und dieser Jemand war John Rees.

Honey versuchte sich zu verbergen. Damit hatte sie nicht gerechnet. Aber sie hatte geahnt, dass John sie irgendwann entdeckt haben musste, sie auf einem Marathonspaziergang um die ganze Stadt herumgeführt hatte und selbst auf ein schnelles Bier im Pub verschwunden war. Jetzt hätte sie gern ihr Kopftuch gehabt. Die Flöhe vermisste sie allerdings nicht.

Na ja, dachte sie, zumindest hat sich meine Beharrlichkeit rentiert. Er hat geglaubt, er hätte mich abgehängt, und nun stellt sich heraus, dass es ihm doch nicht gelungen ist.

Jetzt hatte sie ihn erwischt, und sie war sich ziemlich sicher, dass er sie noch nicht wieder gesehen hatte. Sobald die Tür des Taxis zugefallen war, machte sich John erneut auf den Weg, und er trug immer noch das Päckchen in dem braunen Packpapier unter dem Arm.

Es sah wirklich aus, als wäre es ein Bild. Oder eine Landkarte, die er verkauft hatte und nun liefern wollte. Aber warum sollte er ihr dann aus dem Weg gehen, wenn das alles war?

Ein dunkelgrünes Schild zeigte den Weg zur Bathwick Boating Station an. John eilte die Forester Road entlang. An dieser Straße stehen eindrucksvolle Häuser, die meisten aus der Zeit König Edwards um 1900 herum. Sie haben große Dächer mit kleinen roten Dachziegeln und geschnitzten Verzierungen an den Überständen. Quadratische Fensterscheiben in den Erkerfenstern blitzten nur so vor Sauberkeit. Normalerweise konnte man dort am Straßenrand immer gut einen Parkplatz finden, heute jedoch nicht. Am Ende der Straße schienen sich auch mehr Menschen zu drängeln als sonst. Einige Häuser hatte man in Frühstückspensionen umgewandelt, aber das war noch keine Erklärung dafür, warum entlang der Bordsteine die Autos dicht an dicht standen. Es musste etwas mit dem Bootshaus zu tun haben. Da fand irgendeine Veranstaltung statt. Honey war neugierig.

Am Ende der Straße spannte sich ein schmiedeeiserner Bogen über den Eingang zur Bathwick Boating Station. Die Straße verlief dort in einem großen Bogen, also konnte sie einfach am Bootshaus vorbeispazieren und dann problemlos wieder auf die Hauptstraße zurückkehren.

Was wohl im Bootshaus vor sich ging? Dort war ein wunderschönes altes Restaurant am Flussufer, und es gab auch einige vermietete Unterkünfte mit eigenem Zugang.

Auch auf dem dortigen Parkplatz standen viele Autos, und eine Menge Leute liefen im Gänsemarsch über den schmalen Pfad, der zum Eingang des Restaurants führte.

Die erste Regel des Beschattens: Man musste immer zur

Umgebung passen. Zunächst war Honey ein Teil der großen Menge. Kurz vor dem Eingang bog sie rechts ab und schlich zwischen dem Gebäude und dem Flussufer hindurch.

Saftig grüner Rasen fiel in sanften Wellen zum Fluss hinab, wo Trauerweiden ihre Äste zum dunkelgrünen Wasser neigten. Überall waren Blumen, besonders fielen einem herrliche bunte Kaskaden in den Hängekörben und den ringsum angebrachten Blumenkästen an den Fenstern der Mietwohnungen nebenan auf. Die Zimmer in der Boating Station waren genau das Richtige für Gäste, die tagsüber die Freuden der Stadt genießen und nachts ruhig schlafen wollten.

Die Leute, mit denen Honey gekommen war, waren alle im Bootshaus geblieben und schlenderten nun im Restaurant im ersten Stock herum. Das Summen von Gesprächen und leises Gelächter drangen über den breiten Balkon zu Honey herunter. Ein zartes Knoblaucharoma wehte hinterher, und Weingläser klirrten leise. Honey verrenkte sich den Hals nach John Rees.

Verdammt. Sie war einfach zu weit unten. Der Balkon war zu hoch und zu breit, die großen Fenster waren zu weit weg. Es blieb ihr nichts anderes übrig, als wieder zum Haupteingang zu gehen und zu hoffen, dass sie sich irgendwie hereinmogeln konnte.

Sie stieg die Stufen an der anderen Seite des Gebäudes hoch und gelangte zurück auf den Parkplatz. Sie hielt sich ein wenig abseits der Einfahrt, schaute auf die geparkten Autos, nur falls John sie bemerkt haben sollte und wieder nach draußen gegangen war.

Es verbarg sich niemand zwischen den Autos, oder, falls da jemand war, hatte sie ihn jedenfalls nicht gesehen.

Als sie gerade wieder zum Bootshaus gehen wollte, kam ein sehr eleganter, schicker Austen Healey herangerollt und wäre ihr beinahe über den Fuß gefahren. Es gab in Bath nur ein einziges Auto von so luxuriöser Grandezza.

Casper St. John Gervais, der Vorsitzende des Hotelfachver-

248

bands von Bath, war angekommen, und er hatte sie gesehen. Es gab kein Zurück.

Nachdem er den lederbezogenen Fahrersitz verlassen hatte, strich Casper über die ohnehin makellose Bügelfalte seiner Hose und richtete sich auf. Er trug ein senffarbenes Jackett zu einer zitronengelben Hose. Ein dunkelrot und senffarben gemustertes Halstuch quoll üppig aus dem Kragen seines Hemdes, das farblich genau zu seiner Hose passte.

»Ich hätte nicht erwartet, Sie hier zu treffen«, würgte Honey hervor. Sie versuchte so zu tun, als hätte sie eine offizielle Einladung erhalten. Casper hatte sicherlich eine bekommen. Er hielt sich ja für einen echten Kunstkenner. Desgleichen für einen Experten in Sachen Schauspiel, Kammermusik und frommen Arien, die von muskulösen Tenören mit italienischen Zügen und engen Hosen geschmettert wurden.

Er schaute sie ein wenig verwundert an.

»Sind Sie zu Fuß gekommen?«

»Ja«, antwortete sie fröhlich. »Woher wussten Sie das?«

»Sie wirken ein wenig verschwitzt. Nun, dann wollen wir mal los. Wir gehen jetzt besser hinein.«

Caspers Bemerkung hatte wehgetan. Honey fragte sich nun, ob sie nicht nur verschwitzt aussah, sondern auch so roch. Wie peinlich!

»Ich habe mir sagen lassen, dass wir das seltene Privileg genießen, heute Abend schon einen Blick auf die Ausstellung werfen zu können«, sagte Casper. »Es stellen wohl Künstler aus, die großes Potenzial haben und eine gute Investition wären. Überlegen Sie aber gut, ehe Sie etwas kaufen. Und wenn Sie sich über den künstlerischen Wert nicht ganz sicher sind, stehe ich Ihnen gern mit Rat und Tat zur Seite.«

»Das ist sehr freundlich«, antwortete Honey leicht verstört, obwohl ihr nichts ferner lag als der Kauf eines Kunstwerks.

Das war es also. Künstler stellten ihre Arbeiten aus. War John etwa einer dieser Künstler? Sie hatte nicht einmal ge-

249

wusst, dass er malen konnte. Das zeigte nur wieder, wie wenig sie ihn kannte, und plötzlich machte ihr das große Sorgen.

Das Restaurant bestand aus einem großen Raum und einem breiten Balkon, von dem man einen Blick auf den Fluss hatte, wo flache Boote am moosigen Ufer festgemacht waren. Es hatte sich sogar eine Ente auf dem Dach des Nebengebäudes niedergelassen, doch auf den zweiten Blick erkannte Honey, dass es keine lebende Ente war.

Als Casper und Honey eintraten, bot man ihnen ein Tablett mit etwas Spritzigem, Weißem an. Sie bedienten sich.

Casper nippte an seinem Glas und verzog das Gesicht.

»Was ich nicht alles für die Kunst tue«, stöhnte er. »Das ist nicht mal richtiger Champagner.«

Honey hatte keine Ahnung, ob die Gemälde gut oder schlecht waren, aber, he, sie konnte mühelos die Rolle der Kunstkennerin spielen, oder etwa nicht? Klar konnte sie das.

Sie setzte eine ernste Miene auf und verweilte länger bei den Bildern, die irgendwie anders zu sein schienen. Würde Casper so etwas kaufen? Möglicherweise konnte man die, die »irgendwie anders« waren, auch als »handwerklich gut« bezeichnen? Die konservativeren Gemälde – französische Straßencafés an nassem Kopfsteinpflaster oder ein Bauernhaus in der Toskana mit einem roten Ziegeldach – gefielen ihr am besten. Da konnte sie wenigstens erkennen, was abgebildet war.

»Was halten Sie hiervon?«, fragte Casper.

»Nun ja …« Sie sollte einen Kommentar zu einem Bild abgeben, auf dem etwas dargestellt war, das aussah wie gebratene Rinderleber und das den Titel »Der Kern der Sache« trug.

Casper hatte seine eigene Meinung und machte sich daran, sie ihr wortreich zu erläutern.

»Ich ziehe ja Werke vor, auf denen ich was erkennen kann – ich habe lieber Alte Meister als Alte Matratze. Das erinnert mich immer an des Kaisers neue Kleider, die so vornehm waren, dass niemand sie sehen konnte. Niemand wollte als Narr dastehen, und so wies niemand darauf hin, dass der arme alte

Kaiser splitterfasernackt war. Nun, so geht es mir mit der Kunst. Eine tote Kuh ist eine tote Kuh. Und keine Kunst. Kunst kommt von Können. Eine tote Kuh, da braucht man einen guten Metzger mit einem Satz schöner, scharfer Messer. Was mich wiederum auf Arabella Rolfe bringt. Wissen wir schon, wer so vernünftig war, diese furchtbare Frau ins Jenseits zu befördern?«

Casper hatte leider eine sehr durchdringende Stimme. Er schrie nicht, o nein. Er sprach lediglich, als richtete er seine Worte an eine große Massenversammlung. Köpfe wandten sich zu ihnen um.

»Noch nicht«, antwortete Honey, ein wenig peinlich berührt. »Obwohl wir einige Anhaltspunkte haben.«

»Der Ehemann. Es muss der Ehemann gewesen sein. Der Ehemann ist immer der Hauptverdächtige, und das ist auch gut so.«

»Er ist verschwunden.«

»Na, da haben wir es doch. Ein Zeichen seiner Schuld, wie es im Buche steht. Meine Güte, Honey, wie viele verschiedene Varianten es bei Mord doch gibt. Ich frage mich immer, ob sich darin unsere moderne Gesellschaft widerspiegelt, von all den billigen Dramen und den blutrünstigen Krimis beeinflusst. Erwürgt und dann in den Kamin gestopft!« Er schnalzte missbilligend mit der Zunge. »Aber, na ja, man muss schon für kleine Dinge dankbar sein. Zumindest ist kein Blut auf den Kaminrost getropft. Es ist schließlich ein sehr schöner Kamin. Mit Minton-Keramikfliesen verziert, wenn mich meine Erinnerung nicht trügt.«

»Ach, Sie kennen das Haus?« Sie hatte bisher keine Ahnung gehabt, dass Casper Cobden Manor je gesehen hatte.

»Ich habe mal mit dem Gedanken gespielt, es zu kaufen, mit einer alten Flamme als Partner. Aber dann hat er heimlich das sinkende Schiff verlassen. Buchstäblich, denn er war bei der Königlichen Marine. Hat was mit einem Gaucho in Argentinien angefangen und mir einen nichtssagenden Abschiedsbrief geschrieben. Na ja, es hat sich schließlich doch alles zum Besten gewendet. Kultur statt Kühe, sozusagen.«

Honey murmelte zustimmend; sie hatte eben John Rees entdeckt. Er stand auf dem Balkon und unterhielt sich angeregt mit demselben Mann, den sie in seinem Laden gesehen hatte. Sie versuchte sich an dessen Namen zu erinnern ...

Gelegentlich schauten John oder sein Gesprächspartner oder beide an eine Stelle, wo einige Leute sich um ein Kunstwerk zusammengefunden hatten, das man gerade erst aufgehängt hatte. Eine Frau hatte noch das zusammengefaltete Packpapier und ein Ende Schnur unter dem Arm, eine Frau, die hier das Sagen zu haben schien.

Honey runzelte die Stirn. »Casper. Hat Arabella gemalt?«

Casper schnaubte. »Ich glaube, sie hat ein bisschen herumgekleckst.«

Seine Stimme klang verächtlich. Er tat ihr nicht die Ehre, sie Malerin zu nennen, nur Kleckserin.

»Gehe ich recht in der Annahme, dass eines ihrer Gemälde hier ausgestellt ist?«

Casper zog die Augenbrauen in die Höhe. Sie waren wunderschön geschwungen und wurden regelmäßig bei den Hausbesuchen von Caspers Kosmetikerin in Form gezupft.

»Das wusste ich noch nicht. Wie spannend«, erwiderte er hochmütig, während er den Rand seines Sektglases musterte, ehe er es an die Lippen führte. »Bringen Sie mich hin.«

»Blumen«, sagte er dann verächtlich.

Die Blumen waren weiße Margeriten in einer Vase. Es war kein außergewöhnliches Bild.

Honeys Aufmerksamkeit war auf das Gemälde daneben gerichtet. Es zeigte das heruntergekommene Nebengebäude, in dem sie die Tote gefunden hatte.

»Das Außengebäude in Cobden Manor«, flüsterte Honey. Es sah aus, als spukte es dort.

Honey schaute näher hin, verengte die Augen, so dass sie die Einzelheiten besser ausmachen konnte.

Casper las den Titel vor. »*Der Eindringling*. Hm. Ein rätselhafter Titel. Kein schlechtes Bild. Annehmbar, auf seine eigene, kleine vorstädtische Weise.«

Seine Stimme klang säuerlich vor Verachtung. Das Bild würde in einem modernen Wohnzimmer sehr gut aussehen, aber es passte nicht zu Caspers Stil. Er hatte ohnehin genug Geld für Besseres.

Neugierig geworden, vergaß Honey, dass sie sich in der Gesellschaft der ortsansässigen Experten befand – jeder war ein Experte, wenn er Geld ausgeben konnte –, und äußerte ihre Meinung.

»Ich finde es gar nicht schlecht. Aber der Titel ist seltsam – oder vielleicht nicht«, fügte sie nachdenklich hinzu. Sie kniff erneut die Augen zusammen und musterte das kleine quadratische Fenster neben der Stalltür. Man sah dort ein Gesicht, ein Gesicht, das sie erkannte. Es war der Mann, den sie in J R Books gesehen hatte und der jetzt mit John sprach.

Casper war abgelenkt. Man hatte ihn um seine Meinung zu einer Tuschzeichnung mit roten Farbtupfern gebeten. Casper würde sie nicht vermissen.

Honey machte sich auf den Weg zum Balkon. Sie war entschlossen, John über seine Beziehung zu Arabella Rolfe und über den Aufenthaltsort ihres Mannes Adam zu befragen. John war zwar ihr Freund. Aber sie musste es tun.

Als er sie näherkommen sah, richtete sich John Rees auf, als müsste er sich für einen Angriff wappnen. Er schaute ihr zu, wie sie auf ihn zugestöckelt kam.

»John.«

»Honey.«

»Ich muss dir ein paar Fragen stellen. Ich hoffe, es macht dir nichts aus.«

»Und was ist, wenn ich nicht antworten möchte?«

Sie zog ihr Handy hervor und hielt es in die Höhe, so dass er sehen konnte, was es war. »Dann muss ich leider der Polizei sagen, dass ich glaube, dass Adam Rolfe bei dir wohnt.«

Dreißig

Sie gingen zum Flussufer herunter. John lief gedankenverloren neben Honey her, mit gesenktem Kopf und in den Hosentaschen vergrabenen Händen. Das Gras war feucht, die Erde darunter federte leicht. Honeys Schuhe mit den hohen, staksigen Absätzen hatten ihre Pflicht und Schuldigkeit getan, und sie hatte wirklich genug von ihnen. Sie ging barfuß, einen Schuh in jeder Hand.

»Ich habe es Adam versprochen«, sagte John schließlich. »Er braucht das Geld.«

»Wo ist er?«

John seufzte. »Ich weiß es nicht – jedenfalls nicht sicher. Er hat irgendwo ein Boot auf einem Fluss – ich glaube, auf der Themse. Er ruft mich täglich an.«

»John, du musst ihn überreden, dass er sich stellt.«

»Ich weiß, ich weiß.« Er schüttelte den Kopf. »Er hat Arabella nicht umgebracht. Ich kann nicht glauben, dass es war. Ich *will* nicht glauben, dass es war.«

»Was sagt er denn, wo er an dem Abend war?«

»Na ja. Du weißt doch, wie sehr er die Oper liebt …, und er hat da eine Freundin. Eine enge Freundin. Die hat ihm eine Karte geschenkt.«

»Sag bloß, das war Sofia Camilleri.«

»Sie ist sehr heißblütig.«

»Das findet ihr Ehemann auch. Und sie glaubt, dass er einen Privatdetektiv auf sie angesetzt hat. Sie dachte, ich wäre das. Sie erfreut sich zudem der Begleitung eines Sexprotzes in hauteng er Sportkleidung. Seltsam, wie diese Art von Klamotten auf Frauen in den besten Jahren zu wirken scheint …«

»Ehemann und Ehefrau verbringen viel Zeit getrennt voneinander, aber es ist nicht ganz …«

Honey hörte nicht zu. »Ich kann verstehen, wohin so was führen kann.«

»Da irrst du dich«, sagte er zu ihr.

Sie blieben am Flussufer stehen. Honey schaute ihm in die Augen. »Ich weiß, dass Adam Geldsorgen hatte, aber es war mir nicht klar, dass er auch eine Affäre hatte.«

John erwiderte ihren Blick. »Die beiden hatten keine Affäre. Es ging ums Malen. Sofia ist eine begeisterte Aquarellmalerin. Adam hat ihr erlaubt, in Cobden Manor zu malen, wo immer sie wollte.«

»Daher das Bild«, sagte Honey und deutete über die Schulter zum Bootshaus zurück.

»Genau. Aber du hattest recht mit Adams Investitionen. Früher hat er sein Geld in Immobilien gesteckt. Er hat damit ein Vermögen verdient. Doch dann hat er in ein Projekt in Spanien investiert, ein gigantisches Projekt. Es war viel zu groß für ihn, so dass er das Geld nicht allein aufbringen konnte. Also wurde ein Konsortium gegründet, und andere Leute kamen mit ins Boot. Leider ist alles schiefgegangen. Es stellte sich heraus, dass das Land, auf dem sie bereits mit dem Bauen begonnen hatten, gar nicht als Bauland ausgewiesen war, ja, dass es ihnen nicht einmal gehörte. Zu allem Überfluss hatte Adam, als die Verluste immer größer wurden, auch noch mit seinem Privatvermögen gebürgt. Und dann ist alles zusammengekracht wie ein Kartenhaus.«

»Ich nehme an, Arabellas Ansprüche haben die Sache auch nicht gerade besser gemacht.«

John lächelte ein wenig wehmütig und schaute sie leicht tadelnd von der Seite an. »Arabella war nicht nur die üble Zicke, als die alle sie beschreiben. Sie hat Adam ihr Vermögen zur Verfügung gestellt. Anscheinend hatte sie einiges angespart. Geld, das sie von ihrer Familie hatte.«

In Honeys Kopf schrillten die Alarmglocken. »Von ihrem Vater?«

Er zuckte die Achseln und vergrub die Hände wieder in den

Hosentaschen. »Das nehme ich an. Ich weiß es aber nicht genau.«

»Wusstest du, dass sie früher Tracey Casey hieß?«

»Wirklich?« Er zog erstaunt die Augenbrauen in die Höhe. Ein belustigtes Lächeln erhellte seine Züge. »Dafür hätte man ihre Eltern erschießen sollen.«

»Dann wurde sie Mrs. Dwyer.«

»Sie war schon einmal verheiratet? Das habe ich nicht gewusst.«

»Du hast also nicht gewusst, dass sie schon mal verheiratet war, folglich weißt du auch nicht, dass sie Kinder hatte.«

Er stutzte. Die Trauerweiden am anderen Ufer bildeten einen schönen Hintergrund für seine schmale Gestalt. Zweifellos war er sehr überrascht.

»Davon habe ich nichts geahnt. Ich dachte immer, sie hasste Kinder.«

Honey schaute ihn nachdenklich an. Warum sollte eine Frau, die vielleicht selbst Mutter war, die Kinder ihres Ehemanns hassen? Oder vielleicht hatte sie sie gar nicht gehasst? Vielleicht hatte sie nur etwas dagegen gehabt, dass er Kontakt zu seinen Kindern hatte und sie nicht zu ihren? Vielleicht durfte sie ihre Kinder nicht mehr sehen. Vielleicht hatte man sie ihr vor langer Zeit weggenommen? Hatte das ihr Schwiegervater getan? War es vielleicht das gewesen?

»Dominic glaubt, dass sein Vater der Mörder ist. Der Junge ist ganz verstört deswegen.«

John nagte auf der Unterlippe, schaute sie an, wandte dann den Blick ab. Irgendetwas am anderen Flussufer schien seine Aufmerksamkeit erregt zu haben.

John zuckte die Achseln. »Adam geht es wohl wirklich schlecht. Er macht sich Sorgen, und ich glaube, nicht nur um seinen Sohn. Ich fürchte, da ist mehr, aber ich weiß nicht, was es ist. Er liebt seine Kinder. Das weißt du, nicht wahr?«

Honey runzelte die Stirn. »Wo ist er? Du könntest wegen Beihilfe zum Mord angeklagt werden. Das ist dir doch klar?«

Die unterschiedlichsten Gefühle zeichneten sich auf seinem Gesicht ab. Dann nickte er. »Er hat sich ein neues Handy besorgt, und ich habe die Nummer. Ich vermute, sonst hat die niemand.«

»Bring ihn dazu, sich der Polizei zu stellen. Nur so kann er seine Unschuld beweisen, nur so kann er vermeiden, dass du sechs Monate hinter Gitter musst. Die Polizei kann dein Telefon konfiszieren, und sie können die Nummer zurückverfolgen. Das weißt du bestimmt.«

Die Schatten der herabhängenden Zweige verdeckten teilweise das Licht aus dem Restaurant, das auf seinem Gesicht flackerte. Honey hielt die Luft an. Sie sah, wie er nickte.

»Überlasse alles mir. Ich schaue mal, was ich machen kann. Aber er hat es nicht getan, Honey. Er hat nicht den Mumm für so etwas. Und er hat Angst. Ich weiß nicht, wovor er Angst hat. Aber das kannst du mir glauben, er hat Angst.«

Honey schüttelte den Kopf. Die Brise, die vom Wasser kam, wehte ihr ein paar Haarsträhnen ins Gesicht. Sie überlegte, dass sie möglicherweise wusste, vor wem Adam Angst hatte, obwohl John den Grund dafür vielleicht nicht ahnte. Es musste etwas mit Arabellas Vergangenheit zu tun haben. Das musste einfach so sein.

Honey schaute John an. »Das hat die Polizei zu entscheiden, John. Klar, die sind nicht unfehlbar, aber anders geht es nicht. Ich gebe dir Zeit bis morgen früh.« Sie wandte sich abrupt ab und ging fort.

»Ich begleite dich nach Hause«, rief er hinter ihr her.

Sie winkte ihm über die Schulter zu. »Heute Abend nicht«, erwiderte sie. Sie hatte einen Kloß im Hals und schluckte schwer. Die ganz besondere Freundschaft zwischen ihr und John hatte einen Riss bekommen, und sie war sich nicht sicher, ob sie je wieder werden würde wie früher.

Steve Doherty war wach und munter. Er wollte auf keinen Fall zugeben, dass er sich noch nicht völlig erholt hatte.

Am Handy teilte ihm Honey mit, sie hätte eine heiße Spur entdeckt, die zum möglichen Aufenthaltsort von Adam Rolfe führen könnte.

»Aber ich muss das noch mal genau überprüfen, ehe ich dir Genaueres dazu sagen kann. Ach, und wusstest du, dass Arabella gemalt hat? Ich habe gestern Abend in einer Ausstellung eines ihrer Bilder gesehen.«

»Und? War es gut?«

Honey überlegte. »Nein. Jedenfalls hat das Bild daneben eher meine Aufmerksamkeit erregt. Darauf war das Außengebäude zu sehen, in dem ich Arabella gefunden habe. Gemalt hat es die Opernsängerin, die neulich bei mir war. Das Bild war ziemlich gruselig.«

»Arabellas Bild könnte vielleicht wertvoll sein, jetzt, da sie tot ist.«

Honey schüttelte den Kopf. »Das glaube ich nicht.«

»So schlimm?«

Sie nickte. »So schlimm.«

Doherty stöhnte, als er sich auf die andere Seite drehte.

»Pass auf deinen Rücken auf«, warnte ihn Honey. »Der braucht noch viel liebevolle Aufmerksamkeit.«

»Ich verlasse mich da ganz auf dich. Bis heute Abend!«

Honey rief noch bei Casper an, um sich zu entschuldigen, weil sie das Bootshaus verlassen hatte, ohne sich von ihm zu verabschieden.

»Aber ich bin froh, dass ich hingegangen bin«, sagte sie zu ihm. »Ich habe dabei eine sehr wichtige Spur in unserem Mordfall aufgetan.«

»Ersparen Sie mir die Einzelheiten, mein liebes Mädchen! Der Hinweis möge genügen, dass ich mich darauf freue, dass wir in Bath unsere Selbstachtung wiedergewinnen.«

Honey fand, dass das seltsam klang. Als wäre Casper eine zweitrangige Schauspielerin, die man oben ohne auf der Bühne eines Nachtklubs erwischt hatte.

Honey jedenfalls war alles andere als glücklich. Nur die Verabredung mit Doherty später im Zodiac Club munterte sie ein wenig auf.

»Dann erzähle ich dir, wie ich vorangekommen bin«, versprach sie ihm.

Im Green River herrschte emsige Geschäftigkeit. Die Newbourne Nannies hielten ihre alljährliche Konferenz dort ab. Honey erkundigte sich bei Lindsey, wie alles lief.

»Mary Jane findet ja, dass sie Mary Poppins nicht das Wasser reichen können«, antwortete Lindsey. »Ich für meinen Teil denke, dass sie das sehr wohl schaffen.«

Aus dem Konferenzraum strömten junge Frauen mit wachen Gesichtern, die adrette dunkelblaue Uniformen mit roten Paspeln an Kragen und Manschetten trugen. Diese Kindermädchen waren dazu ausgebildet, sich um die lieben Kleinen der Reichsten der Reichen zu kümmern. Sie waren überall auf der Welt sehr gefragt. Die Vereinigung der Newbourne Nannies war in jener vergangenen Zeit gegründet worden, als jede Familie, die es sich leisten konnte, ihre Babys und Kleinkinder jungen Frauen anvertraute und sich auf eine strenge Routine verließ.

Als Adelaide Newbourne Honey erblickte, strahlte die Enkelin des Gründers Matthias Newbourne übers ganze Gesicht und kam mit großen Schritten zu ihr herüber. Sie war eine kräftig gebaute Frau, und jede Pore atmete Effizienz und Autorität.

»Mrs. Driver. Die Newbourne Nannies grüßen Sie. Perfekte Vorbereitung. Rein gar nichts wurde übersehen. Allerdings hätten wir Earl Grey vorgezogen. Oder Darjeeling. Meine Mädchen sind erlesene Getränke gewöhnt, genau wie ihre Arbeitgeberinnen.«

Honey dankte ihr für das Kompliment. Und versprach, dass bei zukünftigen »Nannies«-Veranstaltungen der bevorzugte Tee gereicht würde.

Adelaide Newbourne schnaufte zufrieden. »Ehre, wem Ehre gebührt. Übrigens auch diese junge Dame hier hat Lob verdient. Vorbildlich«, sagte sie mit einer kurzen Kopfbewegung zu

Lindsey. »Wenn Sie je daran denken, eine andere Laufbahn einzuschlagen, rufen Sie mich an, junge Dame.«

Jeder andere hätte die plötzliche Anspannung in Lindseys Zügen übersehen, aber Honey war ja ihre Mutter.

»Mögen Sie Kinder?«, fragte Miss Newbourne fröhlich, und ihre roten Wangen glänzten wie polierte Äpfelchen.

Lindsey lächelte. »Wenn sie so weit wie möglich weg sind.«

Einunddreißig

Im Zodiac Club war die Hölle los. Steaks, Würstchen und in Knoblauch marinierte Garnelen brutzelten auf dem Grill. Die Kellnerinnen schlängelten sich zwischen den Tischen hindurch, trugen mit Essen vollgehäufte Teller in beiden hocherhobenen Händen.

Honey und Doherty diskutierten das Für und Wider des Falls, angefangen mit Adam Rolfes erster Frau Susan, die nicht wieder geheiratet hatte und aus Bath nach Bradford-on-Avon gezogen war.

»Seltsam, dass sie in Bradford-on-Avon wohnt«, sagte Doherty. »Meiner Meinung nach ist das viel zu nah bei ihrem Mann, wenn man bedenkt, dass sie die Verlassene war. Ich hätte gedacht, dass sie ganz weg will. Ein neues Leben anfangen und so.«

»Das hätte ich auch gedacht. Aber andererseits hatten sie drei Kinder miteinander. Der Ehemann hat Besuchsrecht. Nicht dass ihm seine zweite Frau erlaubt hätte, dieses Recht auszuüben. John Rees sagt, dass Arabella die Kinder hasste. Aber er wusste nichts von Arabellas erster Ehe oder darüber, dass sie vielleicht selbst Kinder hatte.«

Dohertys Augen wurden ganz dunkel. »Man hätte doch meinen können, dass Adam sich bemüht hätte, seine Kinder zu sehen. Ich hätte das gemacht.«

Doherty und seine Exfrau lebten über hundert Meilen voneinander entfernt. Seine Tochter, die im Teenageralter war, erschien gelegentlich, doch eigentlich nur, wenn sie sich mit ihrer Mutter gestritten hatte und die Unterstützung ihres Vaters – und sein Geld – brauchte, um den Kopf über Wasser zu halten.

Honey gab nicht nach. »Sie hat immer noch viel für ihn übrig. Darauf wette ich zehn Pfund.«

»Die Wette gilt.«

»Aber ich bin mir nicht sicher, dass er es getan hat, Steve. Ich meine, er ist eigentlich eher der ängstliche Typ. Sie war viel stärker als er. Und er ist nicht gerade kräftig gebaut – wenn er auch breite Schultern hat.«

Doherty spitzte den Mund. »Dwyer war ein kräftiger Kerl. Seine Brüder auch.«

Dass Adam Rolfe am nächsten Morgen in der Polizeiwache auf der Manvers Street auftauchte, war eine große, wenn auch sehr angenehme Überraschung für Steve Doherty. Natürlich schob er die Vernehmung nicht auf die lange Bank.

Die Atmosphäre im Verhörzimmer war angespannt. Doherty führte das darauf zurück, dass das Ergebnis bereits festzustehen schien. Wie sich herausstellte, hatte er damit recht. Trotzdem kam schon bald alles anders.

Adam Rolfe saß da und hielt die gefalteten Hände zwischen die Knie gepresst. Sein Gesicht wirkte hager, die Augen waren zum Boden gesenkt.

»Ich war's. Ich habe Arabella umgebracht.« Er sagte das mit fester Stimme, obwohl Doherty dem nicht viel Bedeutung beimaß. Im Gegenteil, er hatte ja noch nicht einmal mit seiner Vernehmung angefangen. Dass jemand ein Geständnis ablegte, ehe man ihm überhaupt eine Frage gestellt hatte, war nicht nur unangenehm, es schien irgendwie unangemessen. Erst musste es doch ein bisschen hin und her gehen, ehe jemand eine Tat gestand. Sonst hatte man nicht den Eindruck, dass er es ernst meinte.

Doherty verschränkte die Arme und spürte, wie sich die Muskeln unter den Ärmeln seines T-Shirts spannten.

»Warum?«

Adam Rolfe schaute hoch. Seine Lider zuckten nervös. »Warum? Na ja, weil sie es verdient hatte.«

»Wieso?«

Doherty war der Meinung, dass Adam Rolfe ihn anlog. Er

erkannte alle Anzeichen dafür: die unruhigen Finger, die fest zusammengedrückten Knie. Der Mann hatte geglaubt, dass er das Richtige tat und dass man sein Geständnis für bare Münze nehmen würde. Doherty spielte mit ihm. Zumindest schien es Adam so vorzukommen. Tatsächlich fragte Steve nur nach, wollte tiefer vordringen, wollte eine Bestätigung dafür, dass Adam seine Frau wirklich umgebracht hatte.

»Ich hab's einfach gemacht«, plärrte Rolfe.

Doherty rieb sich mit der Hand über das stoppelige Kinn. »Wir wollen alle irgendwann einmal unsere Ehefrauen oder Partnerinnen umbringen. Aber irgendwas muss die Tat auslösen. Damit meine ich zum Beispiel einen letzten fürchterlichen Streit, nach dem Sie einfach rotgesehen haben. Sagen Sie mir, wann Sie rotgesehen haben, Mr. Rolfe. Sagen Sie mir, wann Sie es einfach nicht mehr aushalten konnten, Ihrer Frau eins über den Schädel geschlagen und sie dann in den Kamin gestopft haben.«

Rolfe starrte ihn mit großen kugelrunden Augen an. Doherty konnte seine Angst beinahe riechen, wusste aber instinktiv, dass er nicht um sich Angst hatte, sondern dass er jemanden schützen wollte.

»Ihr Sohn hat es auch nicht getan, Mr. Rolfe. Sie brauchen ihn also nicht in Schutz zu nehmen. Er war in der fraglichen Nacht bei seiner Großmutter.«

Einen Augenblick lang schien Adam Rolfe zu erstarren, dann sackte er in sich zusammen. Der Kopf sank ihm in die Hände. Doherty wusste, dass er weinte.

»Eine ganz andere Frage, Mr. Rolfe. Kennen Sie einen Mann namens Sean Fox?«

Ein tränenüberströmtes Gesicht tauchte hinter den zitternden bleichen Händen auf. »Was?«

»Sean Fox. Kennen Sie den?«

Rolfe zuckte wegwerfend die Schultern. »Das ist jemand, mit dem meine Frau zusammengearbeitet hat, sonst nichts.«

»Standen die beiden sich nahe?«

Adam Rolfe schüttelte den Kopf. »Das könnte ich nicht sagen. Ich habe versucht, nichts mit den Fernsehleuten zu tun zu haben. Ich konnte die nicht ausstehen.«

Doherty lag die Frage auf der Zunge, warum zum Teufel er dann Arabella geheiratet hatte? War sie nicht auch beim Fernsehen?

Nun kam die Eine-Million-Dollar-Frage. »Hat Ihre Frau jemals erwähnt, dass sie schon einmal verheiratet war?«, fragte Doherty.

Adams Gesicht war teigigweiß. Er sah völlig verloren aus. Und er sah ängstlich aus.

»Oder dass sie Kinder hatte?«

»Nein!«

Seine Stimme hallte im Verhörzimmer wider. Irgendwas an diesem Echo klang falsch.

»Wo waren Sie in der Mordnacht?«

Er seufzte. »Ich war mit Susan zusammen. Wir haben uns in einem Pub getroffen. Sie wollte ein paar Dinge mit mir besprechen.«

»Haben Sie sich oft getroffen, um Dinge miteinander zu besprechen?«

Er nickte.

»Ohne Arabella davon zu erzählen?«

Er nickte wieder. »Das war besser so. Sie war so eifersüchtig auf alles, was ich mit den Kindern gemacht habe.«

»Eifersüchtig? Auf Susan oder die Kinder?«

»Sie mochte Kinder nicht.«

Doherty schürzte die Lippen und legte die Fingerspitzen zusammen. »Gut. Wir überprüfen das mit Susan.«

Doherty konnte nicht genau sagen, warum, aber er war sich sicher, dass Adam Rolfe mehr wusste. Er würde jedenfalls mit ihm nicht weiterkommen, wenn er nur die offensichtlichen Fragen stellte, die von bereits bestätigten Tatsachen untermauert waren.

»Sean Fox. Er war Arabellas Sohn, nicht wahr?«

Adams Augen schienen noch weiter in seinem Schädel zu versinken, strahlten aber gleichzeitig heller.

»Da war wohl auch noch eine junge Frau. Wissen Sie, wie die hieß, Mr. Rolfe? Wissen Sie, wo wir sie finden könnten?«

Er schüttelte den Kopf. »Keine Ahnung, wovon Sie reden. Arabella hat mit jemandem namens Sean Fox zusammengearbeitet. Mehr weiß ich nicht.«

Doherty schaute ihn schweigend an. Dann sagte er: »Und Sie haben nie etwas von der ersten Ehe Ihrer Frau gehört und von den beiden Kindern, die aus dieser Ehe stammen?«

»Nein.«

Adam wich seinem Blick aus. Da war ihm mit absoluter Sicherheit klar, dass der Mann log.

Zweiunddreißig

Susan Rolfe bestätigte, dass ihr Mann mit ihr zusammen gewesen war. »Wir hatten wegen der Kinder einiges zu besprechen.«

Der Ehemann war also aus dem Schneider. Der Barkeeper in dem Pub – dem Crooked Oak bei Farrington Gurney – war sich ziemlich sicher, dass er sich an die beiden erinnern konnte.

»Ein großes Pils für den Herrn und einen Amaretto mit Cranberry-Saft für die Dame.«

Doherty hatte keinen Grund, Adam Rolfe weiter auf der Wache festzuhalten. Das Alibi passte. Es gab keinerlei Beweise dafür, dass der Mann an jenem Abend in Cobden Manor gewesen war.

Ein wenig entnervt traf sich Steve Doherty nach dem Mittagessen mit Honey.

Wie immer wirbelte sie äußerst geschäftig durchs Leben. Clint war tatsächlich mit Anna zu einem Geburtsvorbereitungskurs gegangen, und die Spülmaschine streikte mal wieder. Honey hatte Smudger vorgeschlagen, er könnte ihr doch helfen, das Geschirr von Hand zu spülen. Der eisige Blick, den er ihr zugeworfen hatte, sprach Bände. Also spülte Doherty, und sie trocknete ab. Während er so schnell abwusch, wie er nur konnte, teilte er ihr in allen Einzelheiten die neuesten Erkenntnisse zum Fall Arabella Neville mit.

»Und Petra Deacon?«

»Ah ja. Die Frau auf der Damentoilette. Meine Leute haben schon mit ihr gesprochen. Sie hat abgestritten, dass sie je dergleichen gesagt hat – was bedeutet, dass du und ich ihr einen Besuch abstatten müssen. Du hast sie ja gehört.«

Nachdenklich geworden, nahm sich Steve eine Tasse Kaffee. »Adam *schien* ja wirklich bestürzt zu sein, als ich erwähnte, dass Arabella vor ihrer Ehe mit ihm schon einmal verheiratet war.

Aber wütend ist er nicht geworden. Das hätte ich allerdings eher erwartet. Ich hätte gedacht, er würde toben und rasen, nachdem ich gesagt hatte, dass sie auch zwei Kinder hatte, aber das hat er nicht gemacht. Ich jedenfalls wäre stocksauer gewesen.«

Petra Deacon wohnte in einem Flügel eines Landhauses. In längst vergangenen Zeiten war Haverton Hall einmal das Heim eines Wollhändlers gewesen. Im neunzehnten Jahrhundert hatte Cecil Haverton, der ohnehin schon recht wohlhabend war, ein Vermögen angehäuft, nachdem er ein verbessertes Verfahren erfunden hatte, wie man das Lanolin aus der Schafwolle herauslösen konnte. Diese Methode und die sich daraus ergebenden Vorteile für die chemische und die Wollindustrie hatten ihn steinreich gemacht. Und so hatte er sich einen schönen kleinen Hügel ein paar Meilen westlich von Bath gekauft, von wo aus man einen herrlichen Blick über Clevedon Bay hatte.

Das Haus war in einer bizarren Mischung von Baustilen errichtet worden: Tudor, Gotik und ein wenig Märchenschloss Marke Hollywood. Alles lange vor der Geburt von Walt Disney.

Inzwischen waren die Zeiten längst vorbei, in denen sich selbst reiche Leute ein so ausgedehntes Anwesen leisten konnten oder wollten. Also hatte man das Gebäude in ein Dutzend Luxusapartments aufgeteilt, die die Tennisplätze, den herrlichen Salon und die Portiers- und Hausmeisterdienste gemeinsam hatten.

Petras Wohnung erreichte man mit dem Aufzug zum zweiten Stock. Sie erstreckte sich über zwei Etagen eines Eckturms, der in neogotischem Stil gehalten war.

Als sich die Aufzugtür öffnete, sahen Steve und Honey vor sich einen gleißend hellen Flur.

»Hier entlang, glaube ich«, sagte Doherty.

Jemand trat aus einer Tür, die in einiger Entfernung von ihnen lag. Honey erblickte einen hochaufgeschossenen Mann, der elegant gekleidet und flott zu Fuß war, so flott, dass er nur einen schnellen Blick in ihre Richtung warf und sofort die Treppe hinunterflitzte.

Honey runzelte die Stirn. »Vielleicht bilde ich mir das ja auch nur ein, aber ich glaube, den habe ich schon mal irgendwo gesehen.«

Doherty schaute sie ernst an. »An einem ganz besonderen Ort?«

Sie wusste, dass er sie eigentlich fragte, ob es etwas mit dem Mord zu tun hatte.

Sie zuckte die Achseln. »Keine Ahnung. Aber es fällt mir schon noch ein.«

Petra Deacon war eine der coolsten Frauen, der Honey je begegnet war. Sie war groß und schlank und hatte einen völlig makellosen Teint, wie man ihn sonst nur auf heftig retuschierten Fotos sieht. Das Haar fiel ihr wie ein rotbrauner Schleier über den Rücken. Ihre Augen hatten das wunderbare Grün, das man romantischen Heldinnen zuschreibt. Sie trug einen cremefarbenen schulterfreien Pullover, der in der Taille eng anlag. Ihre Hose war ebenfalls cremefarben mit rehbraunen Sprenkeln. Sie hatte nackte Füße, und die Zehennägel waren abwechselnd rosa und lila lackiert.

»Ja«, sagte sie, und ihre strahlend weißen Zähne blitzten zwischen apricotfarbenen Lippen hervor.

Ein einziges Wort genügte Honey natürlich nicht, um festzustellen, ob sie die Stimme wiedererkannte oder nicht.

Doherty zeigte seinen Dienstausweis und erklärte, warum sie gekommen waren.

»Sie erinnern sich an die Veranstaltung im Römischen Bad?«, fragte er Petra Deacon.

Das konnte sie schlecht leugnen. Ihr Name hatte auf der von Glenwood Halley zur Verfügung gestellten Gästeliste gestanden. Bisher war der Name nicht sonderlich interessant gewesen – bis Milly zugegeben hatte, dass sie die Stimme erkannt hatte.

Petra Deacon machte die Tür kaum weiter als zwanzig Zentimeter auf. Es sah immer noch so aus, als wollte sie Honey und Doherty trotz des Dienstausweises nicht in die Wohnung lassen.

»Worum geht es, bitte?«

Ihre Stimme klang rauchig. Hätte sie nicht als Moderatorin beim Fernsehen gearbeitet, wäre eine Karriere im Telefonsex nicht ausgeschlossen gewesen. Den Anrufern würde das Maul nur so triefen!

Doherty erklärte, dass es um den Mord an Mrs. Arabella Rolfe ging. »Sie kannten sie wahrscheinlich besser als Arabella Neville. Sie war Moderatorin beim Fernsehen.«

Der perfekte, coole Gesichtsausdruck erstarrte. Die weichen Lippen schienen sich ein wenig über den Zähnen zu straffen.

»Ich kannte sie. Ich habe gehört, dass sie tot ist. Und was hat das alles mit mir zu tun?«

»Es hat jemand mit angehört, dass sie gedroht haben, sie umzubringen.«

»Wer sagt das?«

Honey meldete sich zu Wort. »Ich.«

Petra Deacons Mund öffnete sich leicht, als müsste sie einen tonlosen Seufzer ausstoßen. Ihre Augen wurden stahlhart, als sie sich auf Honeys Gesicht hefteten.

»Also«, sagte Doherty und machte einen Schritt zur Tür hinein. »Hätten Sie etwas dagegen, wenn wir hereinkommen?«

Wortlos ließ sie die beiden ein.

»Gut«, sagte sie, verschränkte die Arme und stand in Verteidigungsstellung und gleichzeitig feindselig da. »Was soll ich angeblich gesagt haben?«

Die hasserfüllte Bemerkung war an Honey gerichtet.

»Ihre Drohung, Arabella Neville umzubringen, haben Sie die in die Tat umgesetzt?«

»Natürlich nicht. Ich bin kein aggressiver Mensch.«

»Sie sagten, sie würden Leute kennen, die diesen Job übernehmen könnten«, fasste Honey nach.

»Machen Sie, dass Sie rauskommen!«

»Kennen Sie wirklich die richtigen Leute?«, fragte Doherty. Seine Stimme war fest und ohne jegliche Emotion.

»Ich habe es doch gerade gesagt. Ich war es nicht. Und ich habe auch niemanden dafür bezahlt, es zu tun. Ich habe den Job bekommen, hinter dem sie her war. Und sie war selbst schuld. Sie ist hysterisch aus dem Studio gestürmt.«

»Sie hat sich mit jemandem gestritten?«

»Arabella hat sich immer mit jemandem gestritten. Punkt! Besonders, wenn sie ihren Willen nicht durchsetzen konnte.«

»Das haben wir auch schon gehört. Mit wem hat sie sich diesmal gestritten?«

»Keine Ahnung.«

»Ist sie mit jemandem besonders schlecht ausgekommen?«

»Mit allen.«

»Ach, Ms. Deacon. Irgendjemand muss sie doch gemocht haben.«

»Den können Sie suchen wie die Nadel im Heuhaufen. Ich jedenfalls habe sie ganz bestimmt nicht gemocht! Diese Scheißschlampe ist vom Set gestürmt und hat dann später am Abend bei mir angerufen und mich auch noch beschuldigt, ich hätte ihre Handtasche geklaut.«

Doherty blieb beharrlich. »Sie müssen doch eine Ahnung haben, worum es bei dem Streit ging?«

»Ich weiß es nicht. Es hat jemand angerufen, sie hat herumgebrüllt, und dann ist sie davongestürmt.«

»Und ihre Handtasche? Haben Sie die genommen?«

»Warum zum Teufel sollte ich das tun? Wir hatten nicht mal denselben Modegeschmack. Sie war ja so viel *älter* als ich!«

»Wer sonst hätte sie denn umbringen wollen?«

»Jede Menge Leute.«

»Ist es nicht möglich, dass jemand sie vermisst?«

»Kaum, Schätzchen«, antwortete Petra, und ein hässliches Grinsen verdunkelte ihre vollkommenen Gesichtszüge. »Die vermisst keiner, zumindest keiner, der sie kannte.«

»Wer war der Anrufer? Wissen Sie das?«

»Ich habe es Ihnen doch schon gesagt. Ich weiß es nicht. Der Ehemann. Ein Liebhaber.« Als sie die Achseln zuckte, rutschte der Pullover noch weiter herunter, entblößte noch mehr sinnliche Schulter, noch mehr seidenglatten Oberarm.

Das war also die Frau, die die Zuschauer über ihre Fernsehbildschirme nur zu gern zu sich ins Wohnzimmer einluden. Und sie hielten sie für eine durch und durch reizende Person. Wenn die wüssten, überlegte Honey. Aber die Leute wollten es gar nicht wissen. Petra Deacon war eine Berühmtheit, und alle, die sie nicht näher kannten, verehrten sie glühend.

Doherty bohrte weiter. »Wussten Sie viel über Arabellas Leben?«

Petra lachte spöttisch. »Wofür halten Sie mich? Für eine gottverdammte Hellseherin? Arabella hat ihr Privatleben sehr geheim gehalten – außer natürlich, wenn sie sich davon finanzielle Vorteile versprach, dass es in den Boulevardzeitungen breitgetreten wurde. Jeder, der ihr einen ordentlichen Batzen für ihre Märchen – und ich meine das wörtlich – zahlte, konnte sie kriegen.«

Nur hier und da eine Kleinigkeit blieb allen verborgen, dachte Honey. Dann kam ihr plötzlich ein Gedanke. Niemand hatte irgendetwas über Arabellas Vergangenheit gewusst, einschließlich ihres Ehemanns. Konnte es möglich sein, dass jemand es sich zur Aufgabe gemacht hatte, mehr herauszufinden, als sie der Öffentlichkeit zur Verfügung stellte?

Doherty schaute die Fernsehmoderatorin fragend an.

»Ich nehme an, Sie kannten Sean Fox.«

»Ja.«

»Man hat ihn an einem Baum aufgeknüpft gefunden.«

»Ich habe davon gehört, dass er Selbstmord begangen hat. Er war schwul, wissen Sie.«

»Er hat nicht Selbstmord begangen. Er wurde umgebracht.«

Petras Verteidigungshaltung brach zusammen. Honey war klar, dass das nicht lange so bleiben würde, und sie schaltete sich schnell ein.

271

»Entschuldigung«, sagte sie, »aber wer war der Herr, der gegangen ist, kurz bevor wir hier ankamen?«

»Ein Freund. Nur ein Freund.«

Doherty begriff, worauf Honey hinauswollte, und übernahm den Staffelstab. »Wie wäre es mit einem Namen?«

Petra Deacon warf den Kopf lässig in den Nacken, und ihre Augen blitzten in dem vergeblichen Versuch, ihn zum Wegsehen zu zwingen. »Er ist nur ein Freund.«

Doherty blieb beharrlich. »Dann könnten Sie mir ja seinen Namen nennen.«

Die Kiefer der Moderatorin mahlten. Sie knirschte mit den Zähnen.

»Gabriel Forbes. Der hat auch Fragen gestellt. Der Mann ist völlig besessen. Er glaubt, dass seine Frau Affären hat. Und verdammt noch mal, die sollte eine Affäre haben. Mehr als eine. Die kann nicht mal losziehen und ein Aquarell malen, ohne dass er jemanden auf sie ansetzt, der ihr nachspioniert.«

Dreiunddreißig

Auf der Rückfahrt versuchte Honey, all die Menschen – und Ereignisse – unter einen Hut zu bringen. Sie schwieg lange nachdenklich.

Plötzlich trat Doherty auf die Bremse und blieb auf einem günstig gelegenen Parkplatz stehen.

»Okay. Was ist los?«

Der Motor war ausgeschaltet. Das Verdeck war zu. Sie spürte den fragenden Blick, ehe sie sich zu ihm umwandte.

»Dieser Mann, dieser Gabriel Forbes, Sofia Camilleris Ehemann«, sagte sie, »ich habe den schon mal gesehen. Er war in J R Books.«

»Im Laden deines Freundes. John, so heißt er doch?«

Es überraschte Honey ein wenig, dass Doherty John ihren Freund genannt hatte. Sie hatte seinen Namen immer nur beiläufig erwähnt.

Sie nickte. »Ich habe ihn da gesehen.«

»Hat er was mit dem Fall zu tun?«

Sie kaute auf ihrer Unterlippe herum. »Nur insofern als John und Adam alte Freunde sind. Das ist die einzige Verbindung. Aber das ist jetzt nicht mehr wichtig, oder? Adam ist aus dem Schneider.«

Doherty legte ihr den Arm um die Schulter und streichelte ihr sanft den Nacken.

»Honey. Eins ist wichtig, das müssen wir unbedingt machen.«

Honey war überzeugt, dass er sie zu ihrer Beziehung mit John ausfragen wollte. Ihr Herz pochte, raste, hüpfte.

»Und was ist das?«, würgte sie schließlich hervor, nachdem sie schwer geschluckt hatte.

»Wir müssen Arabellas Telefon finden. Derjenige, der sie im Studio angerufen hat, der weiß auch, wer sie ermordet hat.«

»Oder er hat sie selbst umgebracht?«

»Korrekt.«

»Und Sean Fox?«

Er runzelte die Stirn. »Ich bin nicht sicher, wie der ins Bild passt, aber ich bin sicher, er passt.«

Honey war völlig verdattert, als die Karten für die Live-Aufzeichnung des neuen Programms *Vergangene Leben und Weissagungen* mit der Post kamen. Es lag noch eine kleine Nachricht von Faith Page dabei.

»Ich glaube, Sie werden die Sendung außerordentlich aufschlussreich finden.«

Zwei Karten. Honey tippte sich damit ans Kinn. Steve Doherty musste sofort davon erfahren. Sie rief an, wurde aber von einer Polizistin darüber informiert, dass Steve nicht im Haus war.

»Er wurde zu einem Vorfall gerufen.«

»Zu was für einem Vorfall?«

Die Polizistin am anderen Ende war nicht gerade gesprächig.

»Zu einem sehr ernsten Vorfall. Das ist alles, was ich Ihnen im Augenblick sagen darf.«

Honey schaute auf, direkt in Mary Janes Augen.

»Hast du Lust, bei der Live-Aufzeichnung eines Programms über paranormale Ereignisse im Publikum zu sitzen?«

»Ist das auf Chinesisch?«

Honey runzelte die Stirn. Ein Ja oder Nein hätte eigentlich gereicht. Sie schaute sich die Karten genau an. Nirgendwo stand etwas, dass das Programm chinesisch sein würde.

»Nein«, sagte sie schließlich und schüttelte den Kopf. »Auf den Karten steht nichts dergleichen.«

»Prima. Ich hatte nämlich letzte Nacht einen seltsamen Traum, und ich kann mich noch an ein paar Einzelheiten erinnern. Besonders an diesen Chinesen. Er hatte eine grüne Seidenjacke mit sehr viel Stickerei an und einen kleinen schwarzen

Hut auf dem Kopf. Ja, einen kleinen schwarzen Hut«, sagte sie und nickte ein paarmal. »Und er hatte einen langen Zopf. Das ist altmodisch, ich weiß. Zöpfe sind ja seit dem Tod des letzten Kaisers von China dort nicht mehr so in Mode. Sag mal, kriegen wir da auch was zu essen?«

»Da steht nichts davon.«

Mary Jane schloss ein Auge und blinzelte nachdenklich mit dem anderen. »Für alle Fälle nehme ich ein paar Reiswaffeln und einen Becher Houmous mit. Es geht ja nicht, dass vielleicht Geister rüberkommen, und ich habe einen leeren Magen. Der knurrt dann immer, und das stört meine Konzentration.«

Honey rief bei der Produktionsgesellschaft an. »Ich ermittle gemeinsam mit der Polizei in dem Mordfall Arabella Rolfe, vielmehr Arabella Neville, um ihren Künstlernamen zu nennen. Ich habe mir sagen lassen, dass einige Kollegen Ihres Produktionsteams gemeinsam mit ihr am ersten Programm dieser Staffel gearbeitet haben. Wäre es möglich, dass ich mich kurz mit denjenigen unterhalte?«

Die Frau am anderen Ende der Leitung bat Honey, sich eine Weile zu gedulden, während sie nachfragte. Um ihr die Wartezeit zu verkürzen, spielte man ihr »Greensleeves« vor, eine angenehme, verträumte Melodie, die ihr die Augenlider schwer werden ließ.

Dann kam eine sehr knappe Antwort. »Ja, Sie können Fragen stellen.«

»Wunderbar.«

Die Frau am anderen Ende der Leitung fuhr fort: »Aber nur über Arabella Rolfe und nur Leuten, die sie gekannt haben. Teilnehmende Hellseher dürfen Sie *keinesfalls*, ich wiederhole: *keinesfalls* über deren Privatleben befragen.«

Honey versprach feierlich, sich an diese Vereinbarung zu halten.

Mary Jane redete vor Aufregung wie ein Wasserfall. »Wo ist also die Party? Diese Programme werden doch immer auf Außendrehs gefilmt. Wo ist es diesmal?«

Honey schaute erneut auf den Karten nach. »Bulwark Castle. Hab ich noch nie gehört.«

»Wow!«, rief Mary Jane, deren Gesicht nun ganz rosig vor Begeisterung war. »Wow und noch mal wow! Bulwark Castle! Das ist das gruseligste Spukschloss im ganzen Land! Dafür ziehe ich mein allerbestes Kleid an, da kannst du wetten!«

»Es wird dir ganz bestimmt gefallen«, sagte Lindsey, nachdem Honey ihr von den beiden Eintrittskarten erzählt hatte. »Wer geht mit dir hin?«

»Mary Jane.«

Lindsey kicherte. »O je.«

»Lindsey …«

Ihre Tochter grinste von einem Ohr zum anderen. Sie versuchte tapfer, ein ernstes Gesicht zu machen.

»Es wird dir gefallen. Natürlich wird es das!«

Honey deutete vorwurfsvoll mit dem Finger auf sie. »Eines schönen Tages komme ich und spuke in deinem Haus.«

Der Himmel weiß, wie sie darauf gekommen war, aber Honey überlegte, ob Mary Janes Wagen vielleicht wie ein Flugzeug oder ein Schiff mit Radar gesteuert wurde. Mary Jane fuhr jedenfalls so, als hätte ihr Auto Augen und Ohren und könnte selbständig denken. Eigentlich hoffte Honey das auch. Dann wäre ihr viel wohler gewesen.

Honey klammerte sich am Sitz fest, ihre Fingerknöchel waren weiß, und sie konnte den Blick nicht von der Straße wenden, sie musste ihrem Schicksal unbedingt ins Antlitz schauen. *Que Sera Sera. What will be will be –* es kommt, wie es kommen muss, besonders, wenn Mary Jane am Steuer sitzt.

Honeys einziger Trost war, dass sie Beifahrerin und nicht Fußgängerin war. Gruppen unschuldiger Touristen retteten sich in letzter Minute. Die älteren unter ihnen stellten fest, dass sie schneller sprinten konnten als jemals in den letzten paar Jahren, und sonst unachtsame Fußgänger sprangen rasch auf den Bordstein, sobald sie begriffen hatten, dass das rosa Cadillac-Coupé keine Gnade kannte.

Währenddessen ließ sich Mary Jane aufgeregt darüber aus, dass sie bei der Aufnahme von *Vergangene Leben und Weissagungen* dabei sein würden.

»Ich hoffe doch, dass das eine gute Sendung ist. Kein Pseudozeug. Es muss schon echt sein.«

Dann beschrieb sie die vielen Fehler in einer Sendung, die sie am Vorabend im Fernsehen angeschaut hatte.

»Ich werde mit Sicherheit bei diesem Kabelsender anrufen und denen meine Meinung geigen. Teufel noch mal, ein paar Sachen haben einfach nicht gestimmt. So was wie den Tod gibt es nicht! Das sollte jedes Medium, das sein Geld wert ist, schließlich wissen.«

»Gut, dass du mir das gerade jetzt mitteilst«, murmelte Honey.

Mary Janes Worte waren äußerst beruhigend, denn sie steuerte soeben den Wagen in eine Lücke zwischen zwei Autos, die kaum für einen Mini groß genug zu sein schien, ganz zu schweigen von einem Cadillac-Coupé. Reifen quietschten, sobald sie sich näherten, so dass wider Erwarten keine Todesopfer zu beklagen waren. Jedenfalls heute nicht.

Honeys Nerven litten gewaltig.

»Ich brauche einen Kaffee«, sagte sie. »Wie wäre es, wenn wir eine Pause einlegten? Wir sind nicht sehr weit von The Mall entfernt. Da könnten wir hingehen.«

Mary Jane war einverstanden. »Klar doch. Ein kleiner Boxenstopp würde nicht schaden, ehe wir zum Drehort kommen.«

Sie mussten um vier Uhr am Set sein. Das ließ ihnen gerade noch Zeit für eine schnelle Tasse Kaffee.

Als sie mit rasanter Geschwindigkeit auf den ausgedehnten Parkplatz des Einkaufszentrums fuhren, kniff Honey die Augen zusammen. Sie öffnete sie erst wieder vorsichtig, nachdem Mary Jane mit quietschenden Reifen in eine Parkbucht gebrettert war. Aus dem Augenwinkel sah Honey etwas Mattrotes.

»Du bist über einen roten Teppich gefahren«, stellte sie fest.

Mary Jane war höchst beeindruckt. »Wow! Luxus pur! Ein roter Teppich auf einem Parkplatz!«

Honey schaute sich um. In all den restlichen Parkbuchten war einfach nur Beton, weit und breit war kein anderer Teppich zu sehen.

»Nur hier liegt einer, glaube ich«, sagte sie, und ihr war nicht ganz wohl bei der Sache, denn schließlich legt niemand ohne Grund einen Teppich auf den Boden.

Aus dem Augenwinkel bemerkte sie einen Mann in einem langen weißen Gewand. Er sprang aufgeregt auf und ab, wedelte mit den Armen und schrie sie mit sorgfältig gewählten englischen Worten an.

»Sehen Sie, was Sie angerichtet haben, Sie dumme Frau! Mein Gebetsteppich! Ihr Auto steht auf meinem Gebetsteppich!«

Honeys Freude darüber, dass die Fahrt mit Mary Jane für kurze Zeit unterbrochen war, war so groß, dass sie vor nichts Angst hatte.

»Ich bin nicht die Fahrerin.« Sie deutete auf Mary Jane. »Sie ist es.«

Mary Jane überragte den Mann um einiges. Er schaute zu ihr auf.

»Nun, das ist aber ein blödsinniger Platz für einen Gebetsteppich«, verkündete die alte Kalifornierin. »Gibt's hier nirgendwo in der Nähe eine Moschee, wo Sie ihn hinlegen könnten?«

Der Mann funkelte sie an. »Ich bin auf der Arbeit!«

»Und warum beten Sie dann nicht drinnen? Was ist, wenn es regnet?«

Mary Jane war ziemlich hartnäckig, wenn es um etwas ging, das ihrer Meinung nach eine religiöse oder spirituelle Lappalie war.

»Ich kann nicht drinnen beten. Wenn ich mich in der Personalkantine nach Osten wende, schaue ich direkt auf die Herrentoilette. Das wäre respektlos Allah gegenüber. Wenn es regnet, kann ich einen Schirm benutzen, *und* ich habe einen Plastikregenmantel«, fügte er hinzu. »Sehen Sie.«

Sie schauten beide. Auf seinem durchsichtigen Material blühten quietschrosa Sonnenblumen mit unglaublich quietschgrünen Blättern.

»Schöner Regenmantel«, meinte Mary Jane, die sich sofort in diese Kombination ihrer Lieblingsfarben verguckt hatte. »Haben Sie den bei John Lewis gekauft?«

Inzwischen hatte der Mann sich ein wenig beruhigt und schüttelte den Kopf. »Nein. Mein Schwager hat ein Lagerhaus für Import-Export. Bei dem bekomme ich guten Rabatt. Soll ich Ihnen einen besorgen? Ich nehme Bestellungen entgegen.« Er zog einen kleinen Block und einen Bleistiftstummel aus der Tasche. »Ich habe viele zufriedene Kunden.« Er streckte die Hand aus, als eine schicke, chinesisch aussehende Dame vorbeieilte. Sie trug die marineblaue Uniform einer berühmten Ladenkette unter einem durchsichtigen Regenmantel, auf dem bunte Schmetterlinge prangten.

Honey und Mary Jane lehnten dankend ab, meinten aber, sie würden ihm sicherlich bald wieder einmal begegnen.

»Die kenne ich«, sagte Mary Jane, die mit den Augen der dahineilenden chinesischen Dame folgte. »Die habe ich schon mal irgendwo gesehen, aber ich will verhext sein, wenn ich mich erinnern kann, wo das war.«

Mary Jane hatte die Angewohnheit, mit Leuten praktisch im Vorbeigehen Bekanntschaft zu schließen. Also achtete Honey nicht weiter auf ihre Worte. Außerdem brauchte sie dringend einen Kaffee.

»Komm, wir fahren jetzt erst mal das Auto vom Teppich dieses Herrn und gehen dann einen Kaffee trinken.«

Vierunddreißig

Dohertys Anruf erreichte sie, als sie gerade über die Severn Bridge fuhren.

Sie erklärte ihm, wohin sie unterwegs waren, und fragte ihn, was er wollte.

»Ich hab was für dich«, sagte er. »Eine aktuelle Nachricht. Wir haben Arabellas Telefon aus dem Fluss gefischt. Sie haben das Wehr saubergemacht. Dazu benutzen sie Netze an langen Stangen – wie Kinder, die Kaulquappen fangen wollen. Dabei haben sie Arabellas Handy rausgeholt. Es war in einem Etui, in dem ihr Name stand.«

»Vielleicht irre ich mich, aber muss das Handy nicht erst trocken werden, ehe du die Nummer des letzten Anrufs finden kannst, der bei ihr eingegangen ist?«

»Du irrst dich nicht.«

»Wo bist du also?«, fragte sie.

»Nicht weit von euch weg«, sagte er finster. »Ich melde mich.«

Die Ereignisse des Tages hatten sich rascher entwickelt, als Doherty in seinen kühnsten Träumen angenommen hätte. Man hatte den Toten, Adam Rolfe, in einem Lastwagen der Welsh National Opera gefunden. Seine Brieftasche verriet, wer er war.

Der Lastwagen war auf einem Rastplatz in der Nähe von Chepstow geparkt gewesen, einer Grenzstadt wie Tijuana, nur ohne Sombr190eros, ohne Straßenverkäufer und ohne Kleinkriminelle, die sich als Fremdenführer ausgeben. Chepstow war die erste Stadt jenseits der walisischen Grenze, höchst ehrenwert und schon längst von anspruchsvollen Engländern von jenseits der Grenze kolonisiert.

»Sobald wir irgendwo die Kulissen ausgeladen haben, lassen wir die Türen hinten im Anhänger immer unverschlossen, damit das gleich jeder sehen kann.«

Doherty nickte. Es war allgemein üblich, die hinteren Türen von leeren LKWs offen zu lassen. So verschwendeten die Diebe nicht ihre Zeit, und die Besitzer der Lastwagen mussten den Wagen nicht reparieren lassen, weil jemand den Anhänger aufgebrochen hatte.

»Ich bin froh, dass wir die Identität bestätigen konnten«, sagte Detective Inspector Emlyn Morgan, der aus Cardiff heraufgekommen war. Doherty hatte die Leiche selbst identifiziert. Er machte das, nachdem er dafür gesorgt hatte, dass jemand von der Wache in der Manvers Street bei Mrs. Rolfe vorbeischaute und ihr mitteilte, dass ihr Exehemann tot war.

»Fragt sie nach ihrem Alibi in der Mordnacht. Fragt sie, ob sie neulich die Wahrheit gesagt hat.«

Jetzt war er hier in der Nähe von Chepstow und sah sich am Tatort um.

Es schien regelmäßig vorzukommen, dass zwei Lastwagen der Welsh National Opera auf dem Rückweg von London auf diesem Rastplatz über Nacht parkten.

»Ich bin froh, dass Sie mich hergeholt haben.«

»Kein Problem. Der Fahrer ist sich ziemlich sicher, dass die Leiche noch nicht im LKW war, ehe er eingeschlafen ist. Sie sind gestern Abend in London erst spät weggekommen und waren zu müde, um weiterzufahren. Er hat den Toten gegen acht Uhr heute Morgen gefunden. Der arme Mann hat einen ordentlichen Schreck gekriegt.«

»Todesursache?«190

»Zahlreiche Verletzungen und Blutergüsse, plus eine ziemliche Beule am Hinterkopf. Es sieht ganz so aus, als hätte man ihn erst bewusstlos geschlagen und dann ein paarmal überfahren. Aber nicht hier. Nicht auf der Hauptstraße. Irgendwo im Wald. Hier in der Gegend gibt's ja jede Menge Wald.«

Der schöne Nachmittag war in den frühen Abend übergegangen. Es begann zu regnen.

Das war gar nicht gut. Es war schlimm genug, auf trockener Straße mit Mary Jane Auto zu fahren. Auf nassem Asphalt war es einfach gruselig.

Ehe sie The Mall verlassen hatten, hatte Honey bei Lindsey angerufen.

»Wenn ich bis Mitternacht nicht zurück bin, findest du mein Testament im Safe unter dem Jahreskatalog von *I Love Chocolate*.«

Fünfunddreißig

Bulwark Castle ragte hoch über dem Fluss auf einer Klippe in die Höhe. Es dauerte nur vierzig Minuten, bis sie dort waren, obwohl die Zeit Honey sehr viel länger erschienen war.

Sofort entdeckte Honey jemanden, den sie von der Truppe von Bath Film and Television kannte. Sie winkte. Er winkte zurück.

Crispin war Mitte zwanzig, hatte ein hübsches Patriziergesicht und sprach mit lässiger Selbstsicherheit, als gehörte ihm die Welt. Sein Bankkonto war entsprechend.

»Honey! Schätzchen!« Er schmatzte Küsschen an ihren Ohren vorbei, und sein Ziegenbärtchen – kaum mehr als eine dünne Linie an seinem Kinn – kitzelte sie.

»Wie geht's Lindsey?«

»Gut.« Honey umarmte ihn freundlich. »Wenn sie gewusst hätte, dass du hier bist, wäre sie bestimmt mitgekommen.«

»Macht nichts, Honey-Schätzchen. Liebe Grüße. Und nur zur Info, ich bin in festen Händen. Cecil heißt er.«

Er winkte neckisch einem Typen mit schokoladenbrauner Haut und einer ganzen Reihe von Ringen in einem Ohr zu.

Schade, schade, überlegte Honey. Sie hatte einmal die Hoffnung gehegt, dass aus Lindsey und Crispin etwas werden könnte. Crispin hatte einen Adelstitel. Sogar Gloria Cross wäre mit dieser Verbindung einverstanden gewesen und hätte wahrscheinlich in ihrem Pensionärsclub die Herzoginwitwe gegeben.

Honey erklärte, was sie hergeführt hatte.

»Verbindungsfrau zur Kripo! Heiliger Strohsack, Lindseys Mama ist unter die Privatdetektive gegangen!«

»Na ja, nicht gerade …«

»Ach, komm schon. Sei nicht so bescheiden. Lass dir von

283

mir helfen. Ich kann es arrangieren, dass du den Leuten vom Team Fragen stellen kannst.«

»Nur denen, die an dem Abend dabei waren.«

»Aber sicher, klar doch, Schätzchen. Und jetzt müsst ihr beide ganz nach vorn kommen. Dann könnt ihr besser hören und sehen, was vor sich geht. Du und deine Freundin.«

»Alle zur Burg«, brüllte jemand vom Fernsehteam. »Ich warne euch, der Regen wird schlimmer. Ein Schirm wäre keine schlechte Idee.«

Sie hatten mit den anderen Zuschauern in einer Halle gewartet und schlängelten sich nun im Gänsemarsch über die Straße und auf den Parkplatz von Bulwark Castle.

Die alten Zinnen hoben sich als schwarze Silhouette vor dem bleigrauen Himmel ab.

»Das Gemäuer hat einen Haufen Gespenstergeschichten zu erzählen«, murmelte Mary Jane. »Hab ich dir gesagt, dass es hier von allen Burgen und Schlössern im Land am allermeisten spukt?«

»Hast du.«

Hatte sie Halluzinationen oder trugen die Hellseher, die am Programm teilnahmen, wirklich alle durchsichtige Plastikregenmäntel mit schrillbunten Motiven?

Sie stieß Mary Jane mit dem Ellbogen an. »Schau dir mal an, was die anhaben. Ich wette, die waren alle, ehe sie hergefahren sind, in The Mall und haben Regenmäntel gekauft. Ich wette, der Typ mit dem Teppich hat da ein geheimes Warenlager.«

Mary Jane kämpfte mit ihrem Regenschirm, schaffte es aber, einen Blick in die angedeutete Richtung zu werfen.

»Verflixt. Wir hätten auch welche kaufen sollen, obwohl er uns wahrscheinlich viel zu viel abgeknöpft hätte, weil ich doch auf seinen Teppich gefahren war.«

Honey fragte Crispin: »Wieso tragen die Hellseher im Team alle die gleichen Regenmäntel?«

»Honey-Schätzchen, das ist kein Spuk. Die Produktionsgesellschaft hat wahrscheinlich jemanden zum Einkaufszentrum geschickt, um Sachen gegen Regen einzukaufen.«

»Und der hat den gleichen Kerl getroffen wie wir«, sagte Mary Jane.

»Ist aber wohl nicht über den Gebetsteppich gefahren.«

»Und die passen alle zusammen«, fuhr Mary Jane fort, die Honeys kleinen Seitenhieb völlig überhört hatte. »Das ist beinahe wie eine Uniform.«

Eine Frau mit schwarzblauem Haar löste sich aus der Menge und kam auf sie zu.

»Ich habe Sie in The Mall gesehen. Sie haben sich mit Ahmed unterhalten.«

Honey erkannte die hübsche Chinesin.

»Sie interessieren sich fürs Okkulte?« Die Frau wandte sich an Mary Jane.

Offenbar kann sie sehen, dass ich eher der skeptischere Typ bin, überlegte Honey.

»Wir kennen uns bereits«, hörte sie die junge Chinesin sagen.

Ah! Also hatte es nichts damit zu tun, dass Mary Jane schon so wirkte, als glaubte sie an übernatürliche Dinge. Die beiden kannten sich. Na ja, aber auch da half es, wenn man ungewöhnlich aussah. Jemanden, der sich wie Mary Jane anzog, konnte man ja kaum vergessen.

Mary Jane hatte endlich ihren Schirm aufgespannt und unterzog jetzt die Hellseher, die in der Sendung auftreten würden, einer kritischen Musterung.

»Na«, sagte sie, »schau dir das an! Vier Buben! Und damit meine ich nicht etwa ein gutes Blatt im Poker! Die sind doch alle Mitglieder im Midas Circle. Nun, da überrascht es mich nicht, dass sie hier gleichzeitig in derselben Sendung auftauchen.«

Honey sah sie fragend an. »Warum nicht? Was ist denn der Midas Circle, wenn die Frage gestattet ist?«

Während die Leute vom Fernsehen ihnen die richtigen Plätze zuwiesen – Geisterjäger unterhalb des Seitentors, Publikum im

285

Freien zu einem Pulk zusammengetrieben –, erklärte Mary Jane es ihr.

»Hast du wirklich noch nie *Gespenst im Keller* angeschaut? Oder *Komm, spuk mit mir*? Oder *Fertigmachen zur Geisterjagd* gelesen?«

Honey schüttelte jedes Mal den Kopf. »Du willst mir sagen, dass dieser Midas Circle was mit Gespensterjagen zu tun hat?«

Gewöhnlich funkelten Mary Janes Augen, wenn sie lächelte. Diesmal nicht. Ihr Lächeln wirkte jetzt eher missbilligend.

»Nach allem, was ich so höre, hat der Midas Circle nichts, aber auch gar nichts mit Gespensterjagd zu tun. Da geht's nur ums Geschäft, um die Karriere. Es sind insgesamt acht Leute. Wenn irgendeine Fernsehsendung über Spuk oder andere paranormale Dinge ansteht, ist der Midas Circle sofort dabei. Einer bekommt eine Rolle angeboten, und wenn sie noch weitere Hellseher brauchen, empfiehlt ein Mitglied ein anderes aus dem Circle. So bleibt die Knete in der Familie, sozusagen.«

»Ah! Verstehe«, antwortete Honey und nickte, während ihr Mary Janes Aussage klar wurde. Es gelang ihr, ein Mitglied der Produktionsgesellschaft abzufangen. »Entschuldigen Sie – wer moderiert eigentlich diese Sendung?«

»Arthur King«, sagte die Kaugummi kauende junge Dame. »Er ist in letzter Minute eingesprungen, nachdem Arabella Rolfe gestorben war.«

»Wie traurig.« Honey schaffte es, eine angemessen betrübte Miene aufzusetzen.

Das Gesicht der jungen Frau erstarrte. »Na ja, für manche schon.«

»Sind Sie Denise Sullivan?«

Die junge Frau hatte schon weitergehen wollen, blieb aber stehen, als sie die Frage hörte.

»Ja, das bin ich.«

»Ich habe mir sagen lassen, dass Sie ziemlich gut mit Arabella ausgekommen sind, dass Sie sich sogar recht nahestanden.«

Die junge Frau zögerte mit ihrer Antwort. »Sie sind die Frau von der Polizei, nicht?«

»Ja. Die Verbindungsfrau.«

Honey hielt die Erklärung, was ihre offizielle Funktion betraf, absichtlich so vage wie möglich.

Nach einem weiteren Zögern sagte die junge Frau: »Eine Zeitlang hat das gestimmt, aber irgendwann lernt man die Leute besser kennen, nicht?«

»Gehe ich recht in der Annahme, dass Arabella Ihre Mutter war?«

Das Gesicht unter der triefnassen Kapuze erstarrte. »Wer hat Ihnen das gesagt?«

»Arabella selbst, in gewisser Weise. Sie heißen eigentlich Dwyer, nicht?«

»Das geht Sie einen feuchten Kehricht an.« Selbst im Schatten der Kapuze konnte Honey den angespannten Gesichtsausdruck der jungen Frau ausmachen.

»Ich glaube, sie hat darauf bestanden, dass Sie es geheim halten – vor allen Leuten.«

»Sie wollte, dass es ein Geheimnis bleibt. Selbst nachdem wir es von unserer Großmutter erfahren hatten.«

»Ihre Großeltern haben es Ihnen auch nicht gesagt?«

Sie nickte. »Arabella – unsere Mutter – versuchte es wiedergutzumachen, indem sie uns Jobs bei dieser Produktionsgesellschaft beschaffte. Wir hatten beide Abschlüsse in Medienwissenschaft und schon vorher bei Produktionen mitgearbeitet, also war es kein sonderlich großer Gefallen.«

»Sie hat also Gutes für Sie getan. Ich meine, es hat ihr was an Ihnen gelegen.«

»Hm! Aber nur, solange es sich nicht negativ auf ihre Karriere auswirkte – oder darauf, wie die Leute sie sahen. Sie hatte sich selbst schon genug Schaden zugefügt. Das hat sie mir jedenfalls so gesagt.«

»Das stimmt«, stellte Honey fest. »Sie hatte schrecklich schlechte Presse, als sie die Affäre mit Adam Rolfe begann und ihn dann geheiratet hat.«

»Klar, hatte sie das. Der Mann war ein jämmerlicher Dummkopf. Er hatte keine Ahnung von der Wahrheit, und ich wollte, dass er sie von mir erfuhr.«

»Sie haben es ihm gesagt?« Das war Honey völlig neu.

»Ja, das habe ich beschlossen, nachdem ich von Seans Selbstmord gehört hatte.«

»Trotz der unterschiedlichen Familiennamen war also Sean Ihr Bruder?«

»Fox war sein Künstlername, Sullivan ist meiner. Arabella hielt es für das Beste, es niemanden wissen zu lassen, dass wir Geschwister waren.«

Kalte Furcht kroch Honey langsam den Rücken hinauf.

»Wie hat Adam Rolfe auf die Enthüllung reagiert?«, fragte Honey.

»Gar nicht. Ich habe ihm eine Nachricht hinterlassen, dass ich ihn am Donnerstag gern treffen würde, an dem Tag, an dem wir hier mit dem Filmen angefangen haben. Ich kenne da eine Stelle im Wald, Whitestone heißt die. Ich habe gesagt, ich würde dort auf ihn warten, aber« – sie zuckte die Achseln – »er ist nicht gekommen.«

»Denise-Schätzchen! Nun mach schon!« Jemand auf der anderen Seite, wo die Beleuchtung stand, winkte sie zu sich herüber.

Denise rief ihm zu, sie würde gleich kommen. Sie wandte sich wieder Honey zu.

»Und ehe Sie fragen, nein, ich vermisse meine Mutter nicht, schlicht und einfach, weil ich sie kaum kannte.«

Denise entfernte sich von denen, die das Publikum bilden sollten, und ging hinüber zu dem Tor und den Stars der Show. Ein Mann hob sich vom Rest ab. Er war nicht nur groß, er war eindrucksvoll. Er trug eine regennasse Barbour-Jacke mit Manschetten und Kragen aus Cord und hatte, was man im Showgeschäft wohl Präsenz nennt. Selbst seinesgleichen, die Leute, mit denen er auftreten würde, schienen seiner Überlegenheit Rechnung zu tragen und wirkten im Vergleich zu ihm wie Spatzen, die neben einem Pfau standen.

»Wer ist das?«, flüsterte Honey Mary Jane zu.

»Arthur King«, antwortete ihre Begleiterin und verengte die Augen zu Schlitzen. »Charisma hat er, aber ich bin mir nicht sicher, ob er auch die Gabe des Sehens besitzt«, fügte sie mit einem missbilligenden Kopfschütteln hinzu.

Honey klappte ihren Mantelkragen hoch, um sich besser gegen den strömenden Regen zu schützen. Sie richtete ihre Aufmerksamkeit auf das, was unter dem Torbogen vor sich ging. Die vier Hellseher absolvierten ihre Show so eifrig wie Schauspieler in einem viktorianischen Melodrama.

Alle gaben sie Kommentare dazu ab, was sie in der Umgebung spürten, aber bei keinem wirkte das so glaubwürdig wie bei Arthur King. Honey stellte fest, dass sie vom Klang seiner Stimme, von seinen hypnotischen Augen gefesselt war. Der Mann war wirklich faszinierend, beinahe furchterregend, so dass sie es kaum wagte, sich umzudrehen – falls die Gespenster und Geister wie Unkraut aus den Mauerspalten, den schiefen Türöffnungen und den gruselig finsteren Zinnen herauswuchern sollten.

Er steigerte sich gerade zu einem Crescendo. »Ich spüre, ich sehe das Böse, das hier geschehen ist, die Morde, den Verrat, die Leidenschaft der Liebenden, die Eifersucht der Zurückgewiesenen …«

Mary Jane fuhr dazwischen und zerstörte den Zauber. »Blödsinn. Alles, was hier war, war lauwarme Suppe!«

Suppe? Honey fuhr zusammen. Wo war denn diese Bemerkung hergekommen?

»Suppe. Ich kann sie riechen«, behauptete Mary Jane. »Lauwarme Suppe. Eher ein dünner Getreidebrei, aus Gerste mit ein paar Kohlstrünken drin. Und ein bisschen Kaninchen, hauptsächlich Innereien. Mehr ist hier nicht. Mehr ist in der

Nähe dieses Tors nicht passiert. Hier wurde gekocht, sonst nichts.«

»Ich hätte es wissen müssen«, murmelte Honey vor sich hin. »Wenn du bei dieser Veranstaltung eine echte Hellseherin finden willst, die dir die Zukunft voraussagt, musst du sie selbst mitbringen.«

»Schnitt!«

Es gab noch viele Schnitte und Pausen, bis man die Kameras an neue Positionen geschafft hatte, der Mann vom Ton seine Ausrüstung aufgebaut hatte und die Hellseher ihre Batterien aufgeladen hatten. Während einer dieser Pausen trat Honey an Crispin heran.

»Ich habe mir sagen lassen, dass Arabella dieses Programm moderieren sollte, ehe sie umgebracht wurde.«

Er nickte. »Stimmt. Und Petra hatte auch keine Zeit. Die muss sich einem Eingriff wegen eines eingewachsenen Zehennagels unterziehen. Wir hatten wirklich Glück, dass Arthur sich als Ersatz angeboten hat und so kurzfristig eingesprungen ist.«

Die Geschichte mit dem eingewachsenen Zehennagel überraschte Honey ein wenig. Als sie Petra das letzte Mal gesehen hatte, war die junge Frau barfuß gewesen, und ihre lackierten Zehennägel hatten ziemlich – na ja, eher spektakulär ausgesehen.

Honeys Augen wanderten wieder zu Arthur King. Zunächst schien der Name nicht so recht zu passen – er kam ihr irgendwie zu altmodisch vor für den Mann, der da stand und die Aufmerksamkeit jeder Frau im Publikum auf sich zog. Bis sie die Worte herumdrehte. King Arthur! Aha, kapiert. In einem früheren Leben wollte der Mann also König Artus gewesen sein!

»Ja klar, und ich bin Guinevere!«, murmelte sie vor sich hin, ehe sie Crispin eine weitere Frage stellte.

»Weißt du, ob sie sich gut kannten – Arthur und Arabella?«

»Arabella kannte sie alle. Sie ist voll auf diese Sachen abgefahren, deswegen war sie ja genau richtig für diese Show. Sie hat ihre Reaktionen nicht vortäuschen müssen. Sie war sehr offen für so was. Ich denke, Arthur hat vielleicht damit was zu tun gehabt. Sie hat seinen Voraussagen und Schlussfolgerungen sehr vertraut und seine Ratschläge befolgt. Ich glaube, dass sie davon überzeugt war, dass er als Einziger eine Sehergabe und Talent hatte.«

Talent in jeder Beziehung, dachte Honey. Da war die Lösung, direkt vor ihren Augen! Arabella war nach einer Aufnahme und einem Telefonat vom Set gerannt.

»Ich habe gehört, dass sie vom Set gestürmt ist, kurz bevor sie ermordet wurde«, sagte sie.

Crispin bestätigte das. »Sie hatte ihre eigene Garderobe im Greyhound Inn, dem alten Spukgasthof, wo wir an diesem Abend gefilmt haben.«

Honeys Augen ruhten auf Arthur King, als sie die nächste Frage stellte.

»Lagen ihr Zimmer und Arthurs Zimmer nebeneinander?«

Crispin runzelte die Stirn. »Ich glaube schon. Ich glaube, darauf hat sie immer bestanden. Moment mal, ich frage bei Cecil nach.«

Er winkte seinen Partner zu sich her.

Der langbeinige Mann schien nur sechs Schritte zu benötigen, um zu ihnen herüberzukommen, obwohl es in Wirklichkeit wohl mehr waren. Crispin bat ihn, das, was er gerade gesagt hatte, zu bestätigen.

»Absolut«, sagte Cecil, und die Worte kamen honigsüß von seinen Lippen. »Arabella hat immer drauf bestanden, wenn ich auch zugeben muss, dass Arthur davon nicht gerade begeistert war. Ich glaube, Arabella war ziemlich scharf auf ihn.«

Honey hakte gleich nach. »War er auch scharf auf sie?«

Cecil stemmte eine elegante Hand in eine ebenso elegante Hüfte und schüttelte den Kopf.

»Keine Spur. Arthur mag sie nur blutjung. Je jünger desto besser. Denise war wahrscheinlich wirklich seine Altersgrenze.«

Honey spürte, wie es ihr kalt über den Rücken lief. Ihr dämmerte die hässliche Wahrheit. Arabella Neville war so aufgetakelt gewesen, weil sie sich an Arthur King heranmachen wollte, King hatte sie zurückgewiesen. Nicht nur das, er hatte ihr vielleicht klar und deutlich gesagt, dass sie ihm zu alt sei. Und zu verheiratet. Dass sie sogar Kinder hatte oder Stiefkinder. Möglicherweise hatte sie ihm ja die Wahrheit gesagt, obwohl Honey das für unwahrscheinlich hielt.

Egal, jetzt zog er jedenfalls gerade eine tolle Schau ab. Wie Mary Jane angedeutet hatte, waren seine übernatürlichen Wahrnehmungen reiner Blödsinn. Er erfand all diese Geschichten frei. Die Lügen kamen ihm so glatt von den Lippen wie anderen Leuten die Wahrheit. Aber er hatte sich gut vorbereitet, Recherchen zu einigen alten Legenden angestellt, die mit diesem Ort verbunden waren. Später in der Sendung würde er eine Person aus dem Publikum auswählen und ihr etwas über ihr Leben und ihre Vorfahren erzählen. Das würde jemand aus dem Ort hier sein. In Wahrheit hatte man ihm natürlich vor der Sendung eine Liste mit Namen und Adressen gegeben. Daraus hatte er ein paar ausgesucht, hatte online nachgeschaut, bei Nachbarn, Familie und Freunden angerufen und sich die zusammengetragenen Informationen in einer glaubwürdigen Reihenfolge notiert. Arthur King war gründlich. Außerdem war er inzwischen ihr wichtigster Zeuge im Fall Arabella Neville.

Honey schaute zu Crispin auf. »Ich muss mit dem Mann reden. Jetzt gleich.«

Ohne seine Reaktion abzuwarten, drängelte sich Honey durch die Menschenmenge, Crispin und Mary Jane folgten ihr dicht auf den Fersen. Mary Jane murmelte kaum hörbar etwas, das verdächtig wie »Scharlatan« klang.

Honey tippte Arthur King auf die Schulter. »Entschuldigung.«

Er blickte zu ihr herab. Gegen die Schmetterlinge im Bauch konnte sie beim besten Willen nichts machen. Er war der Typ Mann, der einen nur anzuschauen brauchte, und es wurde einem ganz anders zumute. Seine Augen, bemerkte sie, waren dunkelblau, tiefdunkelblaue Farbseen.

Sein Lächeln und die aalglatte Art, wie er gentlemanlike ihre Hand ergriff, ließen ihr die Knie weich werden. »Momentchen. Sie sind Anghared Jones?«

Honey riss sich zusammen, verjagte die Schmetterlinge und konzentrierte sich.

»Nein, ich bin Honey Driver, und ich arbeite mit der Polizei zusammen. Im Augenblick stellen wir Nachforschungen zum Mord an Arabella Neville an. Können Sie mir sagen, was an dem Abend geschehen ist, als Arabella vom Set stürmte?«

Man musste es dem Mann lassen, er zuckte nicht mit der Wimper. Sein Gesicht erstarrte auch nicht wie das der meisten Leute, denen man eine so solche Frage stellt.

»Ich habe mir sagen lassen, dass Ihr Zimmer und Arabellas Zimmer nebeneinander lagen.«

Sein Lächeln wandelte sich von ölig-aalglatt zu feuchtem Zement und erstarrte nun doch.

»Ja, das stimmt. Beide Türen hatten aber ordentliche Schlösser. Arabella war verheiratet. Und ehe Sie fragen, zwischen uns ist nichts Unrechtes vorgefallen. Wir haben zusammengearbeitet. Mehr nicht.«

Nun trat eine Person, die sie bisher lediglich aus dem Augenwinkel gesehen hatte, voll ins Blickfeld. Denise Sullivan hatte die Kapuze abgestreift. Ihre Augen waren zunächst auf Arthur gerichtet und wanderten dann zu Honey, wenn auch nur ganz kurz. Der Blick sagte alles. Crispin hatte ja bereits berichtet, dass Arthur jüngere Frauen vorzog.

»Meine Mutter war völlig von der Rolle. Aber sie konnte ja nichts dafür. Sie wusste nichts von Artie und mir.«

»Denise, Denise! Du musst der da gar nichts dazu sagen!« Arthur verdrehte die Augen gen Himmel.

»Doch, das muss ich, Artie.« Ihre Augen schwenkten wieder zu Honey. »Artie ... Arthur hatte nichts damit zu tun.«

»Denise! Das ist jetzt wirklich nicht nötig! Sei ein braves

Mädchen!« Arthur Kings glatte Oberfläche schien ein wenig angeschrammt, aber seine Stimme war immer noch geschmeidig und klebrig wie Honig.

In Honeys Ohren klang das allerdings eher, als tadele ein liebevoller Vater seine Tochter. Trotzdem war deutlich zu merken, dass Arthur wenig erfreut war von dem, was Denise, seine Geliebte, gesagt hatte. Er wandte sich an Crispin, der völlig verdattert dastand. »Crispin. Mein Publikum ist etwas sehr nah herangerückt. Vielleicht sollten wir uns an einen Ort zurückziehen, wo wir ungestört sind?«

Honey schien es, dass nicht einmal Crispin völlig immun gegen Arthur Kings Charme war. Andererseits war das ja sein Job – Stars bei Laune zu halten.

Crispin wedelte mit den Armen und war ganz eifrige Aufmerksamkeit. »Aber sicherlich! Sicherlich!«

Er geleitete die kleine Gruppe in eine Nische, die vielleicht früher einmal ein Zimmer für die Wachmannschaft gewesen war und neben dem Drehkreuz lag, durch das die zahlenden Besucher eingelassen wurden. Dahinter befand sich ein Laden mit einer Theke, hinter der ein riesengroßer Spiegel hing. Sie waren alle triefnass – mit Ausnahme von Arthur King, dem man einen Golfschirm in die Hand gedrückt hatte, den freundlicherweise die Marriott Hotels zur Verfügung gestellt hatten.

Leise Entschuldigungen murmelnd, versuchte Crispin, die Sache wieder in Ordnung zu bringen. »Arthur, es tut mir so …«

»Natürlich. Das ist schließlich dein Job!« Arthur Kings Stimme dröhnte wohlklingend. Der speichelleckerische Crispin wusste, wann er überflüssig war. Auch Mary Jane verzog sich. »Ich kann die Gesellschaft von dem Kerl nicht ertragen«, knurrte sie und warf Arthur King einen bitterbösen Blick zu.

Denise Sullivan hingegen schaute anbetend zu ihm auf. »Ich habe Mutter gesagt, wie die Sache zwischen uns steht. Dass sie keine Chance bei ihm hatte. Dass Artie und ich …«

»Sehr gute Freunde sind«, ergänzte King und schaute sie

durchdringend an, beinahe als wollte er Honey durch Telepathie dazu bringen, ihm alles zu glauben, von Anfang bis Ende. »Ich habe Arabella versichert, dass meine Beziehung zu ihr nie über das Berufliche hinausgehen konnte. Leider hatte sie ein romantisches Abendessen bestellt, das nur wir beide in einem unserer Räume zusammen genießen sollten. Ich habe Klartext mit ihr gesprochen. Denise hat das mit angehört und Arabella bestätigt, dass sie und ich eine Beziehung haben. Diese Nachricht hat Arabella, wie seinerzeit Königin Viktoria, wirklich nicht amüsant gefunden, muss ich leider sagen.«

Endlich war die Wahrheit an den Tag gekommen. Honey hatte Mitleid mit der jungen Frau, aber auch mit ihrer Mutter. Dieser Fall war nicht nach dem schlichten Muster »Ehemann bringt Frau um« gestrickt. So war es nun mal mit Familien. Nichts war in Familien unkompliziert oder glücklich und froh bis in alle Ewigkeit.

»Also ist sie vom Set gestürmt und war wütend, weil ihre Tochter ihr die Schau gestohlen hatte – oder weil sie als Mutter nicht mit dem Mann einverstanden war, den ihre Tochter sich ausgesucht hatte«, vermutete Honey nach dieser Enthüllung.

Arthur warf den Kopf in den Nacken, so dass ihm die Haarsträhnen dramatisch ums Gesicht fielen. »Ehe Sie mich jetzt fragen, warum wir der Polizei nichts von alldem berichtet haben, muss ich Ihnen sagen, dass wir nicht geglaubt haben, dass es irgendwas mit dem Fall zu tun hatte.«

»Wir wollten da nicht reingezogen werden«, fügte Denise hinzu.

»Und was ist mit der Handtasche?«

Denise schaute sie fragend an. »Ich weiß nicht, was Sie damit meinen?«

»Ihre Mutter hatte alle ihre Kontaktadressen, alle Notizen zu möglichen neuen Verträgen in der Handtasche. Die hat sie stehen lassen, als sie vom Set gestürmt ist. Wer die Tasche an sich genommen hat, hat anschließend bei der Produktionsgesellschaft angerufen und sich mit den richtigen Leuten in Verbindung gesetzt. Sie hatten Arabellas Notizbuch, Arthur. Als klar wurde, dass man händeringend eine neue Moderatorin suchte, haben Sie Petra Deacon vorgeschlagen. Denn Sie wussten, dass sie bei ihr der Starhellseher Nummer eins in der Sendung sein würden. Stimmt's?«

»Ja. Das ist richtig.«

Denise schnappte hörbar nach Luft und schaute zu ihm hinauf. Es lag Überraschung in ihrer Miene, aber sie war immer noch völlig vernarrt in ihn, wenn das auch, dachte Honey bei sich, wahrscheinlich nicht mehr sehr lange anhalten würde.

»Ich kann es einfach nicht glauben«, sagte Denise lahm.

Arthur blickte mit leicht hochgezogener Augenbraue von oben auf sie herab.

»Man muss das Eisen schmieden, solange es heiß ist. Mein Timing war perfekt. Arabella war für ihre Wutanfälle berüchtigt. Das war eben einer zu viel. Ich habe meine Chance gesehen und sie beim Schopf gepackt.«

»Ah«, sagte Honey. »Genau darum geht es wohl auch im Midas Club, nicht wahr?«

Arthur nickte, lächelte aber unvermindert weiter.

Ein kleine steile Falte war inzwischen auf der Stirn der jungen Frau aufgetaucht, von der Honey nun mit Sicherheit wusste, dass sie Arabellas Tochter war.

»Wie haben Sie herausgefunden, dass Arabella Ihre Mutter war?«, fragte Honey Denise.

Die hatte die Arme um den Körper geschlungen und antwortete mit leiser Stimme: »Als wir Kinder waren, haben wir sie immer im Fernsehen angeschaut. Unsere Großmutter wollte uns nicht erlauben, sie zu besuchen.«

»Sie sind bei Ihrer Großmutter Dwyer aufgewachsen?«

Denise nickte und sah abwechselnd ängstlich zu Boden und anbetend zu Arthur King auf.

»Sie hat ihr die Schuld am Tod unseres Vaters gegeben. Sie hat uns damals unsere Mutter weggenommen. Es sollte wohl eine Strafe sein für das, was sie getan hatte. Unserer Großmutter ist aber nie der Gedanke gekommen, dass wir Kinder eigentlich viel schlimmer bestraft wurden. Wir haben den Kontakt zu unserer Mutter völlig verloren.«

Es hatte keinen Sinn, sich danach zu erkundigen, warum Großmutter Dwyer einen solchen Einfluss auf die junge Frau hatte, die einmal Tracey Casey gewesen war. Vielleicht stimmte das Gerücht, dass Arabellas Vater die schreckliche Tat begangen und Arabellas ersten Ehemann ermordet hatte. Die Großeltern hatten wohl ihre Gründe gehabt. Hätte Tracey – Arabella – um ihre Kinder gekämpft, wäre ihr Vater wahrscheinlich im Gefängnis gelandet und wohl auch da gestorben.

Arthur King schaute auf die Uhr. »Gut, es geht gleich wieder los. Sie entschuldigen uns bitte.«

Denise, die Regieassistentin, folgte Arthur King, dem Star der Show, auf den Fersen. Honey fragte sich noch einmal, wie lange diese Beziehung wohl halten würde. Wie lange würde es dauern, bis Denise unter die attraktive Oberfläche dieses Mannes schaute und den Menschen dahinter erkannte?

In ihrem Hotel hatte Honey im Laufe der Jahre Schwindler, Diebe und jede Menge Lügner kennengelernt, darunter auch Menschen, die einem jede Lüge als Wahrheit verkaufen konnten. Aus der Nähe betrachtet, gehörte Arthur King ganz gewiss zu dieser letzteren Gruppe.

»Die Polizei wird sich mit Ihnen in Verbindung setzen«, rief Honey den beiden nach.

Sie schaute sich in dem Laden um. Es gab dort das übliche Zeug, das man in jedem Souvenirgeschäft findet, doch da man ja auf einer Burg war, waren einige Gegenstände ein wenig anders. Obwohl sie aus Plastik waren, hatte man die Dolche, Schwerter und Morgensterne sicher in Vitrinen verschlossen. Aber Honey hatte kein Auge für diese Dinge. Ihre Gedanken kreisten um Arabellas chaotische Familiengeschichte.

Als Honey wieder draußen war, bahnte sie sich gemächlich einen Weg durch das Publikum, das immer noch darauf wartete, dass es endlich weiterging.

Mary Jane unterhielt sich nach wie vor mit der Chinesin, die sie vor dem Einkaufszentrum getroffen hatten.

Honey unterbrach die beiden kurz. »Ich gehe mal für eine Weile aus der Burg raus. Ich brauche frische Luft, und ich muss Doherty anrufen.«

Sechsunddreißig

Ein kalter Wind pfiff durch den Torbogen, in dem es früher einmal ein Fallgitter gegeben hatte, das die Burg gegen Feinde schützte. Es regnete Bindfäden. In dem Licht, das hinter Honey aus dem Gemäuer strömte, glitzerte der Regen ganz silbrig.

Auf halbem Weg versuchte Honey zu telefonieren. Nichts. Als sie auf der anderen Seite des Torbogens angekommen war, probierte sie es noch einmal. Der kleine Bildschirm blieb dunkel. Ein Piepsen verriet ihr, dass der Akku leer war. Sie fluchte leise vor sich hin.

Vor dem Burgtor glänzten die Pflastersteine wie geschmolzenes Metall. Ein paar Techniker drängten sich um ihre Wagen und verschwanden so rasch wie möglich hinten in den Fahrzeugen, sobald sie ihre Arbeit erledigt hatten.

»Ich wollte gern mit Ihnen reden.«

Die Stimme ließ Honey zusammenzucken. Rechts von ihr stand eine kräftig gebaute Frau in einem wallenden Regenmantel, eine Hand in die Tasche gesteckt, in der anderen eine brennende Zigarette.

Honey erkannte Faith Page, Arabellas Agentin.

Faith Page schaute sie durch den Regen mit zusammengekniffenen Augen an.

Honey versuchte so zu tun, als hätte sie sich nicht erschrocken. Daran war nur diese blöde Burg schuld. Schaurig.

»Ich hatte mir schon gedacht, dass Sie einen Grund hatten, mir diese Karten zu schicken«, sagte sie mit tapferer Stimme, obwohl sie sich eigentlich gerade nicht besonders mutig fühlte.

Faiths Miene blieb steinhart und nass, und der Regen troff ihr vom Hut aufs Gesicht.

»Die blöde Kuh. Die dachte, sie könnte es anderswo besser

treffen. Neue Agentin. Neuer Mann in ihrem Leben. Das hat überhaupt nicht geklappt. Sie hat es total vermasselt.«

Faith wandte sich abrupt ab.

»Vermasselt? Warum sagen Sie das, Faith? Warum sagen Sie, dass Arabella alles vermasselt hat?«

Faith schnipste die noch brennende Zigarette ins Gras und stapfte fort in den Regen und die Dunkelheit.

Honey folgte ihr.

Der Pfad war glitschig und verlief hoch über den mit Gras bewachsenen Böschungen. Es regnete unaufhörlich.

Schließlich endete der Weg an einem Strebepfeiler. Entweder man kehrte jetzt um oder blieb stehen, oder man rutschte den glitschigen Rasenabhang hinunter. Faith Page blieb stehen, wo sie war, und schaute zu, wie Honey näher kam.

»Zigarette?« Sie hielt ihr eine geöffnete Schachtel hin.

Honey lehnte ab. »Ich rauche nicht.«

Faith zündete sich eine Zigarette an, wobei sie die Hand um die Flamme ihres Feuerzeugs wölbte, um sie vor dem peitschenden Regen zu schützen.

»Schreckliches Wetter«, sagte sie und stieß eine Rauchwolke aus.

»Was wollen Sie mir sagen?«

Wasser lief von Faiths Hutkrempe. Der Hut war aus Leder – die Art, wie sie australische Viehtreiber tragen. Den Kragen ihres Mantels hatte die Frau hochgeschlagen.

»Wie kommen Sie darauf, dass ich Ihnen was zu sagen habe?«

Irgendwie wusste Honey, dass Faith ihr nie ganz abgenommen hatte, dass sie ein Drehbuch zu verkaufen hatte. Wenn Faith als Agentin was taugte, dann hatte sie ein paar Erkundigungen eingezogen. Da sie es gewohnt war, mit Kreativen zu arbeiten, musste sie sich auf ihren Instinkt verlassen können.

Faith schaute unter der triefenden Krempe hervor zu Honey auf.

300

»Arabella war wirklich eine Zicke, aber irgendwas geht hier vor, das ich nicht kapiere.«

Honey runzelte die Stirn. Wassertropfen rannen ihr in die Augen. Sie wischte sie mit dem Handrücken zur Seite.

»Inwiefern?«

»Wenn ich das wüsste, dann würde ich nicht hier draußen stehen und Sie um Hilfe bitten, oder?«, blaffte Faith.

Sie schnippte die noch nicht aufgerauchte Zigarette in das nasse Gras, wo sie zischend verlosch und noch ein dünnes Rauchfädchen hervorbrachte.

Der Regen hatte es irgendwie geschafft, in Honeys hochgeklappten Mantelkragen einzudringen und lief ihr langsam den Rücken hinunter. Sie wollte unbedingt hören, was Faith ihr zu sagen hatte, aber im Trockenen wäre es ihr wesentlich lieber gewesen. Sie musste die Dame ein wenig antreiben, allein schon wegen ihres noch trockenen Rückens!

»Ich kann auch nur raten, worum es geht«, erwiderte Honey. »Ich will's mal anders ausdrücken. Was meinen Sie, worum es hier geht? Was sagt Ihr Bauchgefühl?«

Faiths Augen bohrten sich in ihre. Es waren stechende Augen, ein wenig wässrig, wenn sie getrunken hatte, aber granithart, wenn sie nüchtern war. Und jetzt war sie stocknüchtern.

Faith versuchte sich eine weitere Zigarette anzuzünden, warf sie dann aber fort, als ihr das nicht gelang. Sie schniefte und schüttelte den Kopf.

»Eins müssen Sie wissen. Arabella hat den Ruhm geliebt. Sie hat ihren Job geliebt. Gut, sie war ehrgeizig und schwierig, aber sie hat ihre Arbeit gut gemacht. Sie war die ideale Moderatorin für diese Sendung und hat den Job völlig problemlos bekommen. Aber … sie hatte Ballast. Sie hatte Probleme.«

»Wussten Sie, dass sie sich an Arthur King herangemacht hatte?«

Faiths Lachen klang hohl. »Arthur der Scheißkerl King! Da hatte Arabella sich ja ein hohes Ziel gesteckt. Die blöde Kuh wollte die Scheidung einreichen. Dachte, sie könnte alles haben, was sie wollte – ihre Kinder – und einen anderen Mann. Arthur ist der geborene Charmeur, und er hat sie an der Nase herumgeführt, solange es ihm gepasst hat. Als hätte sich Arthur für sie interessiert! Keine Chance. Es war dann ein verdammter Schock, als sie rausgekriegt hat, dass er hinter ihrer Tochter her war und nicht hinter ihr!«

»Das kann ich mir vorstellen.«

Die ganze Sache war trauriger, als Honey je gedacht hatte. Arabella hatte immer den Eindruck vermittelt, dass sie Kinder hasste. Die Wahrheit war aber wohl, dass jeder Besuch von Adams Kindern bei ihr alte Wunden aufgerissen hatte. Sie hatte ihre Vergangenheit und alles, was damit zu tun hatte, über Bord geworfen und versucht, sich ein neues Leben ohne ihre Kinder aufzubauen. Sie hatte damit Erfolg gehabt, aber trotzdem nicht das bekommen, was sie wirklich wollte. Das war doch sehr traurig.

Plötzlich schien es, als hätte der Regen aufgehört und der Himmel wäre klar geworden. Bei näherer Betrachtung konnte Honey erkennen, dass das keineswegs der Fall war. Es goss immer noch aus allen Kübeln, das Gras war glitschig und glänzte nass, und Honey und Faith Page waren bis auf die Haut durchnässt. Trotzdem war etwas geschehen. Es war plötzlich Licht auf die Sache gefallen.

»Sie hat also Ihre Agentur gar nicht verlassen?«, deutete Honey an.

»O doch. Das hat sie getan. Sie hat mir gesagt, sie wollte in allem einen neuen Anfang machen.«

»Deswegen haben Sie mir diese Eintrittskarten geschickt. Sie hat sie an dem fraglichen Abend angerufen, nicht wahr?«

Faith nickte. »Ja. Ich war in Wales. Ich habe mein Telefon ein paar Tage lang nicht gefunden. Gordon war schuld.«

Honey machte sich nicht die Mühe, nachzufragen, wer Gordon sein könnte. Es gab doch einen Gin, der Gordon's hieß, oder nicht?

Nun begriff Honey plötzlich, wie alles abgelaufen sein musste. Der Anruf, den Arabella im Studio erhalten hatte, war von ihrem Ehemann gewesen. Die sexy Unterwäsche war nicht für ihn bestimmt gewesen, sondern sie trug sie in der Hoffnung, Arthur King zu verführen. Arthur hatte sie zurückgewiesen, und deswegen war sie immer noch so aufgetakelt, als Adam sie bat, sich mit ihm zu treffen. Sie war also nach Cobden Manor gefahren. Und dort hatte sie Adam um die Scheidung gebeten. Sie hatte eine Nachricht auf dem dann verlorengegangenen Telefon ihrer Agentin hinterlassen und ihr das mitgeteilt. Und dann hatte sie Adam alles gesagt, was er noch nicht über sie gewusst hatte, hatte ihm ihren wirklichen Namen verraten, ihm von ihrem Familienhintergrund, ihrem ersten Mann und ihren Kindern erzählt.

»Sie hat es ihm selbst gesagt«, entfuhr es Honey plötzlich. »Sie hat ihm alles gesagt.«

Faith Page starrte sie zunächst reglos an, dann verzog sich ihr Gesicht und sie sah unendlich traurig aus und viel älter, als sie war.

»Und er hat sie umgebracht. Das schließen Sie doch daraus. Ja?«

Honey nickte. »Ja. Ich versuche mir vorzustellen, wie er sich gefühlt haben muss. Sie hatte ihn seinen Kindern entfremdet, und nun gesteht sie ihm, dass sie ihm nie die Wahrheit über sich gesagt hatte. Zusätzlich zu ihren vielen Affären war das wohl der Tropfen, der das Fass zum Überlaufen brachte. Adam ist zusammengebrochen. Ich glaube, es könnte zudem noch was mit seinem Einsatz im Golfkrieg zu tun gehabt haben. Ich habe mir sagen lassen, dass er dort ein schweres Trauma erlitten hat.« Sie wandte sich ab und wollte schon gehen, als ihr ein Gedanke kam.

»Könnte ich mir Ihr Telefon ausleihen?«

Doherty antwortete beinahe sofort. »Wo bist du?«

Sie erklärte, dass ihre erste Vermutung, was Arabellas Mörder anging, die richtige gewesen war. John Rees hatte fest an Adams Unschuld geglaubt. Leider hatte er sich geirrt.

Dohertys Schweigen verstörte sie ein wenig.

»Was ist? Was ist passiert?«

»Adam Rolfe wurde ermordet aufgefunden. John Rees hat uns gesagt, dass er auf dem Weg zu dem Ort war, an dem du dich gerade aufhältst.«

»Um Arthur King umzubringen.«

»Es klingt ganz so. Er scheint das Opfer eines Autounfalls mit Fahrerflucht geworden zu sein. Der Fahrer wollte nicht, dass man ihn zu rasch fand, und hat ihn deswegen hinten in einen unverschlossenen Lastwagen der Welsh National Opera gepackt. Wir glauben, dass der Mord heute in den frühen Morgenstunden begangen wurde. Niemand hat irgendetwas gesehen.«

»Die Opernsängerin! Die geglaubt hat, dass ihr Ehemann mich auf sie angesetzt hatte!«

»Was?«

»Nein«, sagte sie dann und schüttelte den Kopf. »Es muss einfach ein Unfall mit Fahrerflucht gewesen sein.«

»Du lässt dich von der Tatsache ablenken, dass man die Leiche in einem Lastwagen der Welsh National Opera gefunden hat. Eins ist aber interessant. Sie ist mit Gabriel Forbes verheiratet. Camilleri ist ihr Künstlername.«

»Ach, du meine Güte!«

Plötzlich war das Telefon stumm. Kurz nachdem das Gespräch beendet war, klingelte Dohertys Telefon schon wieder.

»Honey?«

»Nein, die bin ich nicht, tut mir leid, dass ich Sie enttäuschen muss. Ich dachte, ich teile Ihnen mit, dass der Tote ermordet wurde. Riesenbluterguss im Nacken. Und da ist noch mehr. Meine Jungs haben im Lastwagen was gefunden, das nach Aussage des Fahrers vorher bestimmt nicht drin war. Wir glauben, dass derjenige, der Ihren Kumpel abgemurkst hat, es wahrscheinlich verloren hat, als er die Leiche hinten in den Lastwagen hievte. Es ist ein goldenes Armband. Dem Gewicht und der Größe nach zu urteilen, sieht es aus, als wäre es ein Männerarmband. Nichts, was ich tragen würde, aber es gibt ja solche und solche Männer.«

Siebenunddreißig

Honey wanderte auf dem Burggelände umher. Die Aussicht von den Zinnen interessierte sie sehr viel mehr als die Schau, die unten im Burghof ablief.

Die ganze Stadt lag zu ihren Füßen. Unmittelbar unter ihr schlängelte sich der Fluss in unzähligen Windungen zum Meer. Weil Ebbe war, saßen einige kleine Boote im Schlamm fest.

Als Honey wieder im Innenhof auftauchte, war die Sendung zu Ende. Die Zuschauer hatten die Burg verlassen und strebten dem Parkplatz zu, wo ihre Autos standen.

Honey war sehr darauf erpicht, Doherty all das zu berichten, was sie herausgefunden hatte. Leider war Mary Jane verschwunden.

»Augenblickchen bitte. Ich bin sicher, dass der Regisseur noch hier ist«, hatte sie zu Honey gesagt. »Ich möchte ihn fragen, wie die Chancen stehen, dass in dieser Sendung mal eine *echte* Hellseherin auftritt.«

Dann hatte sie den Mann im Geschenkeladen am Haupteingang in ein Gespräch verwickelt.

Honey versuchte, betont auffällig auf die Uhr zu schauen, aber es war viel zu dunkel, und Mary Jane würde sich bestimmt nicht hetzen lassen.

Honey bibberte. Das Wetter war schon schlimm genug. Und jetzt kam noch die Rückfahrt mit Mary Jane am Steuer.

In der Hoffnung, sich ein bisschen aufwärmen zu können, ging sie zurück durch den Torbogen, um zumindest vor Wind und Regen geschützt zu sein. Mary Jane musste hier vorbeikommen. Dann würden sie mit dem Auto nach Bath zurückbrettern. Honey würde die Augen fest zusammenkneifen und ein paar Stoßgebete zu den Schutzpatronen aller halsbrecherischen Autofahrer hinaufschicken.

Zur Zeit hielt sie ihre Augen allerdings weit offen. Zwei der Hellseher waren schon an ihr vorbeigegangen, ohne auch nur im Geringsten von ihrer Gegenwart Notiz zu nehmen. Honey fand das seltsam, denn diese Leute waren doch angeblich hyperempfindlich. Also mussten sie nicht nur Geister, sondern auch lebendige Menschen irgendwie wahrnehmen?

Es waren nur noch wenige Leute im Burghof. Einige waren draußen im strömenden Regen zugange. Die Cutter schauten bereits die Aufzeichnung durch und bereiteten alles für den nächsten Tag vor, an dem sie mit dem Schneiden beginnen würden.

Von Dunkelheit umgeben, sah Honey alle gut, aber niemand bemerkte sie. Sie hätte genauso gut selbst ein Schatten sein können. Plötzlich strich das helle Licht von Autoscheinwerfern schnell über die untere Hälfte der Turmruine. Man hörte das dumpfe Schlagen einer Autotür.

Honey hatte keine Lust, noch länger zu warten, und machte sich auf den Weg hinunter in den Burghof. Sie fragte sich, wo zum Teufel Mary Jane abgeblieben war. Konnte die nicht einfach ein Nein akzeptieren und die Sache auf sich beruhen lassen?

Auf einmal wurde es ungewöhnlich still auf dem Burghof. Alles war dunkel, nichts regte sich mehr. Bloß im Souvenirladen und im Kassenraum brannte noch Licht.

Honey war nur noch etwa zehn Meter von der Ladentür entfernt, als sich von hinten ein Arm um ihre Taille legte und eine Hand ihr den Mund zuhielt.

»Wir haben dein Auto gefunden.«

Honey riss erstaunt die Augen auf. Obwohl völlige Dunkelheit herrschte und sie das Gesicht hinter sich nicht sehen konnte, war ihr klar, wer da stand. Diese Stimme erkannte sie sofort, und sie fühlte sich gleich geborgen.

»Du hattest recht mit Adam Rolfe«, sagte Doherty leise. »Er hat seine Frau umgebracht. Und wir wissen auch, wer seinen Stiefsohn Sean Fox ermordet hat.«

»Wenn also alles aufgeklärt ist, was machst du dann hier? Wer hat Sean Fox umgebracht?«

»Adam Rolfe ist bei einem Autounfall mit Fahrerflucht ums Leben gekommen – haben wir jedenfalls gedacht, ehe die Polizei von Gwent einen Riesenbluterguss an seinem Nacken und ein goldenes Armband unter der Leiche gefunden hat.«

Honey japste. »Nie wieder vertraue ich einem Immobilienmakler.«

»Ich dachte, denen traut ohnehin niemand.« Doherty schien ernsthaft überrascht zu sein.

Honey schaute zu dem hell erleuchteten Laden. »Ist er da drin? Das sind die einzigen Räume, wo noch Licht ist. Lass mich raten. Er ist auch hinter Arthur King her?«

»Ich glaube schon.«

»Also, ich irre mich nicht, wenn ich annehme …«

»Sean Fox muss ihm gesagt haben, dass Arabella an dem besagten Abend einen Anruf erhalten hat, und er hat wohl angedeutet, dass ihr Mann am Telefon war.«

»Und ich glaube, Sean hat ihm auch von einem Hellseher berichtet, auf den Arabella ganz scharf war … also hat Glenwood wahrscheinlich Sean umgebracht. Denn er wollte nicht, dass der verriet, dass er es auf Arthur King abgesehen hatte. Stimmt's?«

»Wir können das nur vermuten. Er war ja ziemlich verstört.«

Honey machte eine Kopfbewegung zum Laden im Torhaus. »Er ist sicher da drin. Er muss da noch drin sein. Das Problem ist, Mary Jane ist auch da drin. Und der Regisseur.«

»Aha.«

»Eine kurze Zusammenfassung würde meine Vermutungen vielleicht ein wenig ordnen?«

»Also: Gabriel Forbes hat Glenwood bedroht. Er sollte unverzüglich aufhören, seiner Frau, Sofia Camilleri, der Opernsängerin, nachzustellen. Wir haben Forbes befragt, der übrigens zufällig auch seltene Landkarten sammelt. Er hat zugegeben, sich Glenwood vorgeknöpft und ihn gewarnt zu haben. Wir müssen allerdings davon ausgehen, dass unser Freund, der Makler, nicht annähernd so versessen auf die Diva Camilleri war wie auf Arabella.«

»Also ist er jetzt da drin, und wir gehen da rein und schnappen ihn uns.«

»Nein, ich gehe da rein und schnappe ihn mir. Du bleibst draußen.«

»Nein.«

Doherty war ein Mann, den sich die meisten Frauen gekrallt hätten, und viele Männer wären gern so wie er. Nur Honeys Mutter war immun gegen ihn. Aber, Junge, Junge, wenn sie ihn jetzt hätte sehen können! Er zögerte keine Sekunde und sah aus, als meinte er es ernst. Honey folgte ihm. Das wollte sie auf gar keinen Fall verpassen. Denn sonst hätte sie ja nicht mit seinen Großtaten angeben und eine lange Heldengeschichte erzählen können! Oder sein Vorgehen in jeder kleinsten Einzelheit mit ihm durchhecheln können, wenn sie einmal einen vertrauten Augenblick miteinander genossen.

Glenwood Halley war so groß wie Arthur King. Hätte Arthur die gleiche Haarfarbe und den gleichen Teint wie Glenwood gehabt, sie hätten wie zwei Buchstützen ausgesehen.

Arthur wirkte nervös, er war zu Tode erschrocken. Die beiden waren in dem großen Spiegel zu sehen, den Honey schon bemerkt hatte, als sie sich in dem Souvenirladen umgeschaut hatte. Der Spiegel war eigentlich eine große verspiegelte Tür, eingerahmt mit Buntglas, auf dem mittelalterliche Gestalten abgebildet waren – wie man sie in einer alten Abteikirche findet.

Mary Jane war nicht da. Auch der Regisseur nicht. Honey schluckte. Bitte, lieber Gott, mach, dass Mary Jane nicht tot hinter dieser Ladentheke liegt. Der Regisseur von mir aus, aber nicht Mary Jane.

Glenwood hielt Arthur einen Dolch an den Hals. Honey vermutete, dass der nicht aus einer der Vitrinen stammte. Er sah zu gefährlich aus, um aus Plastik zu sein, und hier waren sie ja nicht in Camelot.

Ein irrer Blick lag in Glenwoods Augen. Seine Haut glänzte vor Schweiß. Er trug jetzt keinen Anzug aus der Saville Row, sondern einen schwarzen Kaschmirpullover, Chinos und Turnschuhe mit dicken Sohlen.

Doherty brachte sich vor Honey in Positur, schützte sie mit seinem Körper, ohne ihr die Sicht zu versperren.

»Glenwood. Was machen Sie da mit dem Messer?«

»Ich bringe ihn um. Es ist alles seine Schuld. Er hat sie an der Nase herumgeführt. Sie war ein Star; er hat sie zerstört. Er hat dafür gesorgt, dass sie umgebracht wurde.«

Doherty sprach mit fester, ruhiger Stimme. »Mr. Halley. Glenwood. Sie sollten das nicht tun. Denken Sie nach. Denken Sie gut darüber nach.«

Honey wurde beim Klang seiner Stimme ganz anders, aber auf Glenwood Halley hatte dieser Ton offenbar keinerlei Wirkung. Der war aber möglicherweise nicht ganz klar im Kopf.

Honey dachte an die Fotos all der Berühmtheiten in Glenwoods Büro. Die Warnsignale waren deutlich zu sehen gewesen, aber Honey hatte die Sache nicht genügend ernst genommen. Von wie vielen Stars war Glenwood in seinem Leben schon so besessen gewesen? Wie vielen hatte er nachgestellt? Wie oft war er von Ehemännern wie Gabriel Forbes verwarnt worden?

Doherty blieb ganz cool, zog einen Stuhl heran und stellte ihn zwischen sie und die beiden Männer, die wie erstarrt dastanden.

»Also, was ist?«, fragte er Glenwood. »Sie bringen King Arthur um, und Camelot hat keinen König mehr, und die feinen Leute haben niemanden mehr, der sie durch ein Schloss führen kann, das sie zu ihrem Zuhause machen wollen. Finden Sie, dass das eine gute Idee wäre?«

Glenwood lachte kurz und schroff. »King Arthur. Das ist gut!«

»Nicht so gut, wenn er tot ist.«

»Arabellas Tod muss gerächt werden.«

»Ich dachte, das hätten sie bereits erledigt. Sie haben ihren Mann Adam umgebracht. Sie haben sich mit ihm verabredet, ihn zu Boden geschlagen und ihn dann mit ihrem Auto überfahren. Anschließend haben sie versucht, seine Leiche zu verstecken. Wollten Sie damit Ihre Tat Gabriel Forbes in die Schuhe schieben? Seiner Frau, der Opernsängerin, haben Sie ja auch eine Weile nachgestellt.«

Glenwood blieb völlig ungerührt. »Er hat sie auf dem Gewissen. Es war alles seine Schuld.«

Doherty seufzte abgrundtief. »Ist das wirklich noch wichtig?«

Glenwood fuhr zu ihm herum und starrte ihn mit runden Augen an. »Für sie ist es wichtig. Sie hat sich darauf verlassen, dass ich alles für sie regle. Ich habe ihr das Geld für die Wohnung geliehen, die sie ohne Wissen ihres Ehemanns gekauft hat. Ich dachte, sie würde für uns beide sein. Das war sie aber nicht. Die sollte für diesen Kerl hier und für sie sein! Ist das zu glauben? Und er hat nur mit ihr gespielt!«

Honey dachte an Denise. Arthur war ein Mann, der gern Spielchen machte. Sie hatte gesehen, wie Denise tränenüberströmt fortgegangen war. Hatte er auch sie in die Wüste geschickt?

»Was ist mit Sean Fox, Glenwood? Warum musste der sterben?«

Glenwood lächelte böse.

»Ich wusste, dass Sean ihr Vertrauter war. Ich wusste, dass er über alles bis ins kleinste Detail informiert war. Sobald ich alles von ihm erfahren hatte, musste er weg. Er musste einfach weg.«

»Das hätte Arabella Ihnen nicht gedankt«, sagte Honey. »Sean war ihr Sohn.«

Doherty war aufgestanden. Sie spürte, wie er ihre Hand leicht mit der seinen streifte, und wusste, dass er jetzt zum Angriff übergehen würde. Jemand würde gleich schwer was abbekommen. Wahrscheinlich Glenwood Halley.

311

Die Bemerkung, dass Sean Fox Arabellas Sohn war, schien keinerlei Wirkung auf Glenwood Halley zu haben. Vermutlich hörte er überhaupt nicht mehr zu und war in seiner eigenen kleinen Welt gefangen. Er war noch näher an Arthur King herangetreten, hielt mit der einen Hand den Dolch fest umfangen, bereit, ihn seinem Opfer in den Hals zu stoßen.

Plötzlich flog krachend die verspiegelte Tür auf. Gleichzeitig stürzte sich Doherty auf die beiden Männer. Glenwood wurde zur Seite geschleudert.

Während Doherty und Glenwood miteinander rangen, kauerte Arthur King – der Mann, der sich als berühmter mittelalterlicher König produzierte – verstört in einer Ecke.

Mit der Energie eines Wahnsinnigen hatte Glenwood die Oberhand über Doherty gewonnen und war drauf und dran, mit aller Kraft dem Polizisten den oberen Teil eines Fußblocks auf den Kopf zu schlagen.

Auf der Suche nach einer Waffe probierte Honey, die Vitrinen zu öffnen, für den Fall, dass einer der hier ausgestellten Gegenstände – ein Morgenstern oder ein Dolch oder ein Schwert – nicht aus Plastik war. Sie hatte keinen Erfolg. Sie schaute sich nach etwas anderem um.

Weit und breit kein Morgenstern, den sie herumwirbeln konnte – obwohl sie so sehr darauf gehofft hatte. Sie konnte sich das gut vorstellen: ein schwerer, harter Gegenstand, der an irgendwas hing, so dass man ihn um sich herumschwingen konnte.

Da fiel ihr Blick auf das Kreditkartengerät. Sie stürzte sich drauf, riss es aus der Steckdose, wickelte sich das Kabel um die Faust und wirbelte die Maschine um ihren Kopf.

Rums! Das Ding prallte mit einem beruhigenden, dumpfen Geräusch gegen Glenwoods Schädel.

Rums! Noch einmal. Dann fiel klirrend der Dolch zu Boden.

Doherty stürzte sich auf Glenwood, suchte in seinen Taschen nach Handschellen, fand aber keine.

»Mist!«

Honey deutete auf den Fußblock, die mittelalterliche Fuß-fessel. »Die ist zwar nur aus Plastik, aber …«

Glenwood Halley wurde in die Fußfessel gesperrt. Doherty richtete sich auf und sah ziemlich zufrieden aus. »Das sollte reichen, bis die Polizei von Gwent kommt.«

Mary Jane trat aus dem Dunkel auf der anderen Seite der offenen Spiegeltür.

»He! Das war gutes Timing, was? Das Ding ist ein Spions-spiegel, weißt du«, sagte sie und zeigte mit dem Daumen auf die weit offene Tür. »Ich wette, das hatten die im Mittelalter nicht.«

»Das ist gegen Ladendiebe, wenn das Personal im Hinter-zimmer ist«, erklärte Arthur King, dessen sonore Stimme ein wenig bebte, dessen Ego aber keinen Schaden genommen zu haben schien. »Die hatten sie damals auch nicht.«

»Stimmt«, sagte Mary Jane. »Damals haben sie die Leute ge-brandmarkt. Oder sie haben ihnen irgendwelche Körperteile abgeschnippelt, damit jedermann wusste, dass er es mit einem Schurken zu tun hatte. Das hätten sie allerdings mit diesem Kerl hier nicht gemacht. Den hätten sie gehängt, aufs Rad ge-flochten und geviertelt. Was mich daran erinnert, dass ich wirk-lich Hunger habe. Hat jemand Lust, auf der Rückfahrt einen kleinen Halt für einen Big Mac einzulegen?«

»Also habe ich mir meine Netzstrümpfe angezogen, die Füße in meine Killer-High-Heels gezwängt, und schon war ich zu allem bereit. Und was glaubst du, ich hab doch tatsächlich jetzt schon eine Laufmasche! Funkelnagelneu waren die!«, behaup-tete Doherty, der verzweifelt, aber vergeblich versuchte, Ho-neys Aufmerksamkeit auf sich zu lenken. »Ich könnte mir nicht deine leihen und ein bisschen sexy Unterwäsche gleich dazu? Am liebsten wäre mir ja Schwarz, aber im Notfall nehme ich auch Scharlachrot.«

Steve Doherty war ein prima Detektiv, der dafür bekannt

war, dass er Ergebnisse erzielte. Heute versuchte er, Honey mit einem guten Essen und hervorragendem Wein zu erfreuen. Und er wollte sich gern mit ihr unterhalten. Natürlich hatte er gemerkt, dass sie kein Wort von dem mitbekommen hatte, was er gerade gesagt hatte.

»Honey, was ist los?«

Honey starrte über den Rand ihres Weinglases hinweg, das sie wie auch die Meeresfrüchte Thermidor auf dem Teller kaum angerührt hatte.

Doherty nahm ihr das Glas aus der Hand und stellte es auf den Tisch.

Heute Abend trug er, obwohl sie in einem sehr vornehmen Restaurant saßen, das schwarze Hemd offen und ohne Schlips, dazu eine schwarze Hose und schwarze Schuhe. Er kleidete sich beinahe immer in Schwarz. Als Honey ihn darauf hingewiesen hatte, war seine Antwort, dass er, wenn er nur eine Farbe zur Verfügung hatte, keine langen Entscheidungen vor dem Kleiderschrank fällen musste. Schwarz passte immer zu Schwarz. Wenn ihm nach Abenteuer zumute war, zog er allerdings gelegentlich auch Marineblau an.

»Arabella Rolfe hat ihr gesamtes Vermögen ihrer Tochter und Adams Kindern hinterlassen. Habe ich dir das schon gesagt?«, versuchte es Doherty.

Sie schüttelte den Kopf. »Nein.« Ihre Aufmerksamkeit war immer noch woanders.

»Glückliche Familien, gibt's so was überhaupt?«, fragte sie in Gedanken. »Ich meine, wir wissen ja nie, was hinter verschlossenen Türen vorgeht, nicht? Großeltern, Eltern und Kinder. Die können wir uns schließlich nicht aussuchen, oder?«

Doherty runzelte ratlos die Stirn und fragte sich, wovon zum Teufel sie redete. Seine Augen wanderten zwischen ihrem Gesicht und der Szene hinter ihrer linken Schulter hin und her.

»Sehe ich richtig, oder täuschen mich meine alten Augen?«

Honey nickte. Ihre Mutter dinierte heute Abend auch außer
Haus.

»Wer ist denn der Mann?«, fragte Doherty.

»Wilbur Williams, und er sucht eine Frau.«

JEAN G. GOODHIND
Mord ist schlecht fürs Geschäft
Honey Driver ermittelt
Kriminalroman
Aus dem Englischen
von Ulrike Seeberger
311 Seiten
ISBN 978-3-7466-2515-7
Auch als ebook erhältlich

Hier geht's um Mord, Mylord!

Honey Driver, verwitwet und mit 18-jähriger Tochter, leitet ihr eigenes kleines Hotel in Bath. Zudem ist sie die neue Verbindungsfrau des Hotelverbands zur Polizei. Da verschwindet ein amerikanischer Tourist spurlos. Honey nimmt die Ermittlungen auf, die sie bald auf einen Adelssitz führen, auf dem recht befremdliche Dinge vor sich gehen. Spannend, witzig und very British.

»*Ein Hit für alle, die die britische Lebensart mögen.*« KIRKUS REVIEW

»*Manchmal ist es schon allein der Schauplatz, der neugierig auf einen Krimi macht. Beim Romandebüt der Engländerin Jean G. Goodhind kommen aber noch eine skurrile Handlung und viel britischer Humor dazu.*« BRIGITTE

**Mehr Informationen erhalten Sie unter www.aufbau-verlag.de
oder in Ihrer Buchhandlung**

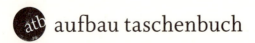

JEAN G. GOODHIND
Mord ist auch eine Lösung
Honey Driver ermittelt
Kriminalroman
Aus dem Englischen
von Ulrike Seeberger
304 Seiten
ISBN 978-3-7466-2727-4
Auch als ebook erhältlich

Mordskomisch und mysteriös

Der angesagte Innenarchitekt Philippe Fabiére, der Honeys Drivers Hotel ein neues Gesicht verleihen soll, wird ermordet. Zum Glück in einem anderen Hotel. Waren seine Kollegen wirklich so neidisch auf seine tollen Ideen? Oder war bei Philippes Antiquitätenhandel nicht alles ganz legal?
Ein neuer Fall für die Hotelbesitzerin Honey Driver und Steve Doherty, ihren charmanten Begleiter.

»Eine moderne Miss Marple in bester britischer Krimitradition« FÜR SIE

Mehr Informationen erhalten Sie unter www.aufbau-verlag.de
oder in Ihrer Buchhandlung

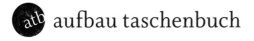

FRIDA MEY
Manchmal muss es eben Mord sein
Ein Büro-Krimi
288 Seiten
ISBN 978-3-7466-2868-4
Auch als E-Book erhältlich

Büroleichen aller Art

Elfriede Ruhland bringt selbst die schlimmste Ablage auf Vordermann. Sie hat für alles eine Lösung – auch wenn sie dazu die schikanösen Chefs aus dem Weg räumen muss, die ihren Angestellten das Leben zur Hölle machen. Plötzlich verläuft eines ihrer »Projekte« anders als geplant, und Kommissarin Alex droht ihr auf die Schliche zu kommen. Aber die hat mit der herrischen Tante Lydia selbst eine echte Tyrannin am Hals, die sie nur zu gern loswerden würde ...

Mehr Informationen erhalten Sie unter www.aufbau-verlag.de
oder in Ihrer Buchhandlung

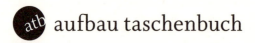

ELLEN BERG
Du mich auch
Ein Rache-Roman
304 Seiten
ISBN 978-3-7466-2746-5
Auch als E-Book erhältlich

Rache ist … Frauensache

25 Jahre Abi, drei Freundinnen treffen sich wieder: Evi, die dem Gatten und den Kindern zuliebe die Karriere an den Nagel gehängt hat, Beatrice, die als Creative Director um die Welt jettet, und Katharina, aufstrebende Politikerin und glücklicher Single. So weit die Erfolgsstorys beim Klassentreffen. Am Ende des promillereichen Abends kommt die traurige Wahrheit ans Licht: Alle drei wurden von ihren Männern betrogen, ausgenutzt oder sitzengelassen. Jetzt wollen sie nur noch eines – Rache!
Unglaublich komisch, herrlich fies und ein Riesenspaß – zieht euch warm an, liebe Männer!

Mehr Informationen erhalten Sie unter www.aufbau-verlag.de
oder in Ihrer Buchhandlung

aufbau taschenbuch